JULES STANBRIDGE

APPUNTAMENTO CON L'AMORE

romanzo

Traduzione dall'inglese di Floriana Cassoni

leggereditore

Della stessa autrice abbiamo pubblicato:

La ricetta segreta della felicità

Prima edizione: ottobre 2013
Titolo originale: *A Date in Your Diary*

Il marchio Leggereditore è di proprietà
della Sergio Fanucci Communications S.r.l.
via delle Fornaci, 66 – 00165 Roma
tel. 06.39366384 – email: info@leggereditore.it
Indirizzo internet: www.leggereditore.it

First published in 2009 by Little Black Dress,
an imprint of Headline Publishing Group

Progetto grafico: Grafica Effe

JULES STANBRIDGE

APPUNTAMENTO CON L'AMORE

A mia mamma, mio papà e mia sorella.
E a Blair... l'appuntamento sulla mia agenda X.

1

«Dovremmo sposarci» dice Jason, e mi bacia sulla punta del naso. Normalmente lo avrei odiato. Non la faccenda del matrimonio, perché quell'idea in particolare mi piace, ma quel bacio sul naso. Anche se stasera è diverso. Stasera ho porto il naso senza riserve. Stasera le stelle brillano luminose solo per me. Stasera ci sono finalmente riuscita; riuscita in tutta quella storia del 'trovare quello giusto'.

«Domani! Sposiamoci domani» suggerisce. «No, meglio ancora, aspettiamo una settimana e voliamo a Las Vegas. Potremmo farci sposare da Elvis...»

«Mi piace.» Rido del tono deliziosamente scherzoso della nostra conversazione.

«È deciso, allora siamo d'accordo.»

L'immagine nella mia testa è quasi perfetta. Quasi. Poi subentra il panico. «Ma che mi metto?»

Jason ride e mi stringe la mano. «Ti compreremo qualcosa.»

«Uno Chanel vintage?»

«Qualunque cosa tu voglia.»

«Evviva!»

Davvero evviva. È il nostro secondo appuntamento. Be', tecnicamente è il nostro primo appuntamento, perché quello precedente non è stato proprio un appuntamento; piuttosto una presa di coscienza accidentale.

Quarantotto ore prima stavamo vagando per Hyde Park, schivando i pattinatori mentre mangiavamo un gelato. È stato allora che abbiamo scoperto l'amore in comune per tutto quello che è italiano, per Angelina Jolie nei panni di Lara Croft (ma per ragioni diverse), per le coperte da picnic, la vodka, i Washington Red Apple, i popcorn salati invece che dolci e le piscine scoperte. Lui aveva detto che ero diversa, che gli ricordavo una puledra, tutta gambe e zigomi. Lo aveva detto come fosse stato un complimento. Mi aveva fatto sentire bella, divertente e fortunata.

Quelle ore perse nel mezzo sono state poi una confusione di sogni romantici a occhi aperti. Alcuni erano spinti, ma la maggior parte erano romantici. Quando non stavo sognando a occhi aperti, stavo chiamando tutti quelli che conoscevo, preoccupata di cosa mettermi e contando le ore che mancavano per rivederlo.

Stasera ridiamo del fatto che non mi era piaciuto particolarmente la prima volta che l'avevo incontrato, e scherziamo su cosa penserebbero i nostri amici se lo sapessero. Stasera ci siamo baciati per la prima volta ed è stato perfetto. Non c'è stata nessuna azione troppo entusiasta della lingua, nessun eccesso di saliva e nessuno di noi due ha tenuto gli occhi aperti. Stasera l'aria è mite e seduttiva. Stasera mi sento stordita dal desiderio.

Ci fermiamo e mi gira verso di lui. Trattengo il respiro mentre mi prende il viso tra le mani e mi bacia delicatamente sulle labbra. Indugia lì per un secondo e io chiudo gli occhi. Le sue labbra sono soffici e asciutte, le sue mani calde. Profuma di lime, tuberosa e sandalo. Quando mi lascia andare, apro gli occhi e guardo nei suoi. Sono di un castano limpido, incorniciati dalle ciglia più lunghe che io abbia mai visto in un uomo. Mi sorride come se sapesse qualcosa. Voglio chiedergli cosa. *Cosa?*

«Ti va l'indiano?» propone.

«Moltissimo» rispondo, galleggiando sulla mia bolla verso il Bengal Palace.

Due anni dopo...

Chloe si toglie una molletta e se ne infila un'estremità in bocca. I capelli lunghi, del colore della schiuma del latte, le ricadono dolcemente sulle spalle e sulla schiena. È bella come quelle della pubblicità.

«Che ne pensi se ogni invitato avesse in mano un palloncino? Verrebbe benissimo nelle foto.»

«Ci si potrebbero attaccare dei messaggini» suggerisco. «Messaggini romantici.»

«Poi potrebbero lasciarli volare.» Chloe batte le mani eccitata.

«Non si può fare. Si inquina l'aria» aggiunge Josie secca.

Le nostre spalle crollano deluse. Chloe apre il numero di questo mese della rivista *Matrimoni* e tutte e tre sbirciamo tra le pagine romantiche, organizzate con gusto. Una coppia bellissima svela dei perfetti denti bianchi mentre gli ospiti gli lanciano petali di rosa biodegradabili.

«Hanno chiesto agli ospiti di piantare un albero invece di fargli un regalo» ci informa Chloe.

«Nessun regalo?» chiede Josie, ma senza stupirsi.

«Nessun regalo» conferma Chloe.

Tutte dissentiamo con la testa e conveniamo sul fatto che il loro matrimonio deve essere stato orribile. Nascondo lo sposo e la sposa con un piatto di biscotti strategicamente piazzato sulla rivista. Non c'è posto per questi felici benefattori nel nostro mondo di liste di nozze da Harvey Nichols.

Parliamo di questo, ora. Liste di nozze, abiti, menu e se qualcuno è davvero capace di distinguere un cava da uno champagne. Sei mesi fa parlavamo di altre cose, ma giuro che non saprei dire di cosa. Ci soffermiamo un momento per riflettere sul gran giorno e mangiarci un altro biscotto. Controllo il contenuto calorico e poi me ne pento. A quanti minuti equivale sullo step? Dieci? Venti? A chi importa? A me sì.

«Jason ha confermato.»

Trattengo il fiato e maschero il trauma interiore con un sorriso. Mi rendo conto che mi fa sembrare leggermente sovreccitata, ma l'alternativa è un urlo forte e strozzato, un po' da squilibrata.

«E si porta Sophie.»

Trattengo ancora il fiato. Non so se posso smettere di trattenermi. Avrei bisogno di quelle placche che usano al pronto soccorso per la rianimazione.

«Per te va bene?» chiede Chloe. C'è un momento, forse solo un nanosecondo, in cui prendo in considerazione di dire la verità. Lo faccio per difetto. Josie guarda il soffitto.

«Certo che sì.»

«Lo sapevo. Sei grande, Harry.»

Assento, ma riesco a pensare solo a Jason e Sophie nella stanza d'hotel. La mia stanza d'hotel. Quella che ho prenotato quando Chloe e Tad avevano annunciato che si sarebbero sposati.

Sarebbe stato perfetto. Mr e Mrs Smith avevano raccomandato l'hotel nella loro guida *Hip Hotels*, il prezzo era rassicurantemente caro (Jason pensava che era una grossa fregatura e suggerì un Travelodge), e aveva luci d'atmosfera colorate sotto il lavandino del bagno. Il menu della colazione e il catalogo dei cuscini erano straordinari e mi ero già decisa per il merluzzo con uova in camicia e un'oca russa in un cotone a quattrocento fili. Sarei stata tre chili più magra e, dopo quella che speravo sarebbe stata una sessione pomeridiana di sesso spinto sotto il lavandino, mi avrebbe detto che avevo avuto ragione a prenotare la camera. Ero anche abbastanza sicura che mi avrebbe guardato (probabilmente durante il ricevimento, mentre suonava una canzone... di Ray comesichiama, o di Leona Lewis) e avrebbe confermato quei sentimenti a cui aveva dato voce al nostro secondo appuntamento, ma senza Las Vegas o Elvis, e probabilmente senza lo Chanel. Mi avrebbe detto che voleva passare il resto della sua vita con me, che era il momento di annunciare il nostro fidanzamento ufficiale.

Ed era ora. Dopo quasi due anni insieme eravamo felici e innamorati. Ci eravamo trasferiti a vivere insieme in fretta, ma sembrava giusto così. Quando Josie era andata via, Jason era entrato in casa. L'annuncio della nostra promessa di matrimonio era solo questione di tempo. Lo dicevano tutti. Poi Tad aveva fatto la dichiarazione, e pure Ben, e io aspettavo. Ma Jason andò a Manchester. 'Fai il bravo' gli dissi. Mi aveva baciato e mi aveva sorriso. Avevamo sorriso entrambi perché era ridicolo sospettare che non lo sarebbe stato. Be', era quello che pensavo.

«Sei sicura che ti va bene se viene Jason?» chiede Chloe. Sembra preoccupata.

«Certo» mento. Ho la testa piena di Sophie che bacia Jason, Sophie che assalta il minibar, Sophie sdraiata nuda sul cotone bianco, fresco di bucato; Jason che le mostra un anello di diamanti.

«È solo che è un amico di Tad e non credo di potermi opporre. Si conoscono da anni.»

«Chloe, lo capisco, non c'è problema» rispondo, e la abbraccio stretta. Nelle mie braccia sembra minuscola, come se potesse rompersi. Mi chiedo come ci si debba sentire a essere piccine come una bambolina. Avrei avuto più ragazzi se non avessi avuto la costituzione di una giraffa? Quando lo chiesi a Josie, mi disse di sì. Le avevo detto di sentirsi libera di mentirmi in qualunque momento della nostra amicizia, ma si rifiutava. Diceva che essere alti era bello, e che dovevo solo smetterla di andare dietro a ragazzi più bassi di me.

«Grazie» mi sussurra Chloe nel maglione. «Voglio che sia tutto perfetto.»

«Lo sarà» la rassicuro, perché perfino con un contrattempo come Sophie all'orizzonte, il loro matrimonio sarà stupendo.

Chloe e Tad sono la coppia perfetta: belli, di successo, incredibilmente alla moda e innamorati. Lei è come un folletto dalla vita strettissima, e ha una sua impresa di borse create con tessuti vintage. Tad è alto, moro e magro. Si mette i jeans calati e le cinture con le borchie e gira film indipendenti destinati alla fama. Vivono in un appartamento pieno di arte e installazioni e parlano di notti ubriache con vincitori di premi BAFTA nello stesso modo in cui io parlo di andare a prendere un tè da mia sorella. Conosco Chloe dai tempi della scuola. Da due amiche siamo diventate tre quando ho incontrato Josie.

Lavoravamo entrambe per la rivista mensile regionale più venduta a Bath, *Life to Live*, e lei mi aveva preso sotto la sua ala protettrice. Con il suo ampio sorriso, la sua mente disordinata e l'aria sicura di sé, Josie è sempre stata quella autoritaria. È la nostra femmina alfa, quella che dice cosa dovremmo e cosa potremmo fare. Una taglia quarantotto tutta curve e sensualità, con un carré corto, scuro e brillante, e un'aria sicura e attraente che non si cura del fatto che il suo corpo si rifiuti di essere una quarantadue; è impressionante nell'aspetto e nella personalità. Tanto Josie è tenebrosa e forte, quanto Chloe è luminosa e delicata. Chloe è una di quelle persone allegre: solare, leggera e sempre sorridente. A volte, il suo sorriso rivela una lieve punta di sovreccitazione e dobbiamo dirle di smorzarlo un po', ma nel complesso, è una delle persone più alla mano che conosca. Dice di sì a qualunque cosa Josie proponga, anche se sa di pazzia, mentre io sono un po' diversa;

più cauta, forse. Non dico subito di sì. Devo esitare per almeno dodici ore e poi consultare il mio oroscopo. Probabilmente è per questo che lavoro ancora a *Life to Live* invece di scalare la vetta del successo nel campo dell'informazione assieme a Josie.

Quando è andata a lavorare a Londra, ho sentito un certo impulso a seguirla. Ho mandato curricula per lavori simili perché pensavo che dovessi farlo, ma poi non potevo ignorare la sensazione di sollievo quando non ottenevo il colloquio. Mi piace vivere e lavorare a Bath, dove ci metto mezz'ora ad arrivare a casa dei miei, dove so di poter camminare di notte senza sentirmi nervosa, dove la pietra color miele e un senso della storia mi ispirano ogni giorno, dove posso sedermi vicino al canale con il miglior gelato che si conosca e dove non devo prendere la metro per fare compere. Dunque, mentre Josie coltiva relazioni importanti con tipi come Justin Timberlake (be', con il suo PR), io intervisto i fedeli della chiesa di St Saviour sul loro tè pomeridiano con brioche, con l'entusiasmo di una ragazza che annuncia il meteo in tv. Sono una moderna Jane Austen: sincera, scrivo della gente che vive nella mia città preferita.

O almeno una volta era così. Al momento, trovo difficile scrivere di qualunque cosa. Lo spazio lasciato da Jason ha colorato tutto il mio mondo di un noioso tono grigio. Il mio entusiasmo è scomparso e al suo posto c'è una riluttanza a fare qualunque cosa. Esco raramente; ho detto di essere malata per la prima volta in cinque anni e non riesco a ricordare l'ultima volta che ho fatto una nuotata prima del lavoro. Storie che un tempo avrebbero catturato la mia immaginazione ora sembrano scialbe e non valgono lo sforzo. Mi sveglio la mattina e la ragazza che mi guarda di riflesso nello specchio somiglia ben poco a quella a cui Jason dichiarava il suo amore, perfino il giorno in cui lei ebbe una reazione allergica alla gomma e dovette andare al pronto soccorso con delle labbra che sembravano due salsicce del Cumberland. Tutti mi dicono che passerà. Lo spero proprio. Sono tre mesi che Jason se n'è andato, ma a volte mi sembra ieri.

Chloe va a prendere un sushi notturno con Tad e uno degli Arctic Monkeys, Josie prepara dei toast alla cannella e della cioccolata calda mentre io mi commuovo con una canzone alla radio. Parla di una torta lasciata fuori sotto la pioggia, che è una roba maledettamente ridicola ma mi sta spezzando il cuore.

«Stai piangendo?» chiede Josie. Ha un calzino in testa. Qualcuno le ha detto che è ottimo per mantenere il suo carré brillante e perfetto. Personalmente penso che la stavano prendendo in giro. Sembra una rapinatrice. Scuoto la testa.

«Oh, Harry, stai... Stai piangendo.»

Spegne la radio, mi mette un braccio intorno al collo e mi porta lontano dal frigorifero.

Lì c'è l'invito al matrimonio, attaccato alla porta.

Disegnato da un artista vincitore di un premio, che la futura sposa conosce dai tempi dell'università, mi schernisce con la sua qualità eccellente e i magnifici colori che riflettono le personalità della sposa e dello sposo. Con lettere dorate e svolazzanti invita Harriet Peel e Jason Mortimer al matrimonio di Chloe Miller e Tad Declan.

«Non posso andare al matrimonio da sola. Non ora che ci vanno Jason e Sophia» dico con assoluta convinzione.

I matrimoni sono la celebrazione dell'amore e dell'aver trovato *lui*. Andarci da soli è come spuntare a un barbecue senza cibo né bevande quando tutti gli altri hanno portato entrambe le cose.

Sono stata a due matrimoni da sola. Il primo era di mia cugina Tracey e il secondo della mia amica Vicky. In tutte e due le occasioni ero quella che rendeva asimmetriche le foto e sono stata messa al tavolo di quelli spaiati a fare conversazione cortese con i parenti dei quali non sapevano cosa fare. Mi pare di ricordare di essermi ubriacata terribilmente ogni volta.

«Avrai conosciuto qualcun altro prima di quella data» mi rassicura Josie. «Guarda Chloe cinque anni fa. Avresti mai pensato che avrebbe sposato Tad?»

«Non voglio nessun altro.»

«Certo che sì.»

Ignoro il commento di Josie e consulto il calendario. «Ho undici mesi, undici mesi per trovare un uomo che faccia ingelosire Jason abbastanza da fargli capire che errore madornale ha commesso.»

«Harry, tu non vuoi Jason. Stai meglio senza di lui.» Josie mi scuote la testa come fossi una bambina capricciosa.

«Ed è qui che ti sbagli. Non sto meglio senza di lui. Sono persa senza di lui, quello sporco bastardo infedele.»

Josie sospira.

«Okay, e al lavoro? C'è qualcuno di *Life to Live* che puoi portare?» chiede.

«Solo Ed, ma Jason lo conosce.»

«Ma potrebbe essere una buona opzione d'emergenza. Lo metto in lista» dice Josie, prendendo un bloc-notes dalla cucina.

Faccio un sospiro profondo. «Undici mesi...»

Josie mi accarezza il braccio e mi rassicura. «Non preoccuparti. In undici mesi può succedere qualunque cosa.» Sembra fiduciosa e le credo come un bambino che aspetta il Natale.

«Qualunque cosa?»

«Qualunque cosa. Nei limiti del ragionevole.»

«Cosa sarebbe irragionevole?» chiedo io, sentendomi un po' indignata per i limiti imposti a ciò che potrei ottenere in undici mesi.

«Fermiamoci all'obiettivo di trovarti un accompagnatore

per il matrimonio, no? Che ne pensi di Frankie? Ci verrebbe con te.»

«Frankie con la risatina strana? Pensavo avesse una ragazza.»

«Ce l'ha, ma sono sicura che a lei non importa.»

«Scuoto la testa. Nel mio mondo fantastico, starei con un tipo sexy, di successo e bellissimo; uno che stia bene con il vestito da cerimonia e abbia eccellenti doti di conversazione e un senso dell'umorismo irresistibile. Dopo aver ballato tutta la notte mi appoggerei a lui con solo le calze ai piedi (mi terrebbe le scarpe, mentre mi bacia delicatamente le labbra promettendomi qualcosa di più) e a malapena noterei Jason mentre si rivolge brusco a Sophie in preda alla gelosia.

«Jon Jo?»

«No, voglio una persona credibile, uno che Jason non conosca.»

«Okay, fammi pensare...» Josie mette una croce sul nome di Jon Jo nella lista composta da due soli nomi.

Mentre scorre la rubrica, io faccio lo stesso con una rivista.

«Il mio oroscopo dice che incontrerò qualcuno amante della musica e misterioso questa settimana, ma dice di stare attenta al suo ascendente in Plutone.»

Leggo a voce alta. Mi dà speranza.

Josie mi deride. Non crede agli oroscopi.

«Ci sono, l'ho trovato!» Josie butta giù la penna. «Perché non ci abbiamo pensato prima? Che ne pensi degli incontri via internet?»

«No.» Sono irremovibile.

«Perché no?»

«Perché no.»

Forza, buttati con il bungee jumping, comprati quei tacchi che ti renderanno più alta del novanta percento degli uomini, mangia quel dolce, accetta quel lavoro. Sì, c'è sempre qualcuno che è pronto a completare il tuo potenziale di essere umano, qualcuno che è felice di gettare al vento la cautela. Josie è quel tipo di persona, quella che mi spinge da dietro e mi dice che è un'idea favolosa. Dovrei essere più sensata ma a volte, di solito contro il mio giudizio, mi lascio convincere. Oggi non sarà una di quelle occasioni. Neanche per idea mi metterò a cercare incontri via internet.

«No.» Muovo la testa enfaticamente.

Josie scuote la sua disperata e accende la tv. Apriamo una scatola di cioccolatini al liquore avanzati da Natale e scegliamo i nostri preferiti. Josie butta indietro la testa e succhia il ripieno dai lati.

Nonostante si sia ufficialmente trasferita più di un anno fa, continua a dividere il suo tempo tra il mio appartamento a Bath e quello del suo ragazzo Ben a Londra. La fa sentire sicura, perché dal giorno della romantica richiesta di matrimonio durante un volo a New York, si sta chiedendo se Ben sia quello giusto. Lui non lo sa, e la scusa per i suoi strani andirivieni notturni è che le dispiace per me. Il fatto che lui lo accetti prontamente è un po' deludente.

«Mi sembra che tu sia un po' frettolosa. Un sacco di gente si incontra via internet al giorno d'oggi. Carrie al lavoro dice che una sua amica esce con un uomo diverso ogni settimana.»

«No!» ribatto secca.

«Pensaci.»

«No.»

«Con Tia Maria o Jack Daniel's?» chiede Josie.

«Tia Maria.»

Mi lancia un cioccolatino avvolto nella stagnola. Lo scarto e ingurgito il contenuto.

«Ci si può ubriacare con il liquore dei cioccolatini?» domando.

«Non lo so, ma possiamo scoprirlo.»

Josie scorre i canali in tv. Normalmente mi innervosirebbe, ma stasera mi sento sazia di alcol e cioccolato e troppo pigra per protestare. La stagnola dei cioccolatini è disseminata sul pavimento. L'unica luce nella stanza viene dalla tv.

«Odio i matrimoni» annuncio al soggiorno.

«Anch'io.»

«Non mi sento bene.»

«Neanch'io.»

Josie spegne la tv.

«Che direi di me stessa?» chiedo.

«Quando?»

«Negli incontri via internet.»

La ragazza senza l'amore in agenda
Blog

Postato il: 15 gennaio

Sembra che Brad abbia fatto la sua proposta di matrimonio. Angelina dirà di sì? Che vestito indosserà? Aderente ma con gusto, penso. Aspiro a essere la Jolie. Quelle labbra seducenti ti travolgono. La ragazza è superiore e lo sa. Il fatto è che è tutto all'interno. All'esterno dà quel sorriso enigmatico e ci lascia tutti a chiederci cosa, come, perché e dove. Provo quel sorriso allo specchio ma sembra che soffra di stitichezza.
Che matrimonio sarà. L'aria piena dell'odore di limoni e torrone. Splenderà il sole (i Brangelina non portano la pioggia) e si riderà e ballerà su strade acciottolate con giocolieri e un violinista... o qualcosa del genere.
La mia amica Chloe parla di una torta di meringhe a tre piani alta un metro, che arriverà in sella a una moto di un Hell's Angel. Tad voleva comprare la Batmobile su eBay ma qualcuno gliel'ha soffiata.

Cose positive dei matrimoni
- È la migliore giustificazione per comprare abiti costosi.
- Hai la scusa perfetta per comprare nuove scarpe e una borsa.
- C'è sempre un rinfresco gratis.
- Puoi giustificare una notte in un hotel che normalmente non ti puoi permettere.

• Puoi piangere.
• Ci sono uomini con il cilindro. È buono per quelle fantasie da film in cui ti perdi mentre si fanno le foto. Una delle mie favorite è quella in cui un uomo con il cilindro (quello sconvolgentemente bello, non lo zio marpione) mi toglie dalle mani la fetta di torta nuziale, mi prende il viso tra le sue mani forti, mi lecca lo zucchero dalle labbra, poi mi solleva (perché è molto alto e forte e io sono leggera come una piuma), mi mette il cilindro sulla testa e mi porta su un letto a baldacchino dove succedono cose meravigliose ma inenarrabili. Normalmente non andrei a letto con qualcuno al primo appuntamento, ma in questa particolare circostanza farei un'eccezione perché, tecnicamente, non sarebbe un primo appuntamento. Dov'ero rimasta? Altre cose positive dei matrimoni...
• C'è la torta e il ballo.
• E lo champagne.

Cose negative dei matrimoni
• È un altro inganno che pagherà la tua carta di credito.
• Finisci con un altro paio di scarpe che non si abbinano a nulla.
• Il cibo lo sceglie sempre qualcun altro.
• Ti senti obbligata a prendere una stanza esageratamente cara, quando l'unica cosa che vuoi è tornare a casa e piangere sul fatto che sei single.
• Piangere fa bene. Sempre se puoi fermarti.
• Secondo la mia esperienza gli uomini in cilindro raramente somigliano a Jude Law. Di solito sono fratelli o cugini degli sposi e io ho questa fissazione che non mi sembra una buona idea mettersi in una relazione con parenti di amici stretti. Normalmente finisce in lacrime. Nessuno vuole sentirsi dire che il proprio fratello non è un mago dei preliminari. Josie ha perso un'ottima amica in questo modo.
• Non c'è nulla di male riguardo alla torta e al ballo.
• Né nello champagne.
• E a pensarci bene, un altro paio di scarpe che non si abbinano a niente non è proprio una cosa negativa. Quando sarai vecchia e starai seduta su una sedia di plastica, ti serviranno a ricordare il tempo in cui eri giovane e spensierata; quando i tacchi da dodici centimetri significavano essere più vicina alle stelle. Nel mio caso sarei più vicina a Saturno o Giove, che sono più scuri e soli.

Undici mesi... Dio, odio i matrimoni.

Il mio oroscopo:

Nettuno avanza e ciò vuol dire un'ondata inaspettata nella vostra vita amorosa, specialmente dal diciotto al ventotto. Le opportunità potranno presentarsi nei luoghi più inaspettati. Non scartate la vostra banca, l'ufficio postale o il supermercato sotto casa. Anche la vostra carriera andrà di bene in meglio questo mese. Restate in attesa di successo e amore. Sarete la bella del ballo!

Adoro i matrimoni. Li adoro!

2

Piove da tre giorni e il mio ombrello adesso è un pericolo per l'incolumità e la sicurezza. Una delle asticelle si è rotta e ora è minacciosamente esposta, pronta a cavare gli occhi o il cerume delle orecchie a qualcuno. Mi arrendo, lo butto nel cestino e vengo a patti con il fatto che sono bagnata, e sarò zuppa quando arriverò a casa. Sono stata a un'anteprima di *Ridi,* una visita guidata dove si dovrebbe ridere – o almeno gli organizzatori ci sperano. Ridi? Io non l'ho fatto, cari miei. Seguire un uomo con un papillon e un palloncino in giro per Bath sotto la pioggia non è una cosa che normalmente farei, ma come redattrice della pagina degli eventi di *Life to Live* non avevo scelta. Dopo un'ora di non ridere ho abbandonato il tour dietro l'abbazia. Il problema di essere alti è che non è facile sgattaiolare via. Il mio segreto è chinarmi poco a poco fino a quando non sono alla stessa altezza degli altri, e poi uscire di scena. È abbastanza dura per le ginocchia e mi espongo agli sguardi interrogativi dei passanti.

Pozze di luce dai lampioni brillano come piccole lune sul marciapiede bagnato e scivoloso. La gente corre a testa bassa, spintonandosi con gli ombrelli. Faccio un passo in una pozzanghera invisibile che mi inzuppa la scarpa. Mi sento triste, grigia e umida. Il cellulare suona e il mio cuore perde un colpo. Lo fa sempre. *Ciao, Jason... No, io non ho intenzione di tornare indietro... e tu? Ah, va bene, allora.*

«Be'?» mi chiede Josie.

«Be' cosa?»

«L'hai fatto?»

«Cosa?»

«Gli incontri via internet.»

«No.»

«Perché no?»

«Perché non mi sembra giusto. Dovrei piacerti per i seguenti cinque motivi. Dovresti fare sesso con me, perché...»

Josie ride. Lei ride un sacco ed è uno dei motivi per cui la adoro.

«Sesso?»

«Sai cosa voglio dire. Non sono affatto sicura. Sembra tutto così falso» mi lamento.

«Hai un'idea migliore?»

Josie sa che non ce l'ho. Siamo tornate sull'argomento almeno venticinque volte nelle ultime due settimane e il risultato è sempre lo stesso.

«Ma tu stessa hai detto che tutto può succedere in undici mesi.»

«È stato più di quindici giorni fa, e mi sono dimenticata che tu non esci.»

«Ho ancora dieci mesi e cinque giorni.»

«Dieci mesi e due giorni, in realtà.»

Apro la porta di casa e mi tolgo il cappotto inzuppato. Le gocce d'acqua mi scendono lungo la schiena e ho i brividi.

«Harry, hai bisogno di un ragazzo e internet è la nostra ultima risorsa. Ora, ho fatto delle ricerche e sembra che DateMate sia il sito migliore.»

«Sembra che tu ci stia prendendo gusto in questa storia.»

«Considerami una sorta di capo progetto.»

«Non sono sicura, Jose. Che succede se è pieno di tipi strani?»

«Sarà pieno di gente come te: sola, disperata e con tendenze da eremita. Questo non fa di te una tipa strana, solo un po' triste.»

«Grazie.»

Grata, mi accascio sul divano. Le gambe mi stanno uccidendo, ho i piedi freddi e i collant mi stanno lasciando il segno intorno alla vita.

«Dài, se non altro ci sarà da divertirsi, e chissà, potresti trovare l'uomo dei tuoi sogni.»

«Sì, certo» rispondo e sospiro. Mi stringo nelle spalle e appoggio la testa sulle ginocchia. «Niente mi convincerà a cercare incontri su internet» mugugno.

«Che cosa hai detto?»

Mi metto seduta e lo ripeto.

Josie fa un respiro profondo. «Chloe ha detto che non potrà spostare Jason dal nostro tavolo. Vorrebbe dire rovinare tutto il piano dei tavoli. Ha troppa paura di dirtelo.»

Josie ha tirato fuori l'esca, e prevedibilmente io abbocco.

«Va bene, va bene, lo farò.»

«Bene. Fammi sapere come va. Wow, sono così eccitata.» Lo dice una persona che ha la certezza che non dovrà mai ricorrere a tutto questo.

«Voglio solo un ragazzo per il matrimonio! È tutto» protesto.

«Sì, sì! Okay, ho scritto una cosa che magari hai voglia di usare. Senti qui...»

«Io non parlo tre lingue, né faccio la danza del ventre. Non pratico vela né conosco le Girls Aloud.»

Josie sospira. «Okay, dimentica la parte sulla vela.»

Dieci mesi e due giorni? Ho perso tre giorni. Mi sono iscritta a un gruppo WeightWatchers, mi sono appuntata di iscrivermi in palestra, e poi mi sono preparata un bagno e versata un bicchiere di vino.

Con la punta del piede sul rubinetto e il telefono sotto il mento, inizio a rasarmi le gambe. Se non ne approfitto mentre sono nella vasca, quando avrò finito di parlare con mia madre l'acqua sarà fredda. Rifletto se mettere la testa sotto l'acqua per vedere se se ne accorge.

«Pensavo che avremmo potuto fare un barbecue. Emma sta preparando la zuppa inglese.»

Di scatto torno sull'attenti e la mia mano sobbalza. Il sangue gocciola nell'acqua.

«Cazzo.»

«Hai detto una parolaccia?»

«No» rispondo, e mi rendo conto che è la seconda bugia che dico oggi dopo molti mesi, ma poi decido che questa volta non conta. A volte le persone conoscono la verità, ma hanno bisogno della confessione. Mia madre sa che ho detto cazzo.

«Emma sta preparando la zuppa inglese?» chiedo.

«Sì.» Mia madre sospira.

«Pensavo che avrei fatto io la zuppa inglese.»

«La puoi fare la prossima volta, tesoro.»

«Che cosa? La prossima volta che papà fa sessant'anni, vuoi dire?»

«Tua sorella ha detto che voleva fare la zuppa inglese, e le ho detto di sì. Non pensavo che sarebbe stato un problema.»

«Ma lei fa sempre le insalate, Katie fa i bastoncini al formaggio e io faccio la zuppa inglese.»

«Be', parla con tua sorella. Ha detto avrebbe fatto una zuppa inglese versione Foresta Nera.»

«Foresta Nera? A papà non piacerà per niente.»

«Ho invitato zia Barbara.» Mamma cambia sempre argomento quando non sa rispondere. Puoi ripetere quello che hai appena detto, ma lei continuerà a ignorarti. «Ma non può venire.»

«Be', è un sollievo.»

Non sono una grande fan di mia zia Barbara. Mi inquieta con il suo sguardo penetrante e le sue idee sulla pena di morte.

«Harriet!» mi rimprovera mia madre. «Il sarcasmo è la più bassa forma di arguzia.»

«Non era sarcasmo.»

Bevo un sorso del mio vino ormai tiepido.

«Stai bevendo?»

«No.»

Mia madre pensa che siccome mi bevo un bicchiere di vino per conto mio, sia sulla strada per l'alcolismo.

«Mi ha detto che era di nuovo per colpa della gamba...»

Mi estraneo e riesco ad asciugarmi con una mano, indossare una vestaglia e mettere lo smalto alle unghie dei piedi, mentre lei continua a parlare. Non so perché metto lo smalto alle unghie dei piedi, o mi rado le gambe, dal momento che non c'è nessuno ad apprezzare i miei sforzi, ma è una questione di principio, come usare la gelatina nella zuppa inglese, in modo che mio padre senta il tanto ambito *glup* quando affonda la prima cucchiaiata. Scommetto che non si sente con la versione Foresta Nera.

Che le prende a Emma? È la maggiore, con tutto e niente da dimostrare. Perché non poteva lasciarmi il mio solo e unico trionfo? Quando ero piccola sognavo di diventare una ballerina classica, ma ero troppo alta. Poi ho sognato di fare il fantino, ma ho scoperto di avere paura dei cavalli. Volevo terribilmente essere come le eroine dei libri che leggevo, ma mostravo poca attitudine per qualunque attività. Emma, al contrario, ce l'aveva. Stava già sforzandosi di essere all'altezza delle proprie aspettative, e mentre io passavo i giorni fantasticando, lei prendeva parte al Duke of Edimburg Award, o giocava a hockey. Mia madre era così orgogliosa.

Non ricordo che mia sorella minore Katie dimostrasse una

specifica attitudine o amore per qualcosa in particolare, ma dava sempre un tocco delicato e davvero bello a ogni occasione. Per questo motivo era adorata da mia madre, dai parenti, e dai ragazzi. Non ha mai prestato troppa attenzione a come la guardava il sesso opposto. Emma e io sì. Emma derideva le teste vuote di bell'aspetto che lanciavano i loro cuori nel vialetto con il giornale del mattino, ma ho il sospetto che, come me, segretamente desiderasse qualcosa del genere.

Emma ha avuto un discreto numero di fidanzati, ma erano tipi strani, seri, con i capelli troppo pettinati e la pelle brufolosa. Lei li teneva a distanza, questionava sulla loro istruzione e la contestava, con un tono più adatto a una quarantenne che a una sedicenne. Loro annuivano tristemente, trascinandosi dietro di lei, evitando le domande di mia madre e qualsiasi forma di contatto visivo. Suo marito Alan era solo un prolungamento di tutti quei noiosi ragazzi seri, ma con meno capelli e una macchina. Jason pensava che sotto quei mutandoni bianchi e i reggiseni dozzinali lei fosse una donna dalla mente perversa. Io non la penso così. Non ho mai visto Alan ed Emma davvero coinvolti. Se le gemelle fossero state biologicamente loro, almeno potevamo essere sicuri che avevano fatto sesso. Katie è convinta che Emma sia ancora vergine e che permetta ad Alan di toccarle i seni solo quando lui è molto bravo e sbriga le faccende di casa.

Nonostante i numerosi pretendenti, Katie ha avuto solo due fidanzati. Troy, che guidava il motorino e le spezzò il cuore, e Lawrence, scansafatiche aspirante surfista e manager musicale, che ora è il suo promesso sposo e padre di Alfie.

Come figlia di mezzo sono abituata a confondermi con il fondale e a stare bene così. Con una sorella maggiore prepotente e dominante e una principessa fatata in famiglia, ho potuto facilmente essere dimenticata. A volte ho aspettato ai cancelli della scuola, mentre mia madre era già a metà strada da casa con le altre due figlie. La mia vita sentimentale ha seguito una trama simile. È stata disseminata di troppe occasioni in cui mi sono segretamente infatuata dei miei insegnanti o di ragazzi più grandi di me; e nessuno mi ha corrisposto. Prima di Jason, sono uscita con Tim, Dan e Franz. Tim pensava di poter essere gay ed è andato negli Stati Uniti per diventare un nuotatore professionista, a Dan piaceva Chloe e Franz ha detto di essere preoccupato per il mondo e se n'è andato in Nepal per trovare sé stesso. Ancora non so se lo ha fatto davvero. Erano solo dei ragazzi, mentre Jason era adulto e splendido. Non aveva problemi che distogliessero la sua attenzione da me. Sapeva quello che voleva e io ho avuto un ruolo da protagonista nel suo mondo... Be', per la maggior parte del tempo, in ogni caso.

«E, Harriet...»

«Sì, mamma?»

«Prova ad arrivare in tempo.»

La mia puntualità così elogiata sul lavoro non si applica anche alle occasioni familiari. Non ho idea del perché. Credo che abbia a che vedere con la convinzione che sia sempre troppo presto, per cui trovo immancabilmente qualcosa da fare per far passare il tempo. E questo qualcosa mi fa arrivare tardi ogni volta.

«Ti voglio bene, mamma.»

«Sì, tesoro.»

Ho provato a tirare fuori un po' di entusiasmo per la mia pasta. È scotta. Cucinavo molto quando c'era Jason. Aveva un grande appetito e adoravo fare colpo su di lui e sui suoi amici con le mie doti culinarie. Diceva che gli davo così tanto da mangiare perché nessun'altra lo potesse trovare attraente; guardandomi indietro avrei dovuto provarci meglio. Ora tutta questa storia del cucinare non mi va più. È più facile infilare nel microonde qualcosa che ha preparato qualcun altro. Squilla il telefono e mi dà la scusa per lasciare a metà il piatto.

«Ben vuole comprare un divano» dice Josie.
«E allora?»
«Un divano che cominceremo a pagare fra tre anni.»
«Non ti seguo.»
«Sembra un po' impegnativo.»
«Non se non devi pagare niente.»
«Ma che succede se fra tre anni non siamo più insieme?»
«Lo sarete, probabilmente sarete sposati e avrete un bimbo.»
«Esatto. Questo è quello che pensa lui.»
«È una cosa bella, no?» le chiedo, ma ignora la mia domanda.
«Ti sei già iscritta a DateMate?»
«Ho fatto un primo passo» rispondo cauta.
«In che senso?»
«Nel senso che ci ho pensato su.»
«Harry!»
«Lo farò stasera.»
«Vuoi che Jason pensi che ti stai ancora struggendo per lui o vuoi essere la ragazza che non avrebbe dovuto lasciare?»
«Ho detto che lo farò.»

È dura. Passo in rassegna gli altri profili di DateMate. Non ci sono delle mammolette qui. Vivace, divertente, dinamico, di successo, creativo, esotico... Dio, che cavolo posso dire io? Inizio a scrivere.

Sono una ragazza che ama divertirsi. Alta, con occhi marroni e capelli marroni.

Che ama divertirsi? Non sembra convincente, e se fossi un uomo non mi crederei. E poi cosa significa? Che mi piace il divertimento? E non c'è troppo marrone? Capelli bruni? Sono una bruna? Forse castana. Dovrei sostituire alta con statuaria? No, fa paura, come Xena la principessa guerriera.

Ometto il mio metro e ottanta e lo rimpiazzo con un metro e settantacinque, perché se conoscerò qualcuno, di certo non avrà in tasca un metro.

Sono attraente, piuttosto attraente, attraente al di sopra della media o nella media? Al di sopra della media?

Corro al bagno e mi guardo allo specchio. Sorrido mostrando i denti e poi senza. Scosto i capelli dalle spalle in modo seducente e provo a essere sexy. Be', non sono male, ma suppongo che non mi guadagnerò qualche ammiratore con questo. Mi metto il lucidalabbra. Non sono brutta come la signora della farmacia o scialba fino all'inverosimile come Caroline della porta accanto. Ha la pelle come latte scremato, come se dalla nascita non avesse mai visto la luce del sole e ha labbra e ciglia invisibili. Ho delle labbra e ciglia passabili (non piene e sensuali come Josie, ma non male) e ci sono momenti in cui sono pronta per uscire e mi sono trovata ad assentire e pensare, *non male*. Quando è stata l'ultima volta? Prima di rompere!

Sbircio nello specchio e provo a guardarmi come gli altri mi vedono. Qualcuno una volta mi disse che gli ricordavo una di quelle antilopi dei programmi sulla natura che saltano prima di essere divorate da un leone. In quel momento mi ero sentita imbarazzata, ma Josie aveva detto che era un complimento. Non le ho mai creduto. Agli uomini non piacciono le antilopi, piacciono le farfalline come Chloe. La mia altezza è una sfida per qualunque uomo sotto il metro e settanta. Jason mi disse che facevo girare la testa, che ero favolosa. Lo disse solo una volta, al nostro primo incontro, ma a me era bastato per crederci. Ora inizio a pensare che forse non era così.

Mio dio, è difficile. Torno al computer e navigo nei siti per avere un aiuto. Sembra che sia indispensabile presentarsi come attraenti, ma mi hanno insegnato a non mentire e poi non ha senso anticipare un disastro. Spunto la casella 'mediamente attraente', ma poi mi chiedo se esiste qualcosa del genere.

Okay, avanti. Cosa ti piace fare? La sezione 'su di te' mi schernisce con il suo spazio bianco e vuoto. Torno a scrivere.

Mi piacciono i giorni di dicembre e accoccolarmi a vedere vecchi film con un tè, del pane tostato e la marmellata di fragole.

Mi fa sembrare vecchia e noiosa. Dovrei fare paracadutismo...

Dopo una giornata di paracadutismo per beneficenza, mi piace accoccolarmi a vedere vecchi film con del pane tostato e marmellata.

Dovrei cambiarlo con un pane integrale. Mi fa sembrare una persona salutare.

Buona con gli anziani e i bambini.

È una bugia. Gli anziani mi spaventano e anche i bambini. Non sta andando molto bene. Schiaccio cancella.

Sono intelligente.

No, non puoi mettere solo intelligente. Qualcuno vorrà quantificare la cosa con aggettivi qualificativi e testare il mio livello di cultura generale. Creerei troppe aspettative. Se non intelligente, magari creativa?

Al momento sto scrivendo un libro per bambini.

Questo mi fa sembrare creativa. Sembro anche divertente e premurosa, un'altra bugia.

Mi tengo in forma e mi piacerebbe correre una maratona.

Questo è abbastanza vero. Be', se devo esagerare la realtà,

potrei dire che faccio immersioni? Sembro una che succhia il midollo della vita. Magari un po' di volontariato con una tribù remota della foresta pluviale, così remota che nessuno ne ha mai sentito parlare. Sì, mi piace.

Cancello 'mi piace magiare' e lo sostituisco con 'mi piace cucinare'. Significa che mi piace il cibo ma in modo salutare e che sono anche un genio in cucina. Questa non è proprio una bugia. Posso preparare una varietà di piatti e l'altro giorno Delia Smith ha detto in tv che va bene usare le patate a tocchi. Okay, sono sana e in forma, con una vena creativa e un cuore d'oro. Che altro? Fisso lo schermo. Dài, che altro... Ci deve essere dell'altro a parte questo... Faccio una pausa e mi taglio le unghie dei piedi. I miei piedi non sono male.

'Ho dei bei piedi e un buon senso dell'umorismo?'

Mi piace andare a teatro, ai musei e alle gallerie.

Mi fa sembrare acculturata e in un certo senso è vero, perché ci vado in questi posti. Per lavoro, devo.

Riscrivo.

Cerco qualcuno che mi accompagni a musei, teatri e gallerie.

Carico una foto. Sorrido e sembro una ragazza felice. Lo ero quando è stata scattata. Ho cancellato dall'immagine la faccia di Jason con Photoshop. Ehi, nessuno saprà mai che c'era anche lui, a Barcellona, con me, quando eravamo felici e innamorati. Be', io lo ero; ora non sono del tutto sicura che anche lui lo fosse, o quando ha smesso di esserlo, felice e innamorato, con me. Non gliel'ho mai chiesto. Ora mi consumo dentro. Quando è suonata la campana a morto? È stato quando ho indossato i collant invece delle autoreggenti, o quando mi è entrata l'acqua nel naso sullo scivolo acquatico? È stato perché ho ammesso a sua madre che forse ero innamorata del suo adorato figlio, che era destinato a cose più grandi, che potevo riuscire a vederci per sempre insieme con dei figli e una casa per le vacanze in Italia, o perché ho parlato della coppa del mondo di rugby e mi sono rifiutata di vestirmi come una scolaretta? O non è stato per nessuna di queste ragioni, ma semplicemente perché una che sembrava la ragazza di un calciatore, con seni rotondi e l'alito di champagne gli ha sussurrato nella conchiglia del suo orecchio che se la sarebbe passata meglio a letto con lei? Josie non era sorpresa, e neanche Chloe. Erano stati Chloe e Tad a presentarmi Jason.

Lui era andato all'università con Tad ed era appena rientrato da un lavoro a Hong Kong come diplomatico. Si era fatto un nome grazie alla sua ambizione, il sorriso facile e i suoi sogni di conquistare il mondo. Fu quello che Tad mi disse quando me lo presentò. Jason fece solo un sorriso compiaciuto, crogiolandosi nell'alone di ammirazione. Lo presi per uno spavaldo. La nostra conversazione non andò oltre il 'finalmente ti conosco, che piacere' che riuscii a dirgli prima che una ragazza con un vestito corto rosso lo prendesse per un braccio e lo portasse via. Ricordo di aver pensato che era un bel ragazzo ma che non era il mio tipo. Decisi che era arrogante e che non mi piaceva troppo.

La seconda volta che ci incontrammo fu per l'anteprima di uno dei film di Tad. Era una giornata torrida di luglio e le strade erano appiccicose per il caldo, come la mia pelle. Mi ero persa, e quando ero arrivata al locale alla moda nell'East End, ero accaldata e agitata. Mentre camminavo nello spazio completamente bianco della galleria, tutti si giravano a guardare: i loro occhi erano come gli scanner dei supermercati. Avevo salutato nervosamente Chloe con la mano e tutti avevano ripreso le loro conversazioni, lasciandomi sudare un altro po'.

Chloe e Tad erano assorti in una conversazione con un uomo che sfoggiava un gran paio di baffi arricciati ed ero riluttante a interromperli. Invece, individuai una cameriera e cercai ristoro in una bevanda guarnita con una fettina di cetriolo. Guardandomi intorno nella stanza, Jason era l'unico altro volto che riconoscevo. Indossava una camicia bianca e dei jeans. La ragazza con il vestito rosso non era in vista.

Tentai di inserirmi, ma i gruppi di creativi affascinanti erano chiusi. Pensai di aspettare nella toilette delle signore, e di venir fuori appena prima dell'inizio del film, ma come un angelo custode, Chloe mi si precipitò incontro e mi salvò prima che lo facessi.

«Grazie per essere venuta, Harry. Sei un tesoro.»

«Nessun problema. Non vedevo l'ora.» Ho tentato di sembrare entusiasta. I film di Tad tendono a virare verso l'oscuro e il deprimente.

«Non è fantastico? Oh, hai già provato il Martini alla mela? C'è Grayson dell'*Independent* laggiù...» Chloe si agitò.

«Incredibile. Ottima location, e una grande partecipazione, anche se credo di non conoscere un'anima.»

«Conosci un po' Jason. Lo chiamo, così ti farà compagnia.»

«No, no.» L'ultima cosa che volevo era che Mister Sapientone Compiaciuto si prendesse cura di me.

Una tipa che somigliava a Sienna Miller abbracciò Chloe da dietro.

«Martha vuole parlare con te perché vorrebbe cantare alla festa di compleanno di Tad.»

«Questa è Harry, una delle mie più vecchie amiche» ha detto Chloe con orgoglio, guardandomi raggiante.

La ragazza mi osservava come se fosse in attesa che facessi una smorfia. Mi sono scervellata per trovare qualcosa da fare. Fare gli occhi storti sembrava un po' esagerato.

«Ciao» ha detto la ragazza imbronciata, prima di rivolgersi di nuovo a Chloe.

«Vado fuori a fumare una sigaretta.» Si voltò e uscì e mi chiesi come facesse a non cadere all'indietro. Camminava come se qualcuno le stesse tirando le ossa del bacino in avanti.

«Meglio che vada a parlare con Martha.»

Chloe scomparve, e io rimasi lì impalata. Non sono brava a socializzare con la gente che non conosco e la mia altezza non aiuta. Vuol dire che non posso passare in secondo piano e sperare che nessuno si accorga che sono una sfigata. Mi guardai intorno in preda al panico e un'attempata maschera, vestita in autentico stile anni Cinquanta, mi sorrise con simpatia. Io ricambiai e presi un cartoccio di popcorn dal suo vassoio.

«Non posso farla entrare, il film non è ancora iniziato» disse mentre spostavo il cordone da una parte.

«Lo so, ma ho solo bisogno di scappare.»

Lei annuì. «Non ti biasimo, tesoro. Questa gente non conosce le buone maniere» rispose, e si scostò per permettermi di entrare. Mi guardai intorno nel cinema vuoto e scelsi un posto tra le ultime file. I popcorn erano buoni e i posti erano come grandi poltrone rosse. Mi misi comoda immaginando di essere una star del cinema in attesa della proiezione privata del mio ultimo film. «Cari, proprio non posso avere nessuno intorno. Devo restare da sola con la mia arte e i miei popcorn.» Stavo cominciando a divertirmi quando la porta si aprì un istante e Jason ci sbirciò attraverso. Sorrisi come a dire: 'Sto molto bene per conto mio, ti ringrazio, quindi vai via e lasciami stare.' Spinse la porta ed entrò.

«Ciao» disse, e la sua voce riempì la stanza vuota.

«Ciao» risposi, e tornai ai miei popcorn.

«Posso sedermi vicino a te?» chiese. Mi accigliai. Il cinema era vuoto e c'erano altri sessanta posti tra cui scegliere, ma lui si limitò a sorridere, come se un *no* non fosse mai stata una possibilità, e strusciò i piedi mentre scavalcava le mie gambe. Si sedette facendo un sacco di storie su dove potesse collocare il suo bicchiere, la giacca e i popcorn, e io cercavo di ignorarlo, ma quando le luci alla fine si spensero, presi coscienza di lui nel mio spazio personale. Potevo sentire il suo gomito accanto al mio ed ero consapevole di ogni sua mossa. L'aria condizionata mi fece rabbrividire. Mi guardò, ma io fissai risolutamente davanti a me fingendo di essere interessata al film. Non lo ero, la mia attenzione si manteneva vaga, e mi trovai a godermi la sua risata sui pezzi divertenti e a chiedermi cos'altro lo facesse ridere.

In seguito, mentre i cinefili e critici riuniti discutevano su ciò che avevano visto in un blaterare di superlativi, mi scusai e me ne andai. Proprio mentre il mio taxi stava per partire, la porta si aprì e salì Jason.

«Mi puoi dare un passaggio? Non vivo lontano dalla stazione» disse. Rimasi scioccata dalla sua audacia, ma finsi indifferenza.

«Nessun problema, sali pure.»

Facemmo quattro chiacchiere, mentre il traffico peggiorava. Ma quaranta minuti seduti immobili erano troppi per i convenevoli, così restammo in silenzio, a guardare i passanti fuori. Avevo la bocca asciutta ed ero cosciente che si era girato verso di me e mi guardava le gambe. Tirai giù il vestito.

«Ci fermiamo qui» disse improvvisamente Jason al tassista. Mi afferrò la mano. «Dài, andiamo. Ti offro un gelato. Scommetto che sei il genere di ragazza a cui piacciono i gusti tipo rum e uva passa.»

«Veramente sono più un'amante del cioccolato.»

«Ci sono andato vicino.»

Non mi ha mai lasciato la mano per tutto il resto di quel caldo pomeriggio.

Pensavo che Chloe sarebbe stata contenta quando ci siamo messi insieme, ma non lo era. Al contrario, lasciò cadere piccole allusioni sul fatto che il suo passato era stato disseminato di vittime. Mi convinsi di essere diversa. Disse che per il mio bene sperava che lo fossi.

Pensando a tutto questo mi si è fatto più grande il buco nello stomaco. È uno spazio nero cavernoso che mi sta gradualmente erodendo, prendendo il sopravvento su di me. Fa male. Mi manca così tanto. Pensavo che fossimo felici! Non eravamo felici? Va bene, era chiaro che sua mamma credeva che il figlio avrebbe potuto fare di meglio, e lui aveva cominciato a uscire un po' di più con i colleghi di lavoro, ma avevo pensato che fosse un bene avere un po' di indipendenza dopo i nostri primi mesi anfetaminici. Quanto a sua madre, mi diceva che era una mia fantasia, che era sempre stata così con le sue ragazze. Non sembrava cogliere il fatto che volessi essere quella che avrebbe conquistato il pollice in alto. Disse che non importava quello che pensava sua madre, invece importò eccome. Lo aveva spinto a distinguersi dalla media fin da quando aveva sei anni, con lezioni private dopo la scuola, mandandolo dal dentista perché gli rendesse il sorriso più bello, facendolo operare agli occhi con il laser e pagando un insegnante privato di lingua e uno di musica. Jason doveva sempre eccellere in qualunque cosa e avevo l'impressione che lei pensasse che lo ostacolassi nel suo piano per conquistare il mondo. Era convinto anche lui della stessa cosa? Ero solo un'inconcludente che avrebbe dovuto fare qualcosa della propria vita? Il pensiero mi fa arrabbiare. Ho vinto premi! Be', uno per la migliore storia, con un articolo su un gruppo polacco di ballo itinerante.

È successo due anni fa.

Mi preparo una tazza di tè alle erbe e provo a eliminare le tossine dal corpo, Jason incluso. Una barretta mini di Mars aiuta. Con le idee più fresche, torno al computer e a DateMate. Descrivi il tuo compagno ideale? Vorrei un tipo con gli occhi azzurri, capelli castani (più chiari che scuri, credo), alto (sarebbe bello più di uno e ottanta), con uno spiccato senso dell'umorismo, intelligente, gentile, generoso... Qualcuno di cui mi possa fidare. Qualcuno che sia lì per me, anche se non sono la ragazza più carina della stanza. Voglio qualcuno che sappia cucinare e sappia raschiare il ghiaccio dal parabrezza della mia auto, qualcuno che possa ammirare, letteralmente, e che riderà quando sto cercando di essere spiritosa. Voglio qualcuno che mi dica che ho un sedere sexy quando è più simile a una pagnotta morbida e bianca che a una pesca. Soprattutto, voglio un eroe! È chiedere troppo? Dal limite di parole di DateMate sembra che lo sia.

Ho riletto la mia descrizione. Be', non mi suona troppo male. Non eccezionale, ma neanche male. La correggo un po' fino a quando suona meglio. Ora ho bisogno di un nome per proteggere il mio anonimato dai tipi strani che si nascondono dietro i loro schermi, pronti a rubarmi l'identità o a compiere il loro destino di stalker. Guardo gli altri profili: Civettuola, Occhi di Diamante, Delizioso Involtino, Magnifica Gallinella, Labbra Calde, Mandy Forse... Oddio, comincio la lista di possibili nomi. Includo Avvoltoio della Cultura, Sexy Harry, e Ragazza A Portar Via, come nei caffè a portar via... No, non funziona, lo so. Mi decido per La Bella del Ballo, come nel film, ma senza il pezzo pauroso del matrimonio.

La Bella del Ballo
Ragazza cerca ragazzo che si riservi l'ultimo ballo per lei
Sono una ragazza di ventinove anni con bei piedi e senso dell'umorismo. Quando non sto facendo immersioni subacquee o volontariato nelle foreste pluviali, mi piace tenermi in forma, cucinare e guardare film. Ho anche interessi culturali e passo un bel po' del mio tempo a teatro o a esplorare gallerie. Tutte queste cose sono molto più divertenti in compagnia ed è qui che entri in gioco tu. Vorrei incontrare un tipo alto, sicuro di sé, intelligente, un po' eccentrico, divertente, gentile e generoso. In poche parole, ho bisogno di un eroe. (Chi lo cantava?)

Cancello l'ultima frase e sposto il cursore su *Invio*. Dài, fallo... fallo... *fallo!*

Lo faccio e poi mi sento male. Ora sono là fuori, in terra DateMate, alla vista di tutti. Sono stata presa dal più basso scaffale polveroso della vita e messa sul ripiano più alto, dove qualunque perverso, assassino e disturbato mentale potrà vedermi.

Mi sdraio sul letto e inizio a preoccuparmi. Mi preoccupo per il lavoro, per il popolo dello Zimbabwe e per il fatto di essere su DateMate. La luce dal mio cellulare lampeggia verde. È un messaggio di Josie: 'Smettila di preoccuparti! La tua luna è in Saturno. X'

Accedo a DateMate. La Bella del Ballo è lì da ventiquattro ore e due tipi hanno visitato il profilo. Vado nella casella di posta in arrivo. Niente! Che vuol dire, che non sono abbastanza carina o intelligente? Che Labbra Calde da Guildford è un'opzione molto più interessante perché si definisce 'una simpatica peste'? Bah! Così, dei settemila iscritti, neanche uno è interessato a me. Devo avere più iniziativa, così dice Josie, Miss Esperta di DateMate. Il punto è trovare quelli che mi piacciono e aggiungerli tra i miei preferiti. Questo a quanto pare li incoraggerà a mettersi in contatto con me. Clicco sulla galleria di maschi nella mia zona di questa settimana.

Ricercatore di Sinergie
Sono un matematico in cerca di nuove avventure. In cerca di intelligenza e bellezza. È chiedere troppo?
Leggi le mie statistiche e trai le tue conclusioni.

Posta di prima classe
Postino di giorno, cantante di notte.
Bello, da coccolare, divertente e alla ricerca di Miss Perfetta.
Non si accetta in questa casella postale nessun messaggio di seconda classe.

LatoOscuro
Prendi il cappotto.
Cerco una ragazza con cui condividere un korma di pollo un sabato sera.
Le devono piacere i maiali e i cereali.

Visto? Sapevo che sarebbe stato così. Strambi, per la maggior parte. Ho spento il computer. Tutto qui. Faccio da me! Non mi interessa. Il mio oroscopo non diceva che il romanticismo si trovava vicino a casa? Non ho bisogno di fare tutto questo. Il mio accompagnatore per le nozze mi sta probabilmente aspettando da Sainsbury... Ma preferibilmente non dietro una cassa. Questo fa di me una snob? È il genere di cose che direbbe mia sorella Emma. Mi devo appuntare di mantenere la mente aperta.

Mi accascio sul divano, decido che devo cambiarlo, e sfoglio una copia della rivista *Hello!*. Niente, noioso, niente, noioso, oh, com'è vestita, noioso, niente, *che?!* Nell'angolo in basso a sinistra c'è una foto di Sophie e Jason con un giocatore di rugby. Sophie ha i denti molto bianchi e una grande bocca. Jason è raggiante come un bambino a cui hanno regalato la sua prima bici per Natale. Esamino i difetti di Sophie. Il seno destro sembra leggermente più grande del sinistro. Però ha un trucco perfetto, e un fisico fantastico. Ha le curve in tutti i posti giusti. È leggermente più bassa di Jason con i tacchi alti.

Mi sento un groppo in gola. E continuare a fissarli non aiuta. Ha scherzato con lei al loro primo appuntamento sul fatto di sposarsi? Le ha detto che era diversa, abbastanza diversa da essere speciale? Le ha presentato sua mamma e sua sorella? A loro è piaciuta? Avrà detto alla mamma di lei che avrebbe potuto mangiare chili della sua marmellata di fragole fatta in casa? Guardano insieme 24? E lei riesce a far bollire al punto giusto un uovo?

Mi sento male, come se fossi in lutto per la perdita di qualcosa di prezioso. No, mi sbaglio, non l'ho perso, qualcuno me l'ha rubato.

Butto la rivista nel cestino ed entro di nuovo su DateMate. Quando Jason mi vedrà con il mio fantastico accompagnatore al matrimonio, si spera che si renderà conto di che stupido è stato. Scorro i profili. Ci deve essere qualcuno là fuori che non è uno strambo.

Sono le due del mattino e sto diventando cieca. Ci deve essere qualcuno. Oh, aspetta.

EcoWarrior
Il mio lavoro come biologo marino mi ha fatto trascorrere gli ultimi anni in giro per il mondo, ma ora ho voglia di sistemarmi con la ragazza giusta. Amo cucinare cibo indiano, il windsurf, leggere, accoccolarmi guardando un buon film. Cerco una ragazza che ami il mio cane Donald e la mia nipotina Maisie tanto quanto me.

Ci siamo, ragazza. Questo è già meglio. Lo aggiungo ai miei preferiti e sogno di essere trascinata dal mare in un bikini striminzito e di farmi leccare via il sale dalla pelle.

Il giorno dopo, ricevo un messaggio da EcoWarrior in cui mi chiede quali sono i miei film preferiti. Glielo dico e aspetto. Non ho mai più saputo nulla di lui. Sembra che sia caduta alla prima domanda. È un po' come essere a *Chi vuol essere milionario*.

La ragazza senza l'amore in agenda
Blog

Postato il: 22 febbraio

Il mio oroscopo dice che ora è il momento di essere positivi e di guardare verso nuovi orizzonti. È un po' diverso dal mese scorso, quando diceva di guardare più vicino a casa, ma ho il sospetto che le forze di lassù abbiano dato uno sguardo alla geografia amorosa che mi circonda e abbiano visto che non c'era niente di interessante. Anch'io ho dato uno sguardo, e posso confermare che non c'è nulla là fuori e, francamente, mi annoio a mettermi il rossetto ogni volta che vado al supermercato o in banca. Così, nonostante i miei timori iniziali, sono decisa a essere positiva sugli

incontri via internet. Forse è la strada giusta. Tra dieci mesi potrei trovarmi mano nella mano con l'uomo dei miei sogni, o perlomeno con uno che sta benissimo in abito da cerimonia e a cui fa piacere andare a un bel matrimonio. Forse ho bisogno di cercare un gay? No, ho bisogno di qualcuno che mi possa piacere.
Il fatto è che, se trovassi qualcuno, non vorrei ammetterlo. Come ci siamo conosciuti? Oh, era un amico di un amico. Lui era in blu, io in rosso. Ha fatto una battuta e io ho riso. Perché fare gli snob? Perché c'è ancora la convinzione che tutto questo sappia di disperazione? Be', io sono disperata! Ho bisogno di qualcuno che mi porti a un matrimonio e se questo significa parlare di stupidaggini e dire che adoro i maccheroni con il formaggio e il campeggio, lo farò.
Lo vedo come un esperimento sociale a nome di tutte le donne single che non somigliano ad Angelina.
Se, come me, vi state muovendo verso gli appuntamenti via internet, ecco la mia lista di cose da fare per verificare che siate okay e con qualche possibilità di combattere contro gente del calibro di Mandy Forse e il suo eloquio:
• Guarda *QI* e *Mastermind* per aggiornare la tua cultura generale e quella oscura.
• Guarda *Masterchef* per imparare a cucinare nuovi piatti per fare colpo.
• Leggi le recensioni di libri e film.
• Guarda il telegiornale. È un ottimo argomento di conversazione.
• Fai finta di essere qualcun altro. (Io l'ho fatto, e lei si chiamava Sensuale Linda.)

Postato il: 1° marzo

Che diavolo sta succedendo? Odio tutto questo! Voglio dire, che cosa è successo al buon vecchio ammiccare a qualcuno in una discoteca o al pub, scomparire in bagno per rifarsi il trucco e mandare un'amica a dire 'piaci alla mia amica'? Non c'era 'dite il vostro colore preferito/film/piatto/musica/personaggio storico' o 'elencate le vostre aspirazioni per i prossimi cinque anni'. Era tutto un po' sudato e in gran parte dipendeva dal Jack Daniel's, dalle luci soffuse e da quella vecchia cosa chiamata chimica. Era semplice ed esilarante e ti faceva restare in attesa del week-end. Questi appuntamenti su internet sono privi di tutto ciò che è eccitante o romantico. È tutto insipido e logico e non c'è modo di sapere se il ragazzo con cui si sta chattando sia in realtà uno di un metro e sessanta con problemi di sudorazione. Non ho nulla contro gli uomini di un metro e sessanta... In realtà sì. Sembro stupida con chiunque sia sotto l'uno e settanta e, per esperienza, gli uomini piccoli sono come i cani piccoli: un sacco di rumore per nulla e atteggiamento maschilista, due cose che odio. Voglio essere la preferita di qualcuno. Dio, è come tornare a scuola.

Postato il: 8 marzo

Sensuale Linda ha venticinque preferiti e continuano ad aumentare. Sembra un po' una bambola Sindy. Infatti, se qualcuno avesse guardato più attentamente...

3

Mi sistemo davanti alla tv a preparare la lista dei programmi della giornata. Questo è il mio secondo giorno di malattia in altrettanti mesi. Non sono malata, solo stanca. La vita senza Jason mi succhia l'energia e il mio lavoro si prende quella che resta. Mi piaceva, il lavoro, con i suoi personaggi bizzarri e mai due giorni uguali, ma ora è diventato come il resto: l'espressione di tutto ciò che non va. Oggi ogni cosa sembra peggio di quel che è. Non ho idea del perché. Penso che potrebbe essere colpa dei miei capelli.

La sveglia è suonata come al solito e mi sono svegliata, come faccio sempre, al terzo trillo. Non piove e la caldaia funziona, tutto bene finora. Mi sono alzata, ho messo le pantofole-cane e sono entrata a passi felpati in bagno. Poi ho visto il mio riflesso nello specchio e sono giunta alla conclusione che è successo per colpa dei miei capelli. Jason, il mio lavoro... tutto. Li ho arruffati e ho messo un fermaglio, li ho stirati indietro e spazzolati. Qualunque cosa facessi, erano comunque uno schifo. Sembravo uno schifo. Ero uno schifo. Ho cominciato a piangere. A quanto pareva, non potevo affrontare la giornata.

Quando conobbi Jason avevo un discreto successo. Avevo

appena vinto il premio per il mio articolo e stavo facendo un lavoro di cui potevo andare orgogliosa. Ero in un buon posto e confidavo nel fatto che la mia decisione di non trasferirmi a Londra fosse stata quella giusta. Le allettanti opportunità di lavoro nelle redazioni di *Marie Claire* e *Elle* erano state accantonate e non sembravano più importanti. Stavo andando bene. Ma Jason disse che avrei potuto fare di meglio. Forse era giunto il momento, suggeriva. Con lui che mi spronava, feci domanda per un posto come assistente di redazione per il *Vie Magazine*. Diceva che avrei potuto farlo a occhi chiusi, che sarebbe stato un bene per me andar via da *Life to Live* e guardare avanti. Mi spingeva a essere migliore e avevo iniziato a vedermi come quella-che-poteva-fare-di-più, proprio come mi vedeva lui.

Cominciai a sentirmi insoddisfatta di *Life to Live* e iniziai a immaginare un'alternativa. Quando non ottenni il lavoro a *Vie* ero affranta. Se Jason era deluso come pensavo, non lo diede a vedere. Al contrario, mi spinse a fare domanda per più posti di lavoro, e lo feci. Quando lo guardavo, sempre alla ricerca di qualcosa di meglio, volevo fare lo stesso. Cambiai i mobili dell'appartamento, mi iscrissi a un corso serale di creazione di gioielli (una delle mie idee era di diventare una specie di Jade Jagger) e perfezionai ogni piatto che cucinavo neanche fossi Jamie Oliver. Mi dissi che era solo una questione di tempo e qualcosa sarebbe saltato fuori, e intanto riempivamo le nostre giornate con week-end romantici fuori città e serate in cui impressionavo i suoi amici con le mie tagliatelle alla barbabietola fatte in casa.

Sembra passata una vita.

La copia di *Hello!* ora macchiata di caffè e zuppa è rimasta sul tavolo. L'ho tirata fuori dalla spazzatura almeno quattro volte. Non posso farne a meno. Apro la pagina e c'è Jason che continua a sorridere. Sto di nuovo sprofondando in quel buco nero di autocommiserazione mentre lui sorride con il suo braccio da padrone intorno alla vita di una donna dalle tette perfettamente rotonde ma posticce. Guardo nel baratro che è la bocca di Sophie. Si sta mangiando il mio ragazzo, cioè il mio ex ragazzo, e ride di me. Sprofondo la testa tra le mani. È buio qui. Il sangue mi sale al cervello. Mi sento persa e mi fa male. Forse vado a dormire. Poi mi ricordo di ciò che accade quando dormo: ho gli incubi. Ieri sera è stato orribile. Jason e sua madre scuotevano la testa delusi, mentre io facevo ruotare sei cocktail e due cadevano a terra. Quello che avevo bevuto mi faceva vomitare. Mi sono svegliata madida di sudore.

Qualcosa scatta. È un po' come quando sono andata da un chiropratico e gli ho detto che era un bastardo. Mi avrebbe dovuto avvisare. Ho urlato. Stavolta si tratta di uno scatto mentale. Rialzo la testa. Che sto facendo? Ho sprecato troppo tempo annegando in tutto questo, facendomi del male, incapace di prendere una decisione, in attesa che lui mi facesse sentire di nuovo bene. Sono arrabbiata. Non con lui, ma con me. Sono meglio di così. Può essersi preso la mia macchina per il caffè, il divano, l'asciugamano del bagno, i cactus e il mio cuore, ma non mi ha preso da dentro qualcosa che agita il pugno in aria e grida 'te la farò vedere!'.

I miei seni sono veri e sono abbastanza alta da indossare dei pantaloni di Zara. Entrerò in quella doccia, mi laverò i capelli, mi vestirò e andrò al lavoro. Ho intenzione di fargli vedere che posso essere favolosa e avere successo. Al matrimonio di Chloe piangerà nel rendersi conto di aver fatto un errore a lasciarmi andar via.

«'Sera» mi saluta Ed con sarcasmo, e gli faccio una linguaccia.

Accendo il computer e guardo la figura alta, allampanata, attraversare l'ufficio. Ed è un fotografo freelance e fornisce la maggior parte delle immagini che utilizziamo per la rivista. È anche l'unico uomo più alto di me che conosca e può indossare un cardigan e un berretto di tweed senza sembrare gay o un cretino. Ed è relativamente nuovo qui. Con nuovo voglio dire due anni. Non molto tempo dopo che ha iniziato da noi, abbiamo trovato un interesse comune nel viavai dell'uomo nell'ufficio della porta accanto. Ogni mattina, precisamente alle undici, corre su e giù per cinque rampe di scale. Non siamo stati in grado di accertare se lo faccia per mantenersi in forma o se sia affetto da qualche tipo di disturbo ossessivo-compulsivo. E ci fa ridere. È quello che succede con le repliche di *Will e Grace* e l'*A-Team*.

Penso che ogni ragazza dovrebbe avere un amico di bell'aspetto, uno che in una vita diversa sarebbe probabilmente il tuo ragazzo, un amico che è meno sensibile delle tue amiche, ti fa ridere e riesce a fare meraviglie per il tuo ego quando ne hai più bisogno, senza il coinvolgimento emotivo che implicano le relazioni. Ed è il mio.

A parte Georgina, la nostra redattrice, e Derek, il ragioniere, sono quella che è qui da più tempo. Otto anni la prossima settimana. È a dir poco scioccante per una che pensava che sarebbe rimasta per sei mesi al massimo. Alcune cose sono cambiate nel corso degli anni, come ad esempio l'installazione di una fotocopiatrice più grande del mio appartamento e della macchinetta del caffè. Purtroppo, però, la nostra creatività non è cambiata. Stiamo ancora utilizzando lo stesso formato e pubblicando gli stessi inserzionisti. All'apparenza, questo non sembrava preoccupare nessuno e nelle nostre riunioni del lunedì mattina trascorrevamo più tempo a discutere di *X Factor* che a fare un brain storming dei nostri piani per un giornalismo innovativo. Poi, tre mesi fa, un giovane concorrente è entrato nelle cassette delle lettere della regione e tutto è cambiato. *Bath at Large* è più patinato, più intelligente e più trendy. Se avessi pensato di essere anche solo una di queste cose, avrei fatto domanda per lavorare lì. Ora il panico è palpabile. È evidente, durante le riunioni editoriali, intorno alla fotocopiatrice e quando si ordina la cancelleria. Georgina non ha sorriso per gli ultimi tre mesi. I rari avvistamenti di un'incurvatura della sua bocca vengono commentati via email in tutto l'ufficio in modo che tutti noi possiamo speculare sulla causa. La necessità di trovare qualcosa di nuovo e interessante è reale, e ce la sto mettendo tutta.

La pagina degli eventi di *Life to Live* è responsabilità mia, ma non richiede molta creatività. È una lista! A volte posso infilarci qualche idea o un'intervista, a seconda dello spazio, ma in generale mi basta aggiungere poche righe: 'da non perdere', 'affascinante', bla, bla, bla. A volte, se mi sento un po' avventata, aggiungo uno dei miei suggerimenti: combattimenti di gerbilli o gare di birilli. Nessuno sembra accorgersene. Mi occupo anche dei servizi speciali, ma negli ultimi sei mesi i miei racconti sono stati pochi e diradati. Qualsiasi talento mi pare di aver posseduto, sembra essersi prosciugato come i cattivi surrogati di caffè che beve Judith. Odorano di pipì di gatto.

Scruto nella mia casella di posta elettronica ed è piena dei soliti noti. Spiccano un concerto di un cantante folk canadese, un reading di poesia e un nuovo bizzarro cocktail di un pub che sta diventando di moda. Non c'è niente di appetibile. *Bath at Large* è appetibile e Georgina è ormai ossessionata da questa parola.

Nonostante siamo solo a metà marzo, sto già pensando ai miei tirocini estivi. Dio, presto sarà Natale. Controllo l'agenda. Il matrimonio di Chloe è scritto a grandi lettere rosse. Mancano poco meno di nove mesi. Verifico che Judith stia facendo qualunque cosa debba fare, ed entro su DateMate. Oooh, sono la preferita di qualcuno. *Metà Uomo Metà Biscotto*. Be', sembra avere senso dell'umorismo. 'Se fossi un cane sarei un labrador. Ho bisogno di una donna che mi dia il contentino.'

Controllo la sua foto. Sembra un Basset Hound. Continuo a leggere. Anche lui non ha il senso dell'umorismo. Esco dal sito e vado a intervistare una donna che fotografa porte. So bene che non è appetibile o particolarmente interessante, ma riempie uno spazio, e i miei piani per diventare più brillante di Sophie hanno bisogno di un po' più di riflessione.

Non appena ritorno, la mia vicina di casa, la signora Gennings ('chiamami Marta'), compare come uscita dall'*Esorcista 3* e quasi mi inchioda alla bacheca nell'androne.

«Hai visto la mia copia del *Guardian*?»

«No» rispondo, un po' troppo in fretta.

Mi guarda le dita. È alla ricerca di tracce di inchiostro, ma non ne troverà, perché non ho ancora iniziato sfogliarla. La copia di Martha Gennings del *Guardian* è nella mia borsa di cotone 'rispetta l'ambiente'.

Stringe gli occhi e si piega in avanti, rivelando dei denti gialli e degli occhi che hanno perso ogni speranza di amore. Sta per perquisirmi, mi prenderà di sorpresa con un calcio volante? Mi slancio indietro, e come un granchio sguscio di lato verso la porta del mio appartamento.

«Devo andare, ho da fare» balbetto, sentendomi una ladra. Volevo solo prenderlo in prestito, per scorrere gli annunci di lavoro.

Gli occhi di Martha mi seguono e si insinuano attraverso la porta, mentre mi allontano il più veloce possibile. Martha Gestapo Gennings è la nostra guardiana della spazzatura e della corrispondenza. Di domenica, metti fuori le buste prima delle otto di sera e ti piomberà addosso con tutta la rabbia di una donna rimasta vedova per colpa di un fulmine. Una sera l'ho sentita nel corridoio del palazzo e ho fatto l'errore di guardare dallo spioncino: l'ho trovata che sbirciava dritta verso di me. Mi fa paura, e ora che le ho fregato – no, preso in prestito – il suo giornale, a mezzanotte terrà una cerimonia per invocare il signore del male, e inizieranno a succedermi delle cose orribili.

Ho letto una rivista, ho vagato per i canali tv e mi chiedo se dovrei preparare un po' di *chutney*, come suggerisce la simpatica signora sul *West Today*, e venderlo al mercato degli agricoltori locali. Quando sono al lavoro penso che vorrei essere a casa. Quando sono a casa mi annoio. Dovrei prendere un gatto. Mi farebbe smettere di parlare da sola o al televisore. Ne avevamo uno quando ero piccola, ma è morto. Dibby era vecchio e aveva le convulsioni. Mentre prendevamo il tè spesso sentivamo un tonfo: era caduto da una sedia. Poco dopo si alzava, scuoteva la testa e faceva come se nulla fosse. Un giorno non si alzò. Fui io a trovarlo, rigido come una tavola. Gridai ed Emma entrò e mi prese a schiaffi. Disse a mio padre che lo aveva visto fare in tv.

Il mio appartamento non è alla moda o pieno di oggetti di design, ma piuttosto un miscuglio di roba di seconda mano e cose recuperate. Riflette il lato di me che preferisco, e per questo ho resistito e ho evitato di renderlo uno spazio costruito con cura, un insieme di elementi che si abbinano perfettamente. Ci sono pezzi spaiati di mobili IKEA, un tavolino fatto da mio padre e un vecchio divano a due posti un po' usurato, verde scuro, che mi ha dato la mamma di Josie dopo che Jason ha preso quello di cuoio marrone. Nessuno dei cuscini che lo ricoprono gli si abbina, ma mi piace. Come una cioccolata calda in un giorno d'inverno, è rassicurante e comodo. Decido che questo è esattamente il tipo di uomo che dovrei cercare.

Telefono a Josie. «Ho deciso che cercherò un uomo comodo.»

«Vuoi dire grasso?»

«No, non grasso, pensavo più come un piumino.»

«Hai bevuto?»

«No. Penso solo che bello e dinamico sono un po' fuori moda.»

«Come sta andando la storia della ricerca del ragazzo?»

«Non sta andando.»

«Ed EcoWarrior? Sembrava perfetto.»

«Sì, lo pensavo anch'io, ma non ne ho più saputo nulla. Pare che le mie scelte cinematografiche non fossero all'altezza.»

«Be', meglio così. È ancora presto. Se vedi qualcuno che ti piace, fammelo sapere così gli do uno sguardo.»

«Va bene. Che fai stasera?»

«Andiamo a Chinatown per un *dim sum* con il fratello di Ben e la sua ragazza, e tu?»

«Aggiorno il mio CV. Devo essere favolosa, e cambiare lavoro è il primo punto della lista.»

«Che altro c'è nella lista?»

«Perdere sei chili, conoscere un uomo meraviglioso che mi accompagni al matrimonio di Chloe, e con i soldi dello stipendio enorme ed esagerato del mio nuovo lavoro, comprare un paio di Louboutin e fregarmene se sono più alta del mio ragazzo.»

«Mi piace! E ricordati, Bella del Ballo, mentre parliamo, probabilmente il tuo principe sta esaminando il tuo profilo per vedere se quella scarpetta ti entra. Vai, Cenerentola, porgi le labbra.»

Guardo le mie pantofole con il muso di cane e mi chiedo che tipo di uomo mi troverà incantevole. Accedo a DateMate e cerco un uomo comodo che abbia il potenziale per essere bravo a letto, come lo chef di *Saturday Kitchen*.

Ogni mattina sono la prima a entrare. L'ufficio è fermo e tranquillo, in attesa che il giorno inizi. Mi preparo una tazza di caffè e rendo di più in quei primi quaranta minuti che nel resto della mattinata. A volte ci si sente strani, come se il mondo intero si fosse spento, ma poi alle otto e quarantacinque, qualcuno lo accende di nuovo e le lampade fluorescenti sfarfallano, i telefoni iniziano a squillare e le chiacchiere della gente riempiono l'open space con la sua stanca moquette blu.

Questa mattina, la comparsa di Judith mi sconvolge. Che ora è? Il mio caffè non è stato toccato, sostituito da una nuova dipendenza. Ho esaminato DateMate e ho scelto i miei favoriti come si fa con le mele al supermercato. Mi sono affrettata a raccogliere le mie note per la riunione di redazione. Quello che avrei dovuto fare, invece che stare a leggere di un tipo chiamato Skydiver, era stilare un elenco di tutte le cose appetibili in programma per la mia pagina. Guardo il mio taccuino: 1. Chiedere a personaggi famosi cos'è la cosa che preferiscono fare quando sono a Bath; 2. Non c'è un numero due.

Ci riuniamo intorno al tavolo circolare e chiacchieriamo tra di noi. Judith sta parlando di Gesù, mentre Jeremy delle sue lenzuola di raso. Quando appare Georgina, la stanza piomba nel silenzio. Non c'è alcun segno di sorriso e facciamo scomparire i nostri di conseguenza.

«Allora, cosa abbiamo?» inizia lei immediatamente, guardando verso Judith. Georgina è un'ebrea cinquantenne, con un livello di tolleranza spaventosamente basso e una grande bocca cremisi. Immagino beva whisky o bourbon, sicuro. Georgina è una reliquia degli anni Ottanta, con capelli cotonati color prugna e spalline. È sempre immacolata e indossa giacche lunghe (per nascondere il sedere piuttosto grande), sciarpe coordinate (per nascondere le guance) e grandi orecchini a disco in ceramica (per mascherare i lobi piuttosto grandi). Georgina spara a sorpresa ed è spietata. Mi piace. Non ha alcuna pretesa di voler essere la tua migliore amica.

Judith tossisce nervosamente e guarda il suo taccuino. «Stavamo pensando a modelle in abiti estivi fluttuanti, in piedi nella fontana.»

«Stavamo chi?»

Judith si muove a disagio sulla sedia e un po' di colore

si insinua lungo il suo bel collo di cigno bianco. Quasi mi dispiace per lei. Mentre Kiki, superfiga e sicura di sé, è lontana a fare del bene da qualche parte in Sudamerica, Judith si occupa dei servizi di moda. È un pesce fuor d'acqua.

«Volevo dire stavo» dice con calma.

«Continua» la sollecita Georgina.

Judith sembra aver perso di nuovo il filo e tossisce.

«La fontana» dice Georgina, chiaramente annoiata.

«Oh, sì. Stavo pensando a *Espiazione*, sai, quando Keira Knightley si tuffa nella fontana.»

«E quando esce il suo vestito è trasparente» osserva Jeremy della pubblicità. Poi sorride e alza le sopracciglia. Mi fa un po' rabbrividire. Judith aggrotta la fronte.

«Potremmo prendere modelle simili a Keira, sai, quella bellezza eterea tutta inglese» continua.

«Mi piace l'idea del trasparente» commenta Georgina, mentre scrive qualcosa nel suo taccuino rilegato in pelle. Scommetto che è appetibile.

Judith osserva inorridita. Tossisce ancora. Sta cominciando a irritarmi, e le passo un bicchiere d'acqua.

«Stavo pensando più a un fascino edoardiano.»

«Ma ha ragione Jeremy. L'elemento della trasparenza è la cosa fondamentale.»

«E il modo in cui lei schiude le labbra... solo leggermente...» Jeremy si sta facendo il suo film erotico in un angolo. Georgina lo guarda e lui tace.

«Mi piace l'idea della fontana, ma mettiamo quelle ragazze bagnate e...» Tutti noi aspettiamo quella parola, 'appetibili'.

«Potremmo farne un doppio servizio di moda: i vestiti e la biancheria intima. E lo potrei integrare con una lista di case signorili e giardini da visitare quest'estate» azzardo.

Georgina mi guarda con sorpresa. La ricambio, altrettanto sorpresa. Ero stata io a tirare fuori un'idea brillante? Judith mi lancia uno sguardo non troppo compiaciuto perché l'ho bruciata sul tempo. Sorrido per scusarmi. Georgina inizia ad abbaiare le istruzioni per mettere in pratica il tutto.

«Jeremy, fa' un po' di telefonate per le aziende del servizio, e Phoebe, puoi aiutare Judith? Trovate degli stivali di gomma da qualche parte.»

Judith sorride e ho il sospetto che stia desiderando la mia punizione. Judith è cristiana, cosa che mi sorprende sempre, perché tutto in lei indica il contrario. Uno spreco di spazio vuoto biondo, non ho mai pensato avesse inclinazioni spirituali. Questo dimostra che non si può mai essere troppo sicuri di chi sia in agguato in ufficio.

«Allora, Harry. Tu cos'hai?» Georgina mi fissa con uno dei suoi sguardi 'impressionami in due minuti o anche meno'. Distolgo lo sguardo e metto molta enfasi nel guardare la mia lista di 1.

«Be', la sola idea che a me sembra davvero buona è chiedere ai vip di dirci quello che gli piace fare quando sono in città.»

«Mmm.» Georgina annuisce con la testa e succhia la stanghetta degli occhiali che non porta mai.

«Potremmo intervallarlo con suggerimenti del pubblico. Una sorta di galleria fotografica.» Sono ispirata ora.

«Chi se ne importa di quello che dice l'uomo della strada? Non vogliamo sapere dove va Sharon dell'ufficio postale il fine settimana» abbaia Georgina. «Ma hai ragione sui vip. Hai in mente qualcuno?» chiede.

«Johnny Depp» propongo eccitata, immaginando la nostra intervista davanti a un caffè e dei muffin ai mirtilli. Qualcuno mi ha detto che gli piace sempre avere mirtilli freschi dovunque si trovi. Questo tipo di informazioni, anche se non immediatamente affascinanti, sono in grado di dimostrare il loro valore quando meno te l'aspetti. Apprezzerebbe che tengo al suo benessere. Diventeremmo amici e faremmo shopping giù per Walcott Street. Gli piacerebbe il negozio di formaggi.

«Johnny Depp non abita qui!» mi prende in giro Jeremy.

«Certo che sì» rispondiamo all'unisono io e Judith con un acuto.

«Be', se è vero, mi piacerebbe sapere dove.»

«Anche a me. I pettegolezzi non sono abbastanza dettagliati, e nessuno che io conosca lo ha effettivamente visto.»

«Che ne dite di Nicolas Cage?» suggerisco. So che è stato qui. Un amico di un amico di un amico l'ha visto entrare in una gioielleria.

«Pensi di riuscire a parlarci?»

Non avevo pensato a questo problema, ma non posso tornare indietro ora. Imito mia madre e faccio finta di non sentire. «C'è quel tizio che era in quella sit-com. Come si chiamava?»

«No, vuoi dire quel ragazzo della pubblicità della banca» interviene Jeremy.

«No. Voglio dire il ragazzo che ha l'abitudine di indossare il cappello alla Sherlock Holmes» controbatto, anche se non sono sicura di quale intendo.

«Non stavamo parlando di Nicolas Cage?» puntualizza Georgina stizzita.

«Sì, Nicolas Cage... Farò parlare i miei collaboratori con i suoi» scherzo, ma nessuno pensa che sia divertente e la mia carriera da comica è stroncata. Clarissa ci espone una carrellata delle interviste che ha in programma, ma perdo il filo dopo un tipo di *Britain's Got Talent*.

Ed si avvicina alla mia scrivania e subito esco dal sito di una società di reclutamento.

«Allora, com'è andata con la storia di Johnny Depp?»

«Come facevi a sapere della mia storia di Johnny Depp?»

«Ho visto la parola 'famoso' sul post-it attaccato al computer, e ho dedotto il resto.»

«Sono sempre così prevedibile?» chiedo, sforzandomi di nascondere la mia delusione. Io non voglio essere prevedibile.

Ho voglia di vivere al limite, saltare le convenzioni, pensare fuori dagli schemi, molto al di fuori, succhiare il midollo della vita, e tutte quelle altre cose che non sono prevedibili e non sono come me.

«Sì» risponde Ed, prendendo la sua macchina fotografica.

«Grazie, grazie molte» ribatto, e apro la posta elettronica come a dire che sono troppo occupata per queste sciocchezze.

«Lo fai sembrare come se fosse un insulto» dice Ed, scuotendo la testa. «Ci vediamo più tardi.»

Faccio un cenno con la mano senza convinzione. La mia attenzione è stata catturata da un messaggio su DateMate. Clicco per prima cosa sulla foto, non che io sia distratta dall'apparenza a scapito della sostanza, ovviamente.

Quindi, Bella del Ballo, hai voglia di bere qualcosa insieme?

È andato un po' troppo avanti. Non dovevamo farci domande come 'qual è il tuo colore preferito, dimmi quali sono i tuoi cd preferiti di tutti i tempi, se fossi un animale cosa saresti, hai eventuali condanne penali'? Evidentemente Cowboy Spaziale non la pensa così. Mi piace, però. Sembra più normale, e 'normale' è una parola buona in questo pazzo mondo di internet dove sto entrando in punta di piedi. Guardo il suo profilo.

Ho buoni denti, scarpe belle e grandi labbra. Mi piacciono le ragazze selvagge e intellettuali che bevono pinte di birra e guidano le moto. In mancanza di questo, mi piacerebbe incontrare una persona sexy e folle in senso buono.

Cowboy Spaziale... mmm. Si avvicina a passo deciso e mi afferra per la vita come fossi una bambola di pezza. La sua barba mi sfiora il mento. Ha le labbra piene e sono brusche con le mie. Sento che mi bruciano. Ha gli occhi scuri e sta ardendo sotto la sua giacca di pelle vissuta. Suona la chitarra e mi strimpella nello stesso modo, con un talento naturale e un disprezzo inebriante per le mie proteste. Si apre la cerniera...

«Harry?» mi interrompe Judith. «Reginald Dixon della Allotment Society al telefono per te. Dice che la prossima settimana fanno un concorso di carote dalla forma strana.»

Dio, a che stavo pensando? Cowboy Spaziale è probabilmente un pazzo totale che sputa quando parla e porta i baffi. Il mio oroscopo mi ha detto di cercare nuovi orizzonti, non di vagare nell'etere o parlare con gli sconosciuti psicopatici. Cancello la mia email di risposta. No al Cowboy Spaziale! No a tutta questa cosa degli incontri su internet!

Dopo un'ora di camminata intorno a Hampstead Heath nel nostro tentativo di perdere peso per il matrimonio, Josie sta facendo le uova in camicia. Volevamo panini con le uova fritte ma Chloe è stata dura e ci ha detto un no categorico.

Con il caffè e qualcosa da leggere, ci sistemiamo nel piccolo salotto. Nonostante le proteste di Josie che non sta mettendo radici, che non è stata presa nessuna decisione, che il futuro è incerto eccetera, l'appartamento di Ben è pieno di cose sue. C'è uno specchio quadrato in bagno, e se si guarda attentamente, si possono quasi leggere le parole incise nel mezzo. SEI SPLENDIDA. ORA LAVATI LE MANI E VAI IN ONDA. Inoltre ha sostituito la cucina in rovere con mobili laccati di rosso, ha montato in camera da letto un lampadario in vetro colorato e cambiato il sobrio tappeto beige con uno con il motivo della bandiera inglese. Ben è decisamente bravo a farsi portar via sotto il naso il suo stile minimal.

«Penso che aiuti avere un'idea di ciò che si vuole fare» suggerisce Chloe.

«Voglio essere brillante e dinamica» dico io, sfogliando le pagine degli annunci del giornale.

«Lo sei» risponde Chloe. Ha la testa dentro una copia di *Vogue*. Josie canta *Sweet Home Alabama* in cucina.

«No. Voglio dire, non nel modo in cui lo siete tu e Josie. *Life to Live* è una nave che affonda e se non sto attenta, vado giù con lei.»

«Sarebbe un peccato se succedesse. Ha un enorme potenziale.»

«In che senso?»

«Non lo so. Io cucio bottoni su borse. Sei tu la scrittrice.»

Potenziale? Mmm, io so che ne dovrei avere un sacco nascosto nel cassetto, ma... forse dovrei provare qualcosa di completamente diverso, qualcosa di stimolante e suggestivo. Sì, Jason. Attualmente faccio la maestra. Sono stata in Uganda a insegnare agli orfani. Ciao, Jason. Sono appena tornata dal lancio della nuova fragranza di Gucci. Te l'ho detto che ho avviato la mia società di pubbliche relazioni? Questo è il mio fidanzato. Ha una moto. Fa una vita spericolata...

«Stavo pensando di fare qualcosa di veramente trash per il ricevimento, tipo un karaoke. Ogni ospite deve cantare la sua canzone d'amore preferita. Cosa ne pensi?» chiede Chloe.

«Vuoi davvero sapere cosa ne penso?»

«Certo.»

«È orrendo!»

«Oh, Harry, dài, sarà divertente.»

«Per chi?»

«Stai diventando scontrosa.»

«Non sono scontrosa.»

Josie cammina allenando i bicipiti con due barattoli di fagioli stufati.

«Harry è scontrosa» dice Chloe.

«È perché sta lentamente tornando a essere vergine. Guarda le suore. Sembrano sempre scontrose» risponde Josie.

«In realtà, la mia vita sessuale potrebbe essere a una svolta» ribatto con aria di sufficienza. Sto esagerando.

«Hai trovato qualcuno?» chiede Josie incredula. Sorpresa, spalanca gli occhi.

«Non dirlo come fosse il Santo Graal. No, effettivamente non ho incontrato qualcuno faccia a faccia, ma potrei andare a un appuntamento con uno di DateMate.»

Non era vero, ma ora lo è. Cowboy Spaziale è stato fortunato.

Georgina mi accompagna nel suo ufficio con impazienza.

«Harry, siediti» dice.

Lo faccio e in pochi secondi sento arrivarmi un mal di testa per il profumo inebriante di gigli bianchi. Georgina ha sempre dei fiori freschi nel suo ufficio. Sono sempre particolari, come lei. Sulla parete ci sono fotografie di vip poco noti e di lei che sorride in varie cerimonie di premiazioni, ma nessuna della sua famiglia. Non sono nemmeno sicura che ne abbia una.

«Stamattina mi è venuto in mente che non abbiamo avuto la possibilità di parlare, parlare davvero, ultimamente.»

Sta per licenziarmi. No, non è vero. Il mio oroscopo diceva che stavo per andare di bene in meglio. Sta per darmi la mia doppia pagina. La pagina di Harry.

«Felice?»

Annuisco. Ha visto la pagina degli annunci di lavoro del *Guardian* sulla mia scrivania.

«Ti occupi della pagina degli eventi da un po' di tempo ormai, non è vero?»

«Quasi sei anni.»

«Ho pensato a come possiamo rendere *Life to Live* un po' più glamour, più intraprendente e appetibile.»

«Anch'io...» comincio speranzosa, ma Georgina mi interrompe.

«Ho un amico che ha una figlia che vive a Londra, e mi sembra non facciamo abbastanza servizi dalla capitale. Molti dei nostri residenti sono pendolari o si sono trasferiti qui. Sono persone cosmopolite e si aspettano lo stesso da noi.»

Annuisco, ma mi sono persa. Che cosa ha a che fare con

me? Sta dicendo che non sono cosmopolita? Indosso scarpe della Office e uso l'ombretto Mac.

«Poppy sarebbe una boccata d'aria fresca, una vivace ventunenne che parla della sua vita in città. Un sacco di cocktail bar e via dicendo, ai giovani piacerebbe.»

«Poppy?» chiedo.

«La figlia del mio amico, una ragazza divertente con un sacco di aneddoti esilaranti.»

Annuisco. Odio Poppy.

«Che ne pensi?» mi chiede Georgina.

Che io non sono una ventata di aria fresca, divertente o bella, che i miei aneddoti non sono esilaranti? Penso a Sophie, poi penso a Jason, e poi precipito di nuovo nel mio buco nero, umido e buio di insicurezza. Qualcuno mi dia una scala!

«Non ne sono sicura» rispondo, perché la scala non arriva ed è buio qui.

Georgina mi guarda come se non l'avessi sorpresa. Ho voglia di sorprendere, ma oggi non è giornata. Mi guardo le dita e vorrei che non fossero poi così lunghe. Quando ero a scuola mi piaceva un ragazzo di nome Troy. Ci baciammo con la lingua e mi disse sicuro che ci saremmo sposati. Alzò le mani ed entrambi vedemmo che le sue erano più piccole delle mie. Ha chiuso con me il giorno dopo. Il suo amico Lee mi disse che era per la storia delle mani.

«Abbiamo bisogno di fare qualcosa per attirare i lettori sotto i sessanta: i giovani sono il nostro futuro.» Georgina si alza e guarda fuori dalla finestra. Sta cercando il giovane brillante che improvvisamente comprerà *Life to Live* grazie a una ragazza di nome Poppy?

«Sono d'accordo, ma...»

«Ma cosa?»

«Penso solo che debbano esserci altri modi di farlo, prima di prendere una ragazza qualunque a scrivere di come spende i soldi di suo padre.»

«Hai un'altra idea?» ribatte Georgina.

Ecco, stava cominciando a sembrare che sapessi di cosa stavo parlando, e ora rovinerò tutto.

«Non riesco a farmi venire niente in mente in questo momento, ma se lasci fare a me, in un paio di giorni ti faccio sapere» bleffo.

Georgina torna alla sua sedia. Si guarda le mani gonfie.

«L'idea Poppy è solo una delle tante che sto discutendo con Donald.»

Donald è l'editore della rivista, una figura mitica, abbronzata, che passa la maggior parte del tempo in Toscana. Non riesco a immaginare come possa avere un'idea migliore di Georgina su come captare un pubblico più giovane.

«È un momento di grande cambiamento, Harry, e tutti noi dobbiamo adattarci» dice, prendendo il telefono. È il segnale che posso andar via.

«Oh, prima di andare. Che succede con Nicolas Cage?»

«I suoi collaboratori devono farmi sapere.»

«Davvero?» chiede Georgina, guardandomi sorpresa. «Aaah, ciao, tesoro» dice al telefono, e io torno di nuovo alla mia scrivania, sentendomi più bassa di un quarto d'ora fa. Sembra che sia solo questione di tempo prima che la popolarissima Poppy sostituisca la sempre prevedibile Harriet.

Controllo l'oroscopo per i miracoli e per prendere nota di farmi venire in mente qualcosa di sorprendente.

La ragazza senza l'amore in agenda
Blog

Postato il: 15 marzo

La vita è buffa. Dici di non volere qualcosa e sei assolutamente irremovibile. No, non lo voglio, ho bisogno di qualcos'altro, qualcosa di più grande e migliore. Poi ti dicono che in realtà va bene così, perché non lo puoi avere in ogni caso: qualcun altro lo vuole. È come la storia del ragazzo della porta accanto. Ti ha fatto la corte per anni. Sei dolce, ma non il mio tipo, gli dici con la sicurezza di chi si sente al centro dell'attenzione, poi la ragazza della porta accanto inizia a guardarlo e all'improvviso lui diventa il ragazzo più sexy dell'isolato. Perché è sempre una sorpresa quando succede? Mi sono resa conto oggi che io non voglio fare altro. Io voglio fare quello che ho sempre fatto, ma meglio. Voglio essere come Angelina Jolie, determinata, con un sorriso enigmatico, una carriera di successo e uno splendido marito altrettanto di successo.

Cos'è che rende una persona splendida e di successo? Cos'è che la rende bella e divertente? Di sicuro è tutto negli occhi di chi guarda. Una persona splendida e divertente per qualcuno è l'incubo di qualcun altro. Credo che sia questo ciò che fa girare il mondo.

Detto ciò, ci sono eccezioni alla regola. I Brangelina sono un esempio calzante. Si tratta di un modello a cui tutti aspiriamo. Quando dico tutti, voglio dire me, la maggior parte dei miei amici e i lettori di *Heat*. Raramente ci rendiamo conto di essere belli e divertenti per qualcuno a meno che, naturalmente, il nostro partner non lo dica a tutti durante il matrimonio. Lo speriamo, ma è nei primi momenti che si definisce se sei quel tipo di persona per qualcun altro. Se non lo sei, allora non c'è niente che tu possa fare al riguardo. È il colpo al cuore che accompagna quei momenti in cui ti piace una canaglia e non sei ricambiata. Io sono un'esperta in questo e ho trascorso ore chiedendomi cosa ci fosse di sbagliato in me. Ho anche iniziato un corso da giocoliere una volta, perché pensavo che sarebbe stato il punto che avrebbe finito per far pendere le cose a mio favore. Quando ho incontrato il ragazzo in questione anni dopo, mi ha detto che non ero io o i miei difetti, era solo che gli piaceva un'altra.

Quando si guarda a Brad e Angie, si vede quello che hanno visto nell'altro. Voglio dire, andiamo, se uno di loro fosse stato lontanamente noioso, non divertente, o avesse avuto l'irritante abitudine di digrignare i denti o mettersi le dita nel naso, sono abbastanza sicura che avrebbero fatto finta di non accorgersene. Brad è chiaramente innamorato di tutto ciò che è Angie. Lo si può vedere nel modo in cui la guarda. Ringrazierà la sua buona stella ogni singola mattina che vede quel sedere perfetto? Voglio quello. Voglio la ciliegina sulla torta. Vi prego, non lasciate che io sia la Jennifer Aniston della situazione per il resto della mia vita, che viene scaricata e che finisce sempre con quelli sbagliati che non ringraziano la loro buona stella.

PS: Ho grandi speranze per Cowboy Spaziale. Il mio oroscopo dice che Nettuno promette molto bene. Grazie a dio! Il supermercato, la banca, il garage, l'ufficio postale e il centro sportivo (li ho controllati tutti) sono privi di qualunque cosa possa essere anche solo remotamente chiamata promessa. È deprimente là fuori. Nettuno è la mia unica speranza.

4

Ho dieci minuti prima di uscire. È il compleanno di mio padre, fa sessant'anni e non posso arrivare tardi. Guardo fuori dalla finestra. Non è sicuramente un tempo da barbecue, ma questo non fermerà mia madre. Ha visto il simbolo del sole sulla mappa del meteo. Le ho detto che era su Londra, ma lei ha risposto che era abbastanza vicino. Trovo la mia giacca in pile tipo 'esplorazione polare', quella che ho comprato per il mio viaggio in Scozia con Jason. È verde e grigio talpa e mi fa sembrare un pistacchio. Ho dieci minuti. Accedo a DateMate. Solo un'occhiata veloce.

Oh, merda. Farò tardi. Merda, merda, merda!

Quando arrivo dai miei, che vivono in una bifamiliare degli anni Trenta a Boxley, mia madre sta preparando le tapas. Sembra esotico, ma in realtà hanno ben poco di spagnolo, giusto una vaschetta di olive che ha comprato al supermercato. Non importa che tempo faccia o quale stagione sia, se si fa visita ai miei genitori verso le sei e mezza, risuonerà un: «Tapas, cara?» Nel frattempo mio padre sistemerà i cuscini sulle sedie fuori e metterà un po' di Neil Diamond. Se fa freddo, prenderà un paio di coperte. Anche a temperature sottozero si farà la sua bottiglia di birra come aperitivo, mentre la mamma si concederà un Gin tonic. Ne beve uno al giorno. Sembra che bere in compagnia vada bene.

Questo pomeriggio, le tapas sono costituite da taramosalata, arachidi, patatine e una ciotola dall'aspetto piuttosto triste di olive con piccoli cubi di feta inzuppata di olio.

«Sono tutti in giardino» dice la mamma, e so che con questo vuol dire tutti tranne me. Mi chino e le bacio la morbida guancia incipriata. È una donna minuta, anche se, verso la cinquantina, le si è allargato il girovita. Purtroppo, è riluttante a riconoscere i chili in eccesso e si rifiuta di indossare una taglia in più. Ciò significa che la carne le fuoriesce dal girovita, dalle cuciture e dai reggiseni. Le piace indossare pantaloni e maglie attillati, in tinte pastello. Dice che si intonano con la sua carnagione e con i capelli biondi da bambina che porta con la stessa pettinatura di quando aveva vent'anni. Katie ha preso da lei, ma Emma e io abbiamo mancato i suoi geni delicati e minuti. Siamo entrambe alte, come mio padre, anche se Emma sembra avere le spalle più ampie e i piedi più grandi.

«Stai bene» dico.

Si ammorbidisce visibilmente. «Sembri un po' sciupata.»

«Dici? Oh, in questo momento il lavoro è un po' stressante.»

«Mi dispiace.»

Mia madre pensa che stia solo giocando a lavorare, come quando da bambine giocavamo all'ufficio postale. Con il timbro della data e le buste minuscole, mia sorella maggiore Emma era sempre l'impiegata postale, mentre io ero il postino. Non ho mai avuto modo di toccare il timbro. Mamma è convinta che quando smetterò di giocare, farò quello che ogni donna dovrebbe fare: sposarsi e avere bambini. Pensa che ci sia qualcosa di sbagliato in me. Ci deve essere. Perché, altrimenti, ogni uomo con il quale sono uscita è sparito? Troppo sarcasmo, è uno dei suggerimenti.

«Josie non viene?» Affetta un ravanello. Ci sono piccoli germogli allineati sul tagliere. Si tratta di un nuovo tagliere, acquistato per abbinarsi alla cucina ristrutturata di recente. È un po' un mistero per me perché si siano presi il disturbo di sistemarla. È esattamente uguale a prima, solo più pulita. L'unica novità è l'inclusione di cassetti che scivolano silenziosamente. La mamma non ne è così convinta. Preferisce sbatterli.

«No, ha detto di ringraziarti per l'invito, ma doveva tornare a Londra.»

Non solo Josie ha adottato il mio appartamento come fosse il suo, ma ha adottato pure la mia famiglia. Non è che non ne abbia una, però preferisce la mia.

«Ha già pensato a fissare la data?»

«No, non ancora.»

«Chi avrebbe mai pensato che Josie si sarebbe fidanzata. È la dimostrazione che c'è qualcuno per tutti.» Smette di affettare e guarda fuori dalla finestra. «Santo cielo, come vola il tempo. Con Katie e Lawrence il prossimo anno... Be', ci siamo.»

«Non si sa mai, mamma» dico indignata. «Potrei sorprendervi con un annuncio, un giorno.»

Mia madre si gira e mi guarda come se fossi un cucciolo in procinto di essere abbattuto. Vedo che vorrebbe dire qualcosa, ma per una volta nella vita si sta trattenendo. Prendo una ciotola di patatine.

«Lo sai, vero, che avresti potuto portare un'altra amica?» dice.

«Come?»

«Sai, un'amica, amica.» Annuisce al pavimento, come se questo potesse farmi capire meglio.

«Non so cosa vuoi dire» dico io, perché non capisco.

Perché pensa che abbia bisogno di portarmi un'amica?

«Tuo padre e io siamo molto aperti. Louise Donovan ha portato la sua amica a casa l'altro giorno e Carol ha detto che era piuttosto bella. Ha detto che era veramente molto carina, e che non se l'aspettava affatto così. Aveva i capelli lunghi e ricci. Pensavo che fossero tutte rasate.»

Guardo mia madre e mi chiedo che cosa stia succedendo esattamente dietro quegli occhi azzurri.

«Mamma, io non sono lesbica.»

«Be'...»

«Non lo sono!»

Non mi crede. Si vede chiaramente. Mi dirigo verso il patio prima che la conversazione vada avanti ulteriormente.

Sono tutti seduti intorno al tavolo da giardino in plastica bianca, sfidando il freddo clima primaverile. Hanno maglioni e giacche, gli occhi lucidi e il naso rosso. Papà lancia orgogliosamente della roba sul suo nuovo barbecue a gas, regalo di compleanno. Non partecipa alla conversazione e sembra abbastanza felice nel suo piccolo mondo, che è quello in cui vive per la maggior parte del tempo, con grande costernazione di mia madre.

Tutti dicono ciao e riprendono le loro conversazioni. Emma è impassibile e rimprovera le sue gemelline di sei anni, Bethany e Victoria, per aver staccato la testa ai fiori della nonna. Nonostante i loro nomi molto inglesi sono cinesi. Dopo anni di problemi di fertilità, Emma e Alan sono stati abbastanza fortunati da adottarle al momento della nascita. Sono carine, molto carine, con i capelli nero lucido e le faccine rotonde, ma le apparenze ingannano. Bethany e Victoria sono bambine terribili e tutti speriamo che sia solo una fase. Guardano la madre nel modo in cui sono capaci solo i bambini pestiferi, i loro bei vestitini abbinati nascondono il male. Sto scherzando... un po'.

Katie, la più giovane e bella delle figlie dei miei genitori, sta facendo le moine ad Alfie, il suo bimbo di tre mesi, mentre il suo compagno Lawrence parla di calcio con Alan. A Lawrence non piace il calcio, ma sta facendo lo sforzo perché sa di far contenta Katie. Mi dispiace per lui perché anch'io mi sforzo con Alan. Parlare con lui è un obbligo più che un piacere. La sua voce è piatta, monotona, e i suoi argomenti di conversazione sembrano scelti apposta per annoiare a morte. Parla di miglia al gallone, del prezzo della benzina e di tutto quello che c'è da sapere su Bob Dylan.

Mi avvicino a mio padre e lo abbraccio da dietro.

«Ciao, piccina» dice, e mi abbraccia anche lui.

«Buon compleanno. Ti ho comprato qualcosa che ti piacerà un sacco» dico io eccitata.

«Come sempre.» Mi abbraccia forte di nuovo. Questo è l'uomo che voglio. Uno che pensi che io sia quasi perfetta, nonostante sia mancata al suo ultimo compleanno. Sono andata via con Jason. Ho preso chiaramente la decisione sbagliata.

«Che ne pensi del mio barbecue nuovo di zecca?» Lancia un hamburger sulla griglia, per dimostrarne la funzionalità.

«Ma ha il fumoso fascino imprevedibile di un vero e proprio barbecue?» chiedo. È una discussione vecchia. Papà sa cosa ne penso dei barbecue a gas rispetto a quelli veri. Per quanto mi riguarda, ha preso una fregatura e non nascondo il mio scontento.

«Sapevo che l'avresti detto, ma il tuo argomento è obsoleto, mia cara. Vedi questi trucioli di legno? Possono dare l'aroma di noce americano, di affumicato, di timo, di bruciato, tutti gli aromi del vecchio barbecue in un attimo.»

«Che è come dire che è possibile avere tutte le qualità della zuppa di pomodoro Heinz senza la Heinz» rispondo, togliendogli la spatola di metallo dalle mani e tentando un paio di giri anch'io.

«Mia cara ragazza all'antica.»

«Vuoi dire ragionevole e prevedibile?»

«Dette così sembrano parolacce.»

«Non preferiresti essere audace ed emozionante, piuttosto che ragionevole e prevedibile, oppure all'antica?» mormoro, colpendo selvaggiamente una salsiccia. Papà mi toglie la spatola dalle mani.

«Harriet, audace ed emozionante sono buoni aggettivi a volte, e vanno bene, ma come va bene una Tequila Slammer per un paio di minuti, non per tutto il tempo.»

«Che ne sai tu di Tequila Slammer?» chiedo sorpresa. Ha per caso una vita segreta, e si scopre la pancia su un palco, mentre delle diciottenni chiedono di potergli accarezzare i peli del petto?

«Non sono sempre stato tuo padre» risponde lui, sorridendomi. «Quello che sto cercando di dire è che la tequila è buona, ma la maggior parte delle volte ciò che si vuole veramente è un bel succo d'arancia o una tazza di tè.»

Faccio una smorfia. Non voglio essere uno stupido succo d'arancia! Mio padre si accorge del mio disgusto perché mi conosce meglio di chiunque altro.

«O un bel bicchiere di vino agli aromi di miele e pesco...» Mi guarda e mi tiene il mento tra le dita, proprio come faceva quando ero piccola e mi rifiutavo di ascoltarlo. «C'è molto da dire sull'essere all'antica. Significa affettuosa e amabile.»

«Significa miss Marple» dico io, e lui ride. Mi piace la sua risata. È dolce e vera. Non c'è nulla di falso in lui, e a volte mi chiedo cosa lo abbia attratto di mia madre. Non che lei sia falsa, ma si preoccupa di più di quello che pensano gli altri e di cosa possano carpire dalla sua risata. Mi tira delicatamente le punte dei capelli e mi sorride. Non riesco a immaginare il tempo in cui non era il mio amato papà. Ha sempre avuto questo aspetto: alto, calvo, con le braccia lunghe, mani grandi e un viso ovale con rughe profonde che corrono dal naso al mento. Non posso immaginarmelo senza di noi. Noi siamo le sue quattro stagioni. Credo di essere l'autunno, anche se forse sono l'inverno. Mi sembra di ricordare che Emma si arrabbiò per essere stata considerata l'inverno.

Mi siedo accanto a Katie e saluto Alfie. Lui cinguetta allegramente. Come sua madre, è un bimbo solare e ha sempre un sorriso per tutti.

«Ti somiglia proprio, Katie» osserva Emma.

«Davvero?» chiede Katie compiaciuta. «Lo pensi anche tu, Harry?»

Guardo Alfie. È un bel bambino, e Katie è incantevole. È magra e di un biondo platino, con una carnagione di pesca e una natura semplice. È una persona schietta e vede il lato positivo in ogni cosa.

«È bello, proprio come te» le rispondo, e vengo premiata con un sorriso radioso.

«È tutto pronto, papino?» grida mia madre. Rabbrividisco ogni volta che lo chiama così. Siamo tutti sopra i dieci anni, per l'amor del cielo. Lawrence si scambia uno sguardo con Katie, e io rabbrividisco di nuovo per mia madre. Papà sorveglia i suoi capolavori sfrigolanti.

«Sì, è tutto a posto» risponde, trasferendo le salsicce di suino, la bistecca di tonno e le salsicce di soia per Katie su due piatti da portata. Mamma scompare di nuovo in cucina per l'insalata, anche se, dall'aspetto di tutti, sarebbe meglio una zuppa calda.

Katie mi porge Alfie e lui è felice per circa tre minuti prima di iniziare a piangere reclamando la sua mamma. Glielo passo di nuovo velocemente. Non sono brava con i bambini, non finché non compiono quattro anni e possono parlare, anche se Josie dice che è questo che li rende bambini. Sono materna, ma non proprio. Detto ciò, ho fatto un paio di fantasie sui bei bambini dai capelli scuri e dagli occhi castani che avrei avuto con Jason.

Ero presuntuosa? Forse, ma quando Jason si è trasferito da me è stato per amore e non per convenienza. C'era la possibilità che lo inviassero da qualche altra parte con il suo lavoro, speravamo in Italia, così i progetti di acquistare una casa insieme da qualche parte sono stati messi in standby. Ci stavamo costruendo un futuro, e quando parlavamo c'era sicuramente un 'noi', lì da qualche parte.

Ora sto cominciando a dubitare di me stessa. Ho sentito quello che volevo sentire? Voglio telefonargli solo per verificare i fatti, per appurare che non sto diventando pazza ricordando una vita che non era la mia. Vorrei chiedergli quando ha smesso di dirmi ti amo sentendolo davvero. Il fine settimana che ha incontrato Sophie, mi ha telefonato tre volte e ogni volta ha chiuso la chiamata con un 'ti amo'. Senso di colpa o indecisione? Ho detto qualcosa che lo ha allontanato da me? Non lo saprò mai.

«Posso avere un'altra bottiglia di birra, tesoro?» chiede mio padre a voce alta.

«Te ne prendo una» dico, e mi alzo.

Mamma piomba su di me appena apro il frigo, le mani piccole, un po' grassottelle chiudono la porta. Ha lo smalto coordinato al rosa del rossetto, che è anche dello stesso tono del maglione, su cui spicca un orribile barboncino di paillette. Tremendo.

«Che cerchi?» mi chiede in tono accusatorio.

«Una birra per papà» dico, un po' spiazzata dal fatto che si comporta come se stessi per rubare il contenuto del suo frigorifero.

«Non dovrebbe bere così tanto.»

«Due birre per il suo compleanno non si possono definire bere troppo.»

Riprovo ad aprire il frigo, ma lei spinge la porta e quasi mi mozza le dita.

«Che cosa nascondi?» chiedo.

«Emma dice che vuole che la zuppa inglese sia una sorpresa.»

Alzo gli occhi al cielo.

«Prendi l'insalata, la porto io la birra, ma vorrei che non lo incoraggiassi, Harriet. Non voglio due alcolizzati in famiglia.»

«Non sono un'alcolizzata» protesto, e poi mi rendo conto di sembrarlo.

Porto l'insalata e la testa fuori da lì.

Alla fine, su richiesta di Katie, che pensa che Alfie possa entrare in ipotermia, entriamo tutti in casa per il dessert e i regali. Emma prepara il grande momento della zuppa inglese. Ci ha messo anche le stelline che scintillano. Tutti esclamano meravigliati dai delicati riccioli di cioccolato sulla parte superiore.

«Li hai fatti tu?» chiedo. Sì, sono infantile, ma non posso farne a meno.

Emma apre la bocca per parlare.

«Ha preso lezioni» interviene Alan. «Ci ha messo settimane.»

Accidenti, li ha fatti lei. Questo è ciò che si fa quando si ha tempo da sprecare. Questo, e stirare fazzoletti e mutande. È quello che fa per Alan.

È un uomo senza pieghe.

Emma guarda il marito e una macchia rossa inonda la scollatura.

«Be', è un bel pensiero. Grazie» dice papà sorridente.

Emma guarda intorno al tavolo, è già tornata a essere superiore. Papà affonda il cucchiaio ed esegue la cerimonia della prima cucchiaiata. Tutti noi tratteniamo il fiato e attendiamo il *glup*, ma non arriva. Katie e Lawrence soffocano una risatina. Guardo la mia sorellona 'devo essere brava in tutto'. Il suo sorriso dice che non le importa.

Emma e io non siamo mai state vicine e il nostro rapporto non va oltre il tempo imposto dalle riunioni di famiglia, dove ci tolleriamo a vicenda. A lei non piace che io le ricordi chi è e inoltre, secondo lei, cospiro per rovinare tutto quello che fa. Non è vero. Ubriacarmi alla sua festa di compleanno e sbaciucchiarmi il golfista non è stato pianificato come un affronto alla sua sensibilità, ma piuttosto una reazione a ciò che lui ha fatto con le dita sul palmo della mia mano, e a troppi bicchieri di champagne. Era delusa da me, quasi quanto lo era dal principe Carlo, che aveva rifiutato il suo invito a essere il padrino della sua attività di raccolta fondi, e da Alan, che potrebbe essere molto più dinamico nel golf club, ma non lo è.

Non mi piace che Emma parli con un accento elegante e che finga. Finge di essere interessata, finge che le piacciano le persone e finge di dimenticare di invitare la mamma agli eventi di raccolta fondi.

«È una zuppa inglese tradizionale con un *coulis* di frutta invece della gelatina» dice Emma altezzosa.

«È bella. Non è vero, George? La gelatina è molto banale ora» interviene mamma, poi comincia a servire.

Quando arrivo a casa, sono stremata dalle conversazioni educate con Alan sui contributi pensionistici, dall'inseguire le gemelline malvagie, che si sono messe ognuna uno dei miei stivali nuovi rincorrendosi per tutto il giardino, e dall'ira di mia madre dopo che papà ha scartato il mio regalo. Era una nuova tenda per quando va a pescare. Mia madre crede che lui passi troppo tempo fuori da solo e non riesce a capire perché voglia sedersi al buio per ore e ore, invece di guardare *Strictly Come Dancing*. Mio padre adora mia madre, è chiaro dal modo in cui la guarda, ma ho il sospetto che la sua costante adorazione sia il frutto del tempo trascorso lontano da lei a rifletterci su. Emma gli ha comprato un libro raro, in edizione limitata, e una foto incorniciata di lei e le gemelle, mentre Katie gli ha comprato un paio di calzini termici e un ridicolo cappello da Sherlock Holmes. Lui lo ha indossato, naturalmente. Se una delle sue figlie gli avesse detto di saltellare su una gamba sola per tre giorni, credo che lo avrebbe preso in considerazione. Mi fa sentire al sicuro.

Mi accascio sul divano con una tazza di tè e rifletto se farmi un bel bagno caldo e rilassante. Prima di tutto, anche se... Aaah, ho un messaggio da Cowboy Spaziale. Evviva!

Ehi, Bella!
Facciamo giovedì alle otto?

Ho il panico. È un po' presto. Controllo l'agenda. Vuota. Ho da fare, devo avere da fare. Le parole di mio padre tornano a perseguitarmi. Non voglio più essere una ragazza succo d'arancia. Una che non riesce ad avere né un ragazzo né un lavoro. Okay, vada per il sì.

Questa mattina lascio il *Guardian* di Martha e ne compro una copia. Josie ha promesso di tenere gli occhi aperti su tutto ciò che potrebbe essere interessante, ma sappiamo entrambe che il mio curriculum è del tipo 'provinciale senza futuro', piuttosto che 'brillante e promettente'. Ho setacciato internet per trovare suggerimenti su come prepararmi per il mercato del lavoro, ma non riesco a evitare di pensare che voglio restare e battermi per il mio angoletto. Non voglio nemmeno considerare la prospettiva di essere buttata fuori dal mio lavoro da una tizia di nome Poppy. Me ne vado quando voglio e non prima del tempo. Vi prego, non fatemi andar via prima del tempo. Fatemi prima diventare fantastica.

C'è un post-it rosa brillante attaccato allo schermo del mio computer. 'Prevedibile è fico!' c'è scritto con il pennarello nero. Sorrido. Attaccato al mio telefono ce n'è un altro, con le parole: 'Prevedibile è di moda.'

«Che hai da ridere?» chiede Judith, e io sobbalzo.

«Oh, niente, è solo Ed che è sempre il solito.»

«E cioè?»

«Divertente, un cretino... potrei andare avanti» rispondo sorridendo.

«Ha una ragazza, sai.»

Judith si scosta i lunghi capelli biondi. Sembra come se li avesse lucidati. Forse ha un esercito di piccole donne che le lucidano i capelli con piccoli straccetti fatti di ali di fata.

«E cosa vuoi dire con questo? Uomini e donne possono essere amici, si sa.»

«No, secondo Harry, non possono.»

«Secondo me?»

«No, Harry di *Harry ti presento Sally*.»

Guardo Judith e mi chiedo cosa ci sia sotto quei grandi occhi celesti. Me lo sono chiesta per gli ultimi tre anni e la risposta mi sfugge ancora.

«Judith, è una teoria che fa funzionare il film, ma questa è la vita reale. Di sicuro hai amici maschi.»

«No.»

Si allontana dal pc e si ripassa il rossetto mentre aspetta che si avvii. La guardo mentre sporge le labbra. Mi colpisce che nel mondo di Judith non ci sia un amico di sesso maschile: probabilmente deve piacere a tutti.

Controllo l'agenda e mi rendo conto con un tuffo al cuore che devo: 1. Partecipare a un'anteprima di tre uomini con violini e baffi che recitano Čechov, e 2. Accompagnare una ragazza e sua madre che hanno accettato di recensire lo spettacolo di un gruppo di tredicenni che si fanno chiamare Pubertà Precoce. Devo anche ricercare le immagini e le liste per il mio pezzo 'cosa fare durante le vacanze scolastiche'. Josie mi manda un'email per dirmi che sta faticando moltissimo per concordare con Gwyneth le immagini che vogliono utilizzare, che lo staff di George Clooney le ha appena consegnato un cestino di muffin per scusarsi di aver cambiato la data dell'intervista, e si lamenta perché stasera deve partecipare alla cerimonia di premiazione di *Elle* Style Awards. Le dico che non voglio più essere sua amica.

«Perché?» mi chiede, ridendo.

«Perché io qui sto cercando di convincermi da due ore sul

perché devo ascoltare un gruppo di pretenziosi tredicenni che uccideranno un musical che ho visto almeno una ventina di volte negli ultimi dieci anni.» Faccio un respiro profondo. «E tu, mia cara, ti stai lamentando perché devi partecipare agli *Elle* Style Awards con il becco pieno di muffin di George Clooney!»

Josie ride di gusto.

«Ehi, alla fine tutto perde il suo splendore. Sono stata ai premi per anni e ora è noioso. Sarebbe molto meglio fare sesso a stomaco pieno dopo uno splendido pollo al curry fatto in casa dal fidanzato, che assistere alle solite vecchie menate.»

«Vedi, ora mi prendi in giro.»

Josie ride di nuovo.

«Allora dimmi. Quando è il grande giorno?» chiede.

«Giovedì sera.»

«Oh, mio dio!» urla Josie nel telefono. «Come si chiama?»

«Cowboy Spaziale.»

«Voglio dire il suo vero nome?»

«Clive.»

«Clive, il cowboy?»

«Non ha la faccia da Clive, però.»

Sorvolo sul fatto che sono rimasta delusa, quando mi ha rivelato il suo nome. Ma che cos'è un nome? Lo potrei chiamare Cowboy, o Boy. Lui mi potrebbe chiamare Baby.

«Per favore, telefonami prima e dopo.»

«Non ti preoccupare.»

«Sono così eccitata.»

«Anch'io» rispondo, perché lo sono. È il mio primo appuntamento, ed è successo tutto così in fretta. Magari non avrò bisogno di trovarmene altri dopo giovedì. Venerdì mattina potrei cancellare la mia iscrizione. Potrei rientrare tardi, con gli occhi sensuali sporchi di eye-liner dopo una notte di parole e sesso, i capelli un po' scompigliati dalle sue mani, le sue mani impazienti.

La ragazza senza l'amore in agenda
Blog

Postato il: 4 aprile

Tra un paio di giorni incontrerò il mio primo DateMate. C.S. è un uomo di poche parole. Il suo approccio è stato diretto e mirato. Se questo è un indizio della sua abilità nel flirtare o nei preliminari, allora forse dovrei annullare. Mi chiedo quante donne abbia incontrato prima di me e se siano state loro o lui a non essere all'altezza. Come sarà? È difficile dirlo da una descrizione, quattro email e una foto. Su DateMate le foto sono piccole e spesso di qualche vacanza. Nella sua sta su una moto con un deserto arido alle spalle. Come dicevo, è difficile.
Qual è il galateo per questo genere di cose? È come andare a uno speed date con un tempo stabilito per fare più domande possibile? Che ne pensi di...? Ci si sente come a *X Factor*? 'Per me è un no! Ti mancano carisma e stile... il prossimo!'
Non ci si sente come a un primo appuntamento. I primi appuntamenti sono romantici e di solito arrivano dopo il primo incontro. Ciò significa che lo hai già visto, ci hai già parlato e ti è piaciuto abbastanza da dire di sì. Conosci il suo odore e il colore dei suoi occhi. Ricordo quando ho incontrato J. la prima volta. Aveva un odore leggermente agrumato e le unghie tutte della stessa lunghezza, perfette come fossero limate. No, non è affatto come un primo appuntamento. È qualcosa di completamente diverso. Manca qualcosa di essenziale all'intero processo dell'innamorarsi. Anche se alcune persone lo fanno. Ci sono persone che hanno trovato l'anima gemella grazie a DateMate. Un'amica di un'amica di un'amica ha incontrato una persona via internet e ora sono follemente innamorati, dice. L'ha incontrato dopo tredici appuntamenti. Ah, alcuni davvero sfortunati, le piace anche aggiungere. Tredici appuntamenti? Non ho tempo per tredici appuntamenti! Non ho un guardaroba così grande.

Postato il: 6 aprile

Mi sento male. E se non ci piacciamo? Getteremo i tovaglioli sul tavolo e ce ne andremo, o ci sforzeremo di fare un sorriso e resteremo? Rifletto, rimani finché lo sopporti, perché a nessuno piace urtare i sentimenti degli altri, eccetto, naturalmente, a mia sorella maggiore. Non ho un fazzoletto. Forse dovremmo adottare dei segnali. Se mi tocco l'orecchio è un buon segno. Se controllo il cellulare significa che mi piaci come persona, ma non sei l'unica per me.

PS: Non ce la faccio a chiamarlo Clive. Fa pensare a mutande grigie e calzini bucati. Clive è noioso. È giusto cambiare il nome di qualcuno? O non dirlo proprio?
Avevo uno zio di nome Clive. Aveva l'abitudine di mettersi la mano in tasca e rovistare. Diceva che erano le monetine, ma non era vero. Non c'era niente che tintinnava.
Di che segno zodiacale è? E se è uno Scorpione o un Capricorno? Non posso credere di non avergliela chiesto.
Buone domande da porsi il giorno del primo appuntamento o prima (con il senno di poi, penso che avrei dovuto fargliele prima):
Di che segno sei?
Sei sposato?
Di che colore sono le tue lenzuola?

5

Dopo aver provato innumerevoli combinazioni, mi decido per un look da ragazza rock con jeans e tacchi. Il mio primo istinto è stato quello di indossare delle scarpe piatte, ma ho voglia di sentirmi sexy, e Cowboy Spaziale è un metro e ottanta, quindi non dovrebbero esserci problemi. Cerco di mettermi in disordine i capelli, ma sembro più Edward mani di forbice che una sirena da portare a letto, e devo eseguire un'operazione last minute di salvataggio spazzolandoli all'insù. Ora i miei capelli volano in ogni direzione, attaccandosi alle giacche di tutti. Attraverso il pub nervosamente. Il rumore è alto: è pieno di studenti e di persone che mangiano intorno a tavoli in pino lucido. Sono agitata per l'attesa. Che aspetto avrà? Mi piacerà? Spero che mi piaccia. Sta' dritta. Andrà tutto bene. Sicuro. Qual è la cosa peggiore che può capitare?

Mi guardo intorno e un paio di uomini attirano la mia attenzione, ma non c'è nessuno che somigli lontanamente a Cowboy Spaziale. Tonfo al cuore. Mi ha dato buca. Maledettamente tipico! Faccio per andarmene, quando mi sento una mano sul braccio.

«Harriet?»

Mi aspetto un sosia di Kiefer Sutherland con una barbetta incolta e gli addominali scolpiti, pronto a trascinarmi sulla sua moto a Los Angeles o a Bristol. Non è quello che vedo. Mi cadono le braccia.

«Cow... Clive?» chiedo, e mi si strozza il fiato. Non sembra né sexy né pericoloso. Sarà un metro e settantacinque con una cinta decorata troppo stretta per la sua pancia piena. Ha gli stivali con il tacco e gli speroni. Un metro e settanta.

«Prendiamo da bere?» Mi dà le spalle e si allontana verso il bancone, chiaramente si aspetta che lo segua. Ha una Harley Davidson stampata sul retro della giacca di pelle. Medito di scappare, ma non riesco a farlo, perché sarebbe scortese. Già... prevedibile e di buone maniere.

«Allora, bellezza. Ci siamo trovati» dice, mostrando più fiducia di quanta dovrebbe.

«Hai messo una bella foto» dico con voce rauca.

Sembra almeno quindici anni più grande di quanto credevo. Sicuramente nella foto aveva più capelli e le guance meno tonde.

«Grazie, anche tu sei molto carina.»

Sono troppo scioccata per parlare e quando il barista chiede cosa vogliamo da bere, resto senza parole. Ho la mente in caduta libera. Non ho un fazzoletto o un segnale. Non abbiamo mai parlato di segnali. Clive mi guarda. «Fammi indovinare, sei una tipa da vodka e succo d'ananas?»

«Vino, in realtà» rispondo, non so se dovrei ridere oppure no.

«Bianco o rosso?» chiede il barista.

«Bianco» dico con un filo di voce.

«Una pinta di Foster's per me e un bicchiere di bianco della casa per la signorinella.» Ride della sua battuta. Io no, perché non è divertente.

«Ora che ci penso, posso dare un'occhiata alla carta dei vini?» chiedo al barista, e Clive il Cowboy alza le sopracciglia.

«Grande o piccola?»

È una domanda stupida. Prendiamo le nostre bevande e ci sediamo a un tavolo.

«Quindi sei sempre così pignola?» chiede, e lo guardo, non so cosa voglia dire.

«Posso dare un'occhiata alla carta dei vini?» dice, facendo una cattiva imitazione della mia voce.

«Non ho detto così.»

«Sì.»

«Dunque è la tua prima volta?» chiedo, cambiando argomento. Gli voglio cavare gli occhi, ma sento che forse la sua vera personalità deve ancora trasparire. Sì, la personalità è più importante dell'aspetto, o del modo in cui ci si veste, o del fatto di essere un idiota irritante. Forse sono nervosa.

«No, ho incontrato circa otto ragazze, ma nessuna di loro mi ha mandato su di giri il motore, mentre tu...» Inizia a cantare: «Se ti dicessi che hai un bel corpo, lo stringeresti contro il mio?[1]»

La gente si guarda intorno e vorrei scivolare sotto il tavolo. È un incubo e non riesco a svegliarmi. Qualcuno mi aiuti. Nessuno? Noush, la fidanzata di Ed completa l'orrore, comparendo al nostro tavolo. Mi guardo intorno in cerca di Ed. Se lui è qui non potrò sopravvivere. Ti prego, dio, no.

«Harry, come stai?»

Noush è una modella polacca con le gambe più lunghe delle scale di mio padre; è così magra che mi preoccuperei per lei se soffiasse forte il vento. Non parla molto la nostra lingua, ma ho l'impressione che il loro rapporto non sia esattamente basato su lunghe conversazioni intellettuali.

«Noush, che sorpresa. Sei qui con Ed?»

«Ed? No, è... come si dice?» Con le braccia mima una bat-

---

[1] Il riferimento è a *If I Said You Had a Beautiful Body Would You Hold It Against Me* dei Bellamy Brothers.

tuta. I suoi piccoli seni oscillano sotto la maglietta e Clive sembra rapito. A un certo punto i suoi pregi dovranno brillare, no?

«Tennis?» suggerisco. Noush scuote la testa.

«Squash?»

«Badminton?»

Noush continua a scuotere la testa e poi sorride. «Cricket» dice infine.

«Ah, bene» dico sorpresa, perché dal suo gesto non si capiva e poi non sapevo che Ed giocasse a cricket.

«Va be', ciao» dice, e viene trascinata via da altra gente affascinante in una notte più glamour della mia. Clive la guarda andarsene e vorrei dirgli di chiudere la bocca.

«Gran culo per una così magretta.»

«Non è molto gentile commentare gli attributi fisici di un'altra donna» gli faccio notare.

«Sei sempre così indisponente?»

«Non sono indisponente!» ribatto, sentendo gli occhi uscirmi dalle orbite per l'indignazione. Clive si alza in piedi.

«Sai una cosa, tesoro? Tra noi non funziona» dice, e se ne va fuori dal pub. Gli speroni fanno un rumore di lattine vuote.

Dire che sono scioccata è un eufemismo. Mi guardo intorno per vedere se qualcuno ci ha notato, ma non c'è nessuno che rida forte. Come si permette! Come osa andar via prima di me!

Non so se ridere o piangere. Cerco delle facce conosciute, ma sembra che nessuno si sia accorto della mia piccola tragedia. Il rumore del pub mi avvolge come una coperta. Voglio andare a casa, ma se me ne vado ora, tutti se ne accorgeranno. Se resto seduta qui per un po', penseranno che doveva succedere; che il ragazzo con cui ero in realtà non mi ha piantata, ma probabilmente è andato in bagno. Alla fine, riuscirò a sgattaiolare fuori. Prima finisco il mio vino e le patatine, poi me ne vado. Cazzo, cazzo, cazzo. Avevo tante speranze.

Stasera doveva essere la mia sera. Domani sarebbe stata una bella giornata piena di desideri e di promesse e... Questo pensiero leggermente ridicolo mi fa venir voglia di ridere a voce alta. Che idiota che sono. Ero così certa di stare per incontrare quello giusto, che sarebbe stato così facile... Un po' ottimista, si potrebbe dire. Stupida, sarebbe il commento di mia sorella Emma. È stato divertente, però. Telefono a Josie.

«Ciao, non mi aspettavo di sentirti così presto. Allora com'è il cowboy? Si sta infilando le staffe?» Josie ride della sua battuta.

«Oh, Josie, era orrendo, è stato terribile.»

«Davvero?»

«Se n'è appena andato!»

«Ma siete stati lì solo venti minuti.»

«Lo so. Me ne sarei andata dopo cinque, ma ero preoccupata di non ferire i suoi sentimenti... Che cazzone.»

«Scommetto di no.»

«Che dici?»

«Che ce l'aveva piccolo. E scommetto che porta il perizoma.»

Mi viene da ridere al pensiero e mi sento subito meglio. Un uomo con una chitarra passa davanti al mio tavolo e mi sorride. Arrossisco leggermente e ricambio il sorriso. Prende il microfono e ci dà il benvenuto. Si chiama Chad. Ha le maniche della camicia arrotolate a scoprire le braccia tatuate e muscolose. Tiene stretta la chitarra con lo sguardo di un uomo innamorato. Sono ipnotizzata. Dico a Josie che devo andare.

Le canzoni di Chad sono tristi e belle. La stanza si riempie di un pubblico riconoscente e sono circondata da persone che annuiscono con la testa. Tutti applaudono. Quando finirà potrei andare a casa, ma cosa farò una volta lì? Guarderò la tv? Mi prendo un altro drink. Quando torno, c'è una ragazza seduta sulla sedia accanto alla mia. Sorride.

«Non è stato impressionante?» Ha l'accento americano.

«Eccellente» rispondo. «C'è solo oggi?»

«No, ogni due giovedì. Sono Kath,» dice la ragazza «e loro sono Kyle e Raj.» Mi presenta i due ragazzi lì vicino.

Tendo la mano e me la stringono calorosamente.

«Questa è la sorella di Kyle.» Mi indica una ragazza in un abito fluttuante e scarponi chiodati. «È magnifica.»

Apro il mio secondo pacchetto di patatine e glielo offro. Chad mi passa vicino e giurerei che incrociamo gli sguardi.

«Wow, quel cantante mi ha guardata» dice Kath, e con la fiducia di una bambina lo segue fino al bar.

Scommetto che non ha mai fatto incontri su internet.

«Un altro pacchetto di patatine?» chiede Raj. Ha un buon odore.

La ragazza senza l'amore in agenda
Blog

Postato il: 6 aprile

Okay, il cowboy non è risultato essere quello giusto. Non eravamo destinati a cavalcare verso il tramonto e guardare le stelle apparire intorno a un fuoco da campo. È durato minuti, non ore, ed è stato già troppo lungo. L'ho detto che mi ha piantata? Oh, che umiliazione. Ero pronta a tornare a casa di soppiatto e versare lacrime nella mia cioccolata calda, ma invece mi sono trovata a godermi un concerto acustico al Jug and Mutton. Deve essermi di lezione. Non perdere tempo seduta davanti al computer a parlare con estranei. Esci e parla con gli sconosciuti. Stasera ho condiviso delle patatine schifose con un'americana pazza e un ragazzo di nome Raj che aveva un odore buonissimo. Raj era gay, ma i suoi amici no. Un sacco di loro erano lì stasera. È stato come essere in un negozio di dolci impregnato di odore di birra. Purtroppo, non mi piaceva nessuno di loro, ma ho imparato una cosa chiamata 'teoria delle stringhe' e che le renne amano le banane. Ho anche imparato che fare qualcosa per conto mio non è così spaventoso come pensavo.

6

Ed si avvicina con calma alla mia scrivania. Mi ricorda un elefante. Non perché sia grosso, perché non lo è, in realtà è un po' troppo magro. È il modo in cui cammina. Non lo si vede mai correre da nessuna parte, o innervosirsi, o arrabbiarsi. Ed è un po' un enigma e non ho idea di cosa gli importi, se c'è qualcosa, oltre la sua fotografia.

«Noush dice che ti ha visto ieri sera.»

Ero preparata e ho confezionato la mia storia credibile.

«Sì, stavo intervistando un tipo che prova motociclette.» Non riesco a guardarlo mentre lo dico. Se mento al mio computer non conta.

«Oh, wow, sarei interessato. Dovrai darmi il suo numero.»

Maledizione! Annuisco e torno al mio computer. La conversazione è finita. Rimane appoggiato alla mia scrivania, dondolando una gamba a tempo su un motivetto che non riesco a sentire.

«Noush pensava fosse il tuo ragazzo.»

«Che cosa?» Mi giro verso di lui, visibilmente sciocccata. Non riesco a credere che Noush possa pensare che starei con qualcuno di quel genere, uno che le ha guardato i seni.

«Sì, le ho detto che non poteva essere.»

Aspetto il resto. C'è sempre dell'altro.
«Perché se tu avessi un nuovo ragazzo lo sapremmo tutti. Inizieresti a saltellare e non ti vedo saltellare da secoli.»
«Mi fai sembrare come Bambi» rispondo, e invece vorrei davvero sentirmi così.
«Più come uno di quegli uccelli con le gambe lunghe come stecchini.»
«Cosa, i fenicotteri? Non saltano.»
«No, però hanno lunghi becchi a punta e il corpo rotondo.»
«Non ho neanche quelli.»
«Mmm... il becco a punta?»
Gli do un calcio alla gamba e lui salta intorno alla scrivania.
«Fanculo. Che male!»
Sorrido dolcemente.
«Mi hai appena ucciso una gamba» si lamenta.
«Così impari. Mai scherzare con una donna che non saltella.»
«Non deve essere per forza così.»
«Scusa, ti stai offrendo?»
«No!» Sembra offeso. «Pensavo solo che ci devono essere un sacco di tizi che vorrebbero uscire con te.»
A volte Ed mi piace.
«E allora, dove sono? Sono uscita ieri sera e nemmeno uno di loro era interessato. Okay, neanch'io ero particolarmente interessata a loro, tranne che a un tipo gay, ma non è questo il punto. Non sono stata mai abbordata.»
«Probabilmente perché li spaventi.»
«Prima prevedibile e ora spaventosa? Grazie mille!»
«No, volevo dire che sembra che non sopporteresti gli sciocchi. Hai quello sguardo.»
«Quale sguardo?»
«Quello sguardo.» Indica la mia faccia.
Non mi sono nemmeno mai resa conto di avere uno sguardo.
«Come faccio a smettere di guardare così?» chiedo, preoccupata.

«Non lo so.»

«Be', fantastico. Ora mi hai reso paranoica su uno sguardo che non so di avere.»

«Te lo dico, d'ora in poi. Se ti può aiutare, hai gli occhi un po' distanti.» Tenta di imitarmi. «Jeremy, vieni qui.» Fa avvicinare Jeremy.

«Harry ha uno sguardo strano?» gli chiede.

«Sì» annuisce Jeremy.

«E come descriveresti quello sguardo?» Ed persevera come un intervistatore della tv.

«Come se volesse che tu saltassi su e giù su una gamba sola.» Ed annuisce. Entrambi mi guardano in modo compiaciuto.

«Andate al diavolo, ho del lavoro da fare» rispondo di scatto, e guardo il mio brainstorming. All'interno di questo cerchio ci sono le parole 'sexy' e 'ventata di aria fresca'. Ci sono linee che lo collegano a piccoli cerchi satellitari. Sono ancora vuoti, in attesa dei miei lampi di genio. Cosa posso fare per rendere la pagina degli eventi tutto ciò che non è?

Un'ora più tardi, i cerchi sono stati trasformati in fiori e faccine. Frustrata, appoggio la testa sulla scrivania. Dov'è il mio genio quando ne ho bisogno?

«Forse dovresti andare a letto prima?» La voce di Georgina fa le fusa. Ho paura di alzare lo sguardo, ma lo faccio. Il mio viso è in fiamme. Sorrido debolmente, ma il volto di Georgina non mostra alcun segno di divertimento.

«È o... o... ottimo per l'ispirazione per... tagliare fuori tutti gli stimoli... per portare la testa altrove e... dunque essere più ricettivi alla creatività.» La balbuzie rende meno convincenti. Georgina alza le sopracciglia a un livello innaturale.

«Davvero?» mi chiede, e sembra vagamente divertita. Lei è il gatto e io sono il topo.

«Sai cosa sto pensando, Harry?»

Che la cara Poppy probabilmente trasuda ispirazione dai suoi pori ossigenati di fresco? Che resiste con due ore di sonno? Che è già in azione intorno a Soho House e intervista ospiti famosi come solo lei sa fare? Scuoto la testa: no, non so cosa sta pensando.

«Quella Poppy sarà un bene per tutti noi.»

Guardo il mio computer come un bambino a cui hanno detto che quest'anno non ci sarà il suo compleanno.

«Quando inizia?»

«Speriamo di avere la sua prima rubrica pronta per il numero di luglio o di agosto.»

Chiudo gli occhi. Ho solo un paio di mesi per farmi venire in mente qualcosa di meglio di una ragazzina qualunque con amici famosi. Ora ho due scadenze per tenermi sveglia. Quanti giorni mancano al matrimonio di Chloe? Non tanti come vorrei. Sospiro. È un sospiro esagerato.

Ho cominciato a sospirare molto, in modo abbastanza rumoroso, come se stessi cercando di soffiare fuori tutta l'aria dal corpo. Non mi sono resa conto della cosa finché Judith non ha cominciato a disapprovare. Sentendo la mia infelicità, mi ha invitato a partecipare alla messa della domenica sera, ma ho rifiutato. Posso sembrare bisognosa di salvezza, ma Dio non ha intenzione di fornirmela. Ho bisogno di qualcosa che dica che la mia rubrica è una lettura obbligata, ma se nessuno legge la rivista, non ha molto senso.

In ufficio c'è un'aria abbattuta, quasi disperata. Nessuno dice niente, ma è lì, nel modo in cui tutti smettiamo di parlare quando appare Georgina, nella pressione implicita a continuare il lavoro nelle ore di pausa pranzo e nel passaggio dal caffè con il filtro a quello istantaneo. Più insidiosa è la storia del cioccolato. Barrette giganti di cioccolato di Cadbury sono ormai un punto fermo dei nostri pomeriggi, perché il picco di zucchero è l'unica vetta a cui possiamo aspirare. Me ne sono comprata una alla menta e poi Judith ha preso quelle con il biscotto, e ora è una regola non scritta che nella parte alta dello schedario debba esserci sempre qualcosa al cioccolato. Così come le cifre della distribuzione e quelle della pubblicità vanno giù, la misura del nostro girovita sta facendo l'opposto. Di questo passo sarò grossa come una casa, cosa che non fa ben sperare per il matrimonio di Chloe. Mi sono iscritta in palestra, ma devo ancora andarci. In ogni caso, non c'è motivo di iniziare prima di lunedì, nessunissimo motivo. Questo fine settimana sarà pieno di calorie vuote, quelle che sono insignificanti per la tua vita e fanno danni irreparabili alle cosce, quelle che ti fanno sorridere. Stiamo parlando di torte e alcol.

A mezz'ora dal fine settimana, accedo a DateMate per svagarmi un po'. C'è un messaggio nella mia casella di posta e, nonostante il disastro con Cowboy Spaziale, sono incuriosita. È il secondo da Wordsmith. Do un'altra occhiata alla sua foto. Ha un aspetto peculiare ma rassicurante, un aspetto che le persone a un matrimonio gradirebbero. Alla seconda avrò fortuna? No. No! Non voglio farlo di nuovo. Confiderò in quella vecchia cosa chiamata destino.

Quando il treno lascia Bath per Paddington, tiro un sospiro di sollievo. Non vedo l'ora di un bel week-end fuori. La settimana non ha affatto alleviato il mio senso di disagio. Sento il dolce respiro alla menta della cara Poppy sul collo, mentre lei aspetta che lasci libera la sedia. Ieri, appena ho chiuso il mio pc e ho augurato a tutti un buon fine settimana, mi sono resa conto che non ho mai odiato il mio lavoro, ma poco a poco mi sono disillusa a causa dello scemare della mia stessa energia e della mancanza di fantasia di Georgina. Mi ha lasciato intendere che sono diventata una vecchia pagnotta stantia, sempre uguale, giorno dopo giorno.

Be', ho deciso: io non ho intenzione di rinunciare senza combattere. Trovare un nuovo lavoro da qualche altra parte non è la risposta. È una soluzione rapida e una fuga da ciò che mi interessa, da quello che voglio. Che cosa è successo alla moderna Jane Austen? Dài, Harriet, non è il momento di rinunciare. Sarò io a trasformare *Life to Live,* non quella sciacquetta di Poppy. Salverò non solo la mia pagina, ma tutta la rivista. Poi considererò la mia posizione. Voglio che la gente (soprattutto Jason) associ la parola 'successo' a me. Harriet Peel? Potrà essere prevedibile, ma è prevedibile in modo sexy e di successo.

Cammino con piglio, a testa alta, attraverso i tornelli della stazione.

«Signorina? Signorina?» Un uomo mi chiama a voce alta. «Signorina!»

La gente mi guarda. Mi giro e vedo un controllore che mi insegue, agitando la macchinetta per i biglietti. Arrossisco per l'imbarazzo.

«Il suo biglietto per favore, signorina» dice con la faccia rossa e irritata.

«Scusi, ce l'ho qui da qualche parte.»

Passo i successivi cinque minuti a frugare nella borsa. La gente mi osserva e mi sento una criminale. Cerco di comportarmi in modo sexy e di successo. Sfoggio il mio sorriso più luminoso. La guardia torna ad accigliarsi.

«Il biglietto?»

«Ce l'ho qui. So di averlo.» Sorrido affettata.

Venti minuti più tardi sto ripagando il biglietto.

Quando arrivo, sono già tutti al Dorchester. Siamo qui per festeggiare il trentesimo compleanno di Chloe con un tè pomeridiano. Chloe, che ama le feste a tema, ha insistito perché fosse una cosa alla *Sex and the City* (dopotutto, eravamo a Londra), e ci siamo tutte vestite di conseguenza, con abiti, tacchi e borse all'ultima moda secondo quanto indicato da lei. La mia borsa ha delle rose di raso rosso applicate e si abbina perfettamente al mio nuovo abito da cocktail con gonna e sottogonna di tulle.

L'hotel è tranquillo e di buon gusto, con foglie di palma e

stoviglie bordate d'oro. Josie è qui con altre amiche comuni: Vicky, Lucy e Tamara, la sorella di Chloe e la sua amica Zoe. Un sacco di abbracci e baci in aria in mezzo a una cacofonia di strilli e gossip. La mia settimana traumatica viene presto dimenticata mentre mi aggiorno sulla vita di tutte. Con Chloe e Josie a Londra, le occasioni per stare insieme sono poche, ma sembra non avere importanza. Ridiamo e mangiamo e il mio corpetto di raso attillato è in difficoltà in entrambi i casi.

«Allora andiamo, Harry, stiamo tutte morendo dalla voglia di saperne di più di questo appuntamento via internet» mi esorta Vicky. Lo dice come se si trattasse di qualcosa di sporco, come trovare i capelli nello scarico del lavandino.

«Josie?» la fulmino. Doveva essere un segreto. Non ci posso credere che lo abbia spifferato.

Alza le spalle. «È sul tuo blog.»

Ha ragione.

«Ma non voglio che nessun altro sappia che la ragazza senza l'amore in agenda sono io.»

«Il tuo segreto è al sicuro con noi» promette Chloe.

«Racconta a Tamara del cowboy» dice Lucy. Poi dà una gomitata a Tamara. «Ti farà morire dal ridere.»

Un cameriere di bell'aspetto ci interrompe offrendoci dell'altro champagne e sollecita un'esibizione impressionante di civetteria. Purtroppo non le distrae a lungo e alla fine mi arrendo e racconto tutto su Clive il Cowboy. La reazione è una risata incontrollabile accompagnata da sguardi di orrore.

«Penso che sia molto coraggioso da parte tua, Harry. Devo ammetterlo, io non lo farei, neanche se fossi disperata» dice Vicky.

«Nemmeno io, ma mi piace il tuo blog. Mi fa sentire meglio con Jim. Non sarà il marito perfetto, ma l'alternativa... *bleah!*» dice Lucy rabbrividendo.

«Grazie» rispondo. Questo mi fa sentire molto meglio.

Le risate continuano in una serata piena di champagne e

cocktail e per quando torniamo al nostro hotel boutique, riusciamo a malapena a parlare, figuriamoci a camminare. Non è un'entrata dignitosa.

La mattina dopo abbiamo tutte un aspetto grigio e spento, tranne Chloe, che ha un viso incredibilmente fresco e pieno di energia. Ci sediamo a fare colazione, e la conversazione verte inevitabilmente sul matrimonio: le scarpe, l'addio al nubilato e gli abbinamenti di colori.

«Stavo pensando a una torta a più piani come nelle favole.»

Siamo tutte d'accordo che è un'idea meravigliosa.

«E vuoi arrivare su un unicorno bianco, come Liv Tyler nel *Signore degli Anelli*?»

Siamo tutte d'accordo che questa è un'idea terribile.

«O sul retro della moto del ragazzo che consegna le pizze? Quanto sarebbe fico?»

Guardiamo tutte Chloe come se il suo concetto di fico fosse al limite della stronzata.

«Suppongo che Jason venga sempre.» Mi odio per averlo chiesto. Potrei anche pugnalarmi con la forchetta.

Chloe annuisce. «Mi dispiace, Harry.»

«Non importa» dico io, perché voglio che pensi che sia così. Chloe si è sempre sentita responsabile per avermi presentato Jason in primo luogo, e di conseguenza si rimprovera per la mia sofferenza. Che fa? Dove va? Con chi è? Le mie domande erano infinite e il mio dolore senza confini. Lei è stata davvero buona, meno male, e lo è ancora, ma io non le chiedo più niente. Tranne oggi. Oggi, non ho potuto farne a meno. Probabilmente speravo in segreto che mi avrebbe detto che aveva cambiato idea, che si era rotto una gamba, o che a Sophie fossero caduti i capelli.

«Sarai innamorata di qualcun altro per quel giorno. Ho fiducia nei poteri di DateMate» mi dice Josie con certezza.

«Non sono sicura di volerci provare ancora.»

«Oh, andiamo. Ti ispira dei racconti esilaranti. Le ragazze in ufficio amano il tuo blog» dice Lucy.

«Davvero?»

«Callie ha detto che l'ha ispirata ad andare a un concerto, l'altra sera.»

«Wow! E...?» chiedo.

Ha detto che non le è piaciuto affatto. I bagni erano molto sporchi e il volume era un po' troppo alto.

«Dài, Harry. Le donne single e disilluse di tutto il mondo hanno bisogno di te. Quello che stai facendo è un servizio pubblico.»

«Da cosa lo deduci?» chiedo.

«Le fa sentire meglio, le ispira. Dice loro: 'Non mollate, non ancora, perché io non lo faccio... L'amore vero è là fuori.'»

«Penso che tu stia un po' esagerando il mio ruolo» dico io, anche se mi piace pensarmi così.

Forse potrei convincere Georgina a darmi una rubrica tutta mia in *Life to Live*. Suggerimenti per gli appuntamenti galanti della donna moderna? Il pensiero mi fa ridere.

«Il cowboy era solo una sessione di prova» dice Josie. «Ora dobbiamo pensare alla nostra strategia, esaminare gli errori e fare in modo che non accada di nuovo.»

«Lo dici come fosse un'operazione militare.»

«Madonna non ha quelle cosce perché guardava gli altri fare Bikram Yoga» dice.

«Mi sono persa.»

«Ci vuole dedizione per ottenere quello che vuoi. Ci sono le basi per far sì che l'operazione DateMate riesca. Abbiamo solo bisogno di lavorarci su.»

«Non so» rispondo. «Non so se ce la faccio ad affrontare un altro appuntamento come quello con il cowboy.»

«Vuoi un ragazzo per il matrimonio?» chiede Josie.

«Sì.»

«Vuoi che Jason impazzisca di gelosia?»

«Sì.»
«Allora devi impegnarti. Okay?»
«Sì, capo!»
«Forse è stato un errore chiedere la colazione completa» dice, con un aspetto un po' pallido.

«Aspetti!» grido all'uomo con il fischietto. La borsa con l'occorrente per la notte mi sbatte contro la gamba. Sta diventando sempre più pesante. Sto correndo come Elephant Man. Un fischio e il treno parte senza di me. Mi alzo e lo guardo che se ne va.

Alla mia destra c'è un altro treno. I passeggeri mi guardano dalle loro comode poltrone. Do un'occhiata in fondo alla carrozza di prima classe. È... No, non può essere. Resto di ghiaccio mentre il rumore della stazione mi riempie le orecchie e mi assorda. Ho lo sguardo fisso, non riesco a distoglierlo. È lui. È Jason, ed è con lei! Sta parlando al cellulare mentre Sophie legge una rivista. Mi si gela il sangue. Devo scappare, correre più veloce che posso, ma non riesco a muovermi. Sono bloccata qui, sotto tortura, mentre loro sono ignari del mio dolore. Guardo il loro treno scivolare via lentamente. Mi cade la borsa a terra. Le dita sbiancate dall'assenza di sangue. Insensibili. Tutto è insensibile. Sento come se il mondo si fosse congelato.

Un'ora dopo mi siedo su un treno pieno di gente. Nessuno parla. Il rumore del treno e il ronzio degli iPod riempiono gli spazi. Chiudo gli occhi e voglio dormire. Nonostante i miei sforzi, il sonno viene sostituito da una miriade di colori e pensieri. Vagabondo dentro e fuori i ricordi.

Ripenso al primo giorno, quando Jason mi accompagnò alla stazione per prendere l'ultimo treno per casa. Mentre camminavamo in silenzio ho sentito il brivido dell'appartenenza. In quel momento sapevo che non avrei pensato ad altro per le seguenti quarantotto ore, fino a quando non l'avessi rivisto. Non posso immaginarmi di provare lo stesso per qualcun altro. Mi fa sentire triste e sola.

Osservo il paesaggio in movimento che si trasforma: dalle lastre di cemento grigio alle case di mattoni rossi, fino ai piccoli giardini quadrati, alle dolci colline e ai fiumi gonfi. Se ero così sicura che Jason fosse quello giusto, come posso trasferire quei sentimenti su qualcun altro? Quante anime gemelle si possono incontrare in una vita? Mia mamma e mio padre risponderebbero una sola. Chloe direbbe due. Ha trascorso cinque anni dentro a un rapporto violento, perché era quello giusto. Non importava che lui si drogasse, che andasse a letto con altre donne e che le rubasse i soldi dalla borsetta. Lui era il suo unico vero amore e lei era disposta a restare al suo fianco. Quando scomparve con la sua coinquilina di allora, pensò che sarebbe morta senza di lui. Abbiamo dovuto chiamare la madre che era in Florida, tanto eravamo preoccupate. Poi è arrivato Tad.

Voglio superare la storia con Jason, ma i sintomi di astinenza ancora mi scalciano dentro. Mi chiamo Harriet Peel e sono una drogata. Il più grande ostacolo è il matrimonio di Chloe. Una volta che sarà passato starò bene. Posso voltare pagina e andare avanti con la mia vita. Prima, però, ho bisogno di trovare qualcuno. Ma in che modo? Gli amici che convivono o quelli sposati o annullano il consueto venerdì sera fuori, o preferiscono un tranquillo pub di periferia pieno di pensionati e di famiglie, così 'possiamo sentirci mentre parliamo'. Va benissimo, ma non va affatto bene quando si sta cercando di trovare qualcuno. Non fraintendetemi. Non ho alcun desiderio di tornare ai tempi della discoteca, a meno di non essere completamente ubriaca, naturalmente, e a meno che Josie non mi convinca che sarebbe divertente. Si sbaglia di sicuro. Non lo è mai, e senza lo stipendio di una settimana di *Cosmopolitan* e almeno una di noi che piange nei bagni, mi sembra un po' triste. Ma trovare un uomo solo là fuori, mentre tutti gli altri sono nel mondo dell'amore, non è facile. Gli appuntamenti via internet sono la risposta? Ci devono essere migliaia di ragazze single che si fanno la stessa domanda. Non posso essere l'unica.

Forse le ragazze avevano ragione, forse c'è un pubblico per le mie avventure. Mi tornano in mente le parole di Lucy sulle colleghe che leggono il mio blog in ufficio. Sarebbe davvero così ridicolo chiedere a Georgina una rubrica tutta mia? Se non chiedi, non ottieni.

Apro gli occhi e mi guardo intorno per vedere se qualcuno ha ascoltato il ronzio della mia mente. Chiedo al mio vicino se posso avere un pezzo di carta dal suo bloc-notes e comincio a scrivere.

La ragazza senza l'amore in agenda
Blog

Postato il: 9 aprile

Ho appena avuto una rivelazione.

7

Scivolo silenziosamente al fianco di Georgina mentre si dirige verso la sala riunioni.

«Mi chiedevo se hai un attimo dopo la riunione di redazione» suggerisco con fare brillante.

«È importante?» ribatte lei.

«Abbastanza.»

«Ho un'altra riunione dopo questa.»

«È solo che ho pensato a *Life to Live* e a quello che hai detto a proposito di Poppy, della necessità di rinnovare i contenuti.»

«E...?»

«Mi è venuta un'idea.»

Tengo in vista un pezzo di carta.

«Lascialo sulla mia scrivania. Gli darò un'occhiata più tardi.»

«Benissimo. Ci vediamo domani mattina e ne parliamo? Io sono libera di mattina.»

Georgina non mi sta ascoltando e io a malincuore mi unisco agli altri seduti intorno al tavolo della sala riunioni.

«L'avete visto questo?» Georgina sbatte una copia di *Bath at Large* sulla scrivania. Ci guarda e aspetta.

«'Chantilly del *Grande Fratello* visita Bath Hot Spot.'» Jeremy legge a voce alta.

«È questo il genere di cose di cui abbiamo bisogno» sbraita Georgina, e punta il dito contro il volto abbronzato di Chantilly.

Siamo tutti seduti lì come fossimo dei ragazzini a scuola, sorpresi a fumare dietro la rimessa delle biciclette. Georgina ascolta con attenzione Jeremy, che ci illustra un altro calo nei ricavi pubblicitari.

«Abbiamo bisogno di una Chantilly. Okay, chi visiterà Bath nelle prossime settimane?»

«I due tizi effeminati di quel programma di design di interni di Living TV» leggo dalla mia lista.

«Non è esattamente quello che ci serve» fa notare Debbie, la designer, e tutti annuiscono.

«Abbiamo bisogno di un grande nome appetibile che riporti l'attenzione della gente su *Life to Live*. Suppongo che Nicolas Cage non stia bussando alla nostra porta, vero?» Georgina mi lancia un'occhiataccia.

Scuoto la testa e guardo il mio taccuino.

«Qualcuno conosce qualche personaggio famoso?» chiede.

«Conosco una persona che conosce l'uomo dello spot della banca. Sapete, quello dove cantano...» prova a dire Judith, ma tutti la ignorano.

«Li voglio giovani, sexy e famosi!» tuona Georgina.

Tutti si guardano le mani. Judith tossisce. Georgina tamburella con la penna. Judith tossisce di nuovo.

«Che ne dite di una vetrina di talenti emergenti?» suggerisco. «Come quelle che fa *Vanity Fair*. Potremmo fotografarli in luoghi diversi. Ed potrebbe fare un ottimo lavoro su qualcosa del genere.»

Georgina annuisce con cautela. «Be', è un'idea. Intanto, Judith, fai un giro di chiamate e trova qualsiasi collegamento fra la città e tutti i personaggi famosi possibili, io telefonerò a Poppy. Potrebbe avere alcuni amichetti famosi. Paris Hilton? Il principe Harry? Harry ama il rugby, non è vero?»

Sorride e con un fruscio esce dalla sala riunioni in una nuvola di chiffon e Black Orchid.

Invece di guardare la tv, passo le serate a scrivere sul mio blog: voglio ampliarlo come se fosse già una rubrica di *Life to Live*. Quando Georgina mi darà l'okay voglio essere pronta. Sono entusiasta e ho un nuovo obiettivo. Immagino che i dirigenti di Living TV si stiano lamentando dei dati di ascolto in calo, perché sono abbastanza sicura che fossi io ad alzarli nelle serate infrasettimanali. Quando il telefono squilla, invece di correre a rispondere sperando che sia Jason, lo guardo come un intruso. Per la seconda volta questa sera, lascio partire la mia voce registrata che dice di lasciare un messaggio. La voce di mia madre risuona forte e spietata.

«Eeehiii, Harriet! Hai sentito la notizia? Un altro matrimonio da aspettare: Emma e Alan stanno per rinnovare la promessa delle nozze. Non è meraviglioso? Certo, ho detto a tuo padre che dovremmo mettere a disposizione il giardino per il ricevimento... Potremmo noleggiare un gazebo. Forse potremmo fare qualche telefonata, o cercare su internet... Abbiamo bisogno anche di bicchieri da vino. Oooh, sarà incantevole, una bella cosa da attendere prima di Katie e Lawrence l'anno prossimo. Emma dice che non vuole niente di speciale, ma le ho detto che è una sciocchezza, e abbiamo già prenotato il vino per un centinaio di ospiti.»

«Sei tu che l'hai prenotato, cara! Tu, non noi!» grida mio padre.

«George, *sssh*... Dunque, ferragosto, mettilo in agenda, tesoro. Spero che a Londra sia andato tutto bene e che tu non sia tornata troppo depressa. So che deve essere difficile per te vedere gli altri... Era diverso quando avevi appena vent'anni, ma ora ne hai quasi trenta... E, certo, Vicky e Lucy hanno già dei figli... Be', sono sicura che sia andato tutto bene.»

«Tesoro.» La voce di mio padre la richiama con un tono minaccioso, e mi fa sorridere.

«Ferragosto, quindi. Potresti prenderti un paio di giorni di riposo e andare a fare shopping con le tue sorelle per gli abiti. Ciao, tesoro. Chiamami. Sarebbe bello se ci chiamassi... non ti sentiamo mai... potresti fare un salto domani...»

La mia segreteria la interrompe.

Rinnovare la promessa di matrimonio? Cos'è questa storia? Penso a Emma e Alan come coppia e la prima cosa che mi viene in mente è *perché?* Perché lo fanno? Non posso credere che presto dovrò sopportare un altro fantastico raduno dei loro amici altezzosi. È già abbastanza impegnativo dover affrontare il trauma annuale della festa di compleanno delle gemelle. Ogni anno riescono a essere più elaborate e orribili del precedente. L'anno scorso il tema è stato Princess Factor, che era un *X Factor* precoce in abiti di raso e diademi. Sei settimane prima della festa, tutti siamo stati obbligati a cantare una canzone davanti a una ventina di amici di Emma e Alan e ai loro figli. Ho fatto del mio meglio, nonostante le interruzioni, solo perché Sharon Osbourne, alias Emma, mi dicesse che non avevo talento.

Ora devo trovare un altro vestito, che posso a malapena permettermi, e un uomo prima di quanto pensassi. Se vado da sola, mia madre si convincerà definitivamente che sono lesbica. Accedo a DateMate. So che ho detto che non l'avrei fatto, ma a mali estremi, estremi rimedi, e ora ho due buchi da riempire.

Mia madre mi offre un pezzo di frittata fredda e umidiccia.

«La chiamano tortilla» mi dice.

Sono appena tornati da una vacanza in Spagna con i loro amici Gerry e Suzy. Mentre mangiamo, Precious, il bassotto, aleggia intorno ai nostri piedi in attesa di avanzi.

«Non è come me la ricordo» si lamenta mia madre. «Che ne pensi, George?»

«Forse deve essere leggermente più spessa?»
«Dici?» fa lei imbronciata.
«Solo un po'. È molto buona. Infatti, credo che ne prenderò un altro pezzo.»
Mia madre annuisce, soddisfatta, e ritorna in cucina per rifornirsi.
«Tutto a posto, piccina? Sembri a chilometri di distanza» dice mio padre.
Sorrido.
«Sto pensando al lavoro e alla storia della cara Poppy che prenderà una grossa fetta della mia pagina degli eventi.»
Gli ho brevemente accennato della situazione sul lavoro ed è comprensivo, ma è il primo ad ammettere che le politiche degli uffici sono lontanissime dalla sua esperienza. Un uomo con la passione per i legni di ciliegio e faggio è più abituato a trattare con maestri artigiani e giovani desiderosi di imparare a sentire le venature del legno sotto le dita. Non ha alcuna esperienza né interesse verso stupide ragazze con cani in miniatura e fondi fiduciari.
«Io non mi preoccuperei troppo. Ragazze come Poppy non hanno lunga vita. Credimi, sarà un fuoco di paglia.»
«Non lo so. Georgina sembra intenzionata a farla entrare a *Life to Live*. In qualche modo, ho capito quello che sta cercando di fare. La rivista ha bisogno di qualcuno che la tiri fuori dalla crisi, ma speravo che sarei stata io e non una ragazza ricca e viziata.» Mi lascio sfuggire un sospiro. Come sabbia che scivola tra le dita, la mia determinazione sta venendo meno, forse ho trascorso troppo tempo a pensarci.
«Il fatto è che credo davvero che avrei potuto fare la differenza, papà.»
«E la farai.»
«Sembri così sicuro.»
Mio padre mi sorride. «Lo sono. Non sei tu quella che mi-

se un pezzetto di scotch sotto l'uovo, nella gara dell'uovo e il cucchiaio?»

Sorrido al ricordo.

«E mi sembra di ricordare che ti accampasti fuori dagli uffici di *Sphere* per uno stage estivo. Ti ho dovuto portare una fiaschetta perché tua madre era convinta che stessi per morire di ipotermia e che lei sarebbe stata sui giornali nazionali per aver trascurato i suoi figli. E che dire di quel premio? Non è venuto dal nulla.»

«Grazie, papà.»

«Non c'è bisogno di ringraziarmi. Ti sto solo ricordando quello che può fare Harriet Peel quando si mette in testa qualcosa.»

Ha ragione, naturalmente. Devo lottare per quello che voglio, non solo aspettare che mi piombi addosso. Quand'è che sono diventata così accomodante? Quando mai ho smesso di volere il meglio per me? Mi torna in mente l'immagine di Jason in piedi nella mia cucina il giorno in cui si trasferì. Aveva appena sostituito la mia stampa incorniciata del *Ramo di mandorlo in fiore* di Van Gogh con una foto gigantesca dello skyline di Hong Kong.

«Stavo parlando con John, oggi» aveva detto, osservando con soddisfazione il risultato. «Ha detto che quando mi daranno la prossima destinazione oltreoceano, probabilmente potrebbe trovarti un lavoro in qualche giornale.»

«Per fare cosa?» avevo chiesto. Non avevo nemmeno pensato di lasciare *Life to Live* allora.

«Non lo so, roba giornalistica, credo. Bello, no?»

«Fantastico.»

Poi mi aveva baciato. Ci baciavamo un sacco.

«Sarà bellissimo... Come vivere un sogno, tesoro. Non vedo l'ora. Stavolta John mi ha promesso una piccola promozione.»

«Ehi, che notizia!» Sognavo insieme a lui la sua ascesa

nel settore diplomatico, noi che vivevamo in un appartamento sciccoso spesati dal governo, chissà dove. Era una prospettiva eccitante. Ero stata solo in Grecia e a Los Angeles.

Poi avevo guardato lo skyline di Hong Kong. «Tesoro, dove hai messo il mio Van Gogh?»

«L'ho messo con la roba da portare al negozio di beneficenza.»

Odiavo quella foto di Hong Kong.

«Hai intenzione di restare a cena?» chiede mia madre, versandosi un generoso Gin tonic.

«No, grazie, meglio che torni» rispondo.

«Per fare cosa?» chiede.

Buona domanda.

«Delle cose.»

«Oooh. Hai per caso un ragazzo?» chiede eccitata.

«No.»

Lancia a mio padre uno sguardo che dice: 'Ecco, te l'avevo detto.' Avrei dovuto mentire. Faccio ancora in tempo?

«Resta a cena, piccina. È una buona idea» dice mio padre.

Annuisco. Perché opporsi?

Torno a sistemarmi sul divano fantasia blu e rosa e poggio i piedi sul pouf quadrato. Papà fa zapping tra i canali tv, mentre io sfoglio una copia di *Un mondo di organi*.

«È di tua madre» spiega mio padre. «Vuole un organo per Natale.»

«George, perché la frittata è nella ciotola del cane?» grida mamma dalla cucina.

Gironzolo davanti all'ufficio di Georgina. Sta parlando al cellulare e ride ad alta voce. Mi fa cenno con la mano di entrare e io lo faccio in punta di piedi. È difficile, le persone alte non camminano in punta di piedi particolarmente bene. Quando finisce, sorride.

«Quella ragazza è davvero stravagante. Ogni volta che parlo con lei mi fa ridere.»

Scrive qualcosa sul suo bloc-notes. Aspetto.

«Era Poppy. Mi ha promesso che guarderà la sua agenda. A quanto pare l'hanno sgridata perché stava usando il cellulare su un volo per New York. Quella ragazza ha le palle.» Ride. «Fate tutti molta attenzione, arriva Poppy.»

Deglutisco e mi stampo un sorriso in volto. Il mio oroscopo di stamattina dice di stare attenti allo Scorpione e di evitare conflitti. Poppy sarà uno Scorpione? Ha un aculeo sulla coda?

«Ti posso aiutare?» chiede Georgina.

«Mi chiedevo se avessi avuto il tempo di dare un'occhiata alla mia proposta di rubrica» dico speranzosa.

«No, non ancora.»

Aspetto.

«La guarderò più tardi.»

«Magari te ne posso parlare ora?» insisto.

«Harry, la guardo più tardi» dice Georgina senza distogliere lo sguardo dal pezzo di carta che ha improvvisamente portato la sua attenzione lontano da me.

Annuisco e sorrido, e decido di aspettare il mio momento. Immagino che se glielo chiedo tutti i giorni, poi a un certo punto si scoccerà e darà un'occhiata anche solo per farmi stare zitta. Torno alla mia scrivania e aspetto un altro giorno. Mi sento un po' delusa per la mancanza di progressi e mi riempio le guance di cioccolato. Me ne posso mettere sei quadretti in una ma solo cinque nell'altra. Significa che ho una guancia più piccola dell'altra? Mi ricarico ancora di cioccolato e mi appiccico due piccoli post-it sul labbro superiore. La mia imitazione di uno scoiattolo è ignorata da tutti tranne che da Donald. È qui per una delle sue riunioni semestrali, e con il blazer blu e il fazzoletto a pois al collo sembra appena sbarcato dal suo lussuoso yacht, bianco e lucido. Judith ha detto che si chiama

Debbie, come sua moglie, e ha i materassi ad acqua. Mi guarda con la coda dell'occhio e intuisco che nella sua testa sta decidendo che la ragione per cui la sua rivista è in perdita è tutta una questione di dipendenti che passano troppo tempo a imitare animali. La prospettiva di trovare la lettera di licenziamento sulla mia scrivania è sempre più vicina.

Il mio telefono squilla e rispondo con tutto l'entusiasmo che riesco a raccogliere.

«Pronto, sono Harriet. Eventi.»

«La fine del mondo, a quanto pare.»

«Ciao, Katie.»

«Tutto bene?» chiede con un tono davvero preoccupato. La mia sorella minore si preoccupa. Di tutto, perfino dei porcospini che attraversano la strada: teme che durante la raccolta stagionale delle foglie secche qualcuno possa fargli del male. È ciò che si definisce una bella persona.

«Sì, sto bene... Sono solo un po' giù per il lavoro, tutto qui.»

«Oh, a me non manca affatto. Dovresti restare incinta, Harry. Essere madri è bellissimo.»

«Parli come mamma» rispondo.

Katie è una di quelle persone fortunate che hanno un bambino angelico che dorme tutta la notte e gorgoglia allegramente per tutta la giornata. Mia sorella maggiore Emma si diletta nel prevedere che non durerà. 'Basta aspettare' dice raggiante.

«Allora?» le chiedo.

«Ho appena ricevuto una visita di Emma, e avevo bisogno di un po' di sollievo. Mi ha fatto una predica che neanche i Vangeli... L'educazione dei figli secondo Emma Benbow. Sono esausta.»

«Cioè?»

«Uhm, vediamo. Che non si dovrebbe cedere al bambino, che sei tu il capo e che si dovrebbero lasciarlo piangere, che le fasce sono la cosa migliore, che io sono troppo tenera e che pongo le basi perché diventi un bambino senza alcun rispetto. Mi sentivo un po' depressa quando se n'è andata.»

«Segui queste regole e anche tu potrai avere dei diavoletti che svegliano la gente nel cuore della notte con una torcia diretta negli occhi» controbatto.

Il ricordo delle gemelline pestifere che mi accecano alle due del mattino mi tormenta ancora.

«Oddio, me n'ero dimenticata. Il tuo urlo svegliò tutti.» Katie ride. «È stato a Natale. Non stavi più con Jason, giusto?»

«Già. Lui era alle Seychelles con Sophie.»

«Ehi, arriverà qualcuno di meglio.»

«Lo so» rispondo, perché è quello che la gente si aspetta che dica; e che sia positiva e che lo superi *prestiiissimo*. Il guaio è che, nonostante si sappia che un'insalatona a basso contenuto di grassi è meglio ed è l'opzione più sana, si prende comunque uno di quegli hot dog che, si sa, sono stati fatti con la sporcizia raschiata dal pavimento. Sono come un ex fumatore: mi basta il minimo soffio di fumo per desiderare di ricominciare di nuovo.

«Suppongo che ti avrà raccontato per filo e per segno del rinnovo della loro promessa di matrimonio...» Voglio cambiare argomento. A volte riesco a interpretare davvero bene la parte di quella che 'non me ne importa più nulla di lui'. Ma questa non è una di quelle volte.

«Forse ne ha parlato.» Katie ride di nuovo. «A quanto pare, ci sarà un quartetto d'archi che suonerà un brano composto per l'occasione.»

«Oddio! Perché? Se si amano è bellissimo, ma perché non possono tenerselo per sé? Perché dobbiamo avere una maledetta fontana di cioccolato e dei violini a dirci quanto sono innamorati?»

«Ci sarà una fontana di cioccolato?» Katie sembra scioccata.

«No, penso che sia un *syllabub* al limone.»

Katie ride e Alfie fa un miagolio debole, come un gattino.

«Allora, cos'hai in programma per il fine settimana? Qualcosa di eccitante?» mi chiede in tono sognante, come fa quando andiamo a fare shopping e dice che darà solo un'occhiata.

«Niente, solo oziare. E tu?»

«Il fratello di Lawrence ci ha invitato da loro nel Devon. Hanno un figlio poco più grande di Alfie, penso che sarà veramente bello.»

Risucchio il sospiro che vuole scappare, quello che significa più di mille cose, tra cui: 'Che bello, vorrei avere anch'io un ragazzo che abbia un fratello con una casa nel Devon.' Chiacchieriamo del più e del meno per altri dieci minuti finché mi dice che ha un appuntamento con un'amica per un caffè in città. Guardo il computer e ho nostalgia di un bel fine settimana di tè con pasticcini e sesso, anche se Katie dice che non è più come una volta da quando c'è Alfie.

Chloe mi manda un'email chiedendomi se mi dispiace stare allo stesso tavolo di Jason e Sophie. Mi dice che è un incubo cercare di accontentare tutti e farà del suo meglio per metterci a due tavoli diversi. Le rispondo che non mi dispiace affatto. Che altro potevo dire? Poi mi prende il panico. Ho circa trenta settimane per trovare un ragazzo. Con uno sguardo furtivo, controllo che non ci sia nessuno in giro per l'ufficio. Judith è fuori per un servizio fotografico, e tutti gli altri sono usciti a pranzo. Vado su DateMate.

Wordsmith – Non giudicare un libro dalla copertina...
Amo i paesaggi autunnali, frequentare i festival e ascoltare musica. Sto cercando una ragazza amante della lettura e dei week-end improvvisati fuori città, in cui si parla di musica e libri fino alle ore piccole.

Sembra carino. Gli piace leggere, quindi deve essere abbastanza intelligente, ama i festival di musica ma può anche improvvisare romantici week-end fuori porta. In breve, perfetto. Non è particolarmente bello, è più interessante, in un modo originale e sexy. Mi conquisterà con la sua cultura di libri e musica, e al matrimonio di Chloe indosserà un abito eccentrico, facendo sentire Jason inadeguato. Jason odia le persone più intelligenti di lui.

Dovrei...? Accidenti, non lo so. Chiamo Josie.

«Certo che sì. Ho pensato all'operazione DateMate e credo che dovresti uscire con più uomini possibile. È una questione di numeri. Quanti più uomini conosci, maggiori sono le possibilità di trovare quello giusto. Semplice, no?»

«È facile dirlo» rispondo.

«Ricordati di quello che ho detto su Madonna. Il successo richiede una strategia e tanto impegno, e tesoro, se potessi farlo per te, lo farei. Basta che pensi a tutto questo come materiale per la tua rubrica. Georgina ha già detto di sì?»

«No, ma ci sto lavorando.»

«È roba forte. Devo andare, ho promesso a Ben che lo avrei accompagnato a comprare delle posate, anche se non so perché. È sciocco. Voglio dire, lui dovrebbe essere quello che non vuole fare questo genere di cose.»

«È bello fare queste cose insieme.»

«Davvero? Io volevo andare al bowling. Acquistare posate è il genere di cose che fai quando ti sposi.»

«Tu ti stai sposando.»

«Mmm...»

Prima di andare a casa mando un'email a Georgina e le allego la mia proposta.

Con le parole di Josie sull'operazione DateMate che mi ronzano in testa, decido che ha ragione. Madonna non è diventata una delle artiste più famose del mondo mangiando cinese a portar via e pensandoci su. Angelina non è diventata una bambolina deliziosa standosene seduta a casa a guardare la tv. No, entrambe sono uscite là fuori e hanno lavorato sui loro corpi finché non sono stati al meglio. Un corpo forte, pronto a tutto, corrisponde a una mente forte, che arriva a tutto. Ti rende anche più attraente per il sesso opposto, in particolare per i più sportivi. In breve, non ci si può perdere nulla. Mi vedo mentre mi alleno in stile Rocky, lottando dentro una felpa grigia e pantaloni larghi, per poi svettare vittoriosa con il ruggito della folla dietro di me e un uomo affascinante che mi aspetta con le braccia aperte al traguardo. Correre mi sembra una buona cosa per cominciare, e sono anche abbastanza sicura di riuscire a fare qualche chilometro. Facilissimo! Judith consiglia un percorso circolare intorno alla città, dice che è una buona distanza per i principianti. Dunque, questo fine settimana darò inizio alla mia battaglia, avanti con la strategia del 'non mi butto giù senza aver combattuto'. I forti vanno fuori e vincono. I deboli stanno a casa a mangiare Doritos.

Sono partita con il mio iPod e un berretto da baseball, tipo Madonna. Cinque minuti e credo di essermi slogata la caviglia. Mi fermo e mi chiedo se dovrei tornare a casa. Forse ho bisogno di fare stretching. Bevo un po' d'acqua e inizio a riscaldarmi. Non so se lo sto facendo correttamente, ma mantengo l'aria di una che lo sa fare. Riparto, questa volta con una corsa lenta, e la mia caviglia sembra reggere. A metà giro inizia a piovere. Continuo a trascinarmi, decisa. Poi il mio corpo si arrende. Comincia a rimproverarmi per essere dannatamente stupida; abbiamo ancora un paio di chilometri da percorrere. Il mio trascinarmi diventa una camminata affannosa, seguita da un altro tentativo di trascinarmi, seguito subito dopo da un'altra camminata. Una mano sulla spalla mi basta per farmi urlare. A voce molto alta. L'urlo è accompagnato da una raffica di pugni in tutte le direzioni.

«Cazzo! Ahi, Harry! Sono... Ahi cazzo, sono io, Harry! Fermati!»

Mi fermo. Ed si protegge il viso con le braccia.

«Ma che diavolo?» gli urlo.

«Ti ho visto dal campo di cricket. Ti ho chiamato, ma non mi hai sentito.»

Mi tolgo le cuffie dell'iPod.

«Stavo correndo.»

«Sembravi piegata in due dalla fatica.»

«Stavo solo riprendendo fiato prima dei prossimi dieci minuti.»

«Sembri congelata. Dài, la mia partita è sospesa per pioggia. È ora di un tè e una fetta di torta. Vieni dentro e scaldati.»

«Che ci fai da queste parti?» gli chiedo.

«Faccio parte della squadra di cricket locale. Giochiamo ogni sabato.»

È strano, Ed vive a Bath da un paio d'anni, ma non l'ho mai visto in giro e non ci siamo mai incontrati davvero al di fuori del lavoro. Da quello che ho potuto capire, la maggior parte del suo tempo lo trascorre a Londra con Noush. Mentre ero con Jason non mi sembrava giusto incontrarmi con lui. In realtà, a pensarci, sono uscita con i colleghi solo una manciata di volte nel corso degli ultimi due anni. Spesso il giovedì sera andavamo a prendere delle tapas. Forse dovremmo farlo di nuovo.

«Dài. Mi salverai dalle gentili signore che insistono per farmi da mamma» mi esorta Ed.

Tè e torta sono una prospettiva molto migliore che zoppicare fino a casa, ed è meglio fare le cose un passo alla volta. Meglio riposare adesso e non esagerare. Ed mi porta a un padiglione dove delle signore molto cordiali servono tè caldo. Si agitano e mi porgono una crostata di frutta mentre aspettiamo che smetta di piovere. Quando smette, tutti gioiscono e guardo Ed e i suoi compagni di squadra scendere in campo. Non ho idea di cosa stia succedendo, ma perfino io posso apprezzare quegli energici uomini in bianco.

Batto le mani fino a quando una delle signore non mi dice che Ed è appena stato espulso dopo due manche. Sarebbe potuta andare meglio, mi dice dolcemente. Forse ha appena fatto perdere la partita ai suoi.

Ed torna al padiglione e si stringe nelle spalle.

«Sei stato impressionante» dico io, e ridiamo entrambi.

Ha un aspetto molto diverso con la divisa bianca. Molto bello, davvero. Non ci avevo mai pensato prima d'ora. Ed è soltanto Ed, al lavoro. È un peccato che Jason lo conosca, altrimenti sarebbe il ragazzo perfetto per il matrimonio.

«Hai un fratello, non è vero?» chiedo.

«Sì, più giovane.»

«E ha la ragazza?»

«Sì. Si è fidanzato la scorsa settimana, in realtà. Perché?»

«Solo una domanda.»

«Che domanda è?»

«Mi chiedo se dovrei iniziare di nuovo a uscire con qualcuno.»

Applaudo entusiasta mentre un uomo alto e abbronzato entra in campo. Ha un fondoschiena piuttosto bello.

«È dell'altra squadra» mi informa Ed.

«Ma posso comunque applaudire le doti dell'atleta.»

«Be', se vuoi uscire con qualcuno, alcuni dei ragazzi là fuori sono single.»

«Davvero?» Scruto il campo. Ci sono alcuni ragazzi piuttosto belli, e nessuno è ubriaco. Forse essere attivi è il nuovo must.

«Probabilmente però non sono il tuo genere» aggiunge Ed.

«Ehi, Ed» lo chiama il giocatore con il fondoschiena piuttosto piacevole. Viene verso di noi con un sorriso soddisfatto.

Io mi liscio i capelli increspati e umidi, raddrizzo le spalle e mi ripeto che sono sexy, pronta ad avere successo, e libera sabato prossimo.

«Ciao, Phil» dice Ed. Phil mi sorride e io faccio del mio meglio per apparire amichevole, ma misteriosa.

Ed inizia a parlare dei punti del cricket e ascolto con attenzione, apparentemente affascinata. A un certo punto, durante la conversazione, mi estraneo e comincio a pensare a cosa mangerò per cena stasera. Mi decido per uno sformato di pasta al tonno e torno al mio sguardo 'che interessante'. Ed e Phil smettono finalmente di parlare di *over* e *under* e alzano lo sguardo verso il campo per seguire la partita. Colgo l'occasione per dare un calcio a Ed. Lui aggrotta la fronte. 'Presentami' mimo con le labbra.

«Oh, Phil. Questa è la mia amica Harry. Lavoriamo insieme. Harry era a fare una corsetta.»

Basta Ed, basta così.

«Ed aveva paura che mi bagnassi.» Rido come se la pioggia fosse la mia migliore amica.

«Ah, una che corre. Sono sempre impressionato dalla gente che lo fa. Io non sono mai stato capace. Quanto corri?»

Scuoto la testa. «Sette chilometri.»

«Wow» esclama Phil entusiasta, e Ed tossisce.

«Mi sto allenando per la mezza maratona» aggiungo per impressionarlo.

«Davvero?» chiede Ed.

«Sì» mento.

«Ti va una tazza di tè?» chiede Phil.

«Buona idea, Phil» rispondo, e ignoro Ed che scuote la testa.

Faccio un sogno in cui ci sono un campo e due uomini. Si stanno battendo per me. Uno ha un libro, l'altro una mazza da cricket. Quello con il libro vince con una raffica di paroloni e mi porta trionfante alla sua iurta. Facciamo sesso a lume di candela su un tappeto di pelle di pecora. Quando non riesco a dormire mi legge qualcosa e poi mi sveglia con passione e con delle uova in camicia, ma non nello stesso momento.

La ragazza senza l'amore in agenda
Blog

Postato il: 2 giugno

Sono giunta alla conclusione che bisogna sforzarsi ed essere un pochino spietati per ottenere ciò che si vuole, altrimenti la gente verrà a rubarcelo da sotto il naso. È importante in tutti gli aspetti della vita, dal lavoro all'ultimo modello di Stella McCartney da Top Shop. Vale anche per gli uomini? L'ho chiesto al mio amico E., che è un uomo. Ha detto di sì: sforzarsi, ma senza darlo a vedere, è la chiave del successo. Gli uomini, dice, pensano ad altro e spesso sono ciechi alle tattiche utilizzate dall'abile femmina per incastrarli. L'ho messo in pratica durante il fine settimana.
La prima occasione è stata con un giocatore di cricket dal fondoschiena impertinente. Ho imparato tutto il possibile sul cricket, poi, quando mi è parso opportuno, mi sono messa a chiacchierare di quanto sia avvincente. Ha funzionato fino a un certo punto. Dopo un'ora e mezza mi annoiavo a morte. Non solo giocava a cricket, ma faceva anche immersioni, scalate, e mountain bike, giocava a golf e praticava orienteering. Il desiderio di toccargli la natica sinistra è stato soffocato dai racconti delle sue imprese e successi. Alla fine, mi sono scusata e sono tornata a casa.

Postato il: 8 giugno

Senza lasciarmi scoraggiare e continuando a seguire il filone sportivo, ho immaginato di essere seduta in uno stadio gremito di uomini, diciamo più di trecento, a guardare altri uomini in pantaloncini corti; sembrava molto più promettente che guardare uomini che sfregano palline. Con questo in testa, sono andata alla mia prima partita di rugby. Purtroppo, non è stata senza intoppi. Essere circondata da uomini appassionati e trovarmi davanti a un campo pieno zeppo di cosce è stato sufficiente a farmi perdere l'equilibrio e cadere di fronte a una gradinata affollata. È partito un enorme applauso e un gruppo di grossi uomini si è precipitato per aiutarmi ad alzarmi. Ho il sospetto che avrei dovuto piagnucolare un po' e giocare la carta della femminuccia indifesa, ma con in mano una mezza tazza di tè tiepido e mani e ginocchia infangate, sono corsa a nascondermi. Non fatevi scoraggiare da questo.

Vale la pena indagare di più sui giocatori di rugby e i loro tifosi. Mi è piaciuta soprattutto la parte in cui sollevano uno dei giocatori in aria per prendere la palla. Roba mozzafiato. Mi ha fatto pensare ai ballerini. Un'altra possibilità? Forse... Hanno delle cosce prestanti. Un'amica però mi ha detto che hanno i piedi puzzolenti e non mangiano molto. Li cancello dalla mia lista. I nuotatori? Spalle larghe e busti snelli... sessioni di allenamento di prima mattina... Mmm, non va bene. Che dire dei triplisti...? Sono alti.
Dio, sono esausta solo al pensiero di tutto questo. Devo aver consumato almeno tremila calorie solo per il nervosismo.

Postato il: 9 giugno

Distrutta dalle alternative sportive sono tornata alla buona, vecchia e sedentaria email. Ciò non vuol dire che abbia abbandonato la decisione di sforzarmi. Lo sto solo facendo in modo diverso, meno energico. Ho studiato i miei potenziali partner, scelto quelli statisticamente più affini a me e, in base a questo, inviato i miei messaggi di posta elettronica. Ciò significa che ora sono in contatto con un ragazzo a cui piace fare passeggiate in riva al mare e leggere libri. Le mie email di risposta, invece di essere scritte con il mio solito stile loquace, ma del tutto inefficace, sono state disseminate di riferimenti al mio amore per il vento tra i capelli, il sale sulle labbra, e citazioni letterarie. Ci incontriamo la prossima settimana. Dieci e lode, Peel.

PS: Il guaio è che si avverte un po' di premeditazione e non era esattamente così che avrei voluto trovare qualcuno. Sono ingenua a pensare che il romanticismo possa scattare da una battuta che fa ridere entrambi o da una passione comune per le Cherry Bakewell? Secondo la mia amica J., sì. Lei è del parere che i romantici restano sempre delusi. Questo è deludente di per sé e mi piacerebbe darle prova che ha torto. Vedremo.

8

Saltello per prendere il telefono, una scarpa sì, e l'altra no.
«Oh, sei viva?»
«Ciao, mamma. Guarda, non posso parlare. Sto uscendo.»
«Ti chiamo solo per sapere se Emma ti ha mandato la lista dei regali.»
«Regali?»
«Per il rinnovo della promessa. C'è una lista.»
«Regali? Vuole dei regali?»
«Harriet, non fare l'isterica. Agli uomini non piacciono le donne che non sanno nascondere i loro problemi.»
«Mamma, devo andare.»
«Dove vai?»
«In nessun posto interessante.»
«Con chi vai?»
«Con nessuno.»
«Che vuol dire, nessuno? Perché sei così reticente?»
So che non mollerà. È come un terrier con un osso. Mi lascio sfuggire un sospiro. Che diavolo.
«Ho un appuntamento.»
«Oooh. Cosa ti metti?»
«Jeans e camicetta.»

«Dovresti indossare di più i vestiti e le gonne. Agli uomini piacciono le donne femminili, e Harriet, ricordati di ridere alle sue battute, ma non troppo forte.»

«Non credo che sia il tipo che racconti barzellette.»

«Che tipo è?»

«Un tipo intelligente.»

«Allora ricordati di parlare con una buona pronuncia.»

L'incontro è in un nuovo pub che presenta la sua nuova serata jazz. Io non sono una fan del jazz, ma Georgina lo è, e vuole che scriva una recensione. In questo momento potrei tagliarmi il braccio destro per un riff di jazz se lei lo volesse. Il jazz ha un riff o un ritmo, o nessuno dei due? Mentre rifletto su questa domanda con un violoncello di sottofondo, un sassofono e una donna che canta un po' di *du-bi-du*, un uomo entra nel pub e si guarda intorno. È alto e atletico, con i capelli scuri. Ha un viso lungo e stretto, e quando mi vede sorride, e le sue grandi orecchie si spostano leggermente. Con i jeans, la camicia blu, giacca e scarpe marroni, lucide, ma quasi in fin di vita, ha l'aspetto di un adolescente vestito con gli abiti di suo padre. Non è quello che mi aspettavo. L'immagine nella mia mente era di uno con una vecchia maglietta del Glastonbury, Converse e felpa da surfista, uno con peli radi sul viso e un furgoncino della Volkswagen parcheggiato fuori. Come ho fatto a fraintendere così? Ho chiuso con le analisi statistiche e le email accuratamente vagliate.

Torno a sorridere e mi ricordo che sono aperta a nuove possibilità. Forse è il momento di aprire la mente, di ampliare gli orizzonti.

«Tu devi essere la Bella del Ballo!» La sua risata indugia un po' troppo a lungo. È nervoso, come me.

«Sono io. Harry. Piacere di conoscerti.»

«Ciao, sono David.»

Ci stringiamo la mano e la mia stretta è più decisa della sua.

«Prendo qualcosa da bere» dice.

Non appena ritorna, sfoggio il mio miglior sorriso. Ha braccia e mani lunghe, che occupano la maggior parte del tavolo. Sono abbastanza certa che le dita affusolate indichino qualcosa sull'intelligenza e la sessualità. Mi preparo a essere sedotta da un sacco di argomenti interessanti. Sembra intelligente, quindi immagino che debba esserlo.

Chiacchieriamo, ha due fratelli, i suoi genitori sono in pensione, ama la musica, il formaggio e il suo spaniel, Dotty. Parla con calma, con toni misurati. Mi piace la sua sicurezza, e anche se non è proprio quello che mi aspettavo in un primo momento, trovo la sua intelligenza molto attraente e piuttosto affascinante.

«Allora, esperto in musica. Quale genere di cose ti piacciono?» chiedo, cercando di trovare un terreno comune.

«Ho comprato il cd dei Sorrentino, l'altro giorno.»

Mi spremo le meningi ma il nome non mi dice nulla. Sono le star del futuro? Se è un habitué dei festival deve essere informato. Avverto la pressione del dover dare prova delle mie competenze riguardo alle ultime tendenze; è una trappola in cui cado spesso quando mi confronto con persone più aggiornate di me. Solo di recente ho capito che è proprio questo a etichettarmi come out. Purtroppo, l'averlo capito non mi ferma.

«Sono andata a Glastonbury qualche anno fa, ma mi piacerebbe tornarci» dico. Sogno a occhi aperti che ci andiamo insieme e condividiamo una iurta di lusso.

«Oh, non sono mai stato a Glastonbury... No, vado perlopiù a festival di letteratura. Non sono proprio un fan del rock. I Sorrentino sono un trio che fa un sacco di classici, dalla lirica al teatro di varietà, ma senza un accompagnamento musicale. Roba favolosa. A proposito, questa musica è fantastica. Non mi dispiace un po' di jazz sperimentale.»

Le mie fantasie in cui aspettiamo l'alba parlando di musica volano via fuori dalla finestra, insieme ad alcuni assoli frenetici del sassofono. Non riesco a pensare a un genere musicale che possa metterci d'accordo.

«Va bene?»

«Cosa?» Cerco di riavvolgere la conversazione, ma credo di essermi persa da qualche parte tra Salman Rushdie e un cinese virtuoso del violino.

«Se andiamo in libreria, da Barnaby? Non ti dispiacciono le sorprese, vero?»

La mia risata non convince come la mia risposta.

«Sorprese... adoro le sorprese, ma non è un po' tardi perché Barnaby sia aperto?»

David si tocca il naso, cosa che per qualche motivo mi infastidisce. Il mio vecchio insegnante di francese lo faceva. Odiavo il francese. Probabilmente perché non ero molto brava.

L'aria fresca mi sferza, e dopo due abbondanti bicchieri di vino mi rendo conto che sono un po' brilla. Avrei mangiato prima di uscire, ma la telefonata di mamma mi ha colto di sorpresa e ho esaurito il tempo. Mi ha già mandato due sms. Ormai, da quando Katie le ha insegnato a usare il T9, non subiamo solo lunghe telefonate, ma anche sms di tre pagine.

L'insegna di Barnaby brilla nel buio della strada. David è un perfetto gentiluomo e mi apre la porta. Ci sono una trentina di persone in piedi tra gli scaffali, che parlano tranquillamente e sorseggiano vino. Tutte le teste si girano quando entriamo e mi sento come se dovessi fare uno sforzo per giustificare la loro attenzione, magari gridare *ta-dà!* o alzare le mani. Una donna che somiglia a un vampiro e un uomo basso e un po' sproporzionato ci corrono incontro. Litigano per stringere le mani di David per primi.

«David, stai così bene, entra, entra» dice la donna con enfasi. Ha uno squarcio rosso al posto della bocca e indossa un vestito attillato di lana nera, calze coprenti grigie, una pashmina grigia chiusa con un'enorme fibbia d'argento a forma di fiore, e scarpe che deve aver rubato alla malvagia Strega dell'Ovest. Accompagnano dentro David e mi permetto di restare indietro.

«È sublime» dice l'uomo minuto, con la sua testa straordinariamente grande che trema per l'eccitazione. Si gira verso di me. «Che ne pensa?»

Cosa ne penso di cosa? Della vita, dell'universo, di come Madonna riesca a fare quelle spaccate, del perché sono stata trascinata al primo appuntamento a una presentazione di libri con persone che non ho mai visto prima?

«Di *Draghi nella nebbia.*»

Aaah, quindi stiamo parlando di un libro in particolare. Mmm... ora faccio finta o dico la verità? Fingo.

«Meraviglioso.»

David si gira e sorride. Ricambio il sorriso, non so se sia impressionato o se sappia che non ho idea di quello di cui l'ometto sta parlando. Ci porgono due bicchieri di vino tiepido e siamo circondati da gente con sorrisi falsi. Perché mi ha portato qui? Alcune persone accerchiano David e inizio a sentirmi in una posizione di svantaggio, soprattutto quando il piccolo cerchio, in cui sono stata risucchiata, comincia a parlare di gente che non conosco affatto, ma che in qualche modo sento che dovrei. Dopo mezz'ora in cui sto a sentire i loro tentativi di superarsi a vicenda su nozioni di letteratura sconosciuta, mi gioco la scusa del bagno. Mentre mi allontano, però, vengo attratta dal buffet, o meglio, barcollo verso di esso. Ci sono cose tipo bastoncini al parmigiano, olive, patatine, bruschette, formaggi, altro vino. Ci giro intorno e spizzico un po'. La donna-vampiro ha preso David a braccetto e sta monopolizzando la sua attenzione. Aspetto che finiscano. Poi mi annoio. Prendo il mio piattino di stuzzichini e vado tra gli scaffali dove posso sfogliare i titoli in offerta. Mi sento come un bambino lasciato libero in un negozio di giocattoli.

È fantastico. Comincio a leggere un libro su una donna che viaggia in Perù.

Dovrei tornare... solo un paio di minuti. Dio, non posso credere che l'abbia fatto a quelle temperature, e senza carta igienica... Oh, è terribile.

«Aaah, quindi è qui la vera festa?»

Mi volto e squadro l'intruso che è entrato nel mio piccolo mondo di scaffali. Jeans scuri e gambe lunghe, e una t-shirt che cade morbida su un ventre magro. È molto bello, ricorda quei cani randagi con il pelo lungo e le orecchie grandi. E sembra incredibilmente sexy perfino mentre mangia le olive. *Grrr*. Voglio scostarmi i capelli o fare qualcosa del genere. Invece arrossisco e metto giù il libro, come se mi avessero sorpreso a rubare.

«Così frequenti questa gente?» chiede.

«No, sono venuta con una persona. Uno che sembra conoscere tutti» rispondo. «Io no. Perciò sono fuggita.»

«È una mia impressione, o potevano organizzare qualcosa di meglio?» chiede, e toglie un libro dallo scaffale. Ha le dita lunghe e la pelle color del miele.

«No, credo che tu abbia ragione. Avrebbero potuto. Il cibo è buono, almeno.»

«Il cibo è ottimo. Queste cose di solito sono buone. Alcuni degli autori che hanno in catalogo sono incredibili e si possono incontrare anche persone davvero interessanti.»

«Ma non stasera» azzardo io.

«Non stasera. Questa gente non balla.»

«Balla?»

«Da' un'occhiata. Riesci a immaginare qualcuno di loro che balla, si ubriaca e ride ad alta voce? Vorresti passare più di quindici minuti della tua vita con loro?»

Osservo la carrellata di barbe seriose, incarnati pallidi, teste che annuiscono. Ha ragione, queste persone non ballano... Parlano, considerano, parlano ancora un po' e, se ridono, lo fanno in quel modo ipocrita e superiore che di solito riservano alle persone che non hanno letto *Guerra e pace* e non guardano i film sottotitolati il sabato sera.

«Allora, partecipi spesso a questi eventi?» chiedo.

«Ci provo, quando mi trovo in città, anche se stavolta sono stato trascinato da mio fratello. Gli piace una delle ragazze che lavorano qui.»

«E chi è l'autore?» chiedo.

Quando mi indica il mio accompagnatore, resto senza parole.

«David Smethic. Esperto in erosione costiera del Galles, uccelli migratori, e autore di *Draghi nella nebbia*» mi dice.

«Penso di aver bisogno di un altro bicchiere» rispondo, e mi avvicino al tavolo delle bevande. Mister Capelli Lunghi mi segue.

«Comunque mi chiamo Nate» dice, e fa tintinnare il mio bicchiere. Cade del vino sul tappeto. Entrambi abbassiamo lo sguardo. Metto il piede sulla macchia e lui sorride.

«Harry» rispondo, e non posso trattenermi dal desiderare che sia lui il mio accompagnatore. Alto, con un viso magro e occhi nocciola, è davvero piuttosto bello.

La donna dalla grande bocca rossa tintinna con una forchetta sul bicchiere per chiedere silenzio. Nate mi sorride. Ricambio il sorriso, poi mi guardo le scarpe perché non veda cosa penso. La donna fa un lungo discorso su quanto sia meraviglioso David. Ha la grazia di sembrare imbarazzato, mentre lo vedo frugare la stanza con gli occhi. Quando mi vede, sorride. Ha un bel sorriso. Tutti applaudono educatamente e lui comincia a leggere un lungo brano dal suo libro. Sembra molto intenso. Qualcuno inizia ad agitarsi, ma David si è ritirato nel suo mondo pieno di draghi. Mi metto a giocare con due grissini. Nate segue il mio esempio e si incastra due cracker rotondi sugli occhi. Tento di soffocare una risatina e, mentre David continua a parlare, noi giochiamo ai cento e uno usi degli stuzzichini. Con Nate accanto che mi incita, mi infilo i grissini su per il naso.

Per qualche ragione, tutti, e dico tutti, si girano a guardarmi. David mi sta indicando con la mano. Ricambio gli sguardi con un grissino per narice. Sono tutti impassibili, tranne Nate che sbuffa mentre cerca di soffocare una risata. È l'unico che lo fa: gli altri mi guardano come se avessi appena fatto un gestaccio alla regina.

Poco a poco la gente volge lo sguardo verso la stella della serata. David non perde un colpo, e cita qualcosa. Deve essere divertente perché tutti ridono, ed è chiaramente una battuta su di me.

«Davvero notevole» sussurra Nate. «Ti do un dieci per l'intrattenimento.»

«Grazie» rispondo, sperando di sentirmi meglio.

Mentre la serata volge al termine e un gruppo disordinato di persone fa la fila per farsi autografare i libri, rifletto di andarmene protetta dal mio imbarazzo. Purtroppo, la mia coscienza ha la meglio su di me. Pago la mia copia del pesante librone dalla copertina rigida con l'immagine aerografata di un drago (ancora qualcosa sottratto al budget per l'abito del matrimonio) e mi unisco alla coda. Quando è il mio turno, David mi guarda e io non sono sicura di quello che vedo nei suoi occhi. Delusione?

«Mi dispiace, David... È stato davvero bello e tutto quanto, ma credo... Sono stata così... Be', grazie per la bella serata» balbetto.

Mi aspetto che mi dica che non importa, che è stato almeno un po' divertente e che forse potremmo fare qualcosa sabato prossimo. Non lo fa. Invece, mi prende il libro dalle mani e lo firma con uno svolazzo. Rifletto se sia il caso di dire qualcos'altro, ma decido che è meglio di no. La sua espressione è chiara. Mentre lascio il negozio, Nate mi fa un cenno di saluto, ma non corre a chiedermi il numero di telefono. Perché dovrebbe? Una donna che si infila i grissini nel naso non è il tipo con cui si desidera trascorrere il resto della vita. Do la colpa a mia madre. Se mi avesse dato più attenzioni da bambina, se non mi avesse telefonato mentre mi stavo preparando, se non avesse parlato del secondo regalo di nozze per Emma e Alan... Sì, è tutta colpa di mamma. Mi ha inviato sei messaggini. Le rispondo che sto bene. Dopo dieci secondi il telefono squilla.

«È andata bene?»

«Sì.»

«Che fa nella vita?»

«Lo scrittore.»

Fa un suono che credo sia di approvazione.

«Quindi, lo rivedrai?»

«Non credo.»

«Perché?»

«Perché credo di no.»

«Non hai detto parolacce, vero?»

«No.»

«E lui non ti ha chiesto di rivedervi?»

«No.»

«E dici che è stato carino?»

«Sì.»

«Be', questi scrittori sono un po' bloccati a volte. Barbara è andata a vedere J.K. Rowling. È stata in coda per quattro ore e poi è stata allontanata dalla sicurezza perché ci stava mettendo troppo tempo. Stava solo chiedendo cosa ne pensasse dell'idea di Michael per un libro.»

Mi sdraio sul letto e mi sento male per David. Non avevamo molto in comune, ma ero disposta a dargli un'altra chance. Mi sento responsabile per aver rovinato quella che poteva essere una bella serata. Il rimorso mi dura circa due minuti prima di iniziare a pensare al bel Nate e a fantasticare di andare al matrimonio con lui. Telefono a Josie.

«Ho appena incontrato un tipo.»

«Wow. Viva il tipo. Come si chiama?»
«Wordsmith... David. Ma non è lui.»
«Mi sono persa.»
«Il ragazzo che ho incontrato mentre ero con David. Si chiama Nate... Oh, Jose, era molto bello, e divertente, e alto.»
«Ma?»
«È tutto. Non c'è ma.»
«C'è sempre un ma.»
«Be', questa volta no. Abbiamo parlato, mi è piaciuto, fine della storia.»
«Quindi non hai intenzione di rivederlo?»
«No.»
«Questo è il ma. Dobbiamo parlare delle tue tecniche di seduzione.»
«Non ho una tecnica.»
«Appunto.»

La ragazza senza l'amore in agenda
Blog

Postato il: 17 giugno

...Dunque quando torno a casa apro il mio libro per vedere il messaggio straziante che il mio accompagnatore mi ha lasciato. 'Per la mia cara H... non era destino' o 'Ad H., una luce fugace nella mia vita'... Non c'è nessun messaggio. Niente di niente.
Ecco quindi un altro appuntamento disastroso. Non potrò mai più andare da Barnaby. Mai più! Gli stuzzichini erano buoni, e anche curiosare tra i libri è stato bello. Sarebbe potuta andare peggio. In verità forse no, non peggio di così.
Ma sapete una cosa? Le serate con gli autori sono un ottimo modo di:
1. Trascorrere una serata con bevande e stuzzichini gratis.
2. Approfondire le vostre conoscenze letterarie.
3. Incontrare potenzialmente uomini nuovi (che sanno leggere).
4. Scegliere regali di compleanno o di Natale in anticipo.

9

Sto passando la notte guardando programmi comici in tv. La serata sembra vuota e non riesco a riempirla da sola. Ho provato a elencare le possibili idee per la mia rubrica, ma la mente è occupata da altre cose. Mi manca ed è orribile. Il sabato e la domenica mattina sono i momenti peggiori. Li avrebbe riempiti del suo disordine e del suo malumore semiaddormentato, sdraiato sul divano, con un panino alla pancetta mentre guarda la tv spazzatura. Sophie probabilmente insiste a uscire per il brunch. Gli piacerà questa cosa di lei?

Penso al ragazzo della libreria. Nate. Era bello. Perché non potevo conoscere uno come lui su DateMate? Mi intrattengo a fantasticare di imbattermi in lui che esce da una libreria. Che mi dice che mi ha cercato per tutta la città. Io faccio la difficile e gli rispondo che sono occupata fino alla prossima settimana. Mi fa smettere di pensare a Jason.

Squilla il telefono ed esprimo un desiderio.

«Chi è il prossimo dell'operazione DateMate?» chiede Josie.

«Mi arrendo.»

«Non si può rinunciare. Ho dato uno sguardo ad alcuni dei profili e ce ne sono certi molto carini. Devi solo dedicare un po' di tempo alla ricerca. DonnyD sembra meraviglioso. Gli piacciono le donne un po' in carne e ballare. Ho sempre voluto provare un tipo un po' latino.»

«Perché stai guardando su DateMate quando hai un ragazzo splendido a casa che ti adora?»

«Ti sto solo aiutando.»

«Ah, sì? E DonnyD?»

«Penso che sia sano guardare cosa c'è in giro, e non c'è nulla di male nel guardare.»

«Sei pazza, Josie. Tu ami Ben.»

«Ma non facciamo più sesso come prima.»

«Penso che sia normale, no?»

«Non è più romantico e sporco.»

«Romantico e sporco?»

«Sì. Sai...»

Non lo so, e ora non sono sicura di cosa mi sono persa.

«Non è lo stesso. Forse siamo arrivati a un vicolo cieco?»

«Josie, stai cercando scuse per una scappatella?»

«No.»

«Ogni relazione ha i suoi alti e bassi.»

«Mi annoio. Ho bisogno di qualche emozione.»

«Puoi comprare un vibratore e una divisa da cameriera con i merletti.»

«Che c'è di male nel mandare un' email a un paio di ragazzi? Non andrò a letto con nessuno di loro.»

«È quello che ha detto Jason quando è andato a Manchester quel fine settimana.»

«È esattamente il motivo per cui devi dare a DateMate un'altra chance. Dài, Harry. Quello che ti serve è un bravo ragazzo. Solo un bel ragazzo divertente, sexy, più alto di Jason, che sappia cucinare una buona cenetta, che sia un uomo di successo, che guidi un'auto con interni in pelle, che piaccia a tua nonna, un tipo comune.»

«Come Ben?»

«Ah, ah, ah! Scema!»

«Ti voglio bene.»
«Torna a quel computer!»

Cosa dice il mio oroscopo?

La vostra nuova luna è piena di promesse sul lavoro e nel gioco. Con questo in mente, non rimpiangete una decisione affrettata ma abbracciate invece le opportunità. Venere, la dea dell'amore, sta guardando dalla vostra parte. Segnatevi il 29. Siate pronti e attenti a pensare che possiate fare tutto da soli. Il denaro è un problema questo mese, ma non disperate, la vostra positività saprà superarlo.

Che cosa vuol dire? Rinunciare a DateMate potrebbe essere una decisione affrettata? Venere sta guardandomi su internet o per strada? Forse dovrei passeggiare davanti a tutte le librerie della città. Perché dovrei essere a corto di soldi? Vado a letto preoccupata e poi mi sveglio ricordando la mia luna nuova piena di promesse. Le lune nuove devono essere sfruttate. Scommetto che Angelina non se n'è persa una. Decido di spremere la mia. Georgina farebbe meglio a stare attenta. La mia nuova luna sta arrivando.

Georgina non c'è. Mi siedo alla mia scrivania e medito la prossima mossa. Non posso più inviarle email, la sua casella di posta in arrivo è come un buco nero. Prendo il telefono.
«Barbara. Quando torna Georgina?»
Barbara è l'assistente personale di Georgina. È un rottweiler con spalle larghe e un forte latrato.
«Mercoledì.»
«Mi trovi un buco nella sua agenda?»
«Non mi ha parlato di una riunione.»
«No... ma voglio sorprenderla con una cosa.»
«Una sorpresa? Che genere di sorpresa?»
«Se te lo dico la rovinerei.»
«Non so.»

«Ti prego, Barbara. Prometto di non rubarti più i tuoi post-it a cuore.»

Fortunatamente ride. Deve essere di buonumore.

«Va bene. Alle due del pomeriggio. Hai mezz'ora.»

«Mi basta. Sei la migliore, Babs.»

«Non chiamarmi Babs.»

«Scusa, Barbara.»

Apporto gli ultimi ritocchi alla pagina degli eventi del prossimo mese e mi premio con un piccolo sguardo furtivo a DateMate. Non ho intenzione di fare nulla. Sto solo guardando... perché non si sa mai.

Clown e poeta cerca musa. Posso essere la perla che ti bacia il collo, il circo dei tuoi sogni, il buio...?

«Chi diavolo è questo?»

Merda! Chiudo la pagina web il più veloce possibile.

«Oh, no, fammi leggere ancora. Cosa era e chi era quel tizio?» chiede Ed. Ha gli occhi spalancati, sorpresi e divertiti, mentre i miei sono spalancati per lo shock di essere stata scoperta.

«Sparisci, Ed. Non sono affari tuoi» rispondo, sentendo il rossore risalire furtivo dal collo alle guance. Armeggio con una cartellina per evitare di guardarlo, ma non ho idea di cosa sto cercando. Sono accecata dall'imbarazzo.

«Stai cercando un ragazzo via internet?» Ed mi guarda, i suoi occhi sono ancora spalancati.

«Sparisci, Ed. Ho da fare.»

«Non abbastanza da smettere di cercare poeti dall'aspetto strano.»

Allora rido, perché era molto strano e le sue poesie erano abbastanza terribili.

«Dài, torna di nuovo alla pagina.»

A malincuore accedo ancora al sito e lascio che Ed sfogli alcuni profili.

«Wow, alcune delle ragazze qui sono bellissime.»

«Sì, ma si vedono solo le facce, potrebbero pesare centocinquanta chili, e avere un viso minuto» suggerisco.

«Oh, mio dio! Guarda questo tizio! Fa davvero paura e, sicuro, pensa di essere molto interessante. È un mostro, e chi è questo sognatore ottimistico... È una parola vera, ottimistico? Splendido!»

Chiudo la pagina.

«Oh, Harry, mi stavo appassionando.»

«Vai via. Ho bisogno di lavorare un po'.»

«Ma non mi hai ancora detto cosa ci stavi facendo lì.»

«Se proprio vuoi saperlo, sto cercando qualcuno che mi accompagni al matrimonio di Chloe e ho pensato che poteva essere un buon punto di partenza. Alcuni degli uomini che ci sono non sono male, sul serio, e ti risparmi tutta la scocciatura del conoscersi: ci vogliono mesi, e io non ne ho.»

«Vengo io con te.»

Lo guardo come se stesse scherzando, ma è serio.

«Sei serio.»

«Certo che lo sono. Un bel ragazzo come me, disponibile, strabiliante ballerino, popolare con le nonne, sarebbe l'accompagnatore ideale per il matrimonio di un amico.»

Ha ragione.

«È molto carino da parte tua, ma voglio qualcuno che possa baciare e con cui essere un po' lasciva. Jason sarà lì e lui ti conosce.»

«Quindi, cosa stai dicendo? Che il pensiero che tu sia un po' lasciva con me è così fuori dal mondo che non ci cascherebbe?» Ed mi guarda male e io non sono sicura se è serio o mi vuol fare arrabbiare. Ha un sorriso che gioca in un angolo del suo labbro. Decido di cambiare argomento.

«Tu che vai spesso in treno. Si fermano a Chippenmartin nel fine settimana?»

«Non so, perché?»

«Devo andare da mia sorella e la mia macchina sta facendo i capricci. Non ho davvero voglia di guidare.»
«Potrei darti un passaggio.»
«No, non preoccuparti. Prenderò un treno.»
«Non essere sciocca. Vado a Londra nel pomeriggio. Posso portarti e riprenderti.»
«Sei sicuro?»
Ed annuisce e sorride.
«Sei carino.»
«Così dicono» ribatte, e si allontana.
Forse Josie aveva ragione. Poteva essere il mio piano di emergenza C.
Judith si avvicina furtiva alla mia scrivania.
«Qual è la differenza tra un ateo e un agnostico?» chiede.
«Perché?»
«Jeremy dice che è agnostico.»
«Significa che non è interessato a Dio.»
«Aaah.»
«Judith, che ne pensi se ce ne andiamo a bere qualcosa tutti insieme una sera? Che ne dici di martedì prossimo?»
«Ho la chiesa il martedì, ma potreste venire tutti all'incontro, se volete. Non è eccessivamente religioso.»
«Si bevono alcolici?»
«No!»
Ci penso e mi chiedo se dovrei essere più aperta rispetto a cosa voglia dire una bella serata fuori.
«Però ci sono gli stuzzichini e cantiamo.»
«Lo propongo agli altri» rispondo.
Le email di risposta sono a grande maggioranza a favore di Tequila Slammer e nachos, quindi rimandiamo sul giorno, che decideremo in seguito. Prima di andarmene, stampo un'altra copia della mia proposta e quando Barbara è in pausa pranzo, entro furtivamente nell'ufficio di Georgina e la lascio sulla parte superiore del suo portacarte, nella sezione

'urgente in sospeso', insieme ad alcuni peli neri di gatto. Ho letto da qualche parte che i gatti neri portano fortuna e la loro pelliccia può agire da tramite. La gatta di Margot, Sapphire, ora ha una chiazzetta di pelo più corto.

L'autostrada M4 è grigia e monotona. Osservo il cielo pieno di nuvole bianche che somigliano a fazzoletti di carta. Un aereo vola basso e guardo come avanza sopra le colline verdi e gialle della campagna del Somerset. Piccole figure scure spuntano dalle sue viscere. Si aprono dei paracadute e galleggiano giù, ondeggiando da un lato all'altro. È una cosa che non potrei mai fare. Vorrei, ma non abbastanza. Le vertigini me lo impedirebbero. Voglio mantenere il mio lavoro. La paura mi impedirà anche questo?

«Tutto bene?» chiede Ed.

«Sì, perché?»

«Sembravi preoccupata. Prendi un orsetto gommoso.»

Emma ha invitato la famiglia per una riunione strategica in previsione del rinnovo della promessa. Non sono stata abbastanza veloce a inventare una scusa, ed Emma, come chiunque, sa che non ho niente da fare nel fine settimana in questo periodo. La mia vita è così cambiata da quando Jason è andato via. Siamo sempre stati talmente impegnati ad andare via per il week-end, a uscire con i suoi amici, a partecipare a riunioni di famiglia che, quando Chloe, Vicky, Lucy e Josie si sono trasferite con i rispettivi partner, non sembrava importarmi affatto. Ero troppo occupata per notare l'allontanamento. Ora è rimasto un vuoto enorme che non so come riempire. Anche andare a quello strano spettacolo giovedì non ha significato un cambiamento miracoloso nella mia vita sociale, così eccomi qui, con Ed, che mi sta dando un passaggio prima di andare a incontrare alcuni amici. Ha i postumi di una sbornia e i suoi allarmanti livelli di energia lo fanno svoltare improvvisamente a destra, verso un MacDrive.

«Bleah, vuoi davvero andare lì?» chiedo, sentendomi un po' superiore.

«Sì. Non ci vado da anni.»

«Nemmeno io» dico quasi con nostalgia, ricordando a me stessa che il cibo da fast food fa male e non favorisce un fisico da Angelina. Brenda del gruppo WeightWatchers mi direbbe che in cambio di un hamburger potrei mangiare una quantità infinita di verdure. Per un cheeseburger potrei mangiare sano per una settimana intera e mi avanzerebbero ancora dei punti per un dolcetto.

«Un Big Mac mi sta chiamando» annuncia Ed.

«Cosa dice? 'Vieni a prendermi, grassone'?»

«Alle ragazze piacciono le maniglie dell'amore.»

Si sporge dal finestrino e ordina. Una ragazza dai capelli gialli e carnagione abbinata gli sorride. Ha i denti particolarmente dritti, sembrano minuscoli mattoncini bianchi. Il sorriso la rende vagamente carina. Mi chino in avanti e sorrido anch'io. Il viso le torna scontroso e disinteressato come all'inizio. Dovrebbe sorridere più spesso.

«Non credo che te l'offrirò» dice Ed, prendendo la sua busta.

«Non lo voglio» ribatto altezzosa.

«Ultima chance.»

«No.»

Parcheggia.

«Ho voglia di aria fresca.»

Ci appoggiamo contro l'auto. Resisto per circa due minuti.

«Dammene un morso» esigo.

«Un minuto nella bocca, una vita sui fianchi» canticchia Ed, tenendo il suo hamburger fuori dalla mia portata.

«Dammene solo un morso.»

Allungo una mano e cerco di afferrare la sua. Si sporge dentro la macchina e mi appoggio a lui, gli faccio il solletico. Si piega e colgo l'opportunità di agguantare l'hamburger. Mentre corro via, attraverso il parcheggio, tenta di acchiapparmi per la giacca. Una volta a distanza di sicurezza, mi fermo, mi giro verso di lui e me lo infilo tutto in bocca. Comincio a ridere, poi soffoco e sputo. Un cetriolino mi vola fuori dalla bocca e atterra sul marciapiede, mancando per poco le scarpe da ginnastica di un tipo. Il proprietario delle scarpe è... Oh, mio dio...

«Nate?»

«Harry?»

Guardo il volto di uno che ultimamente si è insinuato sempre più nei miei pensieri e mi rendo conto che lui è il modello di ogni utente DateMate. Non si è rasato questa mattina, ma ha i capelli lucidi e puliti. Si arricciano sulle punte. Avevo dimenticato quanto fosse bello in carne e ossa. Deglutisco un paio di volte, poi inizio a tossire.

«Tutto bene?» chiede.

Annuisco, mando giù e tossisco ancora un po'. Lui aspetta che finisca e intanto vedo la faccia compiaciuta di Ed con la coda dell'occhio.

«Allora, che ci fai qui?» chiede Nate, mentre succhia pigramente il suo frullato di fragola.

«Oh, io sto andando da mia sorella. E tu?»

«Vado all'aeroporto. Sto lavorando per un po' in Israele.»

«Dài. Per quanto tempo?»

«Non saprei. Dipende dalla situazione che troviamo lì.»

«Che fai?» chiedo, e mi libero della tosse che minacciava di soffocarmi.

«Lavoro per un ente di beneficenza che fornisce competenze mediche in aree che ne necessitano.»

«Wow.»

«Meglio che vada. È stato bello rivederti.» Guarda Ed in attesa.

«Oh, scusa, questo è Ed.»

«Piacere di conoscerti, Ed.» Nate tende la mano. Se la stringono con vigore. «Be', buona giornata.» Sorride. Ha un bel sorriso. Lo osservo mentre si avvia verso un'auto che ha visto giorni migliori. Mi volto e trovo Ed che mi guarda compiaciuto.

«Che c'è?»

«Hai la bocca sporca di maionese» dice.

Sento un tonfo allo stomaco. Ecco cos'era, allora.

Quando Emma chiede perché non sto toccando il suo gazpacho fatto apposta per l'occasione, non le rispondo che quella zuppa è opera del diavolo e ho già ceduto a una delle sue tentazioni. No, le dico che mi sto riservando per la sorpresa culinaria principale. La sorpresa è che non c'è nessuna sorpresa. Tira fuori un taccuino e le gemelle vengono mandate a guardare un dvd. È *La storia fantastica* e spero che nessuno noterà la mia assenza quando svicolo via per andare in bagno. Mi sono appena sistemata abbastanza lontano dalle gemelle, quando la dolce voce di Emma risuona per tutta la casa.

«Harry, stiamo aspettando te!»

Esco di soppiatto e riprendo il mio posto. Emma tossisce per indicare che la riunione è in corso. Lancia uno sguardo severo perfino ad Alfie, quando comincia a piangere. Katie si stringe nelle spalle scusandosi e tenta di calmarlo. Lawrence non c'è, e mi piacerebbe sapere se ha una giustificazione scritta per scusarsi.

«Stavamo pensando al Drakes Hotel per il ricevimento» ci informa Emma. Guarda Alan in attesa di un suo cenno d'assenso, ma lui non fa nulla. Sorride invece a tutti noi. Una volta sistemato al suo posto, ho il sospetto che il suo sorriso non si muoverà più per il resto del pomeriggio.

«Ma mamma e papà si sono offerti di mettere a disposizione il loro giardino» ricordo a mia sorella. Lei mi guarda male e sembra di tornare indietro ai giochi degli sguardi di quando eravamo bambine. Chi distoglierà per prima il suo? Sarò io a farlo.

«Pensavamo» Emma guarda Alan in cerca di sostegno «che per il numero degli ospiti non sarebbe possibile» dice, con un tocco di disprezzo, e vorrei afferrarle i capelli e tirarglieli, proprio come avrei voluto fare quando eravamo piccole, ma non l'ho mai fatto.

«Il Drakes è un posto di lusso, non è vero?» Mia madre sembra impressionata. «La figlia di Margaret c'è stata e dice che un cappuccino costa cinque sterline.»

«Cinque sterline!» esclama mio padre, accigliato.

«C'erano anche i biscotti.»

«Voglio ben sperare» borbotta lui scuotendo la testa, chiaramente disgustato.

Emma tossisce per richiamare l'attenzione.

«Potrete dormire tutti lì. Sarà un piccolo lusso.» Tira una riga sul suo bloc-notes.

«Per chi se lo può permettere» dico.

«E cosa vorresti dire?» chiede lei.

Il resto della famiglia tace e ognuno si schiera come sempre.

«Io non posso permettermi il Drakes, Emma. Ho il matrimonio di Chloe poche settimane dopo. Non sarebbe bello farlo da mamma e papà?»

«Sarebbe bello, Emma. Papà potrebbe fare un barbecue» interviene Katie con entusiasmo. Le sorrido grata per il supporto. Non è da lei schierarsi.

Papà alza le spalle senza sbilanciarsi, ma vedo che gli piace l'idea.

«Significherebbe ridurre il numero degli invitati» dice Emma, chiaramente irritata da questo piccolo contrattempo nei suoi piani.

«Pensavo dovesse essere una sorta di riunione intima di famiglia.»

Emma mi ignora e prosegue il suo discorso.

«Ci sarà un quartetto d'archi ad accogliere gli ospiti, e le gemelle faranno un duetto dopo i discorsi.»

«Stavo pensando di tagliarmi i capelli a caschetto, come Victoria Beckham» si intromette mia madre. Emma tace.

«Allora, chi vuole fare una partita a Snap?» chiede papà allegramente, e tutti sorridiamo.

Il resto del pomeriggio trascorre ad ascoltare mia sorella che dice stupidaggini pretenziose, mentre io mi mordo la lingua. Quando Ed arriva a prendermi non è troppo presto.

«Allora, partiamo?» chiedo, afferrando la giacca e la borsa.

«Oh, Harry, fallo respirare. Una tazza di tè?» chiede mia madre.

«Magari, grazie» risponde lui.

Con grande disappunto di Emma, la mamma si comporta come se la cucina fosse sua. Apre e chiude rumorosamente i pensili alla ricerca di tazze e biscotti.

«Usa queste tazze» le mostra Emma, chiudendo l'armadietto della sua migliore porcellana.

«Gli altri sono in salotto, caro» dice mia madre, e Ed fa uno dei suoi sorrisi migliori in stile 'le mamme mi adorano'. Un sorriso che mi contagia mentre avanza verso il soggiorno.

«Molto alto, no?» dice con enfasi mia madre. La ignoro e lo seguo. Si accomoda accanto a mio padre e comincia a parlare di cricket. Tossisco molto forte.

Ed si gira. «Mi stai guardando in quel modo» dice.

«In che modo?» chiede mio padre.

«Fa uno sguardo. Lo deve aver visto. Uno sguardo come se si aspettasse in questo momento il sole, le stelle e la luna. Che dice che se non li avrà belli impacchettati tra cinque secondi, ti romperà le gambe. È come quello che dice 'su, balla o ti sparo'.»

«Aaah, *quello* sguardo.» Mio padre ridacchia, e io mi acciglio perché cospira con uno che sta dicendo un sacco di sciocchezze.

«Mi chiedo se i ragazzi di DateMate sappiano in che guaio si stanno cacciando» ride Ed.

Vorrei sprofondare. Ti prego! Chiudo gli occhi e li riapro. No, sono ancora qui e mio padre mi sta guardando sorpreso.

«Incontri su internet? È assennato, tesoro? Spero che tu stia facendo attenzione.» Le linee sulla sua fronte sembrano più pronunciate e vorrei avvicinarmi e spianargliele con il palmo delle mani.

«Sto facendo attenzione, papà, non devi preoccuparti.»

«Incontri su internet! Chi fa incontri su internet?» Appare mia madre.

«Harriet» dice Alan, senza distogliere gli occhi dal televisore. Voglio andare lì e dargli uno schiaffo sulla chierica che sta comparendo sulla sua testa, quella che cerca disperatamente di nascondere.

«Harriet? Be', non so cosa dire» dice mia madre. Ora ci sarà un processo.

Invece mi guarda quasi con rispetto e non so se sentirmi soddisfatta o inorridire.

«Nonostante sia una cosa orribile – e non che io auguri alle mie ragazze di dover ricorrere a questo –, probabilmente sarà opportuna.»

«Perché?» chiede mio padre irritato.

«Lei è la prima a dire che non ha avuto molta fortuna finora. E non è più così giovane. È l'unica rimasta.»

«Cara, non siamo in *Orgoglio e pregiudizio*» risponde mio padre.

«Non fare l'ironico, George. Il punto è che deve fare qualcosa, ed è bello che le persone che normalmente non escono possano incontrarsi e chattare.»

Oddio. Voglio andare a casa.

«Mamma, gli incontri su internet non sono così. Oggi è molto diverso. Lo usano professionisti, persone normali, non asociali che si sono relazionati solo con gerbilli.»

«Gerbilli? Ma che ti succede, Harriet?»

Mentre subisco una lenta e dolorosa gogna pubblica, Ed tiene la testa bassa e si gusta il suo tè.

«Penso che sia un'ottima idea, ed è quello che fa la gente ora» mi viene in aiuto Katie.

«Nonostante questo bisogna stare attenti. Ci sono uomini là fuori che ti adescano per incontrarti.»

«Quelli sono i pedofili, mamma. Ho ventinove anni.»

«Ed è per questo che è giusto che tu faccia qualcosa, cara. Il tempo stringe. Ricorda, tua zia Susan ha iniziato ad avere i capelli grigi a trent'anni, e ha chiuso. È finita con Colin. È stata una bella donna sprecata.»

«Non hai messo il tuo vero nome lì, no?» chiede Emma con il panico nella voce.

«Si può sempre dire che è una che le somiglia» la rassicura Alan.

«Ed, la giacca.» Il tono della mia voce gli dice qualcosa, perché si muove velocemente.

Sulla porta, mio padre mi abbraccia stretta. Dietro di lui il resto della famiglia aspetta. Facciamo sempre il saluto con la mano dalla porta di casa.

«Non hai bisogno di conoscere gente su internet. Qualcuno che ti merita è là fuori da qualche parte e sa che sei speciale, senza che gli fornisca le tue misure o gli dica cosa ti piace o non ti piace.»

«Grazie, papà. Sto solo cercando qualcuno che mi accompagni al matrimonio di Chloe. Non voglio andarci da sola.» Mi sorprendo perché mi trema la voce e improvvisamente ho voglia di piangere.

«Stai solo attenta, tesoro, e se non riesci a trovare nessuno, vengo io con te. Non sarò il più giovane ballerino della città, ma so ballare *Funky Gibbon*.» Mi stringe forte e mi bacia sulla testa. Sorrido e inghiotto le lacrime. Il suo maglione mi pizzica il viso, ma resto lì, con una sensazione di sonnolenza, nel calore delle sue braccia. Riesco a sentire il battito del suo cuore.

«Grazie, papà.»

Emma è in piedi dietro di lui, con le braccia incrociate sul petto generoso. Il suo viso è una maschera. Ci diamo un abbraccio fugace scambiandoci due rapidi baci sulle guance, come piace a lei, anche se io sono sempre un po' impacciata. Odora di fresie e di lacca. Le perle la fanno sembrare la moglie di un presidente americano. La ringrazio per l'incantevole giornata. Avrei dovuto lasciare le cose come stavano, ma per qualche motivo sconosciuto mi viene voglia di fare la cosa giusta.

«Mi dispiace per prima, Emma, ma davvero non posso permettermi l'hotel.»

«Puoi permetterti ciò che vuoi permetterti» dice stizzita nel suo completo di Alexon.

«Che significa?»

«Vuol dire che sarebbe bello avere il sostegno di tutta la famiglia.»

«Sarebbe bello se avessi un marito ricco che potesse pagare un intero dannatissimo week-end al Drakes. Sarebbe bello se non dovessi lavorare per vivere e pagare l'affitto!»

«È il mio grande giorno, Harry.»

Vorrei chiedere perché. Perché tutti noi dobbiamo sopportare un altro dei grandi giorni di Emma? Il suo matrimonio, il battesimo delle bambine, gli anniversari di matrimonio, il suo ventunesimo, venticinquesimo, trentesimo compleanno e trentacinquesimo, la sua elezione a capo del consiglio parrocchiale, il suo primo premio per le composizioni floreali... l'elenco potrebbe continuare. Perché dobbiamo sopportarla mentre guarda negli occhi lucidi di Alan e gli dice che continuerà a essere fedele e quant'altro aveva promesso di fare la prima volta? Le crederà stavolta?

Firmerò una deposizione scritta e giurerò che è una buona moglie e madre, un onesto pilastro della comunità, un'esperta di antipasti e la ragione per cui Marks & Spencer ha visto una ripresa dei profitti l'anno scorso. Farò qualunque cosa pur di non essere sottoposta a un'altra maledetta festa autocelebrativa, dove tutti parlano con le loro migliori voci impostate e mi si dice di non bere troppo.

«Un altro grande giorno?» Ma perché ho detto questo?

«Solo perché tu...» comincia, e so cosa succederà. Alzo la mano per fermarla.

«Non cominciare.»

Ed tossisce rumorosamente per ricordarci che è il testimone riluttante della battaglia senza tregua tra me e mia sorella. Mamma ama raccontare la storia di quando avevo due mesi ed Emma mi pasticciò la faccia con un pennarello, di quando tagliò la coda al mio vestito da asino la notte prima della recita di Natale, di quando non mi parlò per due mesi dopo che con Katie facemmo un'interpretazione di *Dancing Queen* al suo matrimonio. Apparentemente ero abbastanza grande da sapere come sarebbe finita. Ho una vita di storie su Emma e me ai ferri corti. Secondo Emma, il fatto è che siccome ho quello che Janice, l'amica di mamma, chiama un lavoro stravagante, penso di essere meglio di lei. Non è così, davvero. Se lei mi stesse ad ascoltare, le direi quanto lo faccio male.

«Siete sempre così voi due?» chiede Ed, mentre siamo in macchina verso casa. Annuisco e seguo i piccoli rivoli di pioggia sul finestrino dell'auto. Penso a mia sorella e vorrei che non fosse così. Non so cosa sia, accade qualcosa di strano quando siamo insieme, vengono fuori le vecchie spade da samurai. Spesso le ferite sono superficiali, ma qualche volta hanno tagliato in profondità. Mi lascio sfuggire un gran sospiro. Oggi non è stata una delle mie giornate migliori.

«Allora, cosa fai stasera? Setacci la rete in cerca di qualche maschio ignaro?» chiede Ed.

«Non posso credere che tu abbia sollevato il discorso.»

«Mi spiace, non avevo capito che era un segreto.» Mi guarda imbarazzato e mi passa gli orsetti gommosi.

«E tu che fai? Ti vedi con Noush?»

Annuisce. «Credo di sì.»

«Voi due sembrate stare bene insieme.»

Annuisce di nuovo. «Sì, probabilmente metteremo su una fattoria dove io produrrò formaggio biologico e vivrò dell'enorme quantità di denaro che lei guadagna come modella, e i nostri bambini poliglotti dalle gambe lunghe e i capelli selvaggi andranno a scuola con i figli di Lily Allen.»

«Sì?»

«No.» Ed si gira verso di me e ride.

Il mio pensiero va a Nate: mi chiedo se ha una ragazza e se hanno intenzione di stabilirsi in una fattoria dove produrranno del formaggio. Scommetto che gli piace il wensleydale. Non un banale cheddar. Oh, no. Lui è un uomo che probabilmente per cenare va a pesca e poi mangia quello che cattura, con una spruzzata di olio d'oliva, limone e un pezzo di pane. Scommetto che non ha mai aperto un libro di ricette. Immagino che gli piacciano anche le cipolle sottaceto.

Josie mi ha mandato un paio di baffi finti per posta. Deve essere un travestimento, nel caso in cui riveda Nate. Me li metto e passo il resto della mattinata a parlare con un accento francese. Almeno mi diverte. L'inaspettata assenza di Georgina significa che l'ufficio è insolitamente rilassato. Ci ha inviato un'email per dirci che era impossibilitata a venire per via di un'emicrania e che sperava di rientrare per la fine della settimana. Barbara dice che è stata causata da un attacco di allergia. Che delusione, significa che il mio sperato incontro di mercoledì non ci sarà. Che diceva il mio oroscopo? Prendere nota del 29. Guardo il calendario. Il 29 è la prossima settimana. Non posso aspettare così a lungo.

L'arrivo di Jeremy tutto affannato mi fa smettere di sbattere la testa sulla scrivania. Il suo solito aspetto gelido è stravolto dal sudore.

«Follies ha ritirato la pubblicità.»

«Che cosa? Perché?»

«Hanno detto che proveranno a collaborare con *Bath at Large*.»

Questa non è una buona notizia. Ci sono stati movimenti minori verso i nostri rivali, ma i nostri principali collaboratori sono rimasti fedeli.

«Chi abbiamo per sostituirli?»

«È quello che sono venuto a dirti: nessuno. Adesso hai un grande grande buco nella tua pagina a un'ora dalla chiusura.»

«E...?»

«E non va bene, Harry. Donald sta andando via e io non voglio che lo sappia, non fino a quando non trovo qualcuno per sostituirli. C'è qualcosa che si può usare come riempitivo d'emergenza?»

«Lascia fare a me» lo rassicuro. Ha il volto in preda al panico e annuisce, già grato per il miracolo che non sono sicura di poter fare.

«Perché porti dei baffi finti?» chiede.

«È una lunga storia.»

«Ti stanno bene.»

«Grazie.»

Ho la mente svuotata. Che devo fare?

Oh, mio dio! Che razza di domanda stupida è? Quel che farò è volgere la situazione a mio vantaggio. Questo è il pezzo in cui Rocky mette al tappeto l'avversario e vince l'incontro. Posso sentire il battito del mio cuore. È troppo veloce. Sto per avere un attacco cardiaco e nessuno saprà mai che so fare di meglio. Devo calmarmi. È la cosa giusta da fare. Coraggio. Ho le mani calde e umide. Me le strofino. Faccio un respiro profondo... Apro il file segreto che contiene i post del blog e inghiottisco a vuoto mentre la mia mano si muove sul mouse. Seleziona. Taglia e incolla... Lancio occhiate furtive come se stessi per mettere il Paese in ginocchio con quello che sto facendo. Comincio a scrivere.

Donald è marrone e rugoso come una noce. Si annoia e sospira molto. Mi guardo intorno mentre esamina la mia pagina con gli occhi di un azzurro stranamente chiaro. Hanno un'intensità sorprendente e restano l'unica cosa che non cambia con il sole, gli anni che avanzano e una dieta a base di Whisky and soda. Non so se sta cercando qualcosa in particolare o se voglia solo dare una buona impressione, ma spero la seconda. Per quanto ne so, non è mai stato un vero editore, ha semplicemente acquistato *Life to Live* e cinque altre riviste a tiratura regionale per completare il suo fiorente impero del tempo libero. Alza lo sguardo e aggrotta le sopracciglia. Trattengo il respiro.

«La ragazza con l'amore in agenda? Mi piace.»

«Senza l'amore in agenda» lo correggo. «Senza.»

«Bene, bene.»

Mi sento un po' più leggera. Donald mi guarda con cipiglio.

«Ti eri messa dei baffi finti, prima?» chiede.

Annuisco.

La ragazza senza l'amore in agenda
Blog

Postato il: 28 giugno

Il mio oroscopo di oggi ha detto che devo correre dei rischi e abbracciare il sole nelle mie lune, sia professionalmente che nella vita sentimentale. Ho un lasso di tempo limitato, a quanto pare. Non ha detto nulla circa il 29, ma forse i diversi astrologi vedono cose diverse. Con questo in mente, ho fatto una cosa coraggiosa al lavoro e ho messo a repentaglio la mia reputazione. Ho anche accettato un altro appuntamento, domani, con Volo Alto.

Passo molto del mio tempo al lavoro, ma mi piacerebbe trovare qualcuno che mi facesse perdere la testa e mi portasse lontano dalle quattro mura che mi limitano. Amo la vita all'a-

ria aperta e mangiare fuori al fresco. Se sei una ragazza che ama viaggiare ed esplorare posti nuovi, allora potresti essere quella per me.

Ha suggerito di incontrarci in un pub qualche chilometro fuori città. Ho una buona sensazione. Il mio sole e le lune sono pronti. Immaginatevi la scena: berremo insieme una bottiglia di vino rosato e, mentre il sole scompare, mi chiederò com'è passato il tempo. Riluttante a tornare a casa, lui suggerirà una cena, dove la luce delle candele mi farà apparire insolitamente bella. Quando arriverà il matrimonio di C. ci chiederemo come era la vita prima che ci incontrassimo. Rideremo molto e ci terremo per mano. Lui sarà divertente e piacevole con la gente. Si offrirà anche di progettare la nuova ala di casa di mamma e papà (è architetto). Al matrimonio, ci baceremo sulla pista da ballo, e lui mi dirà che sono splendida, mentre J. (il mio ex) ci lancerà occhiate da un angolo della sala e la sua ragazza si rifiuterà di ballare perché avrà una smagliatura sulle calze. Poi faremo le vacanze in Italia, e picnic con sette diversi tipi di formaggio, olive e vino rosso su una collina sperduta. Brinderemo a DateMate e rideremo dell'assurdità di tutto questo. 'Ci credi che ci siamo incontrati su internet, tesoro?' 'No, ma sono così felice di averlo fatto.' 'Dove andiamo la prossima settimana?' 'Fa' uno squillo a Brad e vedi se gli va di andare a EuroDisney.'

10

Una nebbia mattutina è sospesa delicatamente sotto un cielo acquerello pallido. Le strade sono vuote, tranne che per alcuni negozianti che iniziano ad aprire. È la quiete prima della tempesta. Non riesco a ricordare l'ultima volta che mi sono alzata così presto in un fine settimana. Il ragazzo dell'appuntamento deve essere una persona mattiniera. Ho messo un vestito floreale a maniche corte che arriva al ginocchio e un paio di stivali marroni. Il sole per adesso non scalda e fa ancora un po' freddino. Sono contenta di aver aggiunto all'ultimo minuto un cardigan blu alla mia mise. Uno spazzino fischietta passando. Ha un sorriso sdentato. Mi sento un po' come se dovessi ballare in mezzo alla strada alla maniera di Mary Poppins e cantare per la splendida giornata.

Il mio cavaliere mattutino è l'unica persona nella caffetteria. Deve essere arrivato prima che aprisse. Sorrido, contenta che somigli abbastanza alla foto.

«Stuart?»

Si alza in piedi e non sono sicura se il suo sorriso sorpreso sia un buon segno oppure no.

«Harry?»

Indossa dei jeans e un maglione grigio talpa. È leggermente più alto di me, il che è sempre un punto a favore, e i suoi capelli biondi si arricciano leggermente alle estremità. Mi ricorda un golden retriever. Quando ero piccola, mia zia Deirdre ne aveva uno e mi ricordo che pensavo fosse bello e che da grande ne avrei avuto uno anch'io. Giocherello con la borsa.

«Ti prendo qualcosa?» chiede.

«Un cappuccino, grazie.»

Lo guardo mentre va verso il bancone. È bello. Come un dolce alle mele. Non ci si può sbagliare con un dolce alle mele. Parlando di cibo, guardo il menu della colazione. Sono sempre affamata. Stuart torna con una fetta di torta, il cappuccino e un caffè.

«Sei proprio bella come in foto» dice, e rido come una scolaretta imbarazzata. Cavolo, mi piace già.

«Ma non riesco a immaginare perché una bella ragazza come te dovrebbe avere bisogno di iscriversi a un sito di incontri.»

«Non ne ho bisogno... Ho solo pensato che poteva essere un buon modo per incontrare persone nuove. Io non giro più per club, e anche le serate passate nei bar alla moda si stanno riducendo.»

«Non sono mai andato per bar e club» dice.

«Che cosa, mai? Neanche quando eri all'università?» chiedo, un po' sorpresa.

«No, facevo aeromodelli. Ho trascorso la maggior parte del tempo con il mio gruppo di modellismo.»

Annuisco, e cerco di non saltare a conclusioni.

«E ti diverti ancora a... far volare aeromodelli?»

«No, sono passato a cose più grandi. Faccio volare mongolfiere.»

«Wow... ecco il perché del nick Volo Alto.» Rido della mia stupidità. E io che pensavo che Volo Alto significasse successo, miglia aeree *frequent flyer*, hotel ed eccitanti destinazioni. «Dunque, mongolfiere. Che emozione. Ne hai una tua?»

«La nostra azienda ne sponsorizza una, quindi il mio socio Geoff e io possiamo andarci tutti i fine settimana. È una vera e propria fuga, molto meglio che restarsene davanti a un computer.»

Annuisco con fare interessato.

«Ho fatto un safari in mongolfiera lo scorso anno» getta l'esca. So che dovrei esserne impressionata e lo sono. È per gli animali. Adoro gli animali. Posso parlare come David Attenborough per ore, probabilmente anche meglio. E lo faccio. La mezz'ora successiva trascorre piacevolmente tra storie di giraffe, antilopi, elefanti e il ciclo di vita della talpa (il mio contributo), e mi sto rilassando.

«Un altro caffè, o qualcosa da mangiare?» chiedo. I croissant sono romantici e ne ho puntato uno piuttosto grande. Potremmo fare a metà. No, dimenticalo. Ne voglio uno intero.

«In realtà, sai che ti ho detto delle mongolfiere... Be', ho pensato che sarebbe stato davvero bello, e magari romantico, se oggi volassi con me. È per questo che ti ho voluto incontrare così presto. I primi voli del mattino sono i migliori.»

Sono sorpresa, e si vede chiaramente.

«Qualcosa non va?»

«No, no. Che... che bella idea...» balbetto.

Il mio profilo dice che sono una ragazza intraprendente che ama l'azione. Ora non è il momento di dire che sono terrorizzata dall'altezza.

Il rumore mi spaventa. È forte, molto forte. Il cesto è grande, cosa che mi dovrebbe rassicurare, ma non è così. Sento già la claustrofobia.

«Hai freddo? Hai portato una giacca?» chiede Stuart, con fare preoccupato.

«No.» Batto i denti. Le gelide dita della paura scavano con le unghie nelle mie braccia e tremo di nuovo. Come un vero gentleman, mi mette un pile sulle spalle. Normalmente sarei stata toccata da un gesto così cavalleresco, ma in questo momento lo odio per avermi trascinata qua. Sobbalzo per la paura non appena la fiamma incendia il pallone. Geoff, l'amico di Stuart, mi sorride incoraggiante e lo ricambio con una smorfia.

«Ti piacerà» grida sopra il rumore, e io annuisco perché voglio credere che sarà vero, che quando la paura sarà passata io mi sentirò come un uccello che vola in alto nel cielo. Quanto in alto? *Quanto in alto?!* No, è meglio che non lo sappia.

«Pronta?» chiede Stuart, e io annuisco, perché è tutto ciò che sono in grado di fare in questo momento.

Il cesto si muove a scatti e sobbalza un po'. Poi ondeggia e sobbalza ancora. Sento che le leggi di gravità non esistono più e mi aggrappo a Stuart per cercare un appoggio. Sorride come l'eroe che crede di essere. Non sto guardando oltre il bordo, ma so, perché non riesco più a vedere gli alberi, che stiamo salendo, che siamo ormai troppo alti perché io possa scavalcare e tornarmene a casa. Mi fa male la mascella a forza di tenerla stretta.

«*Wooohooo*» grida Stuart, e io ammiro il suo entusiasmo, davvero, ma in questo momento vorrei solo che si tenesse i suoi *wooohooo* per sé, perché sto contando i miei respiri e li mantengo lenti, lenti, lenti... Respirare, solo questo, lentamente. Oddio. Vado in iperventilazione.

«Tutto bene?» grida Stuart.

«Potremmo essere costretti a tornare indietro» gli rispondo urlando.

Stuart ride e mi abbraccia. Oh, mio dio, che succede se mi portano in un casolare abbandonato e mi uccidono? E se fosse questo che fanno Stuart e Geoff? Il panico aumenta.

«Ti vedo un po' pallida. Ma starai meglio. Una volta che ti abitui, te ne innamori.» Stuart mi abbraccia di nuovo. Riprendo a contare, ma non aiuta.

«Basta dare uno sguardo oltre il bordo.»

Scuoto la testa.

«Potrebbe aiutare. Per vedere più che sentire. Mettiti comoda.» Geoff annuisce. Sbircio oltre il bordo del cesto e urlo. Urlo così forte che non riesco a sentire Stuart. La sua bocca si muove ma non sento niente. Allora mi scuote e io smetto di gridare ma inizio a piangere.

«Devo scendere. Riportatemi giù.»

«Non essere sciocca. È solo un po' di paura. Sarà bellissimo. Ti piacerà. Te lo prometto.»

Se mi dice un'altra volta che mi piacerà, lo butto giù.

«No, mi dispiace, davvero, ma devi riportarmi giù» urlo, cercando di apparire irremovibile.

«Ma è assurdo» risponde Stuart, chiaramente infastidito.

«Ti prego... devi riportarmi giù...» Sono al limite dell'isteria. «Subito!»

«Ma ci siamo appena alzati.» Lancia un'occhiata a Geoff che scuote la testa con stupore.

Adesso sto piangendo, e tremo e prego. Judith sarebbe colpita se vedesse che finalmente ho trovato Dio. Se esco di qui le dirò che penso che potrebbe avere ragione lei. Ne sarà contenta. Mi rendo conto che sto parlando da sola, ma qualcuno deve calmarmi e Stuart sembra inorridito.

«Guarda, penso che tu debba darti una calmata» grida, con la voce dura.

Sento il sudore scendere freddo lungo la schiena. Contare non mi aiuta: il mio respiro ha una volontà propria. Sta remando contro di me, minaccia di soffocarmi invece di salvarmi. Voglio vomitare.

«Non credo che ti stia rendendo conto della gravità della situazione. Normalmente non sono una che fa storie. Se ti dico che ho bisogno di scendere e uscire di qui, lo dico sul serio. Per favore. Portami giù, *subito!*»

Stuart non mi guarda nemmeno, come se non esistessi.

Alla fine, avverto la scossa del terreno. Ringrazio tutti gli dèi dell'universo, e anche Judith. Geoff mi aiuta a scendere e mi butto a terra come una che ha scoperto un'oasi in mezzo al deserto. Rido, cosciente di sembrare un po' isterica. Non mi interessa. In questo momento sono solo felice di essere viva.

Stuart, a braccia conserte, mi gela con lo sguardo.

«Devo andare a casa» balbetto battendo i denti.

«Ti accompagno» mormora.

«Non importa, vado...»

«Andiamo» esige, e s'incammina nell'erba. «Ci vediamo più tardi» dice a Geoff, che sembra molto più indulgente del mio accompagnatore. Cerco di convincere Stuart che sto bene da sola, ma si rifiuta di cedere e continua a camminare. Mi guardo intorno e considero le possibilità. Siamo atterrati in un campo, ma non ho idea di dove ci troviamo. Lo seguo a malincuore, capace appena di tenere il suo passo.

Mezz'ora più tardi, senza una parola, raggiungiamo la civiltà.

«Va bene qui, grazie» dico.

«Sei sicura?»

Non lo sono, ma non riesco a sopportare un altro minuto di tutto questo.

«Sono sicura, grazie.»

«Mi dispiace che non ti sia piaciuta la mongolfiera» dice, ma ho l'impressione che la sua simpatia per me sia rimasta lassù, a molti chilometri di distanza.

«Dispiace anche a me» rispondo.

Annuisce, apparentemente compiaciuto, convinto di aver fatto tutto ciò che poteva. Mi volto e comincio a camminare verso una fila di case.

Bastardo. Stupido bastardo egoista.

Il sole di prima è scomparso e c'è un'aria fresca. Continuo a camminare, infreddolita e sconsolata, cercando di riconoscere un punto di riferimento familiare. Credo di sapere dove sono. Forse no. Ora che la nausea è passata, ho anche parecchia fame. Guardo l'orologio. Sono le undici e mezza e non ho mangiato praticamente nulla. Ho i piedi a pezzi, ma non quanto l'orgoglio. Oddio, dove diavolo sono? Non ho intenzione di piangere. Assolutamente no!

«Dove ci troviamo?» chiedo a un uomo con un bastone e un cappello alla Sherlock Holmes.

«A Bath» dice senza aiutarmi affatto, e se ne va.

«Grazie mille» mormoro.

Il mio stomaco brontola rumorosamente, mentre una donna a forma di botte con un cesto di vimini vuoto mi passa accanto. Ha una giacca Barbour e una camminata sicura, sembra sapere dove sta andando. La seguo a distanza di sicurezza. Giriamo un angolo e tiro un sospiro di sollievo. Ci sono persone, un sacco di gente, e sono circondati da cibo.

Il mercato contadino è la mia salvezza. Ci sono tè caldo e bancarelle piene di cibo in attesa di essere assaggiato. Ho talmente fame che mi sento quasi male. Divoro con gratitudine olive piccanti, cubetti di formaggio di capra, una fetta di flan al salmone e aneto, dei quadretti di cioccolato fondente al cardamomo e un pezzo di pane alle noci. Mi emoziono davanti a dei grandi funghi dal cappello piatto e compro del formaggio, del chutney e una crostata di albicocche. Il mercato è pieno di persone con braccia e borse piene di grandi foglie verde scuro, pagnotte francesi, sacchetti di arance rosso sangue e chutney fatto in casa. Le mani dei bambini si allungano a prendere quadratini di pan di Spagna glassato, mentre delle donne ascoltano attentamente un uomo che parla dei suoi grandi limoni. Giro sotto i tendoni a righe e comincio a sentirmi più umana. L'esperienza di aver sfiorato la morte è quasi dimenticata mentre porgo il denaro in cambio dei sacchetti di carta marrone pieni di prodotti freschi e genuini. Non ho idea di cosa ci farò, ma mi sento ispirata dalla bietola rossa e da un formaggio rotondo ricoperto di una fuliggine nera, chiamato Black Betty.

Vengo attratta ancora da una bancarella con pane a ciabatta, olio d'oliva e lunghe trecce di teste di aglio, marrone tostato. Un uomo con la barba e un fazzoletto rosso legato al collo mi porge del pane e indica un piccolo piatto di olio.

«Forza, lo inzuppi lì, non è forte.»

Lo faccio e poi metto il pane intriso di liquido dorato in bocca. L'olio mi scivola sulla lingua e tocca le papille gustative con qualcosa di liscio, affumicato e quasi sensuale.

«Wow, è stupendo.»

«Buono, eh? È l'aglio arrostito.»

«E il pane. Si scioglie in bocca. Come si fa a farlo così soffice?»

Lui ride mentre tuffo un altro pezzo nell'olio.

«Venga a scoprirlo. Facciamo un corso di panificazione di una giornata. Le piacerà.» Sorride come un pirata.

«Non si dovrebbe mai aver paura di usare l'aglio in cucina. Può trasformare il banale in meraviglioso. Lo schiacci sotto le mani e annusi. Non è incredibile? Via, si avvicini... è buonissimo. Non è buono?»

Sono io o sta facendo sembrare seducente dell'aglio?

Mi iscrivo al corso di panificazione e torno a casa felice. Magari non ho un ragazzo, ma ho una treccia di bellissime teste d'aglio e cibo a sufficienza per invitare Chloe, Tad, Josie e Ben per un pranzo domenicale.

Scommetto che ad Angelina non puzza il fiato di aglio.

La ragazza senza l'amore in agenda
Blog

Postato il: 1° luglio

Parliamo di mercati contadini. Non ho mai fatto lo sforzo di andarci, preferendo invece il mio supermercato sotto casa per fare la

spesa tutta in una volta. Vergognoso, eh? Cosa mi sono persa. Ora mi sono convertita. Se siete giù di corda, le verdure fresche dalle forme curiose e i volti sorridenti dei venditori vi tireranno su il morale. Potrete anche parlare con la gente, se volete. Io l'ho fatto e mi è piaciuto. È una festa per i sensi. Toccate, odorate, gustate tutto. Poi tornate a casa e cucinate qualcosa che non avete mai fatto prima. Invitate un amico o, se ne avete più di uno, fate una cena. Il sabato è risolto.
Ho anche messo alla prova le mie mani per fare il pane. Un'altra cosa che posso consigliare a tutti voi buongustai. Tutto quest'impastare è un'esperienza assai terapeutica e molto sensuale, specialmente se c'è un uomo di nome Patrick dietro di voi, che vi stringe le mani, spingendole nella pasta, che vi respira sul collo... Forse sto facendo sembrare il tutto più erotico di quanto non sia stato, ma mi sono divertita. La sua pagnotta è cresciuta splendidamente. Ha detto che era tutta una questione di polso.

PS: Altri spunti per buongustai potete trovarli nella mia rubrica RSAA, su *Life to Live*.
PPS: Gli uomini frequentano i corsi di cucina. Ho appena pensato che valeva la pena accennarlo.
PPPS: ...Ho già parlato di *Life to Live*? Per sapere com'è andato il mio ultimo appuntamento, compratelo, leggetelo, poi parlatene ai vostri amici.

11

Georgina apre il cassetto, tira fuori un piccolo pacchetto rettangolare e ingoia un paio di compresse.

«Ti senti meglio?» chiedo con tutta la simpatia che riesco a trovare.

«Maledetta allergia. Non capisco. Pensavo di essere allergica solo ai gatti, ma ci deve essere qualcos'altro qui. Andrò a farmi le prove.»

«Ah, be'...»

Georgina sbatte una copia di *Life to Live* sulla sua scrivania e interrompe la mia spiegazione.

«Allora, ti dispiacerebbe spiegarmi di cosa si tratta?» mi aggredisce.

La pagina degli eventi mi fissa.

«Da quando questa pagina è diventata un forum per le ragazze in cerca di uomini?»

«Pensavo...»

«Pensavi cosa?»

«Che poteva essere divertente?» suggerisco. Naturalmente non lo era, neanche un po', ma ho pensato... Che cosa ho pensato? Che diavolo ho pensato?

«Volevo qualche locale appetibile ed elegante che servisse cocktail. Questa è una rubrica di eventi, non un'occasione per inserire una storia 'divertente' di una ragazza che...»

«Ma ci sono tanti consigli su dove andare» protesto.

«Uomini che leggono libri e stupidi spuntini gratis!»

Rimango senza parole. Mi sento schiacciata, come una formichina sotto le sue grosse scarpe da tennis.

Georgina chiude gli occhi e fa un respiro profondo. Aspetto, e mi faccio ancora più piccola. Quando li riapre sono come fessure. Sto lì, i piedi incollati al tappeto. Mi immagino nel futuro, quando racconterò a chiunque voglia ascoltarmi che mi sono rovinata la vita con un'idea stupida. Poi berrò una bottiglia di gin prima di salire sul palco a cantare canzoni di Celine Dion in un karaoke a notte fonda.

«Avevamo bisogno di qualcosa per riempire lo spazio, e ho dovuto fare in fretta. Ho un blog e il feedback è stato positivo. Ho pensato che potrebbe funzionare bene in una rubrica.»

«E pensi che stia funzionando?»

«Sì.» Sono coraggiosa. Sono un leone. Sono più alta di lei.

«Questo» dice indicando il mio pezzo «non è *Life to Live*. Speriamo che il pezzo di Poppy sia pronto per il prossimo numero.» Le parole sono ponderate, hanno il peso delle insinuazioni e delle allusioni. Ho le spalle leggermente all'ingiù. Le raddrizzo.

«Non potresti almeno dare una possibilità alla mia rubrica? Vediamo cosa succede, e se non funziona, allora metti Poppy.»

«Questo non è *Sex and the City*, Harry.»

«No, ma non è nemmeno il migliore amico inglese di Paris Hilton.»

Georgina sbuffa come un toro in attesa di caricare. Parla a denti stretti. «Poppy attrarrà i nostri lettori. Le persone che apprezzano le cose belle della vita, e che ti piaccia o no, sarà lei il nuovo volto di *Life to Live*. Ora ti consiglio di lasciare il mio ufficio, finché hai ancora un posto di lavoro.»

Starnutisce sonoramente, e per un attimo penso di raccontarle del pelo di gatto. Poi cambio idea.

Mentre cammino verso casa una vecchietta mi passa accanto. È curva e trascina lentamente al guinzaglio uno scottish terrier bianco di plastica lungo il marciapiede. Non ha nessuno che le dica che quello non è un cane vero. Tra vent'anni sarò così, ne sono convinta.

Josie è sconvolta. L'ho capito perché è comparsa una scatola di ciambelle Krispy Kreme.

È bello averla qui, anche se alla fine del week-end di sicuro non la penserò così. È disordinata e io sono il suo aspirapolvere. Funzionava bene quando vivevamo insieme a tempo pieno, c'era un'uniformità nel suo disordine, cioè era dilazionato e induceva una sorta di accettazione da parte mia. Ora è come un uragano, arriva vorticoso e poi se ne va come un turbine, e mi lascia con la devastazione e una scatola di muesli vuota. In ogni caso, tutto questo avviene più tardi. È qui solo da un paio d'ore e adesso ancora mi piace averla qui. Porta un po' di risate e di vita, tanto necessarie in quest'appartamento.

«Non lo so, Harry. Ben è quello giusto? Voglio dire, come si fa a saperlo?»

«Ma io pensavo che ne fossi convinta. Lo hai detto la prima volta che avete dormito insieme, che era lui quello che avresti sposato. Era tutto così romantico.»

«È stato tanto tempo fa, ora abbiamo un nuovo divano» si lamenta Josie, mettendosi un ribes sulla lingua. Sembra una mosca.

«Cosa c'entra il divano?»

«Stavamo lì seduti, l'altro giorno, e ho pensato: è davvero tutto qui? Un divano in pelle marrone e dei film con Will Smith?!»

«Ma tu ami Ben?»

«Sì, lo amo. Ma potrei amare di più qualcun altro? Odio i film con Will Smith.»

«Ma l'amore è questo. Compromessi e spese per la casa.»

«Sì, ma Chloe adora Tad. Voglio dire, lo venera. Sono una coppia davvero romantica, e io e Ben... Be', non credo di adorarlo. È solo abitudine tra di noi adesso? Dovremmo davvero andare così in fretta? O invece dovrei uscire con uno che si chiama Metà Uomo Metà Biscotto?»

«No, e non state affatto andando in fretta, Jose. Siete stati insieme per cinque anni, e vivete insieme da quasi due. Non capisco la tua riluttanza a impegnarti.»

Scuoto la testa dalla disperazione. Josie ama Ben e anche lui ama lei. Va bene, gli piacciono i film con Will Smith, è terribilmente timido quando ci sono estranei e non sarà mai il prossimo Bill Gates, nonostante un lavoro da informatico, ma sopporta che lei non lavi mai i piatti, il fatto che odia cucinare e la sua capacità di spendere la metà del loro budget per comprare riviste. È anche molto divertente, e a quanto pare in camera da letto mette da parte la sua timidezza. Non capisco perché lei sia titubante. Ben non è perfetto, ma neanche lei lo è, e sto rapidamente giungendo alla conclusione che l'uomo perfetto non esiste. Ma poi, poco dopo, arrivo pure alla conclusione che, se esiste, non sarà in attesa su DateMate come una pagnotta di pane raffermo. Se lo sarà rubato qualche bionda con il naso a punta e le tette rifatte; una che non riesce a tenere le sue sporche zampe lontane dai fidanzati delle altre; una che promette biglietti gratuiti per le partite di rugby, e una vita di pompini. Va bene, ora respira. Ancora. Di nuovo.

Cagna!

Passiamo il fine settimana a parlare del cerchio amoroso di Josie (non può essere un triangolo, perché non c'è nessun altro coinvolto). Ci beviamo anche un paio di Martini al lampone, mangiamo qualunque cosa abbia il dieci percento di grassi, vaghiamo per negozi di cose che ci piacciono ma di cui non abbiamo bisogno, e navighiamo su DateMate. A Josie piace un sacco e devo impedirle di registrarsi e di molestare Metà Uomo Metà Biscotto. Non è nemmeno così bello.

Lunedì mattina entro nel bagno in cui è esplosa la bomba Josie: gli asciugamani umidi sono gettati ovunque e i miei cosmetici preferiti sono tutti aperti e i tappi sembrano introvabili. Vado in cucina e mi aspetto di trovarla che mangia l'ultima cucchiaiata del mio muesli, ma è tutto tranquillo. Ha lasciato un biglietto per dirmi che ha preso il treno presto per tornare a Londra per un servizio fotografico con lo staff di Gucci e ha minacciato che tornerà il prima possibile.

Mentre armeggio in cucina rimettendo in ordine, sono sorpresa da quanto mi manchino il rumore e il caos. Averla qui questo fine settimana è servito a ricordarmi di nuovo quanto mi manca qualcuno che riempia la mia vita con i programmi televisivi che non voglio guardare, il cinema dei piovosi pomeriggi domenicali con un pacchetto gigante di cioccolatini Revels, e le canzoni stonate dal bagno, mentre tutta l'acqua calda scorre per una doccia sola. Mi manca Jason.

Sto per soffocare a causa di Coco di Chanel. La cara Poppy, o meglio, Poppy Demuth Lanvers, come è ufficialmente nota, è circondata da una nube dorata di quella roba e mi sta facendo venire mal di testa. È in visita all'ufficio per 'incontrare la squadra'. Doveva venire ieri ma ha annullato una mezz'ora prima dell'appuntamento. Oggi si aggira sull'ora di ritardo. È seduta sulla mia scrivania, sorseggiando con attenzione un caffellatte magro, e facendo finta di non notare Jeremy e Ed che la guardano con la lingua penzoloni. È proprio carina, come temevo, e piuttosto elegante, con le gambe lunghe come un puledro racchiuse in un paio di leggings, grandi occhi bordati di kajal, labbra piene e lucide e una zazzera spiritosa di capelli biondi. Un'enorme borsa rosa griffata è appoggiata accanto alle sue Jimmy Choo, e ogni volta che gesticola, e lo fa parecchio, i braccialetti le tintinnano come campanellini. Poppy è esagerata in tutto, dal modo in cui parla, a quello in cui cammina e pensa.

«Vuoi del lucidalabbra?» chiede, porgendomi un tubetto rosa scintillante.

«No, grazie» rispondo, e Poppy solleva le sopracciglia perfettamente curate. Non credo di avere mai avuto sopracciglia curate. Non sono molto abile con le pinzette e sono piuttosto sicura che una sia più sottile rispetto all'altra.

«Dà un aspetto sexy» dice, ripassandoselo. Le sue labbra sembrano plastica verniciata di fresco. Si guarda in uno specchietto ricoperto di lustrini e fa il broncio. Judith non riesce a smettere di fissarla, come pure Jeremy e Ed. Come tutti, è innamorata della cara Poppy.

«Non è ora di pranzo? Ho notato un piccolo ristorante divino sulla strada.» Poppy nasconde a malapena uno sbadiglio.

«Sono solo le undici e mezza.» E mi trattengo dal sottolineare che è qui solo da mezz'ora.

«Come dicevo, qui è dove apparirà il tuo articolo.»

Le mostro l'anteprima sullo schermo del mio computer.

«Favoloso» risponde Poppy poco convinta. «Aaah... So cosa possiamo fare» strilla poi, saltando dalla mia scrivania e tirandomi il braccio. «Tesoro, ti faccio una sessione di trucco. Hai bisogno di un po' di glamour alla Poppy nella tua vita.»

In realtà, il tuo maledetto glamour alla Poppy mi sta già mandando in malora il lavoro, e insieme a lui, ogni mia ambizione, quindi sposta il tuo sedere ossuto lontano dalla mia scrivania e lasciami da sola a fare l'unica cosa che pensavo di fare bene.

Ovviamente non lo dico a voce alta. Cerco invece, gentilmente, di sfuggire alla stretta delle sue mani laccate di Chanel *rouge noir* con un sorriso fisso che dice: 'Penso che tu sia affascinante.' Purtroppo, Poppy è solita ottenere ciò che vuole e punta i tacchi da dieci centimetri.

«Vieni, lascia stare tutto. Andiaaamo in bagno! Hai bisogno di un uomo nella tua vita, e io» e indica sé stessa «io, cara, posso fartelo avere.»

La guardo sorpresa, e lei scuote la splendida testa, le mani sull'enorme cintura blu elettrico che cinge la sua vita sottile.

«Oh, Harriet, tesoro, non guardarmi così. Non ne trovi nessuno, ce l'hai scritto in fronte.»

«Hai parlato con Ed? Ha detto tutte quelle stupidaggini, non è vero?» insisto.

«No, non ha detto nulla.» Poppy guarda verso Ed, che improvvisamente finge di controllare la sua macchina fotografica. Lei scopre i suoi grandi denti bianchi e si lecca le labbra. Mi sorprende che la sua lingua non ci si attacchi. «È molto carino.» Poppy indugia un po' nella sua immaginazione, prima di voltarsi verso di me.

«Dài, andiamo.»

«No, ho del lavoro da fare. Non posso sparire.»

«Perché no?» Poppy mi guarda come se stessi facendo la difficile.

«Perché ho delle scadenze e Georgina non sarà molto contenta se sparisco così.»

«Oh, non essere noiosa, Harriet» dice Poppy, irritata.

«Non sono noiosa, Poppy» dico attraverso i denti stretti. «Non posso lasciare il lavoro per rifarmi il trucco.»

Poppy trova un'altra distrazione e si allontana.

«Judith?» chiama, e Judith è come un cucciolo a cui hanno detto che si sta andando a fare una passeggiata. Scompaiono verso i bagni come due nuove migliori amiche, lasciandomi a chiedermi se sia possibile liberarmi di loro chiudendo a chiave la porta e abbandonandole lì tutta la notte.

Frugo nella mia borsa non così griffata, una fregatura più economica e, alla fine, trovo il mio specchietto tra i fazzoletti, le gomme da masticare, le chiavi di scorta, i cerotti e il paracetamolo. Ho davvero l'aspetto di una che chiaramente non si sveglia il fine settimana con un paio di splendidi glutei e degli addominali scolpiti? Mi guardo più da vicino. Poppy ha ragione, non ho il bagliore di chi è innamorato, o perlomeno, ha una storia di sesso con qualcuno. La mia riflessione si offusca un po' e mi scendono le lacrime. Dunque Poppy fa sesso e fa anche la mia rubrica. Qualcosa non va qui, proprio non va.

Poppy ricompare poco prima delle tre, per salutare.

«Negozi favolosi qui» dice, raccogliendo le sue borse.

Sorrido, perché sono troppo stanca per fare altro, e oggi è stata una lotta di proporzioni colossali. Il mio mal di testa se n'è andato dietro agli occhi e sto guardando lo schermo del computer attraverso delle fessure.

«La prossima volta, però, insisterò per un restauro completo con trucco, parrucco e un po' di shopping. Non mi interessa quello che dici. Hai davvero bisogno di un po' di glamour alla Poppy.»

«Non sono poi così male!» mi lamento.

«No, ma un regalo sembra sempre più bello quando è impacchettato con un nastro. Posso trasformare chiunque. Tutte le mie amiche mi chiedono consigli.»

Mi pulsa la testa. Poppy si sporge sulla mia scrivania, esponendo i piccoli seni. Mi bacia sulle guance. Devo trattenere il fiato di fronte a un altro assalto del suo profumo.

«Fai la brava, tesoro. Sai...» guarda in lontananza e aspetto la perla di saggezza che so che seguirà «sono così eccitata da questo impegno di scrivere. Sarà divertente. Stavo pensando, ora che sono una scrittrice, dovrei scrivere anche un libro per bambini. La mia amica Talia dice che Sophie Dahl e Madonna lo hanno fatto, quindi non c'è alcun motivo per cui io non possa, e papà conosce un editore.» Socchiude gli occhi. «*Le fantastiche avventure di una bambina di nome Poppy*.»

Be', è una fonte di ispirazione.

E con un «Ciao, tesorini» Poppy se ne va. Mi sento malissimo. Mi scoppia la testa. Ho la nausea, e mi sta per esplodere un'eruzione cutanea. Potrei essere allergica alla cara Poppy, e si sa cosa dicono degli allergeni. Non bisogna esporsi, e cominciare a fare un elenco di modi per eliminarli dalla tua vita.

Sento il bisogno di un po' di aria fresca e invento la scusa che ho da fare una recensione in città. Studio la mia lista di eventi e mi dirigo verso il museo di Marlborough. Una manciata di persone vaga da una stanza all'altra, le voci ridotte a un sussurro, i passi che fanno l'eco sui pavimenti lucidi. C'è un'atmosfera di gentile serenità qui, e io sento di dover andare in punta di piedi. Anche la mia mente sta sussurrando. Un'imponente statua bronzea di una donna rotondeggiante siede su un piedistallo, il suo unico seno grande come un frutto gonfio. Le labbra sono sporgenti e piene. Un gruppo di scolari ridacchia del fatto che non porta le mutande e viene zittito dall'insegnante. Girovago fra le tele e tento di trovare qualcosa di cui scrivere. Dei quadrati colorati mi attirano e mi avvicino per guardare meglio.

«È un po' strano, non è vero? Che un quadrato rosso possa essere così affascinante.»

Mi volto e Nate è seduto su un cubo di legno. Ha le caviglie incrociate, i jeans larghi e un libro aperto in grembo. Come ho fatto a non vederlo?

«Mi stai pedinando?» chiedo.

«Potrei farti la stessa domanda.»

«Pensavo fossi in Botswana.»

«Israele. Non ci siamo più andati. La situazione era troppo instabile, laggiù.»

Mi guarda e pagherei un milione di sterline per sapere cosa sta pensando. Il mio oroscopo non ha mai detto nulla di un alto e affascinante sconosciuto. *Sii sexy. Sii fiduciosa. Sii favolosa. Sii alta.*

«Come stai?» chiedo, perché mi sembra un buon punto di partenza e le domande aperte sono la strada giusta.

«Io bene. E tu?»

«Bene. Quindi sei un appassionato di arte contemporanea?» chiedo.

«Già. Mi piace anche il fatto che ci si possa perdere un po' in un museo.»

Annuisco.

«È per questo che sei qui?» chiede.

«Ho bisogno di passare un po' di tempo fuori dal lavoro.»

«Di cosa ti occupi?»

«Scrivo la rubrica degli eventi di *Life to Live*.»

«Ah.» Annuisce. «Mia madre lo legge.»

Siamo gli unici rimasti nella sala, a eccezione di un uomo seduto su una sedia vicino all'ingresso. Sta leggendo un libro e ascolta la nostra conversazione. Mi guardo le scarpe. Non ho nulla di interessante da dire. Niente! Proprio quando ne ho più bisogno resto senza argomenti. Sono anche senza profumo, trucco e tacchi alti. Oggi è stata una giornata sciatta. I capelli tirati indietro in una coda di cavallo, un accenno minimo di mascara, jeans e scarpe da ginnastica. Questa mattina mi sono vista i cerchi scuri sotto gli occhi e sono rabbrividita davanti al grigio pallore della mia pelle, ma mi sono detta che non aveva importanza. Oh, quanto mi sbagliavo. Colgo lo sguardo dell'uomo con il libro. Si starà annoiando? Sei o sette persone entrano e iniziano a parlare a bassa voce dei dipinti.

«Dunque, sembra che tu non abbia più visto l'autore?» dice Nate.

«No.» Sorrido al ricordo. Mi rilasso un po' e mi appoggio alla scultura della donna. Mi chiedo come bacerà. Lentamente, tenendomi il viso tra le mani. Ha lunghe dita da pianista. Starebbero bene con le mie.

«Ed sembra carino, comunque.»

«Non è...»

«Vietato toccare le opere esposte» tuona la voce dell'uomo attraverso la stanza. Faccio un salto dallo spavento. Sta indicando verso di me con un lungo dito affusolato che probabilmente si perde nel suo naso tutte le sere. Tutti mi guardano... anzi, mi fissano come se anch'io fossi in mostra. Cominciano a sussurrare a voce alta. Divento del colore di una barbabietola e cerco di scacciare il rossore con un sorriso. Ottimo! Semplicemente ottimo. Ora mi sento come una scolaretta cattiva e per niente sexy.

«Be', mi ha fatto piacere rivederti» dico e in fretta, e me ne vado verso un'altra sala del museo. Merda! Guardo il ritratto di una donna con un lago sullo sfondo, ma l'immagine sfuma. Sarei dovuta rimanere. Dovrei tornare indietro. Ma che dico? Oh, volevo solo guardare di nuovo il quadrato rosso? È ridicolo. Cosa c'è che non va in me?

Quando esco in strada resto momentaneamente accecata dalla luce del sole. Sbatto le palpebre come una talpa che riemerge dalla terra. Nate è lì, in attesa. È lì per me?

«Ti è piaciuta la donna in riva al lago?» chiede.

Annuisco. A quanto pare siamo rimasti entrambi senza parole. Lui sfoglia il libro che ha tra le mani.

«Ho pensato che per essere un vero pedinatore devo farlo bene e seguirti fino a casa.» Sorride.

«Dovrai attendere un po', sto tornando al lavoro.»

«Aaah. Devi proprio?»

«Dovrei davvero...» Ho lo sguardo sempre fisso sul marciapiede come una gomma da masticare. Penserà che ho problemi di socializzazione.

«Posso rubarti un'altra ora?»

Esito. Il mio oroscopo ha anche detto: 'Fate molta attenzione a quelli che vi promettono il mondo. Hanno secondi fini.' Nate mi sta promettendo il mondo?

«Voglio farti vedere una cosa. Andiamo. Ti piacerà.»

Ha intenzione di portarmi in un vicolo buio e tirarsi giù i pantaloni? Potrebbe essere una speranza per me.

«È un altro museo. Uno che probabilmente il tuo radar non ha individuato.»

Oh, va bene.

Mentre un sole estivo leggermente coperto scompare e le nostre ombre si allungano, mi dimentico della cara Poppy e del suo sedere ossuto taglia quaranta, poggiato sulla mia sedia. Mi ricordo di altre giornate di sole, quando ero felice, e camminavo accanto a qualcun altro più alto di me.

Quando ero bambina andavo a pesca con mio padre. Lungo la strada ci fermavamo sempre al panificio e compravamo tre panini croccanti al formaggio (due per lui e uno per me), patatine all'aceto e un paio di lattine di Fanta. A volte lui nascondeva qualche brioche con la glassa di zucchero e io fingevo di non aver notato la sorpresa. Con il nostro sacchetto di plastica arrivavamo alla riva del fiume e cercavamo il posto perfetto. Non ho mai saputo con quale criterio, ma mio padre improvvisamente lasciava cadere la borsa e si rivolgeva a me con un: «Apri la Fanta, piccina.»

Devo aver avuto nove o dieci anni, dopodiché ci sono state le discoteche e i ragazzi, ma per quelle estati c'era stato solo papà. Adoravo quel piccolo triangolo verde che chiamava tenda. Odorava di umido e plastica, si piegava sotto il peso della pioggia e faceva sudare con il calore del sole, e io sono cresciuta come i piselli dolci nella serra di mio padre. Mentre sedeva in silenzio in attesa di cominciare a mangiare, io mi stendevo a pancia in giù su una coperta, masticavo dolci fili d'erba e leggevo libri di ragazzine che ballavano, cavalcavano pony e si lanciavano in coraggiose avventure.

Guardo l'uomo al mio fianco. Sbadiglia. «Scusa.»

«Non ti preoccupare. Hai fatto tardi ieri sera?»

«No, niente di così divertente. Non dormo troppo bene.»

«Dovresti provare della camomilla.»

«Ho provato di tutto. Sto tenendo un regime a base di latte caldo e cannella, e ascolto un cd per smettere di fumare.»

«Fumi?» chiedo sorpresa. Non sembra un fumatore.

«No, ma è la storia dell'ipnosi. Ho pensato che valesse la pena provare. Allora, dimmi di *Life to Live*.»

Non voglio parlare del mio lavoro. Voglio parlare delle sue abitudini notturne, delle sue abitudini mattutine e di eventuali altre abitudini che ha nel mezzo. Decido che potrebbe essere nel mio interesse trattenermi su quella linea di interrogatorio e mantenermi entro i parametri di sicurezza impostati. Probabilmente ha anche l'abitudine di avere una ragazza e probabilmente non lo voglio sapere.

Un vecchio uomo in pantaloni di tweed tirati in alto sulla vita e scarpe lucide, apre una grande porta blu dall'enorme battente. I suoi capelli formano un anello bianco intorno alla testa. La pelle sul cranio brilla sotto la luce di una lampada di vetro barocco che pende dall'alto soffitto stuccato. Ha le guance cadenti che quasi sfiorano il colletto della camicia.

«Buon pomeriggio. Buon pomeriggio a voi. Ma che bella sorpresa. Sì, che sorpresa.»

«William.» Nate gli stringe calorosamente la mano. Esito dietro di lui. L'uomo mi sorride mostrando i denti gialli.

«William, ti presento Harry. Ti dispiace se diamo un'occhiata in giro?»

«Molto lieto, piacere, che bello. Entrate, entrate pure.» Ci spinge dentro con il gesto di un braccio. «Sì, sì. Entrate, entrate. Del tè? Tè!»

«Volentieri, grazie.»

Seguo Nate in un edificio georgiano di quattro piani. L'uomo apre una grande porta bianca e ci fa cenno di seguirlo. Entro in una stanza piena di scatole e mensole in legno che vanno dal pavimento al soffitto. È come una biblioteca, ma senza libri. Invece, ci sono pubblicità prese da riviste che riempiono ogni spazio, disposte in ordine alfabetico e suddivise in base all'anno e al mese. Coprono quasi l'arco di un secolo. Sfoglio vecchie pubblicità degli anni Cinquanta e Sessanta e ammiro come sono cambiate le cose per noi, quanta libertà di scelta abbiamo ora. È un tesoro nascosto di storia. William ci serve il tè e passiamo mezz'ora ad ascoltarlo parlare dei suoi oggetti più preziosi. Ha una voce ricca e vellutata che mi rilassa. L'unico nonno che mi rimane è un vecchio stronzo che odia tutto e tutti. Puzza di rape e di cane bagnato. Se fosse stato più simile a William, andrei più spesso a trovarlo.

Nate dà un'occhiata dentro una scatola. Ha le ciglia lunghe e mi ritrovo a chiedermi cosa avremmo fatto a un primo appuntamento. Alza la testa e mi sorride. Distolgo lo sguardo, cosciente dei miei pensieri. Lui mi sta ancora guardando. Di' qualcosa... su, di' qualcosa!

«Non conoscevo questo posto» dico per riempire il vuoto.

«Luoghi come questo si trovano per caso. Vado parecchio in giro, soprattutto quando non riesco a dormire. È incredibile quello che si trova. Qui William è aperto ogni mercoledì e sabato pomeriggio. A volte ha anche i biscotti. Tutto quello che chiede è una piccola donazione per l'ospizio locale.»

«È fantastico.» Ne prendo nota per includerlo nella mia rubrica. Ringraziamo William e torniamo fuori.

«Grazie per avermici portato» dico.

«Un piacere. Se...»

«Ha dimenticato la sciarpa, signorina» grida William sulla porta.

Me la avvolgo intorno al collo e rifacciamo tutta la cerimonia dei saluti con William. I suoi arrivederci, come i suoi benvenuti, sono due volte più a lunghi di quelli di chiunque altro.

«William è gentile» dico, e Nate annuisce.

Ci troviamo goffi a guardare le macchine che passano. Qualcuno ha messo del detersivo nella fontana. Si è formata della schiuma che inizia a fuoriuscire, una bolla svolazza fino a me e la scaccio.

«Mi sa che dovrei andare» dico.

«Anch'io» dice, ma non fa alcuna mossa per andarsene. «È stato bello.» È così vicino che potrei chinarmi e baciarlo. Solo un passo, sarebbe così facile. Socchiude la bocca e io trattengo il respiro. Una bolla gli galleggia davanti al viso e ci ridiamo su. Lancia un'occhiata al mio orologio. Mi chiedo perché non ne abbia uno. Mi chiedo un sacco di cose sull'uomo in piedi di fronte a me.

«Ho un appuntamento tra dieci minuti» dice.

Controllo anch'io l'orologio.

«Farei meglio ad andare. Magari ci... ci vediamo in giro» dice in preda al panico.

«Sì, ci vediamo... in giro.»

Ci incamminiamo in direzioni opposte fino a quando non mi rendo conto che sto andando dalla parte sbagliata e devo tornare indietro.

La ragazza senza l'amore in agenda
Blog

Postato il: 25 luglio

Mia sorella rinnoverà la promessa di nozze e la mia amica sta per sposarsi. E io? Passo al vaglio un sito di incontri sperando di convincere qualcuno che sarebbe interessantissimo per lui accompagnarmi in entrambe le occasioni e comportarsi come se fosse molto innamorato di me, nonostante ci conosciamo da pochi mesi. Il panico per trovare questa persona si è acuito recentemente all'alimentari sotto casa. Come ogni ragazza impegnata a perdere qualche chilo, ero alla ricerca di qualcosa di veloce, facile e privo di calorie. Invece ho fatto una cosa che mi ha gelato il sangue nelle vene. Ho preso una bottiglia di vino in miniatura. Mentre fissavo la bottiglietta nel mio cestino, sono rimasta attonita. Non avevo solo bisogno di un accompagnatore per il matrimonio, ma di qualcuno che fermasse la mia caduta libera verso la zitellaggine. Ho rimesso a posto la bottiglia e sono corsa via. Poi,

contemporaneamente alla cassiera, mi sono resa conto che non avevo pagato per la mia pasta light al tonno e mais e sono dovuta tornare indietro di corsa. Ho scampato la galera per un pelo, ma solo perché alla cassiera non gliene fregava davvero nulla.
Una di queste mattine mi sveglierò con un paio di peli che mi spuntano dal mento e smetterò di rasarmi le gambe? Le zitelle esistono ancora? Sarò l'ultima dei tempi moderni che spingerà *Points West* sulla BBC a fare un piccolo reportage su di me quando morirò? 'L'ultima zitella in Gran Bretagna è morta la scorsa notte a causa di un'overdose di medicine per la tosse e di torta alla frutta.'
Profondamente scossa, mi sono collegata nuovamente al mio sito di incontri e, nel giro di un'ora, ho aggiunto una ventina di uomini ai preferiti. Ispirata dalla recente visita al museo, ho scelto principalmente tipi artistici e creativi. Mi piacerebbe abbastanza un artista, uno un po' bohémien, un po' lunatico e un po' geniale. Mi immagino nuda su un divano... la sua musa. Mi dipingerebbe le cosce più sottili e il sedere più piccolo, ovviamente, e sarei d'ispirazione per le sue mostre da tutto esaurito alla Tate Modern e al MoMA.
Parlando di musei, li consiglio vivamente: per espandere la mente e trovare un po' di pace e tranquillità. È un ottimo modo di trascorrere un paio d'ore e di solito hanno un piccolo negozio di libri e gadget per i maniaci dello shopping e una caffetteria per i golosi. Ho il sospetto che se incontri un uomo in un museo hai trovato un vincente (a meno che non abbia pantaloni troppo corti e borbotti tra sé mentre va in giro). È assai probabile che sia colto, creativo, sensibile e interessante... ma anche se si trova un uomo stupido, bellissimo e che bacia da sogno, non è poi tutto perduto. Ognuno di noi ha una dote. Alcuni sono soltanto più abili con le mani che con il cervello. Non dovete starlo proprio ad ascoltare.

12

«È così maledettamente frustrante.»

«Harriet, che parole sono!» mi rimprovera mia madre.

«Ma sono io quella che fa il lavoro!» rispondo imbronciata. «Sono in ufficio alle otto ogni mattina, mentre la cara Poppy è a Ibiza, ad abbronzare il suo corpicino scheletrico. Non ha nemmeno bisogno di alzarsi la mattina, se non se la sente.»

«È ovvio che è brava in quello che fa, altrimenti la tua capa non si sarebbe fissata con lei» dice Emma, evitando il mio sguardo. Se lo incrociasse, sicuramente rimarrebbe pietrificata.

«Non è perché sia brava, è perché, secondo Georgina, tutti noi vogliamo leggere quel che fa una ragazza ricca e bella» le rispondo stizzita.

«Be', io ancora mi chiedo come hai potuto pensare che pubblicizzare questa storia degli incontri via internet fosse una buona idea. Credevo che avresti avuto un po' più di orgoglio.» Chiude gli occhi per un attimo e respira dalle narici. Le si allargano leggermente.

Aaah, quindi è di questo che si tratta. Emma si preoccupa che infanghi il nome della famiglia, che le signore del suo club di tennis avranno qualcosa su cui spettegolare.

«Nessuno sa che sono io» rispondo a tono, legando selvaggiamente il nastro intorno a un'altra stupida scatola.

«Puoi fare attenzione?» dice Emma, a viso duro.

A volte oltrepassa i confini dell'amore fraterno, ed è in momenti come questo che la detesto profondamente.

Siamo sedute intorno al tavolo della sua sala da pranzo, riempiendo dei fazzoletti e legandoli con il nastro. Per me resta un mistero perché sia convinta che le sue ospiti preferiranno una strana saponetta decorata con pezzetti di lavanda, quando avrebbero potuto avere un cioccolatino allo champagne (il mio suggerimento). Una delle gemelle – Victoria, credo –, lasciata la sua Nintendo DS, compare e si aggira intorno a me, guardando da sopra le mie spalle. Ha l'alito che sa di zucchero.

«Mamma, Harriet non lo sta facendo bene.»

«Lo so, tesoro, ora è il momento di andare a letto. Vai, su.» Emma si volta verso il salotto e grida: «Alan? Alan! Le bambine devono prepararsi per andare a letto. Assicurarti che ripassino i verbi francesi e che si lavino i denti.»

Alan non risponde ma, come le lumache in giardino, sappiamo che è lì.

«Come va con la storia degli appuntamenti? Hai intenzione di portare qualcuno da Emma?» chiede Katie, mentre controlla il cellulare. Odia stare lontana dai suoi uomini, ma odia ancora di più dire di no alla gente.

«Spero che tu non stia pensando di portare uno sconosciuto che hai incontrato su internet e di esporre la nostra famiglia, i *miei* amici, a uno di cui non sappiamo nulla?» Emma sembra inorridita.

«Oh, stai zitta, Emma» scatto.

«Non dirmi di stare zitta.»

«Be', sei ridicola.»

«Scusa. Lo dice una che ha perso ogni senso della realtà. Cioè, che diavolo ti succede? Sei così irresponsabile.»

«Irresponsabile?» domando. Non posso fare a meno di provare un po' di piacere al pensiero.

«Sì, irresponsabile, e si potrebbe credere che, nella tua disperazione, vada bene gettare al vento la prudenza, ma esporre la famiglia a tutto questo... è imperdonabile.»

«Ragazze...» interviene mia madre poco convinta.

«Che ne pensi di questa storia?» dice Emma con aria di sfida.

Mia madre esita. Restiamo in attesa.

«Penso che sia bene che Harriet esca di più, non è più così giovane, Emma. Lei non è come te, e questa cosa degli appuntamenti via internet... Tuo padre ha ragione, dobbiamo appoggiarla, e sarà una bella cosa se porta qualcuno.»

Tossisco a ricordargli che la persona di cui stanno parlando in realtà si trova ancora nella stanza. Katie ridacchia, Emma mi guarda come se fossi una senzatetto che si è inavvertitamente insinuata in casa sua, e la mamma si rivolge a me con lo sguardo di pena che riserva alle persone più bisognose.

«È un peccato che quel tuo amico alto stia con quella modella» sospira. «Gli uomini belli possono scegliere tra le belle donne.» Mamma mette la sua mano sulla mia, come se fossi un cane zoppo.

«Non è che tu non sia bella, tesoro, ma sai cosa voglio dire.»

«So cosa vuoi dire» rispondo.

Quando Josie ha detto che sarebbe tornata il prima possibile, non stava scherzando. Questa volta, però, è per rimanere. Ha lasciato Ben e si trasferisce di nuovo qui in modo permanente. Quando dico lasciato, non so se lo abbia lasciato ufficialmente. Si continuano a parlare al telefono, e non piangeva quando si è presentata alla porta di casa con la valigia, ma ha detto che ha bisogno di tempo per pensare. Ha avvertito Ben che ci potrebbero volere un paio di settimane, o anche mesi, ma il risultato sarà che ritroverà sé stessa. Personalmente, non credo che sia del tutto vero, perché non conosco nessuno più in sintonia con sé stesso di Josie. È sempre cosciente di dove sta andando, lo è sempre stata, e non sa rinunciare a nulla, soprattutto agli accessori. A volte la deprime la sua tendenza a oscillare tra la taglia quarantasei e la quarantotto, ma pensa positivo e affronta tutto con una cintura, qualche bell'ombretto e un ampio sorriso accattivante. No, Josie non ha bisogno di trovare sé stessa, deve solo decidersi. Nel frattempo, sto cercando di non arrabbiarmi per il suo disordine, la sua fastidiosa abitudine di mangiare le mie mele e di buttarle a metà, di lasciare la cucina al mattino come se fosse scoppiata una bomba, il suo russare, il fatto che mi freghi il mio posto sul divano, e che si dimentichi di ricomprare il latte. Non so se sono io a essere diventata meno tollerante, o se sia lei che è peggiorata, ma se Ben riesce a far fronte a tutto questo e ancora la ama, allora credo che dovrebbe accaparrarselo prima che lui ripulisca dai suoi occhiali la polvere di romanticismo e desiderio.

A un certo punto, ieri, probabilmente dopo una mezza bottiglia di vino, abbiamo deciso che non ci si poteva fidare di una tale decisione e abbiamo iniziato a prendere in considerazione il quarzo. La donna del negozio di minerali ci ha assicurato che è sensibile alle questioni di cuore. È un ciondolo rosa pallido, freddo al tatto. Il bigliettino accluso promette risposte e un fidanzato. Io ho speso altre quindici sterline in una pietra viola destinata ad apportarmi chiarezza e successo. Quando ho domandato se riguardava tutti i settori della vita, l'amore, la carriera e il denaro, la donna da dietro il bancone mi ha guardato con gli occhi acquamarina e con calma ha suggerito che forse mi aspettavo un po' troppo da un minerale.

Tornata a casa, Josie ha appeso il quarzo a un cordoncino, come fosse il ciondolo di un ipnotizzatore, e si è fatta venire gli occhi storti per vedere da che parte pendeva. Sinistra per il no, destra per il sì, o era il contrario?

«Ben è quello giusto?» ha domandato.

Neanche il minerale lo sapeva.
«Dammelo, fai provare anche me» ho insistito.
Ho fatto ondeggiare il quarzo e posto la domanda.
«Rivedrò di nuovo Nate?»
«Qual era il sì? Sinistra o destra?» Nessuna di noi due riusciva a ricordarselo.

«Che ne dici di Grosso Manzo?» chiede Josie.
È stata su DateMate per più di un'ora.
«Ha le tette e un'abbronzatura finta» rispondo.
«E ScubaDoo?»
«Indossa pantaloncini di lycra, quando in realtà non se li può permettere.»
«LustforLife?»
«Leggi il suo profilo: sta cercando una gattina viziosa per un'esperienza senza esclusione di colpi. Ho il sospetto che un invito a un matrimonio non sia esattamente quello che aveva in mente.»
«Mmm, va bene, che dire di Piedi Scintillanti? 'Sono un romantico spagnolo con un fuoco nel ventre e nel cuore. Cerco una bella ragazza che balli con me. Le principianti dovrebbero farsi avanti.' Guardalo, è bello da morire.»
La curiosità ha la meglio su di me e lo scruto da dietro le sue spalle.
«Uno dei migliori» ammetto. «Ma lo sa, e non sono sicura di voler stare con qualcuno che si descrive in questo modo.»
«Non fa per te! Fa per me!»
«Jose, non sei un po' troppo giovane per avere una crisi di mezza età?»
Con un clic ritorna di nuovo a LustforLife.
«Si può essere una gattina taglia quarantotto?» Inizia a digitare.

Gattona amante delle carezze pronta a essere domata.

«Jose!» Le strappo il mouse di mano.
«Oh, dài, sarà divertente.»
«No!» Mi allontano con il mouse.
«Non essere così noiosa.»
Per una volta non mi importa di essere noiosa.
«Harry! Non sei mia madre!»
«No, non lo sono, ma in questo momento sono il meglio che hai e qualcuno qui deve essere assennato.»
«Va bene, va bene. Non farò niente. Ma tu devi farlo. Ci restano solo pochi mesi per trovarti un ragazzo. Andiamo. Guarda, Ragazzo Normale, suona bene?»
«Ragazzo Normale non ha una foto» rispondo, senza interesse.
«L'aspetto non è tutto, sembra perfetto per te.»
«Davvero?» rispondo sarcastica.
«Dovresti mandargli un messaggio.»
«No, devo chiamare mia madre.»
Ultimamente ho evitato le sue chiamate, perché la vita sembrava già abbastanza piena senza essere trascinata nelle questioni in corso per il rinnovo della promessa di Emma. Il cibo era la preoccupazione all'ordine del giorno. Mamma voleva contribuire con la sua quiche al salmone e la sua torta speciale dei festeggiamenti al cioccolato fondente, ma Emma ha rifiutato. Con la sua riluttanza a cedere di un millimetro, e mamma che chiedeva a tutti cosa c'era che non andava nella sua cucina, c'è voluta Katie per sistemare le cose. Ora Emma ha accettato di lasciare che la mamma faccia la torta, affiancandola al dolce di fragole con sorbetto al sambuco del catering e a dei biscottini di pasta frolla. Sono abbastanza certa di sapere per cosa opteremo io, papà, Katie... e Alan, sempre che riesca a svignarsela dal tendone per mangiarla.
«Pensavamo che fossi emigrata» dice mia madre.
«Ti saluta Josie.»
«Quand'è che si sposa con quel bel ragazzo?»
«Non lo so. È stato tutto rinviato. È tornata qui per un po'.»

«Perché? Che le hai detto a quella ragazza?»

«Questa storia non ha niente a che vedere con me» protesto.

«Quando Marlene ha divorziato, ha cercato di trascinarsi tutta la sua cerchia con lei. Tony e Val hanno fatto quella separazione di prova perché Val si era messa in testa delle strane idee. Pensava di perdersi qualche occasione e ha iniziato a indossare jeans attillati.»

«Ti ho chiamato perché volevo chiederti se vorresti farmi una delle tue deliziose torte per il mio compleanno.»

«Oh, tesoro, che carina... Vorrei, sai che lo farei, ma non ho il tempo. Tua sorella sta pensando di fare il ricevimento a casa loro. Pare che al Drakes siano strani per il catering, quindi andremo a cercare qualche nuovo mobile da aggiungere alla veranda e un tendone.»

Faccio una battuta sulla possibilità che stiano progettando di costruire anche una nuova ala della casa e una pista di atterraggio per elicotteri, ma la mamma mi dice che la gelosia è un sentimento distruttivo. Ha ragione, naturalmente, e mi sento in colpa. Così in colpa che chiamo Emma per parlare degli antipasti e poi tiro un sospiro di sollievo quando lei non risponde.

Chloe passa a trovarci sulla strada di ritorno da un weekend da sua sorella e così abbiamo la scusa per andare al nostro ristorante preferito, La Cirque. Mentre mugugniamo leggendo il menu, mi rivela che spera di indossare qualcosa di Vivienne Westwood, abbinato a un paio di zeppe rosse incredibilmente alte, e che Tad andrà ad appaiarsi a lei con un paio di scarpe rosse su misura con la punta in acciaio inciso. Siamo davvero impressionate e io mi metto a gridare per l'eccitazione. Josie aggiunge che se mai si sposerà, allora indosserà qualcosa del Target Discount e lo sposo comprerà un paio di Clarks che potrà mettere di nuovo al lavoro. E aggiunge che noi, come damigelle, indosseremo tutte un raso color pesca che ci starà malissimo e che è garantito che metterà in evidenza tutta la nostra cellulite e le pancette.

«Non che Chloe abbia un grammo di grasso» faccio notare.

I suoi zigomi sono pronunciati e lei è pallida ed eterea.

«Stai dimagrendo troppo» dico.

«Raccomando di sposarvi se volete perdere peso» risponde lei.

«Lo terrò a mente quando qualcuno me lo chiederà.»

«Allora, che fine ha fatto la Batmobile?» chiede Josie.

«A Tad non interessa più. Ora vuole che arriviamo su un autobus di Londra» dice Chloe, infilandosi un'oliva verde nella sua perfetta bocca a bocciolo di rosa.

«Per il menu, pensavamo a salsicce e patate, con un rotolo alla marmellata per dessert» continua.

Annuiamo.

«E mi chiedevo se ho promesso di non vestirvi in raso color pesca nel caso in cui aveste accettato di essere le mie damigelle.»

Scuotiamo la testa, no.

«Oh, andiamo» piagnucola Chloe.

«No! L'unico motivo per cui una ragazza chiede alle sue amiche di farle da damigelle d'onore è perché quella sarà l'unica volta che può avere la certezza di essere la più bella. Non hai bisogno di farlo, Chloe, perché tu sei sempre la più bella, e in ogni caso, io per principio non ho intenzione di vestirmi da fata dei fiori un po' troppo cresciuta» dichiara Josie.

«Quindi stai dicendo che non sono io la più carina?» protesto.

«Quando non c'è Chloe lo sei.»

Non mi prendo la briga di arrabbiarmi. Non sono mai stata la più bella. Né a scuola, né all'università, né al lavoro. Non ho mai fatto voltare la gente ammirata, come Chloe o come mia sorella Katie. Non è un problema. Ho il sospetto che essere bella sia una pressione enorme. La gente vuole essere delusa. Jason diceva che avevo un non so che. Quando ho arricciato il naso, mi ha detto che mi rendeva interessante. Interessante? Che diavolo vuol dire interessante? Non significa bella. Sophie è bellissima, cosa che mi porta a credere che quelle interessanti arrivino fino a un certo punto. Vorrei essere bella. Solo per una volta, voglio essere bellissima il giorno del matrimonio di Chloe.

Mentre la cameriera porta via i piatti, guardiamo la carta dei dolci a cui avevamo giurato di resistere. Lo prendo o non lo prendo? Sto cercando di fare la brava. Nella mia fantasia, bellissima significa taglia zero. La conversazione si sposta sulla lista degli ospiti e chiedo a Chloe se Jason è ancora intenzionato a venire. Vorrei che mi dicesse di no. Se lo fa, allora sono fuori dai guai. Posso essere grassa quanto voglio e posso andare da sola.

«Per quanto ne so, sì. Anche se, a quanto pare, ha litigato con Sophie, la scorsa settimana.»

Non voglio sapere. Maledizione, sì, invece!

«Oh, perché?»

«Le vecchie abitudini sono dure a morire» dice Chloe enigmaticamente. «Penso che sia tornato tutto a posto ora, dopo che Sophie gli ha dato una strigliata.»

Annuisco e decido che non voglio sentire altro.

«Per me un budino al caramello con gelato, per favore» dico alla cameriera.

Con Georgina restia a qualunque ulteriore discussione sulla rubrica, non ho idea di cos'altro fare. Josie ha detto che questo è il momento di trovare un altro lavoro, ma io sono ancora riluttante a rinunciare. Ho bisogno di un piano astuto, o di un miracolo. È chiaro che le lune, piene di promesse, non funzionano bene.

«Sembri depressa» osserva Judith, mentre fisso il vuoto.

«Sto bene» rispondo, sperando che mi lasci stare. Il monotono ronzio della fotocopiatrice è rassicurante, mi concentra. Avanti e indietro, avanti e indietro. Judith scosta le sue lunghe trecce bionde dietro le spalle. Mi sta fissando, ma io sono ipnotizzata dalla luce verde. Vorrei che andasse via e mi lasciasse con lei. Spero che a un certo punto un lampo di ispirazione cambierà la mia vita per sempre.

«Hai mai pensato a Dio?» dice Judith, con uno sguardo pietoso.

Raccolgo le mie copie ancora calde dal vassoio.

«Se devo essere sincera, no, ma ho il sospetto che la sua agenda sia abbastanza piena in questo momento, con tutti quelli che muoiono di fame o che soffrono le pene dell'inferno, e nonostante quello che sento in questo momento, non posso segnalare Georgina ad Amnesty International, né posso smettere di mangiare quando c'è un pacchetto di biscotti Oreo sulla mia scrivania. Ma grazie lo stesso.»

Mi allontano lasciando Judith a chiedersi che cosa abbia a che fare con Dio la gente affamata o la sofferenza.

Georgina mi si pianta davanti vicino al distributore dell'acqua. È tutta un vestito e un cipiglio, e cerco di sembrare efficiente, riordinando le mie carte come fossero importanti.

«Hai notizie di Poppy?» chiede.

«No» rispondo con un filo di voce.

Georgina si acciglia ancora di più; la sua pelle imita le pieghe sulla vita dei suoi pantaloni elasticizzati.

«È a Ibiza» dice Judith ad alta voce dalla sua postazione.

Georgina reagisce guardandomi per un secondo di troppo, come se fosse colpa mia, prima di tornare al suo ufficio. Respiro.

«È a Ibiza da settimane.»

«La sua famiglia ha una casa lì» dice Judith in un sussurro. Cammina di traverso come un piccolo alligatore sbattendo le palpebre scintillanti post-Poppy.

«Mi ha invitata ad andare. Dice che è bello. Dice che mentre osservi l'alba, puoi guardarti dentro... Dice che si può sentire Dio.» La voce di Judith è esile e leggera.

«Jude, mi dispiace infrangere le tue illusioni, ma ho il sospetto che probabilmente, mentre è in attesa dell'alba, Poppy non sia euforica per Gesù, ma per qualcos'altro» dice Ed. Prende la custodia della macchina fotografica dalla mia scrivania. Sembra stanco e stropicciato, come se avesse passato la notte sul divano di qualcuno.

Judith salta su ed esclama arrabbiata: «Non chiamarmi Jude!»

Ed alza le spalle e si volta per andarsene.

«Tutto bene?» chiedo.

«Sì, nottataccia.»

«Dovresti stare alla larga dalle belle donne» suggerisco.

Lui sorride e si allontana.

Sullo schermo del computer si apre d'improvviso un'e-mail con un punto esclamativo rosso. Il mio cuore sobbalza.

Cara Harry,
sono sempre alla ricerca di modi per far crescere il nostro personale e ho pensato che sarebbe stato bello per te scrivere un altro articolo per il numero del prossimo mese. Anche se ho avuto le mie riserve riguardo alla rubrica 'La ragazza senza l'amore in agenda', sono rimasta impressionata dal tuo entusiasmo e dalla rapidità con cui hai reagito il mese scorso. Vedila come un'opportunità di metterti in luce. Sarà una buona piattaforma per introdurre, più avanti, la rubrica di Poppy. Purtroppo, siamo a corto di tempo. Mercoledì per le undici?

Cordiali saluti,
Georgina

Ora, so bene che questo succede perché Georgina non riesce a raggiungere Poppy o ad avere il suo articolo. La nostra ragazza copertina sta probabilmente oscillando le braccia in aria al suono di un ritmo delle Baleari, mentre indossa una cosetta di chiffon di D&G; i suoi unici pensieri presumibilmente sono dove ha lasciato le scarpe e se potrà andare a letto con il dj. E chi può biasimarla? Così sono stata chiamata a occupare lo spazio vuoto che Georgina si ritrova nel numero del mese prossimo. Potrei mandarla a quel paese, ma sarebbe stupido. No, ho intenzione di giocarmi la partita. Sarà anche un bene per il mio curriculum. Un numero è un colpo di fortuna. Due numeri significano l'esperienza di scrivere una rubrica mensile. Mando due sì per email. Uno a Georgina e l'altro a un tipo chiamato Tintinnio di Fiume, su DateMate. Ho quattro mesi. Non è il momento di ripensarci, e poi Tintinnio di Fiume è un artista. Scivolo in un sogno a occhi aperti in cui sembro Carrie Bradshaw con indosso un body, mentre il mio artista, disteso accanto a me su una poltrona di pelle, mi racconta i suoi successi creativi.

'Tesoro, una mostra a New York, è fantastico. Posh e Beckam vogliono comprare una delle tue foto. Un milione di sterline? È bellissimo, tesoro. Hai un talento... Una foto mia? Oh, amore... fammi solo finire questo articolo.'

RSAA
Una rubrica di *Life to Live*

Sto pensando all'estate, alle infradito, alla riva di un fiume. Questo improvviso interesse per l'acqua è stato ispirato da quello che spero si rivelerà essere l'amore della mia vita o, se non altro, almeno un accompagnatore per il matrimonio di una mia amica. Le passeggiate in riva al fiume sono sempre una buona cosa da fare, soprattutto a un primo o secondo appuntamento, e poi ho un po' un debole per un delizioso caffè su un barcone gestito da una signora altrettanto deliziosa di nome Martha, che fa dei dolci buonissimi e ha una tartaruga che si chiama Fred. Cosa potrebbe andare storto quando ti fanno cenno di entrare con un sorriso tanto accogliente come con il tè e i cuscini floreali vintage?

Il fiume è versatile e gratis. Ecco un elenco di altre cose che si possono fare ispirati dal fiume:

- Noleggiate un barcone con i vostri amici. Sdraiatevi sul tetto in un bikini striminzito; ma solo se possedete anche un corpo striminzito che sia adatto a esso. Se non ne avete uno, siate invece intelligenti e leggete un libro.
- Camminate per quindici chilometri fino a Welford-on-Avon. Con tutte le calorie che avete bruciato potete premiarvi con un pranzo. Prendete il treno per tornare. Non c'è bisogno di essere ossessionati dallo sport.
- Portatevi un parasole. Perché dove altro potreste usarlo?
- Noleggiate una barchetta e sedetevi splendide, mentre un amico fa tutto il lavoro pesante. Succhiate un ghiacciolo in modo seducente cosicché ogni uomo disponibile, che per caso vi passerà davanti, farà fantasie oscene su di voi per il resto della giornata. Poi vi rintraccerà e una settimana più tardi vi dichiarerà eterno amore.
- Andate in bicicletta lungo il fiume con quelli del Grunt & Grub Club e osservate come si indossa la lycra, con cosce muscolose e proporzioni impressionanti.
- In alternativa, iniziate a fare jogging, ma non chiamatelo così. Si dice corsetta, e ricordatevi di sorridere ai compagni di jogging. Uno di loro potrebbe essere il vostro futuro fidanzato. Alle persone in forma piacciono le persone in forma. Più tardi potrete sempre farvi venire qualcosa a una gamba.

Il mio incontro sulla riva del fiume

Va be', *c'est la vie*. (Sto cercando di essere positiva su un altro disastro.)

La ragazza senza l'amore in agenda
Blog

Postato il: 2 agosto

Avrei dovuto saperlo. Quando ho chiesto al mio cavaliere di turno perché si trovasse su un sito di appuntamenti via internet, ha risposto qualcosa sulla necessità di guardare oltre il suo mondo

così come era... per cercarsi dentro, ed esplorare e sorprendersi. Tintinnio di Fiume non credeva che esistesse un solo amore, ma che abbiamo la capacità di amare molte cose in modi diversi. Secondo lui, il mondo è un filo multicolore di persone e natura.
Il che andava bene. Tutto questo mi va bene, ma erano i suoi jeans e le unghie. Erano sporchi. La sua maglietta era stropicciata e gli stivali talmente consumati che sembrava stessero per cadere a pezzi. Puzzava di uomo. Uomo stantio. Forse è una roba da artista. Neanche i suoi rasta mi facevano impazzire. Ma era carino e ho pensato che mi ci sarei potuta abituare. È un po' rilassato, e non è molto il mio tipo, anche se questo può risultare enormemente attraente. Ho cominciato ad apprezzare il pensiero di scioccare amici e familiari con il mio nuovo fidanzato, sporco, ma molto fico come artista. E ha una galleria. La qual cosa mi ha colpito. È lì dove ci siamo dati appuntamento.
La galleria si è rivelata essere una chiatta. Era verde scuro con le parole MUSE D'ARTISTA dipinte lungo il lato in sofisticate lettere rosse. La vernice era opaca e screpolata, il tetto pieno di legna da ardere, varie piante, una bicicletta, un aquilone e un vecchio pezzo di legno dipinto con le parole LA GALLERIA DELLA BARCA SUL FIUME. Un furin fatto con strisce strappate di tela colorata tintinnava nel vento.
Ho camminato, facendo attenzione, su pezzi di legno intagliati dalle forme strane. Puzzava di carote stufate.
«Vivi qui?» ho chiesto. Non volevo sembrare così scioccata, né che la mia voce suonasse così acuta. Sembrava quella di mia madre.
«Non riesco a immaginare di tornare sulla terraferma; vivere in una casa, pagare un mutuo, le tasse, tagliare il prato, essere schiavo del capitalismo.»
«No» ho risposto, chiedendomi se gli fosse mai venuto in mente di pulire.
Ho provato a pensare che fosse imprevedibile ed emozionante, ma tutto quello che potevo vedere era che avevo davanti un uomo che faceva gabbiani di cartapesta e aveva un divano logoro. Tutte le mie fantasie di fargli da musa se le è portate via il fiume.

13

Guardo di traverso Josie, che annuisce.

«Fallo» dico a Suzie.

La procedura è indolore, e mi sento stranamente liberata. Ora sono una ragazza con una frangetta stravagante, e presto mi farò fare dei sapienti riflessi nocciola tra i capelli per dare loro consistenza e lucentezza. Da quando è venuta Poppy, sono preoccupata per la mia mancanza di glamour e ho deciso che è per questo che ho dovuto ricorrere agli incontri via internet. Se mi si legge in faccia 'niente sesso, ho smesso', non c'è da meravigliarsi che non riesca a ottenere un appuntamento in modo normale. Voi prendereste dallo scaffale del supermercato il barattolo con l'etichetta sbiadita? No! Be', a meno che non sia in offerta speciale. E, se devo essere sincera, sono anche un po' preoccupata di compiere trent'anni. Josie non ha aiutato. Dopo avermi detto di non farmi condizionare da una testa vuota come Poppy, ha poi deciso che, comunque, portare lo stesso taglio di capelli per sei anni risultava un po' noioso e che nessuno si faceva più il castano chiaro. Stavò rapidamente diventando una reliquia.

«Mi piace un sacco leggere la tua pagina ultimamente» dice Suzie, spuntandomi sapientemente i capelli. «La parte della RSAA, sugli incontri via internet. Era divertente. Una delle mie clienti lavora in una libreria su Milton Street. Ha detto che hanno avuto un sacco di richieste di informazioni su eventuali futuri incontri con gli autori. Mi ha fatto ridere il pensiero di tutte quelle donne in agguato tra gli scaffali.»

Arrossisco contenta che sia piaciuto.

«L'ammiro davvero perché prova a fare conoscenze via internet. Mi ha fatto cambiare idea sulla cosa. Chi lo sa, potrei provarci anch'io.»

«E adoro i suoi suggerimenti sulle cose da fare. Mi hanno fatto ridere» interviene una donna con mezza testa coperta di bigodini.

«Anche lei sta leggendo il suo blog? Non posso credere che non le piacesse Tintinnio di Fiume. Sembrava uno davvero fico» grida una delle parrucchiere a tutto il salone. Questo apre un'altra discussione.

«Oh, no, non era quello giusto per lei. Lei vuole un uomo con il fattore *grrr*.»

«Capelli lucidi e mutande pulite.»

«Deve amare l'arte.»

«Alto e moro.»

«Divertente.»

«Ma sensibile.»

Mi sento curiosamente orgogliosa. La gente sta leggendo la mia rubrica e il mio blog. Chi l'avrebbe mai detto?

«Allora, chi è?» chiede Suzie.

«Oh, solo una persona che conosco.»

«Dille che ho un fratello a cui piacerebbe un sacco.»

«Che lavoro fa? Ha un buon guardaroba? Una casa sua? Qualche hobby pericoloso o stupido?» interviene Josie da dietro la sua rivista mentre Suzie va alla ricerca di una spazzola.

«Josie!» la rimprovero.

«Che vuoi? Se non lo chiedi tu... Ti sei fatta scappare quel

Nate. Insomma, se fosse per te non andremmo da nessuna parte.»

«Non mi sono fatta scappare Nate. Lui non era interessato. Se lo fosse stato, aveva un sacco di opportunità per chiedermi di uscire.»

«Magari è timido. Ci hai pensato?»

«Be', non importa ora. Probabilmente non lo rivedrò più. Ha detto, mi pare, che andava via di nuovo.»

Penso a Nate e mi chiedo dove sia. A salvare vite da qualche parte? Scommetto che ha una fidanzata. I ragazzi come lui hanno sempre una ragazza. Suzie mi spazzola via i capelli dalle spalle. Ispeziono il mio riflesso. Sono io, ma in una nuova versione lucida e brillante. Mi piace. Non posso evitare di chiedermi se anche a Nate piacerebbe.

«Che ne pensi?» chiedo a Josie, facendo una piroetta.

«Sei fantastica.»

«Davvero? Non sembro troppo saggia o noiosa?»

«No.»

«O una zitella?»

«No.»

Lascio a Suzie una mancia più cospicua del solito. Chloe mi chiama quando siamo pronte per un po' di S&P (shopping e pranzo).

«Mi dispiace, Harry. Non vorrei farti pressioni, ma entro tre settimane dovresti confermarmi se verrai con qualcuno al matrimonio.»

«Sì» rispondo.

«Hai trovato qualcuno?» chiede. Dalla voce è evidente la sorpresa.

«No, ma lo farò» dico ottimista. Con questi capelli, come potrei fallire?

Josie irrompe e atterra sul mio letto. Il piumino affonda sotto il suo peso e sono inghiottita da palloncini e fiori.

«Buon compleanno!» urla, e mi spinge un pacchetto nelle mani. Mi strofino gli occhi per il sonno e guardo la sveglia sul comodino. Cazzo, sono le sei e mezza!

«Non vedevo l'ora» dice concitata. «Aprilo, aprilo.»

Medito lentamente sul pacchetto, consapevole che il mio pubblico si aspetta un crescendo. Avvolto nella carta velina rosa c'è uno splendido braccialetto portafortuna con cuori in argento e piccole pietre di un verde pallido. L'abbraccio stretta e me lo metto.

«Grazie, Jose. È davvero bello.»

«Ho comprato anche un po' di champagne.»

«Ci facciamo un cocktail Mimosa per iniziare la giornata?» suggerisco, cercando di entrare nello spirito delle cose, ma Josie scuote la testa.

«No, me ne torno a letto» dice, e si trascina di nuovo fuori dalla stanza. Ora sono completamente sveglia, così apro i bigliettini che mi ha appoggiato sul letto. Ci sono quelli prevedibili a fiori di Emma e della mamma, quelli da ragazzina da parte di Josie e Chloe, uno maleducato da parte di Ed, e uno con una mano stampata di Alfie da parte di Katie e Lawrence, e... il mio cuore si ferma. Be', non si ferma, ma di sicuro sembra che lo faccia. Mi studio la parte anteriore del biglietto come se potesse darmi qualche indizio, ma non mi dice nulla, a parte che sa cosa mi farà ridere. Apro con attenzione, come se delle farfalle dovessero volarne fuori a riempire la stanza.

Buon compleanno.
Passa una bellissima giornata.
Spero che tu stia bene.
Jason xx

Non è come il mio cuore sperava: una supplica di perdonarlo, di lasciarlo rientrare nella mia vita. Che cosa avrei fatto se avesse detto una di queste cose? Appoggiandolo con cura sul mio comodino mi tiro il piumone sopra la testa.

***

«Due risotti burro e zucchine, la salsiccia del giorno con il purè di carote, un'orata, una Caesar salad al pollo con condimento a parte e senza parmigiano, e un salmone...» La cameriera ci guarda e attende conferma. Mamma, papà, Katie, Lawrence e Josie stanno tutti parlando uno sull'altro. L'unica persona che la ascolta sono io, che è esattamente quello che tutti si aspettano. Harriet la saggia. Annuisco per conferma.

«Possiamo avere dell'acqua liscia? E, mamma, tu la vuoi frizzante?» dico a voce alta. «E una bottiglia di spumante» confermo.

È il mio compleanno. Giro lo sguardo intorno al tavolo, ascoltando il ronzio delle varie conversazioni in corso. La mia mente vaga nel passato, a un compleanno in cui Jason e io andammo fuori con mamma e papà. Mi teneva la mano sotto il tavolo, come per rassicurarmi, e ricordo di aver pensato che lo amavo. Quando torno al presente mi sento un po' persa. Non sarebbe bello se...

Mi arriva un bacio sulla testa.

«Sei bellissima stasera.»

Alzo gli occhi al viso gentile di mio padre e sorrido.

«Ho pensato di dirtelo.»

«Grazie, papà.»

Ogni pensiero di Jason viene spazzato via da un coro di buon compleanno.

Domani la mia dieta inizierà per davvero, ma stasera assaporo il gusto del mio ultimo dolce fino a dopo il matrimonio. Ho letto su *Looking Good* che mi ci vorranno almeno sei settimane per ottenere un corpo perfetto da spiaggia. Che, suppongo, è simile a un corpo perfetto da matrimonio, un corpo che renda il vecchio fidanzato geloso e il nuovo fidanzato ardente di passione.

«Harriet, di' a tutti la storia della festa di compleanno dei trent'anni di Emma» esclama a gran voce mia madre. Il Gin tonic sta facendo effetto, donandole un rossore alle guance e un eccessivo gesticolare.

«Quale?» chiedo, sapendo a cosa si riferisce.

«Quando sei caduta sulla pista da ballo.» Ride di gusto al ricordo. Katie non aiuta, soffocandosi con il suo pezzo di torta alla banana.

«Non è poi così divertente.» Scuoto la testa.

«Ma cosa dici, non è divertente? È divertentissima» interviene Josie dal capotavola.

«Sono scivolata su una cavolo di fragola della torta. Fine della storia.»

Mamma non molla, e racconta la storia con comiche aggiunte di Katie e di Josie, che non era nemmeno lì, ma ha sentito la storia a pezzi, mentre ero china sul water la mattina successiva.

«Non me lo ricordo!» dice Lawrence, guardando perplesso.

«Tu e papà stavate fumando un sigaro fuori» dice Katie, sorridente. «Quella è stata la notte in cui mi hai fatto la proposta di matrimonio, ricordi?» Gli stringe il braccio e lui la bacia sul naso.

Bevo il mio caffè e mi accomodo nel tepore dei miei cari. Che tipo di uomo potrebbe inserirsi nel mio piccolo mondo di affetti? Nate? Qualcuno che non ho ancora incontrato?

Mi sdraio sul letto e penso a Jason. Ci penso molto, non così spesso come una volta, ma abbastanza da fare ancora male. Il biglietto di compleanno ha innescato un miscuglio di sentimenti. Sta cercando un contatto? Rimpiange di essersene andato, o è stato solo un pensiero carino? Penso a lui felice senza di me. È felice? Funzionano bene insieme? Gioca anche lei con i riccioli della sua nuca, o gli massaggia i polpacci dopo il rugby settimanale? Il fatto che grugnisca forte quando gioca con la sua Nintendo Wii, lo ignora o la infastidisce a morte? Che tipo è lei? Ogni volta che lo chiedo a Chloe, tutto quello che dice è che è carina, ma in un modo diverso da me. Non mi è utile, ma credo che lo scoprirò al matrimonio... Quale matrimonio? Al matrimonio per il quale non ho ancora un accompagnatore, non l'altro per cui neanche è richiesto.

Sulla disposizione dei tavoli sembra si deciderà la settimana prossima e Chloe ha promesso di fare tutto il possibile per mantenere un posto libero per 'un altro'. Non so se è un bene o un male. Se non lo trovo ci sarà una sedia vuota accanto a me. 'Qui non c'è nessuno' ci sarà scritto, come un faro luminoso sulla solitudine, e Jason si dispiacerà per me. Oddio. Il mio stomaco si agita al pensiero, e il sonno ormai ha preso l'abitudine di arrivare solo alle dieci del mattino dopo, al lavoro. Ho bisogno di un accompagnatore. Mi alzo nel buio silenzioso dell'appartamento e in punta di piedi vado in sala. Josie ha lasciato il computer acceso e lo schermo illumina di blu la stanza, creando un bagliore misterioso. Mi sento come se fossi osservata da un migliaio di uomini che mi promettono la luna e si aspettano in cambio le stelle. Mi siedo sul divano con una tazza di tè, accendo la tv e scorro i canali, sperando in qualche distrazione per la mia mente tormentata. Il mondo degli insonni mi si dischiude e passo da *Country File* a un episodio di *Neighbours* del 1989. Ma non sto guardando: penso al matrimonio, a Jason, a Nate. Spengo la tv e vengo attratta dal computer. Ho un messaggio da parte di Ragazzo Normale. Aspetta, ho tre messaggi. Guardo nella mia posta in uscita. Josie!

Oggi era il giorno in cui avevo programmato di riferire a Georgina che la mia rubrica funziona; che la gente la legge davvero. Invece, sto bevendo un doppio espresso nel tentativo di rimanere sveglia e prego che non appaia e non noti la mia inattività e il fatto che la mia camicia non è stirata. Almeno non indosso più nulla al contrario. Dormire solo un'ora non mi fa bene, ma è colpa mia.

Non ci sono scuse per inviare email a persone che non conosci fino alle prime ore del mattino. È una cosa da persona triste, il tipo di persona che ama la sua Second Life di internet più della sua vita vera. Mi sento male per la stanchezza e non riesco a lavorare. I miei sbadigli minacciano di risucchiare tutto nel raggio di cento metri dalla mia scrivania. Archivio il mio materiale, e con poca energia per fare qualsiasi altra cosa, comincio a sognare a occhi aperti una vita diversa. In questa vita io avrei la mia rubrica su *Eva* o *Marie Claire*, e su una serie di supplementi domenicali. Mi chiamerebbero per andare ospite nei programmi della mattina a commentare i dilemmi della moderna donna single e degli incontri su internet. Sarebbe un lavoro impegnativo, ma nel quale sarei eccellente. Gli editori insisterebbero per lavorare con me, perché sono la migliore nel campo. Dopo aver perso dodici chili con l'aiuto del trainer di Madonna, non sarebbe più possibile riconoscere in me la ragazza che pensava che la sua carriera fosse finita prima che tutto questo cominciasse. Ogni sera tornerei a casa, nel mio appartamento sulla riva del fiume con i suoi divani di design e l'illuminazione d'atmosfera di tendenza, dove il mio splendido ragazzo, follemente innamorato di me, starebbe ad aspettarmi. È qui che il mio sogno a occhi aperti va un po' in tilt, perché il ragazzo non ha un volto.

Accedo a DateMate e clicco sulla mia casella di posta... Ah, questo è quello che voglio.

Qual è il tuo colore preferito?
Ragazzo Normale x

Questa è una domanda stupida.
Bella x

Ho una lista.
Cibo preferito?
Libro preferito?
Meta di vacanza preferita?
Film preferito?
Carota o bastone?
R.N. x

Sei serio?
Bella x

Pensavo che dovessimo fare uno sforzo in più per fare correttamente questa cosa di conoscersi su internet. Rispondi alle domande di cui sopra e saprò tutto di te, così deciderò di conseguenza.
R.N. x

Stai scherzando?
Bella x

Sì.
R.N. xxx

Medito di chiedergli se sa ballare, ma poi cambio idea. Magari non dovremo neppure ballare al matrimonio, saremo probabilmente troppo occupati a usare i cuscini d'oca russa e a chiederci come sarebbe fare sesso sotto un lavello con l'illuminazione rossa. Questo pensiero mi fa sorridere. Lui sarà uno che dice parolacce quando lo fa. Insisterà per farlo in ascensore, in un vicolo buio, sui sedili posteriori di un taxi. Parlerà di calcio con Alan e dirà a Emma che il suo *syllabub* è delizioso, mentre mette la mano sotto il tavolo e me la passa sulla coscia, prima di sfiorarmi leggermente le mutandine con le dita. Immagino abbia la barba un po' trascurata e i capelli troppo lunghi. Ha le dita sottili e può suonare qualsiasi strumento con cui si cimenti. Oh, ma questo è Nate. A chi stavo pensando di nuovo?

Il mio telefono squilla e mi fa sobbalzare.

«Harriet.»

«Georgina.»

«Che fai?»

«Ehm... Stavo per fare un'intervista a...» Girls Aloud? Beyoncé? Bono? Nelson Mandela? «Ai Wurzels» rispondo.

«I Wurzels?» ripete Georgina.

«Tre tizi che hanno fatto una canzone su una mietitrebbia una ventina di anni fa.»

«So chi sono i Wurzels. Mi chiedevo perché li stessi intervistando.»

«Perché faranno una danza campestre all'ippodromo e io...»

«Lascia stare i Wurzels. Hai notizie di Poppy?»

«No. Le ho lasciato un paio di messaggi sul cellulare, ma credo che sia a Ibiza.»

«Ancora!»

«Potrei sbagliarmi, ma credo che avesse intenzione di inviare per email il suo pezzo.»

Se è così, allora deve farlo nelle prossime ventiquattro ore. Georgina sospira profondamente al telefono.

«Ho qualcosa di pronto» mi arrischio.

Riesco a sentire che respira dal naso. È ancora in preda al suo attacco di allergia e mi sento in colpa per circa due secondi. Poi mi ricordo quanto mi sta facendo dannare.

«Va bene, speriamo che Poppy si faccia viva, altrimenti dovremo andare con il tuo pezzo.»

«Benissimo, mi ci metto subito» rispondo. Ho una sensazione di tensione allo stomaco. Mi sento scoppiare, come uno di quei pupazzi con la molla chiusi dentro una scatola. Immagino un turbinio di palloncini e stelle filanti fuoriuscire dalla mia bocca con una risata.

La ragazza senza l'amore in agenda
Blog

Postato il: 15 agosto

Mi sono tagliata i capelli. Sto bene. Ora posso metterli in disordine. Purtroppo, l'aspetto è importante nel gioco degli incontri. È la dura verità... Se avete un aspetto poco curato e fate passare la vostra 'data di scadenza', attirerete qualcuno con le vostre stesse caratteristiche. Angie e Brad? Non c'è altro da aggiungere.

No, non sono ossessionata, ma proprio non riesco a pensare a nessun altro.
La mia amica J. dice che se hai l'aspetto di una che non ha tempo da perdere, allora è quello che ottieni: nessuno ti disturberà. Forse è stato questo il mio problema: mi sono talmente concentrata su un soggetto particolare che ho dimenticato di preoccuparmi degli altri. Mi ha dato da pensare. Non importa quanto state soffrendo, se siete single ma non volete rimanere tali, ci sono alcune regole da seguire. (Ciò non vale per quelle che sono felici di essere sé stesse: potete restare in tuta.) Se non avete rapporti sessuali, non c'è motivo di farlo sapere a tutti smettendo di depilarvi. Fate uno sforzo sul lavoro (una percentuale elevata di relazioni inizia sul posto di lavoro) e utilizzate il tempo che avreste impiegato in coccole con qualcuno che ora non c'è per andare in palestra e tenervi in forma. È anche una buona occasione per cambiare completamente il vostro look. Basta provarci. Curatevi dei vostri capelli, del trucco, e poi lasciate fare al destino.
Quindi è tutta una questione di look, mi chiederete? Tipo *Amore a prima svista*? No, ma sono giunta alla conclusione che aiuta a mantenere l'illusione della favola. E siamo oneste, messe da parte le mie rivendicazioni femministe e la convinzione che la bellezza interiore sia quella che conta, io voglio farmi bella per l'altro sesso.
Detto questo, mi trovo di fronte a un dilemma. Il mio ultimo DateMate non ha una foto. Nemmeno una! Sì, avete sentito bene, zero foto! Il fatto mi preoccupa? Potete scommetterci!
Sono pazza a continuare a scrivergli, o sono solo romantica? Continuo a pensare: *C'è posta per te*.
Vi terrò aggiornate.

14

«Mi hai offerto il caffè e sorridi?» mi dice Ed sospettoso.
«E allora?»
«Mi sto innervosendo.»
«Perché?»
«Perché sono abituato a vederti accigliata, mentre ora stai sorridendo come un'idiota.»
«Vedi queste?» Gli sventolo due buste sotto il naso.
«Sono lettere dei fan. Ci credi? Due persone hanno scritto per dire che adorano la mia rubrica.»
«Tua mamma e tuo papà?»
«No! Per tua informazione sono perfetti sconosciuti.»
«È fantastico, davvero.»
«E Georgina mi ha chiesto un altro pezzo.»
«Una buona giornata per Miss H.P. e per il mondo. Vedi, lo sapevo che Georgina avrebbe ragionato... Oh, si parla del diavolo e spuntano le corna. Fai la faccia concentrata.»
Georgina ci piomba addosso come un'enorme aquila, gli artigli laccati di rosso pronti a cavarmi gli occhi, o ad afferrare il mio capolavoro. Tengo duro con orgoglio, fiduciosa che i miei occhi vedranno un altro giorno.
«Poppy è arrivata, bene. Ho appena ricevuto la sua email. Grazie, ma non ci sarà più bisogno del tuo pezzo» dice.

Sono allibita.
«Ho delle lettere dei fan» dico con un filo di voce. Georgina getta un'occhiata alle mie buste.
«Che curioso.»
Sono KO.
«Grazie per tutto il duro lavoro, Harry. Lo apprezzo, ovviamente. Mi puoi fare un ultimo favore? Correggeresti al volo il pezzo di Poppy per conto mio?»
La guardo senza capire. Se mi lanciassi su di lei e la buttassi a terra, sarei considerata un'eroina o non lavorerei mai più? Georgina non mi dà la possibilità di scoprirlo. Il suo vestito fluttua dietro di lei, mentre sparisce nel suo ufficio, lasciandomi atterrita e accecata dalla rabbia. Accendo il computer e inizio a digitare.
Fammi sorridere, Ragazzo Normale.

Mamma, Katie e io aspettiamo che Emma spunti fuori dal camerino. Non è la prima volta, mi sembrano ormai secoli che la stiamo 'aiutando' a scegliere un vestito. Quando gliel'ho detto, Emma mi ha informato che effettivamente eravamo fuori solo da tre ore e ventisei minuti. Ci era stato ordinato di essere pronte entro le nove e mezza, in modo da poter essere in prima fila quando i negozi avessero aperto, alle dieci. Dopo una notte in cui mi sono girata e rigirata, preoccupata per il lavoro, il futuro, e qualsiasi altra cosa di cui ci fosse bisogno di preoccuparsi, non mi sono svegliata in tempo, e le mie richieste di un caffè, tanto necessario per farmi resuscitare, sono state accolte con uno sguardo severo e un sospiro esagerato. Emma ha accettato solo perché Katie ha suggerito con un sorriso che poteva essere carino prenderci un cappuccino.
Il negozio Better Bride sa di costoso. Siamo le uniche clienti nella calma oasi di moquette color crema, adorna di composizioni floreali e di buon gusto, di commesse agitate, eccessivamente sollecite, ed evidentemente pagate a commissione. Annoiate, Katie e io scorriamo i vestiti sugli appendiabiti e la

mamma prova dei cappelli. Emma appare dal camerino con indosso l'ennesimo modello color pastello, con un cartellino dalla cifra spropositata. Ogni abito ha una diversa quantità di decori e ricami, a giustificarne presumibilmente il prezzo e compensare la mancanza di immaginazione e di stile. Questo è di un verde menta, con spalle imbottite e una sciarpa di chiffon abbinata. Emma è preoccupata di coprire il sedere e le braccia non proprio sode, ma questo modello non fa né l'uno né l'altro.

Davanti agli specchi a parete e sotto la severa illuminazione, appare vulnerabile. Tira la stoffa e si scruta da tutte le angolazioni, come se una di esse potesse sorprenderla con una rivelazione. Emma non è bella come Katie, ma colpisce, e oggi voglio che si senta bene, perché non tutti possono essere come Katie e Chloe in questo mondo. Emma non avrà una quarantadue, ma ha gambe lunghe e snelle, una splendida carnagione, dei lineamenti deliziosi e un bellissimo sorriso... quando si ricorda di tirarlo fuori.

«Stai molto bene, ma credo di preferire quello che hai provato prima» suggerisco con tatto. Emma sembra un lungo e bitorzoluto baccello di fave.

«Perché?» chiede lei, girandosi a sinistra e poi a destra.

«Il color crema dell'altro vestito si adatta molto alla tua carnagione e, in generale, penso che abbia una linea migliore» dico, congratulandomi con me stessa per l'inaspettata dimostrazione di alta diplomazia.

«È per il mio sedere o per le cosce?» chiede Emma.

«Per nessuno dei due, mi piaceva di più l'altro.»

«Ma a me piace questo.» Emma aggrotta la fronte. «Lei cosa ne pensa?» chiede alla commessa dai grossi polpacci e dal forte profumo.

«Penso anch'io che l'abito color crema le stesse d'incanto, signora, e forse anche il lilla.»

«Sono d'accordo: il crema o il lilla» dice Katie, tirando fuori un abito bianco meringa completo di sottogonna. Me lo appoggia addosso.

«A me piaceva quello blu fiordaliso» dice la mamma.

Emma scompare di nuovo nel camerino.

Katie e io ci scambiamo un'occhiata, prendiamo un vestito ciascuna e ci infiliamo in un camerino prima che la commessa riesca a fermarci. Cinque minuti dopo, Katie emerge fasciata dal raso di un lungo abito elegante, mentre io mi sono a fatica infilata in uno senza spalline con balze di tessuto che ricadono dal bustino.

«Oh, mio dio, sei bellissima» dice Katie con gli occhi lucidi.

«Anche tu» ricambio, con un groppo in gola.

Emma tossisce dietro di noi. Ha le mani sui fianchi e un'espressione contrariata.

«Oh, signora, è incantevole» dice la commessa, tirando fuori un cappello da abbinare.

«Splendida» dice Katie, e io, d'accordo, annuisco.

«Sicure?» chiede Emma.

«Il lilla esalta il colore dei suoi occhi, signora.»

«Ha l'altezza e i piedi grandi di suo padre, che dio la benedica, ma per fortuna ha gli occhi di sua mamma» dice mia madre.

Riluttante a togliermi il vestito, continuo a girarmi di fronte allo specchio. «Un giorno il tuo principe verrà» mi riprometto. «E sarà alto, con i capelli scuri, muscoli scolpiti e un grande...»

Il viso che guarda dalla vetrina mi è familiare. La ragazza che lo accompagna no. Nate osserva più da vicino. Quando lo riconosco è come una scintilla. Mi aspetto che sorrida, ma non lo fa, mi fissa soltanto, come se potessi scomparire in una nuvola di fumo. In questo momento vorrei poterlo fare. La mia piroetta si trasforma in un dondolio. I nostri occhi sono bloccati. La ragazza con lui gli sta parlando e indica qualcosa in vetrina, ma lui non la sta ascoltando. Sono inchiodata al pavimento. Tutto intorno a me è indefinito, l'unica cosa che vedo è lui. Nate mi sta ancora fissando. Agito debolmente una mano. Lui mi fa un cenno e la ragazza lo guarda con aria interrogativa. Le dice qualcosa e lei annuisce. Che le ha detto? Se ne vanno e mi sento come una sposa lasciata all'altare.

«Chi era?» chiede Katie.

«Oh, solo uno che conosco.»

«Sembrava carino.»

«Lo è, è molto carino.»

«Non puoi chiedergli di venire al matrimonio?»

«Non ho il suo numero. E non sono sicura di poter accettare un rifiuto, se mi dicesse di no. In ogni caso, quella probabilmente era la sua ragazza.»

«Peccato» dice Katie, e mi solleva il vestito sopra la testa.

«Vai ancora su quel sito di incontri?» interrompe mamma.

«Ogni tanto» dico, da sotto il vestito.

«È una bella cosa, cara. Basta che la prossima volta che incontri qualcuno ti ricordi di non tenere la testa tra le nuvole. Guarda tua sorella, come era bella un minuto fa. Potresti essere così anche tu.» Si appoggia sulla testa una creazione di piume gialle. «Che ne pensi di questo?»

«Sembra che hai un canarino in testa.»

«E questo è l'altro problema: il sarcasmo.»

«Non era sarcasmo, mamma.»

«E fare quella intelligente. Agli uomini non piace, lo sai.»

Con enormi buste di carta lucida ripiene di carta velina e della promessa di renderci belle, andiamo in uno dei bistrot preferiti di Emma per un pranzo tardivo. Mamma guarda con orgoglio la cameriera, mentre Emma si attarda nel cerimoniale della degustazione del vino, odorandolo e rigirandolo nel calice, e poi mi sgrida perché sto mangiando tutto il pane.

Quando ci alziamo, grazie al bicchiere di vino, sono profondamente convinta di aver passato una giornata meravigliosa. Arrivo perfino a suggerire di ripeterlo quando Emma andrà a fare shopping per i vestiti delle gemelle. Mi sto sforzando di essere positiva e di appoggiare questa storia del rinnovo della promessa di matrimonio. Mi dura per circa altri cinque minuti, fino a quando Emma non ci dice che non ci saranno i balli ma piuttosto gli ospiti saranno divisi in squadre e parteciperanno a dei quiz, tra cui 'indovina la regione del vino', e 'di' il nome del compositore'. Mi chiedo se quel giorno sparirò per una sospetta intossicazione alimentare.

Desiderosa di tornare dal piccolo Alfie, Katie viene accompagnata per prima. Emma e io rimaniamo per una tazza di tè da mamma e papà. Mio padre sta guardando il cricket in tv, ma sembra contento dell'irruzione e interrompe per seguire il nostro chiacchiericcio e l'esibizione degli acquisti. La cucina puzza di pane un po' troppo tostato.

«Hai tagliato l'erba e aggiustato quello scaffale?» chiede mia madre.

«Sì, tesoro» risponde lui.

Lascio Emma e la mamma al piano di sopra a discutere degli abiti e raggiungo mio padre in salotto. Le tende sono tirate per riparare lo schermo della tv dai riflessi del sole, e mi viene in mente la tenda per la pesca. Mi allunga un biscotto al cioccolato e li inzuppiamo nel tè, mentre ascoltiamo i toni melensi del commentatore.

«Hai permesso che tua madre si comprasse un canarino da mettersi sulla testa» dice.

«Non sono riuscita a fermarla.»

«Be', se c'è una donna che può portarlo, quella è tua madre.»

Si sentono un sacco di applausi. Il pubblico bruciato dal sole e mio padre sono contenti. Non ho idea di cosa stia succedendo, ma è stranamente rilassante e non ho alcuna fretta di tornare al mio appartamento.

«Hai l'aria stanca, piccina» mi dice, e mi scompiglia i capelli. È l'unica persona a cui lo permetto.

«Non riuscivo a dormire, ieri notte.»
«Perché?» Sembra preoccupato.
«Oh, le solite cose.»
Spegne il televisore.
«Te l'ho già detto, le ragazze come Poppy vanno e vengono, ma quelle come te restano.»

Mia madre compare canticchiando stonata. L'uccello giallo traballa sulla sua testa. Mio padre la guarda con un affetto ammorbidito dagli anni e lei risponde rimproverandolo per qualcosa. Sono così. Ogni Natale lui approfitta di qualche birra di troppo e la abbraccia giocosamente, costringendola a sedersi sulle sue ginocchia per il discorso della regina. Con uno stridio acuto lei gli dice di lasciarla in pace, dandogli una pacca sul braccio. Ride mentre lo fa. Emma e Alan non ridono. Se lo fanno, allora è a porte chiuse. Forse muoiono dal ridere quando tornano a casa. Mi piace immaginare che sia così. Le famiglie sono strane. Io sono quella che sono a causa loro, o loro malgrado?

Neanche un paio di Bellini alla pesca riescono a tirar fuori Josie dalla Bentristezza (una tristezza delle proporzioni di Ben).
«Chiamalo» la esorto.
«No!»
«Perché no?»
«Perché ora sono al punto che l'ho respinto per così tanto tempo che non so se lui mi vuole ancora.»
«Parla con lui, Josie.»
«No!»
«Ma se nessuno di voi fa la prima mossa, lo perderai.»
«Allora così sia.»
«Sei così testarda.»
«Dici?»
Scuoto la testa e ordino un paio di drink.

Il bar è pieno di gente che si incontra per un aperitivo dopo il lavoro. Josie mi ha sorpreso arrivando agli uffici di *Life to Live* con la faccia lunga e il bisogno di un cocktail. Il suo capo le ha detto che stava deprimendo tutti e l'ha obbligata a prendersi un giorno di riposo. Questo l'ha resa ancora più scontrosa. Quando ha visto Georgina, le ha praticamente ringhiato contro.

«Hai visto Mister Libreria, ultimamente?» chiede.

«Nate? No.»

«Se stava guardando la vetrina di un negozio di abiti da sposa con una ragazza, ho il sospetto che non sia più sul mercato, in ogni caso.»

«Sì, probabilmente hai ragione.» Sospiro. La mia delusione è forte. «Ma ho Ragazzo Normale.»

«Il ragazzo senza foto?» Josie scuote la testa.

«L'aspetto non è tutto.»

«Sei pazza? Non lo dirai ancora quando si scoprirà che è un tipo strambo di un metro e sessanta.»

«L'amore vince tutto» dico, facendo la drammatica.

«Per essere una donna adulta che dovrebbe sapere il fatto suo, dici un sacco di stupidaggini, è incredibile.»

«Dov'è la romantica che c'è in te?»

«È a fare shopping da IKEA, in cerca di stoviglie da abbinare, mentre si chiede cosa è successo alla sua vita.»

«A che ora parti domani?» le domando.

«Alle dieci.»

«E passerai la notte da lei?»

«Ha insistito.»

«Sarà carino» la incoraggio.

Josie mi guarda e io alzo le spalle. Ci provo, ma gli aspetti positivi sono difficili da trovare. La madre di Josie è una nevrotica incasinata. Da quando il padre di Josie l'ha lasciata, quindici anni fa, si è fatta consumare dall'amarezza e dall'alcol. Era una pianista di talento, ma ora si ritrova a casa, a bere in compagnia dei suoi ricordi e a suonare *Monday, Monday* dei The Mamas & The Papas a tutto volume, e regolarmente i vicini si lamentano.

Ordiniamo un altro paio di Bellini, che sembra una cosa strana da fare, considerando le circostanze, ma Josie non è sua madre. Mi parla del padre che si rifiuta di vedere, ma a cui pensa tutti i giorni, mentre tra me ringrazio di essere così fortunata con i miei genitori.

Non so cos'è che mi fa pensare di stare meglio di quanto non stessi ieri, o l'altroieri, ma c'è qualcosa. Stamattina mi sono guardata allo specchio e ho pensato: Sì! È finita, sì. È stato il mio oroscopo?

> *Con Mercurio dominante in evidenza e un gruppo di pianeti in Acquario, delle buone opportunità nel lavoro e in amore sono a portata di mano. Goditi il fatto di essere al centro dell'attenzione e liberati delle scarpe e degli atteggiamenti che non fanno più per te.*

Saranno state le signore dal parrucchiere, o il pensiero della madre di Josie che beve, preda dei rimpianti, seduta nel suo appartamento? Forse è stata quella battuta stupida, e le successive email di Ragazzo Normale, in una delle quali mi diceva che pensava fossi meravigliosa. Forse è stata la copia del *Guardian* che Ed mi ha lasciato sulla scrivania questa mattina. Qualunque cosa sia stata, mi sento piena di forze. Faccio un respiro profondo e mi immergo in questo mondo rinnovato.

Georgina siede dietro la sua scrivania. Sembra molto abbronzata ma non è stata in vacanza. Tossisco per schiarirmi la gola, perché improvvisamente mi si è seccata. Metto l'articolo del *Guardian* sulla sua scrivania.

«Media Monkey sta speculando sull'identità della ragazza senza l'amore in agenda.»

«Sono solo quattro righe.»

«Anche le querce nascono da piccole ghiande...»

«E non si sta traducendo in vendite.»

«Ma penso che bisogna dargli tempo... per far girare la voce.»

«Non ho tempo, Harry. Ora, volevi dirmi altro?»

«Senti, so che sei ancora dell'idea di dare a Poppy una rubrica tutta sua, ma penso che...»

Cosa sto pensando? Cosa ho ripassato davanti allo specchio del bagno questa mattina? Ho la mente vuota e le mani sudate.

«Penso che forse, ci potrebbe essere... penso che ci sia spazio per tutte e due...»

È una piccola bugia a fin di bene. Sono abbastanza convinta che presto Poppy perderà interesse e voglio essere io a rimanere.

«Harry, siediti.»

Georgina cerca con gesti rapidi tra i documenti sulla sua scrivania, e io mi sforzo di vedere se scorgo le parole 'preavviso' o 'allontanare immediatamente dagli uffici'. Lei alza gli occhi e sorride appena.

«La rubrica di Poppy era, be'... diciamo solo che, a ben guardare, non era pronta per essere pubblicata. È necessaria una buona revisione, e come sai abbiamo esaurito il tempo. Ho deciso di andare con il tuo pezzo su questo numero.»

«Davvero?»

Georgina annuisce gravemente. Evito di alzare i pugni in aria in segno di vittoria.

«Si tratta di una misura temporanea.»

«Non te ne pentirai, Georgina.»

«La rubrica di Poppy andrà nel prossimo numero.»

Non la sto ad ascoltare. Torno alla mia scrivania ballando.

Il ristorante è affollato e Judith e Jeremy sono imbronciati. Judith non riesce a capire perché nessuno sia voluto andare alla sua serata della chiesa e Jeremy è scocciato perché stiamo impiegando troppo tempo per decidere cosa ordinare.

«Perché non possiamo prendere solo tre piatti di patate, due di gamberi e due spiedini di agnello?» si lamenta.

«Perché vogliamo qualcosa di verde. Penso che dovremmo ordinare un paio di insalate.»

«Io non pago per le insalate» risponde imbronciato.

«Vogliamo del pane all'aglio» interviene Ed, e sorride. È chiaro che si gode l'indecisione.

«Penso che abbiamo bisogno di più sangria per mandar giù tutta questa roba» suggerisce Josie.

È uscita con noi nella nostra prima serata tra colleghi e non riesce a credere che siamo in grado di pubblicare una rivista ogni mese, quando prendere una decisione su cosa mangiare è chiaramente impossibile. È questo il motivo per cui avevamo smesso di uscire? Batto una mano sul tavolo per chiedere silenzio.

«Okay, facciamo così. Ognuno di noi sceglie due piatti. Due persone non possono scegliere lo stesso piatto. Tutto qui. In più ordiniamo del pane all'aglio e un paio di insalate per tutti.»

Tutti si fermano per decidere tra sé se opporsi o concordare. Alla fine concordano e si ripristina l'allegria. La cameriera ci sorride con gratitudine e torniamo a riempire la brocca di sangria. Nonostante le pignolerie, ci stiamo divertendo e sono contenta di aver fatto lo sforzo di organizzare la cena, anche se ci è voluto così tanto tempo per passare finalmente una serata insieme. Sto diventando proprio festaiola. Domani sera Andrò al Jug and Mutton per un concerto acustico, sabato mattina a un corso di cucina con Josie, e lunedì sera alla presentazione di un evento. La mia agenda sembra la mia pagina degli eventi. A proposito, la mia rubrica è favolosa, anche se sono io a dirlo.

Il cibo arriva e smettiamo tutti di parlare. Jeremy, Ed e

Derek, il ragioniere, afferrano immediatamente il pane all'aglio.

«Scusate,» Judith alza la voce «grazie, dobbiamo rendere grazie.»

«Stai scherzando» dice Jeremy con la bocca piena.

«Ti pare che stia scherzando?» chiede Judith.

Tutti ricominciano e a me e Josie viene la riderella.

Non voglio lasciare questo gruppo, è divertente. Forse non dovrò farlo. Incrocio le dita e mando un messaggio a tutti quelli che conosco perché comprino una copia di *Life to Live* questo mese.

Il mattino dopo abbiamo tutti i postumi della sbornia. Quando il telefono squilla, devo tenere il ricevitore lontano dall'orecchio mentre una vecchietta si lamenta perché la sua festa in giardino non è stata annunciata nel numero del mese scorso. Sento le parole 'incompetente', 'inefficace' e 'inutile', e normalmente mi arrabbierei, ma non oggi. Oggi la testa mi martella forte, ma tutto il resto va bene.

«Stai saltellando?» chiede Ed.

«Sì!»

«Un altro appuntamento?»

«Può essere.»

«Allora, chi è stavolta?»

«Non te lo dico.»

«È un pompiere di un metro e novanta, con un cane cieco e una laurea in filosofia?»

«No.»

«Un neurochirurgo dal fascino pericoloso, che ha lasciato il suo studio in Harley Street per aiutare i poveri in Africa, prima di tornare per il lancio del suo bestseller, in cui traccia il percorso emotivo che l'ha condotto a salvare gli orfani?»

«No.»

«Un cantante alto un metro e una banana, con un fondoschiena impertinente e un debole per i completi color crema?»
Scuoto la testa.
«Uno che fa la voce fuori campo nei film?»
Lo guardo e mi chiedo cosa gli stia girando in testa.
«Non so cosa faccia. Se è un uomo di successo, non ama metterlo in mostra.»
«Allora è un disoccupato e trascorre le sue giornate a suonare per strada e a fare graffiti sotto i cavalcavia.»
«Ne dubito.»
«Che aspetto ha?»
«Non so neanche questo.»
«Sai qualcosa di questo ragazzo?»
«Abbastanza per credere che potrei desiderare di portarlo al matrimonio di Chloe.»
«Aaah, ma saprà ballare su *You're The One That I Want*?»
«Non ne ho idea, ma spero di no.»
«Te ne pentirai. Chi vuole andare a un matrimonio con uno che non sa fare una buona imitazione di *Grease*?»
«Io.»
«Ed è per questo, Harry Peel, che la tua vita sta andando male.»
Si allontana mentre leggo l'email di Ragazzo Normale.

Non sarebbe ora di incontrarci?

Controllo il mio oroscopo e rispondo con un grande sì entusiasta.

RSAA
Una rubrica di *Life to Live*

Deirdre McKay mi offre un biscotto. Siamo sedute nel suo salotto dalla moquette a motivi geometrici che fa venire il mal di testa e colmo di ninnoli di ceramica impolverati. Indossa un abito settecentesco e attraverso le finestre si vede un uomo nel giardino. È in divisa da soldato. Sto cercando di concentrarmi su quello che sta dicendo Deirdre, ma il mio sguardo continua a cercare il soldato, che sta accoltellando un lenzuolo imbottito appeso al filo per stendere. Deirdre segue il mio sguardo.

«È mio marito Bob. Sta provando per una scena di battaglia» spiega, con una punta di orgoglio nella voce. Annuisco, come se fosse un comportamento normale per un'insegnante e un ausiliare del traffico che vivono in una bifamiliare. Questo incontro mi ha fatto pensare. Cos'è che rende una relazione ideale? È che lui sia il tuo migliore amico, sono le risate... i soldi? È del buon sesso o un maglione avvolgente? E l'uomo perfetto? È quello che ti raschia via il ghiaccio dalla macchina in una fredda mattina d'inverno e ti fa ridere anche quando non vorresti? Il mio prossimo appuntamento mi fornirà la risposta?

A proposito, ho comprato delle brioche con la panna. Non so perché. In realtà, lo so. Penso che possa avere qualcosa a che fare con una fantasia che ho con la panna montata, che è molto simile alla mia fantasia dell'ascensore... Il che significa, per un sacco di motivi, che non succederà mai. Ma, comprandole, mi sto aprendo una possibilità, proprio come faccio ogni volta che prendo l'ascensore anziché fare le scale, cosa che mi fa sentire un pochino spericolata, e nel mio mondo, è il massimo cui possa aspirare.

Quando non sto pensando alla panna montata in posti che non vi sto a scrivere, penso a un romantico picnic con fragole e champagne, e una caviglia sottile che si intravede... la mia, non la sua. Piedi e caviglie sono probabilmente il mio punto forte, il che significa che li userò a mio vantaggio con una pedicure e delle nuove, eleganti infradito. Non lascio nulla al caso. Quando Angelina ha accalappiato Brad, sono sicurissima che non avesse la pelle ruvida sui talloni o l'inguine non depilato. Oh, andiamo, non credo che Angie sia sempre perfetta. Quando Brad è via per le riprese, scommetto che lei si lascia andare e i suoi tatuaggi scompaiono sotto uno strato di folti peli scuri. Il ragazzo del mio appuntamento somiglierà a Brad? Credo di no, se frequenta un sito di incontri su internet. Me ne importa? No. Immagino che proprio come Angie sarà pelosa, Brad sarà un po' noioso.

La mia lista di cose da fare in preparazione di un appuntamento

- Chiedete ai vostri amici quali sono i vostri punti forti, poi compratevi qualcosa che li metta in evidenza.
- Fate un po' di ordine in casa, perché non si sa mai.
- Oh, e nascondete tutti quei cd imbarazzanti, e mettete in mostra i libri che vi fanno sembrare interessanti e intelligenti.
- Non mangiate aglio almeno per le quarantotto ore che precedono l'appuntamento.
- Acquistate un nuovo reggiseno push-up.
- Usate un po' di autoabbronzante, così sembrerete in forma e baciate dal sole. Le cosce bianche non sono mai belle, a meno che non siate una taglia quarantadue!
- Alzate la musica... e ballate il boogaloo fino allo stremo un'ora prima dell'appuntamento, per entrare in uno stato d'animo felice.
- Bandite tutti i pensieri sul vostro ex.
- Pensate ad Angelina. Cercate di essere sexy e misteriose.
- Non aspettatevi Brad. Mia mamma mi dice sempre di abbassare le aspettative, e potrebbe avere ragione. È meglio restare piacevolmente sorprese che deluse.

Durante l'incontro

Ah, be', per quanto mi riguarda è qui che va tutto storto, il che significa che sono l'ultima persona che può parlare. Siete sole. Buona fortuna!

15

Quando ero piccola, avevo un'amica di penna. Si chiamava Brigit, faceva danza classica e aveva un cavallo che si chiamava Noble. Quando finalmente l'ho incontrata, non aveva né un berretto da cavallerizza, né minuscoli piedi racchiusi in scarpette dalla punta di gesso. Non illuminava la stanza con il suo alto lignaggio e i riccioli biondi da angelo. Nella mia mente era tutte queste cose, ma in realtà, Brigit era una ragazzina goffa, allampanata, con i capelli castani, i denti da coniglio e una timidezza paralizzante. Probabilmente era davvero simpatica, ma ricordo di essere rimasta delusa. Avevo parlato di lei a tutti i miei amici e lei mi aveva deluso perché non era la persona che volevo che fosse. Gli incontri su internet sono un po' come avere un amico di penna.

Ragazzo Normale è stupendo e dovete credermi quando dico che non riesco a descrivere appieno il mio sollievo. Seduta su una sedia a sdraio a strisce bianche e blu, cerco di apparire sexy piuttosto che stravaccata. Alec (si chiama così) cammina verso di me tenendo in mano due gelati. Si lecca le dita quando iniziano a sciogliersi. Gli faccio un cenno con la mano e i suoi lineamenti da ragazzino esplodono in un sorriso. Ha dei denti perfetti. Sono abbagliata. Vestito con un paio di jeans, infradito e una camicia bianca che mette in risalto la sua pelle color cannella, sembra più giovane di quanto non sia, anche se questo potrebbe avere più a che fare con le sue ciglia, incredibilmente lunghe, o con i capelli scuri e lucidi che di tanto in tanto gli ricadono davanti agli occhi nocciola. Sarebbe potuto essere un po' più alto, ma la maggior parte della gente non lo è. È una croce che devo sopportare. Non potrò indossare i tacchi alti. Non è un grosso problema.

Abbiamo trovato un posto perfetto nel giardino ornamentale. Restiamo all'ombra di un bel cespuglio profumato, coperto di piccoli fiori bianchi, che ci ripara dal sole caldo, abbastanza lontano dai musicisti che suonano, e solo un po' appartati; l'atmosfera resta intima e accogliente.

«Ecco qui, bellezza» dice lui, porgendomi un gelato. «Per te gli ho chiesto di metterci degli zuccherini rosa e il topping alla fragola.»

Odio il topping alla fragola.

«Oh, che buono» sorrido in modo affettato.

«Vuoi una soffiata?» chiede, puntandomi il suo cono come un dito.

«Che cosa?» dico, domandandomi se è qui che devo scoprire che è un pervertito e vuole che faccia sesso con un membro della band, mentre lui resta a guardare.

«Ti do la fine del mio gelato.»

Non sono ancora convinta, e mi acciglio, preoccupata per quello che sta per farmi fare.

«Fidati di me.»

La vecchia Harry a queste parole sarebbe scappata a gambe levate, perché lo sanno tutti che sono le parole più pericolose che si possano pronunciare. Ma la nuova Harry dirà 'al diavolo!'?

«Va bene, apri la bocca» istruisce.

Faccio come mi dice e lui morde la punta del suo cono, prima di posizionare l'altra estremità nella mia bocca. Devo spalancarla per farci entrare il cono in tutta la sua larghezza, e posso immaginare che non sia particolarmente attraente, ma cerco di tenere per me pensieri tipo 'ma che cavolo...!', come farebbe una tipa sexy, irresponsabile, e che succhia il midollo della vita, o meglio del gelato.

Alec soffia forte e un colpo di gelato freddo mi finisce in fondo alla gola. Mi riempie di tutta la sua bontà e della sensazione di soffocare. Inizio a tossire convulsamente e Alec mi batte sulla schiena fino a quando non mi riprendo.

«Wow, incredibile» rispondo con voce roca. Alec annuisce, sorridendo del suo successo. Mi viene il mal di testa e passo i successivi dieci minuti a tossire.

Il sole ci accarezza il viso con le sue mani calde e restiamo seduti lì, gli occhi chiusi, ascoltando la band e un trombone entusiasta.

«È bello» dice pigramente, e gli rispondo con un mormorio. «Tu sei bella.»

«Grazie» rispondo.

«In realtà, ero un po' preoccupato, temevo che potessi essere... be', non il mio tipo... un po' troppo folle.»

«Ma non lo sono, io sono molto assennata» rispondo, provando la solita delusione che accompagna quella parola.

«Già... bene.»

Mi trattengo dal saltare su dalla mia sedia a sdraio e mettermi a correre con le braccia alzate, battere il cinque con il trombettista, abbracciare vecchie signore e baciare i bambini sulla testa.

«Perché hai pensato che potessi essere un po' folle?»

«Perché mi sono fatto quest'idea, che la maggior parte delle donne che provano gli incontri su internet lo siano.»

«Scommetto che non è così.»

«Ce ne sono alcune che dovrebbero presentarsi accompagnate, o almeno sedate, ma nel complesso sembrano tutte abbastanza normali. Il mio amico Tom si è appena iscritto.»

«Penso sia fantastico.» Lo dice una che pochi mesi fa credeva che fare incontri via internet fosse una cosa da donne disperate. Col senno di poi, la mia visione è cambiata. Scrivere il blog e la rubrica mi ha fatto capire che non deve essere per forza tutta questione di trovare quello giusto. Può essere anche un ottimo modo per provare cose diverse e andare in luoghi in cui normalmente non si andrebbe, restandosene seduti a casa, compiaciuti del fatto di non aver ceduto a DateMate. Io non stavo cercando quello giusto, ma un accompagnatore per un matrimonio, e sono felice di dire che Alec sia un buon candidato per entrambi i ruoli.

Fuori dalla porta di casa passiamo qualche secondo in bilico sul gradino, facendo due chiacchiere. Alec dondola sui piedi con le mani in tasca.

«Sono stato benissimo» dice.

«Anch'io» rispondo.

Baciami! Baciami!

Si sporge in avanti e mi stampa un bacio sulla guancia. Sorrido ed è sufficiente perché ne provi uno sulle labbra. Evviva! Sa di gelato alla vaniglia.

«Mi piacerebbe rivederti» dice.

«Sarebbe bello.»

«Che ne dici di martedì sera?»

«Ho da fare. Potrei giovedì, però.»

«Giovedì va bene, allora. Ti andrebbe l'indiano?»

Sorrido tra me e me.

«Sai una cosa, a essere onesta, non molto. Ti dispiace se facciamo qualcosa di diverso?»

«Nessun problema. Franklin?»

«È un po' caro.»

«Godiamoci un po' la vita.»

Mi bacia di nuovo e mi lascia con un sorriso da orecchio a orecchio come un'idiota.

«Stai mettendo fuori la busta con la raccolta della plastica nel giorno sbagliato.» La voce di Martha Gennings mi riporta di nuovo alla realtà. Mi volto a guardarla. Riempie il telaio della porta come un oscuro angelo vendicatore.

«Mi dispiace, c'è un'amica ospite da me. Non è molto pratica.»

«Be', se magari possiamo fare tutti uno sforzo per il futuro...»

Annuisco e mi infilo oltre il minuscolo spazio che ha lasciato tra sé e lo stipite della porta. Odora di pastiglie per la gola.

«È perfetto!» grido a Josie che si sta tingendo le unghie dei piedi di una tonalità orrenda di arancione.

«Quanto perfetto?» chiede.

«Quasi proprio perfetto.»

«Quasi?»

«Al momento ci si avvicina molto.»

«È abbastanza vicino per il matrimonio di Chloe?» chiede Josie, riavvitando il tappo dello smalto.

«Sì.»

«Se è quasi perfetto, che cosa sta facendo su DateMate?»

«Si è lasciato da poco con la sua ragazza e nella maggior parte dei posti che frequenta trova solo persone che lei conosce.»

«Okay, ci può stare. E non c'è niente che non vada in lui?»

«No!»

«Evviva, vado a prendere il phon.»

«Per fare cosa?»

«Per asciugarmi lo smalto. Dobbiamo uscire a festeggiare. Harry, mia cara, la nostra ricerca è finita.»

«E che succede se lui non chiama?»

«Lo farà. Ti ha baciato, per l'amor del cielo.»

Passiamo la serata a bere cocktail allo champagne al nostro bar preferito. Con l'energia dello champagne e con il supporto della mia vecchia complice, sto facendo del mio meglio per essere festaiola e godermela. Avvistiamo Noush, che sembra una sorta di angelo del rock' n' roll, con i jeans grigi attillati e un top di chiffon semitrasparente. Non so cosa sia, ma ho sempre l'impressione che non si stia mai divertendo troppo. È una di quelle persone che, mentre ti parlano, guardano verso la porta. La chiamo con una vocetta acuta e le faccio un gesto con la mano. Lei si volta e ricambia il saluto, ma invece di avvicinarsi, scompare nella folla. Altrove e con qualcun altro di migliore.

Decisa a buttarsi nella mischia, Josie fa un buon tentativo di flirt con un ragazzo, ma si capisce che non ci sta mettendo il cuore. Al contrario, a intervalli controlla il suo cellulare, quando pensa che io non la stia guardando.

Tornate all'appartamento, ci infiliamo i pigiami e continuiamo la festa con burro di arachidi e pane tostato.

«C'è l'inferno là fuori» osserva Josie.

«Cosa?»

«Essere single... è uno schifo.»

«Mmm... Non è più così divertente come una volta.»

«Non c'è da meravigliarsi che la gente si incontri su internet.»

«Tu non ne hai bisogno. Hai Ben.»

«Non ne sono più così sicura.»

«Certo che sì.»

«Sai, Alec mi ricorda Jason» dice.

«Quando l'hai visto?»

«Quando vi stavate sbaciucchiando sulla porta di casa. Vi stavo spiando.»

«Non gli somiglia affatto» dico io, un po' infastidita.

Josie si tira le ginocchia al petto. Sembra una bambina appena uscita dal bagno, con le guance arrossate, soffici pantofole rosa e i capelli raccolti in un nodo un po' instabile sulla cima della testa.

«Va bene, e se Jason ora entrasse di nuovo nella tua vita, che faresti? Tra lui e Alec chi sceglieresti?»

«Questa è una domanda sleale» rispondo, agitandole davanti il mio toast. «E comunque, l'ho appena conosciuto.»

«Ma si sa sempre dal primo appuntamento, se uno è un concorrente o meno.»

«Tu lo sapevi con Ben?» chiedo, polemica.

Josie si lecca le dita sporche di burro di arachidi e rimugina sulla questione.

«Sì.»

«Ed è ancora un concorrente? Ce la farà a portare a termine la missione?»

«Il televoto non è ancora chiuso.»

«Io non ti capisco, Jose.»

«È la stessa cosa che continua a dire Ben.»

Ci sediamo insieme, distanti meno di un metro, ma le nostre menti vanno alla deriva verso luoghi opposti. Il televisore è acceso, ma nessuna di noi lo sta guardando.

«Noush è davvero molto bella» dice Josie.

«È vero» rispondo, e sospiro. Questa sera, però, il mio sospiro è diverso da quelli che hanno emesso le mie labbra nel corso degli ultimi mesi. È un sospiro di serena rassegnazione, perché Noush può anche avere zigomi che fanno struggere i fotografi, ma io oggi sono stata baciata e l'ultimo numero di *Life to Live* è uscito con un altro dei miei articoli.

«Bella, ma non perfetta. Ha un dito in più al piede destro.»

«Nooo!» Josie reagisce con orrore esagerato.

«Guarda, è tutto relativo» dico io, con la mia nuova prospettiva del bicchiere mezzo pieno.

Ci alziamo entrambe e vaghiamo verso le nostre camere. Penso ad Alec e cerco di ricordare Jason. I dettagli del suo volto si sono persi, ma ricordo le sue mani, l'odore di shampoo nei capelli, la piccola cicatrice sul ginocchio, il cipiglio con cui si svegliava e il sorriso che mi concedeva un'ora dopo. Alec non gli somiglia affatto.

Superata la fase 'gli piaccio/le piaccio', siamo avanzati velocemente e siamo arrivati alla fase 'relazione' abbastanza rapidamente. Tre settimane dopo la prima scoperta di Alec su DateMate, siamo ufficialmente una coppia e ho incontrato i suoi amici. Ha anche accettato di venire al finto matrimonio di Emma. Devo ancora avere l'approvazione di mia sorella e fargli passare il controllo di sicurezza, ma la curiosità di mia madre avrà la meglio su qualsiasi dubbio Emma possa avere. Ci sono momenti in cui penso che sarebbe stato preferibile per noi due attendere, prima di lanciarci a capofitto in questa storia, ma era questo che criticavo alla vecchia Harry, l'essere prudente e assennata. Quando mi prende le mani o mi guarda con quegli occhi color cioccolato e mi dice che ho delle labbra meravigliose da baciare, non conta più niente. Sono una ragazza con un appuntamento in agenda.

Mi squilla il telefono e rispondo con un 'ciao' cantilenante.

«Questa storia della felicità mi sta dando sui nervi.»

«Chi ti ha fatto arrabbiare oggi? P. Diddy? Madonna?» chiedo.

Josie è ancora scontrosa.

«No, quella maledetta stupida di Manda Frington.»

«Chi è Manda Frington?»

«Un'attrice incapace che pretende un abito vintage di Chanel. Lo stesso che ho promesso a Tania Heading.»

«Cosa? Tania Heading quella famosa?»

«Sì.»

«Vedi, questo non succede con una donna che gestisce una serie di eleganti vendite di beneficenza. Lei voleva solo una tazza di tè. Quindi, a cosa devo questo piacere?»

«Ero seduta qui, annoiata, con un muffin al doppio cioccolato. Le mie speranze di trovare risposte alla vita, l'amore e l'universo nelle sue profondità cioccolatose non si stanno realizzando. A che ora usciamo stasera?»

«Alle otto.»

«Quindi, quello era il bell'amico di cui Alec parlava? Quello che abbiamo visto l'altra sera?»

«Sì, Alec dice che è molto ansioso di rivederti. Ha detto che gli piaceva il tuo sorriso e la taglia del tuo reggiseno.»

«Davvero?»

«Sì.»

«Wow, mi piace già.»

«Sei sicura di volerlo fare?»

«Certo che lo sono. Mi piaceva, e sono libera e spensierata» dichiara Josie. «Perché non dovrei esserne sicura?»

Mentre Josie e l'amico fanno conoscenza, Alec e io siamo seduti troppo vicini. Le persone intorno a noi, mentre parliamo, sono probabilmente nauseate. Stasera è la sera giusta. Me lo sento e ho comprato apposta un completino intimo nuovo, rosso e nero. Sto per svenire dal desiderio. I miei sospetti che a Josie non succeda lo stesso sono confermati nella toilette delle signore.

«Mi dispiace, Harry, ma non mi sento troppo bene. Penso che tornerò a casa» dice. Rimetto il rossetto nella borsa e le prometto di inventare una scusa con Alec. Lui non ne è contento.

Quando torniamo a casa, Josie è vicina alle lacrime.

«Cosa c'è che non va?» chiedo, confusa.

«Mi manca Ben» si lamenta, crollando sul divano. Le metto il braccio intorno alle spalle e la tengo stretta. «Tutti quelli che incontro sono sempre dei poveri sostituti. Finisco per pensare: oh, Ben non l'avrebbe fatto, Ben avrebbe detto questo. Ho creduto di volere l'emozione e il romanticismo di un altro, che in qualche modo mi stavo perdendo, ma mi sono resa conto, questa sera, che ciò che mi sto perdendo siamo io e Ben, e il modo in cui tutto è così facile tra di noi.»

Evviva, finalmente.

«Oh, Jose, devi chiamarlo e dirglielo.»

«Non posso, credo che stia uscendo con un'altra.»

«Come mai?»

«Mah, da un paio di cose che ha detto, e dal fatto che ora ha smesso di chiamarmi.»

«Non saltare subito alle conclusioni. Guarda, se lo desideri davvero, allora devi dirglielo.»

«È troppo tardi» si lamenta Josie, e delle grosse lacrime scivolano lungo le sue guance di pesca. «Mi dispiace aver rovinato la vostra notte di probabile sesso sfrenato.»

«Non preoccuparti. Non credo che avrei dormito con lui stasera» mento.

«Scommetto che è uno che geme.»

«Jose!»

«Cosa? Non dirmi che non ci hai pensato.»

«Non l'ho fatto.»

«Com'era Jason?»

«Era uno che andava in crescendo. E Ben?»

«Ah, ah, ah, aaah.»

«Come puoi lasciar andare una cosa così?»

Josie scuote la testa e, per qualche ragione, penso a Nate. Ho fatto delle fantasie particolari su di lui? Penso che a un certo punto le ho fatte. Aveva una ragazza, e per quanto lo volessi, lui non mi ha chiesto di uscire. No, è il momento di passare oltre... oltre Nate e oltre Jason.

Judith mi scruta attraverso gli occhiali finti. Oggi sta facendo la perfetta segretaria, con i capelli raccolti in una coda di cavallo elegante, una fresca camicetta bianca e una gonna sotto il ginocchio. È nel comitato Salvami, Sàlvati, che è, come non si stanca di ripetermi, un richiamo alla canzone degli Abba, *Knowing Me, Knowing You*. Stasera andrà fuori città a un convegno nel Lancashire per festeggiare la sua verginità e cantare nenie con altre persone che la pensano come lei.

C'è una lotteria e sta cercando di rifilarmi un biglietto. Ho ceduto e ne ho comprati due. La promessa di vincere il primo premio di una vacanza in Galles, tutta inni religiosi e mani che si stringono, è imperdibile.

«Allora, come l'hai conosciuto?» chiede. Sta parlando di Alec.

«Oh, attraverso un amico di un'amica.»

«Chi, Josie?»

«No.» Non sono disposta a mentire a una che ha un filo diretto con Dio.

«Che fa?»

«Fa il postino» dico con orgoglio, come se consegnasse neonati invece di lettere.

«Curioso.» Judith inarca le sopracciglia. È la seconda volta che qualcuno usa la parola 'curioso' e la sua presenza improvvisa nella mia vita mi offende. Borbotto qualcosa e Judith si allontana dalla mia scrivania, dopo aver chiaramente perso interesse. Non mi importa. Il mio bicchiere è mezzo pieno, e anche la decisione di sostituire il latte fresco nel frigo dell'ufficio con quegli orribili minicartoni a lunga conservazione non mi tocca. Questa mattina ho un ragazzo con degli addominali a tartaruga. Ho anche preso una chiamata dal *Chronicle*. Volevano intervistare la ragazza senza l'amore in agenda per un pezzo che stanno scrivendo sugli incontri su internet. Alla grande, Harriet Peel. Alla grande.

Il telefono squilla.

«Harry, puoi mantenere i contatti con Poppy per il prossimo numero? Lo voglio pronto per tempo.»

«Certo.»

«Bene» dice Georgina, apparentemente soddisfatta. «La tua rubrica... mi è piaciuta, ma, be'... ne abbiamo discusso, e ti ho detto che era temporanea; apriamo la strada a quella di Poppy.»

«Continua a non piacerti l'idea di mantenere le due rubriche?»

«Voglio lanciare Poppy come una boccata d'aria fresca...

come il cammino da seguire. Penso che un'altra rubrica la sminuirebbe.»

«Ma l'ultima serie di dati ha mostrato un incremento delle vendite. Questo dovrebbe contare qualcosa!»

«E tu lo attribuisci alla tua rubrica, vero?»

Sento la frecciatina come uno schiaffo in faccia. Stringo i denti e conto fino a cinque.

«No, non sto dicendo che è tutto merito della mia rubrica, ma il feedback è stato buono. Abbiamo avuto un sacco di email positive, e questa mattina è arrivata una chiamata dal *Chronicle*...»

«Come penso di averti detto l'altro giorno, credo che tu abbia fatto un ottimo lavoro, ma ora dobbiamo guardare al futuro. Nutro grandi speranze per la rubrica di Poppy. Forse possiamo discuterne di nuovo tra sei mesi» dice lei.

Sento la rabbia che mi sale dentro. Georgina sta aspettando una mia risposta ma non ho niente da dire. Se dopo tutto questo vuole ancora Poppy, che se la tenga. Non credo che sarò ancora qui tra sei mesi.

«Benissimo, dirò a Poppy di chiamarti» dice, e riaggancia.

Il mio telefono squilla di nuovo, ma lascio che si attacchi la segreteria e continuo a digitare la parola INGIUSTO.

INGIUSTO, INGIUSTO, INGIUSTO.

Cerco di concentrarmi sul proprietario del ristorante, un uomo prematuramente calvo, sulla trentina, con un completo elegante e una palese propensione a dire sciocchezze. Vedo la sua bocca che si muove ma ho le orecchie tappate. Sono sicura che sia il nuovo menu sia la ristrutturazione del locale siano eccellenti e meritino le migliaia di sterline spese, ma l'unica cosa a cui riesco a pensare è che Poppy mi ha rubato lo spazio della mia rubrica.

Conclusi i discorsi, siamo tutti invitati a cogliere l'occasione per parlare con i padroni di casa davanti a un caffè. Tutti si alzano e si aggirano intorno al tavolo con piccole tazze di caffè e le loro competenze di networking perfettamente affinate. Mi rifugio davanti a una lunga finestra rettangolare e guardo la strada sottostante. Le persone sono occupate a correre da un posto all'altro. Una ragazza con un berretto si è fermata in mezzo alla strada. Quelli che passano sono costretti ad aggirarla. Non le importa. Sta parlando al cellulare e qualcuno la sta facendo ridere. Vorrei essere quella ragazza. Alec non mi chiama molto.

«Tutto bene?» mi chiede la donna dell'ente turistico. È alta come me, con i capelli biondo cenere pettinati all'indietro, tenuti con un fermaglio, e un viso privo di trucco. Ha gli occhi gentili incorniciati da occhiali colorati rettangolari. Sembra sinceramente preoccupata e per un momento penso di mettermi a piangere, ma riesco a trattenermi con un colpo di tosse.

«Magari parlarne aiuta» si offre gentilmente, ma io scuoto la testa.

«No, non voglio annoiarti con i dettagli.»

«A volte, i problemi degli altri ci fanno sentire meglio con i nostri, e mi faresti un favore. Non posso essere più annoiata di così da tutto questo. Vieni, andiamo al bar e prendiamoci una tazza di caffè di dimensioni decenti.»

Karen ha una grande verruca marrone sul mento. È simpatica e divertente, e mi spinge a parlare. Protesto ancora un po', prima di raccontarle tutto.

Mi guarda come se avesse già sentito questa storia. Medito di raccontargliela di nuovo, con più emozione, e di aggiungere qualche aneddoto su un'infanzia difficile.

«È dura» dice alla fine.

Aspetto una rivelazione, un consiglio, la conferma che ho ragione a essere arrabbiata.

Karen scuote la testa disperata e guarda verso la finestra. È profondamente immersa nei suoi pensieri e non voglio disturbarla. Aspetto e cerco di non agitarmi. Si volta verso di me.

«Vogliamo prendere un altro caffè?»

C'è un certo non so che nel mondo dei traumi emotivi che ci porta a voler primeggiare. Karen mi racconta che non è mai riuscita ad avverare il suo sogno di gestire uno chalet di montagna in Francia perché il marito non voleva. Il marito è ormai un ex marito, perché, sei mesi fa se n'è andato con la sua ex migliore amica. Il mio problema con Poppy non è niente in confronto, ma aveva ragione, parlare dei problemi degli altri ti fa sentire meglio riguardo ai tuoi. Mentre ce ne andiamo, mi porge il suo biglietto da visita e scarabocchia un numero.

«Mi sembra che tu abbia bisogno di un cambiamento, con la direttrice che ti ritrovi. Ho un'amica che lavora alla rivista *Circling*. Dovresti chiamarla.»

«Grazie, potrei farlo» rispondo. Parlare con Karen mi ha reso ancora più determinata a fare qualcosa. Non voglio essere come lei, e rimpiangere una vita influenzata dalle azioni degli altri.

Mi sdraio sul letto a pensare ad Alec, ma sogno Brigit. È al matrimonio di Chloe e ha il viso dipinto da clown. Lacrime di mascara nero le striano le guance bianche, rivelando al di sotto la pelle rosata.

La ragazza senza l'amore in agenda
Blog

Postato il: 31 agosto

Domani è settembre, se le statistiche hanno ragione, il mese che registra il maggior numero di matrimoni. Questo mi ha spinto a chiedermi: come si fa a sapere se l'uomo con cui stai è quello giusto? È quando ti fa la proposta di matrimonio e non esiti ad accettare?

- La mia amica ha detto che è così.
- L'altra mia amica ha detto che le ha fatto dubitare che non lo fosse.
- Mia madre ha detto che l'ha sempre saputo.
- Mia sorella ha detto che non c'era nulla di simile.
- L'altra mia sorella ha detto che un test di gravidanza ha confermato due cose per lei.
- Un collega di sesso maschile ha detto che non gli piacevano gli uomini, ma se gli fossero piaciuti, avrebbe voluto uno che fa le faccende di casa e cucina come sua mamma.
- L'impiegata dell'ufficio postale ha detto che se lo stava ancora chiedendo, dopo trent'anni di matrimonio.
- Madonna ha detto qualcosa di simile.
- Angelina ha guardato in quegli occhi azzurri e ha visto dei bellissimi bambini.

16

Emma ha dimenticato che lei è la sposa, e si comporta come fosse la wedding planner della famiglia reale. Ha le guance e il collo arrossati e tiene in mano una lista. Impartisce ordini a chiunque abbia più di sedici anni e regga in mano un vassoio, nemmeno gli ospiti sono al sicuro dal suo occhio ipercritico. Ha abbandonato la giacca abbinata al vestito, dimenticando di non voler rivelare le braccia bianche e grassottelle, e ha puntato il dito verso un ospite sprovvisto di bicchiere. Una cameriera dall'aria nervosa si precipita a riparare alla situazione. Emma è nata per fare qualcosa in cui è necessario un blocco per appunti e una di quelle cose tipo walkie-talkie. È chiaramente a suo agio. Alan, invece, sembra a disagio nell'abito grigio, e con un nuovo taglio di capelli. Non ha l'aspetto di un uomo che ha riscoperto un amore appassionato per la moglie.

Siamo tutti sopravvissuti al rinnovo della promessa, e siamo ora ricompensati con un imponente buffet fornito da The Olive Tree, ristoratori dei reali e di gente con troppi soldi e mani troppo piccole. Tutto è in miniatura e studiato apposta per disfarsi non appena si prende in mano. L'unica cosa che riesco a pensare è arrivare fino in fondo a tutto questo e tornare a casa. Questa è la notte giusta. Be', tecnicamente sarà la seconda notte, ma la prima non è stata esattamente quello che mi aspettavo. Immagino che con la pratica ci si perfezioni.

Nelle serate trascorse insieme è stato tutto perfetto, al meglio che si potesse. Un nove su dieci. Ci sono state altre serate nel mio passato che si sono guadagnate un bel dieci, ma sono quelle che sto cercando di dimenticare. È iniziata con un cocktail di champagne seguito da uno show divertente, cena al Thai Palace, un altro cocktail di champagne e una rilassante passeggiata di ritorno al suo appartamento per le strade di Bath. Ci tenevamo per mano e parlavamo, e ogni tanto Alec si fermava e mi baciava. Più ci avvicinavamo a casa sua, più lunghi e appassionati diventavano i baci. Arrivati alla porta d'ingresso, morivo dalla voglia di spogliarmi. Ho provato a calcolare quant'era passato dall'ultima volta che l'avevo fatto e ho concluso che era troppo tempo, ma il nervosismo che pensavo avrei provato era stranamente assente. Lui ha reso tutto facile: chiacchierando e scherzando mi sono sentita a mio agio. Dovevo solo essere lì e cercare di essere fantastica. E l'ho sentito. Quando mi spogliava con gli occhi ho sentito un brivido di eccitazione. Mi sentivo desiderata.

Il suo piccolo appartamento al terzo piano è stato un po' una delusione. Il pavimento e il letto erano coperti di vestiti e in cucina c'erano pile di piatti sporchi. Si è scusato e ha fatto un rapido sforzo per mettere in ordine. Intanto, ho colto l'occasione per dare un'occhiata alla sua vasta collezione di film e videogiochi. Tra la trilogia del *Padrino* e *Warcraft – The Game,* c'era una foto incorniciata di Alec con una ragazza. Era minuta, con il naso camuso e una massa di capelli ricci, biondo ramato. Sembravano carini insieme. Ho guardato più da vicino.

«È Charlotte. La mia ex.»

Ho annuito e sono passata oltre. Volevo saperne di più, ma di certo non era il momento migliore. L'ho baciato per rimuovere il ricordo e siamo caduti sul letto ormai fatto. I nostri baci appassionati sono presto ricominciati, ma qualcosa si era perso nel lasso di tempo che ci avevamo messo ad arrivare lì. I fuochi d'artificio in cui speravo si erano annacquati.

Era tutto finito in pochi minuti. Invece delle coccole dopo, ci siamo entrambi sdraiati lì, a fissare il soffitto, persi ognuno nei propri pensieri. Non vedevo l'ora di andare via, di tornare al mio letto, e ho usato la scusa di dovermi alzare presto l'indomani.

Mi consolo con il pensiero che a volte su queste cose ci si deve lavorare e si nutrono grandi aspettative per la seconda volta. Probabilmente è stata colpa mia, che ero fuori allenamento. Josie aveva ragione, però: è uno che geme.

Il mormorio gentile degli ospiti del matrimonio aumenta quando arriva il sindaco.

«Tutto bene?» chiedo ad Alec, e gli stringo la mano. Lui mi premia con un sorriso smagliante.

«Come stai, piccina?»

Mio padre ha la cravatta macchiata di cibo.

«Bene» annuisco, sorridendo allegramente.

«Allora, come ti sembra la famiglia Peel, Alec?»

«Be', la sua figlia maggiore non mi ha ancora buttato fuori, quindi credo che stia andando bene» risponde Alec.

«Dalle tempo, dalle tempo.» Mio padre ridacchia. Alec sorride educatamente. Il suono delle risatine di Alfie ci distrae brevemente. Mio padre si guarda intorno, verso gli ospiti riuniti. Seguo il suo sguardo sulle signore che si spintonano per un po' di spazio e d'attenzione ai loro cappelli. Sta cercando mia madre. Si vede un canarino giallo che va su e giù e lui sorride.

«È tutto molto bello» dice, rivolgendosi di nuovo a noi.

«Non è vero? Emma ha organizzato tutto davvero bene» rispondo. Ci sentiamo come se stessimo recitando una parte in un dramma di Jane Austen della BBC. Mi sento innaturale e avverto il bisogno di riempire il silenzio. Alec sembra inconsapevole.

«Hai del cibo sulla cravatta» dico a mio padre.

«Lo tengo da parte per dopo.»

Ridiamo e piombiamo in un altro silenzio imbarazzante.

«Dunque hai fratelli o sorelle, Alec?» chiede mio padre.

«Due fratelli.»

Aspettiamo che continui, ma Alec ha chiaramente detto tutto quello che vuole dire. Ho la sensazione che non voglia essere qui e mi sento irritata dalla sua mancanza di sforzo. Mio padre annuisce a qualcosa. Non so chi stia lottando di più: io, lui o Alec.

«George, George?» grida la voce di mia madre, come la campanella della scuola. Per una volta le sono grata. Mio padre sorride mestamente e scompare.

«Vuoi un altro drink?» chiede Alec.

Annuisco. Mi domando quanti se ne sia già presi e poi mi sento in colpa per essermene preoccupata. Ancora una volta gli stringo la mano rassicurante prima che si allontani.

Liscio il mio vestito di lino grigio a maniche corte, mi raddrizzo il cappello e mi volto indietro. Non mi sento bella come vorrei. Mi sento triste e sciatta. L'abito avrebbe funzionato meglio con i tacchi. Passeggio lungo i bordi delle strisce di prato ben curato, generosamente cosparso di persone immacolate. Bevono champagne e mangiano le fragole che Emma ha così tanto insistito per avere, anche se sono felice di vedere che un buon numero di loro sta assaggiando la torta al cioccolato delle grandi occasioni di mia madre. Un lungo tavolo drappeggiato con tovaglie di lino bianco è ricoperto di cibo e iris viola, scelti per abbinarsi all'abito di Emma. Come lei, sono alti, dritti e perfettamente ordinati. Attraverso le porte che conducono al terrazzo, arriva la melodia di un pianista che esegue complicati capolavori classici, e un grande tendone bianco è stato allestito per l'intrattenimento serale.

Una mano grassoccia e lentigginosa mi afferra il braccio.

«Questa è la mia seconda» sussurra dolcemente mia madre presentandomi, e mi trascina in mezzo a un gruppo di donne impeccabilmente vestite in varie tonalità pastello. La sua testa dalle piume gialle non sta ferma un attimo.

«Aaah, quindi lei è quella con il bambino?» chiede una donna con le sopracciglia perfettamente disegnate.

«No, quella è Katie, quella ragazza carina laggiù. Harriet non ha figli... Be', non ancora, almeno. Abbiamo un nuovo fidanzato, però, non è vero, cara? Quindi, chi lo sa. Magari stavolta potremmo avere un doppio matrimonio il prossimo anno.»

Rabbrividisco e sorrido, come se non mi interessasse.

«Lei è quella che scrive» aggiunge, alzando gli occhi al cielo.

«A malapena, scrivo solo la pagina degli eventi di *Life to Live*.»

«Oh, è quella rivista con la ragazza che fa incontri su internet.» Una donna mi sorride, ma non avverto nessun calore.

«Sì, l'ho letta.» La donna con le sopracciglia perfette ride. «È molto divertente. Mi piace, ma povera ragazza. Dove l'avete trovata?»

«È un po' un mistero, in realtà» rispondo, sorridendo in un modo che spero sia enigmatico.

«Mia figlia la adora. Dice che era ora che facessero un po' di umorismo; personalmente, io non ne sono così sicura» dice un'altra tizia. Con una mano rugosa e coperta di macchie marroni si accarezza i capelli già fin troppo lisci. Decido che non mi piace. Emma compare dal nulla come una maestra che spunta per controllare gli alunni durante la ricreazione. Probabilmente è preoccupata che io o la mamma ci possiamo rendere ridicole. Purtroppo non posso dire che non abbia motivo di essere in apprensione, perché sappiamo tutti che ne ha avuto prova in passato.

«Harriet, tu e mamma mi terreste d'occhio le bambine?» dice, guidandoci lontano dal gruppo.

Le prendo la mano. «Stai benissimo, oggi» dico.

«Davvero?» risponde Emma, e assisto a uno dei rarissimi momenti in cui mia sorella rivela una crepa nella sua formidabile armatura.

Le stringo il braccio. Esita, ma qualunque cosa si agiti nella sua mente rimarrà lì. Mi lascia con la mamma a chiacchierare di una signora tal dei tali che ha una deliziosa ricetta per la rana pescatrice. Mia madre odia il pesce, ma oggi no, oggi lo ama.

«Non è meraviglioso?» esclama, con le braccia tese. «Meraviglioso.»

Felice che le gemelle non stiano compiendo dei sacrifici umani con gli altri bambini più piccoli, lascio mia madre con zia Barbara e vago in cerca di Alec. Lo trovo appoggiato alla porta della sala tv. È pieno di bambini che guardano *Un maggiolino tutto matto*. Gli tocco delicatamente la spalla e lui si volta, con un accenno di sorriso.

«Stavo per venire a cercarti» mi dice, porgendomi un calice di champagne.

«Tutto bene?» gli chiedo.

Lui annuisce con scarsa convinzione. «Che dici, a che ora possiamo scomparire educatamente?»

«È davvero così terribile?» chiedo. «Magari non rispondere.» Rido, sperando che lo faccia.

«Voglio solo portarti a casa» dice, e mi strofina la testa contro il collo.

Dalla finestra aperta arrivano delle risate. Riesco a sentire quella di mia madre su tutte le altre. Comincio ad avanzare verso la porta, ma lui mi afferra la mano.

Sento Katie che chiama mio padre, e il pianto di Alfie. Mi sento combattuta. Alec mi attira verso di lui.

«Troviamoci un angoletto. Dài, nessuno ti verrà a cercare.»

In almeno due occasioni ho fantasticato di farmi una sveltina in una delle feste di Emma. Mi immaginavo sdraiata su un mucchio di cappotti nella camera degli ospiti, le mutandine scostate da una parte, il vestito tirato su fino alla vita, un cappotto di pelliccia morbida sulle cosce. Riapparivo con le guance arrossate, gli occhi luminosi e il rossetto frettolosamente riapplicato. In questo momento, però, e questa è una cosa che non capisco, non sono proprio in vena di sesso focoso e frenetico. Voglio stare con la mia famiglia, a godermi il sole, a coccolare il mio nipotino, a ridere e scherzare con Katie e Lawrence, a controllare mio padre. Forse sarei dovuta venire da sola.

Bacio Alec sulle labbra. Sono morbide e calde.

«Forza. Ti prometto che andremo via presto.» Gli prendo la mano e ci dirigiamo di nuovo verso il giardino. La luce del sole mi acceca. Sbatto le palpebre e rimetto a fuoco i toni pastello. Ho le orecchie piene del suono della gente che parla, bicchieri che tintinnano e piatti che vengono svuotati. Un aereo vola sulle nostre teste lasciando una scia bianca nel cielo azzurro. Guardo al mio fianco Alec che sorride. Tutto è perfetto. Mi guardo le scarpe. Sono nuove. Erano al di sopra del mio budget e non le volevo. Volevo quelle alte. Chi sono oggi? Guardo verso il prato e faccio un cenno con la mano rivolto a nessuno in particolare. Un paio di persone si guardano intorno per vedere chi sto salutando, ma il mio sguardo si è già spostato e cammino tenendomi stretta al mio splendido nuovo ragazzo.

Quando il sole scompare e le nuvole minacciano pioggia, ci trasferiamo tutti sotto il tendone, dove si tengono lunghi discorsi, mentre a me viene voglia di morire. Alec sembra taciturno e io cerco di riempire i silenzi. Si allontana verso il bar e mi lascia pensierosa. Ci siamo già detti tutto? Non abbiamo nient'altro su cui ridere? I nostri umori non sono in sintonia e mi sento come in una vecchia sitcom in cui la risata è in ritardo. Lui è bello, però. Una parte di me si chiede se mamma avesse ragione. Devo mantenere più basse le mie aspettative? Il mio ideale romantico si basa su film e libri che non hanno nessuna corrispondenza con il mondo reale? Sto cercando qualcosa che non esiste? Un ragazzo che mi si adatti alla perfezione? Questo pensiero mi rattrista. Non voglio abbandonare del tutto quell'ideale, o sentire che sono scesa a compromessi su qualcosa di così importante. Quante persone ci hanno rinunciato?

Mi guardo intorno e cerco di capire chi ha trovato il compagno dei suoi sogni e chi no. Il mio sguardo si posa su Katie e Lawrence. Lei gli dà le spalle e ha la testa appoggiata sul suo petto. Lui le bacia i capelli mentre insieme dondolano sulle note della musica. Mi fa sorridere. E mi fa credere ancora per un po' che è possibile.

Mio padre si siede al posto di Alec e guardiamo la mamma cimentarsi in un twist con zia Barbara, sulla piccola pista da ballo.

«Che cosa è successo al quartetto d'archi?» gli chiedo.

«A quanto pare Alan ha puntato i piedi. Sembra che gli andasse un po' di musica da discoteca anni Ottanta.»

«Sei sicuro?»

«È quello che tua madre mi ha detto. Alec sembra un bravo ragazzo.»

Annuisco.

«Penso che tua madre stia sentendo già le campane a nozze.»

Mi viene da ridere. «È ancora presto.»

«Sì? Mi sono reso conto dopo dieci giorni che, nonostante i miei sforzi per non farlo, avrei chiesto a tua madre di sposarmi.»

«Ma quanto spesso succede questo? Sei stato solo fortunato.»

«Sì, è vero.» Mio padre guarda con nostalgia verso la pista da ballo.

Mamma ha le guance arrossate e il cappellino storto.

«Era diversa da tutte le altre ragazze... aveva una scintilla dentro. Eravamo così diversi, ma sapevo che era speciale... che valeva la pena aggrapparsi forte a quello che c'era tra noi. Era, ed è tuttora, la mia migliore amica.»

«Wow» dico, quasi incredula. Non ho mai sentito mio padre parlare così di mia madre. Ha gli occhi lucidi e mi fa sentire vulnerabile. Mi guarda e sorride.

«Non sto dicendo che siamo perfetti, nessuna coppia lo è; potrei aver bisogno di una pausa dal suo entusiasmo inarrestabile per la vita, e mi irrita il suo rifiuto esasperante di considerare le cose al di fuori del suo modo di vedere, ma abbiamo sempre, sempre riso insieme. Quando gli affari hanno preso una brutta piega e rischiavamo di perdere la casa, tua madre è sempre stata lì a farmi sorridere e a non lasciare che prendessi me stesso, o la vita, troppo sul serio.»

Non so perché sto piangendo, ma lo sto facendo, e mio padre mi abbraccia.

«Mi dispiace, piccina, non ti volevo turbare.»

«Non l'hai fatto, è solo...» Non riesco a finire la frase. Penso a Jason e Alec. Penso a Nate, quello in cui segretamente speravo. Alec è la mia seconda scelta? Abbiamo solo bisogno di tempo, tutto qui.

Mio padre mi porge il suo fazzoletto di cotone bianco.

«Guarda, non so nulla di questo Alec, ma quello che so è che voglio che tu sia felice, e che tu abbia la fortuna di stare con qualcuno che ti prenda per mano e ti faccia sorridere, anche quando la vita non sarà gentile con te. Se è Alec quella persona, allora non vedo l'ora di trascorrere più tempo insieme a lui e di sottoporlo alla prova di iniziazione con una giornata di pesca.»

Abbraccio mio padre. «Grazie, papà.»

«Sai, sei molto speciale e ti meriti qualcuno che sappia apprezzarti; come ti apprezzano la tua famiglia e i tuoi amici.»

«Non credo che Emma lo sappia» rispondo, ridendo tra le lacrime.

«Le persone mostrano il loro amore in modi diversi. Tua sorella è visceralmente leale, e alla resa dei conti credo che sarà una delle prime a essere lì per darti conforto con uno stufato caldo. Sai che in realtà è veramente sé stessa solo quando è con te e Katie. Si sente al sicuro con voi due.»

«Lo pensi davvero?»

«Lo so. Ora ti va di ballare con il tuo vecchio?»

Scuoto la testa. «No, credo che Alec e io ce ne stiamo per andare.»

«È una vergogna. La festa è appena iniziata.»

Lo bacio sulla guancia e rifiuto di dare spazio ai suoi pensieri che sembrano intenti a penetrare nel mio mondo.

Emma si allontana tutta rossa dalla pista da ballo. Mi rendo conto che è un po' brilla. Mi cinge con le braccia.

«Grazie per essere venuti. Grazie...»

Poi guarda Alec, che mi osserva con il panico negli occhi. Alzo le spalle. Non c'è niente che possa fare per essergli d'aiuto.

«Grazie,» si rivolge a lui «grazie miiille, Alec. Devo dire che ero un po' preoccupata... si sentono certe storie, non è vero?» Emma biascica le parole. «Comunque, se hai rubato la borsetta di qualcuna delle mie amiche, nessuno se n'è ancora accorto!» Ride sonoramente. «Sto scherzando. Ovviamente sto scherzando. Devi prenderti cura di Harry... non come quello stronzetto con cui stava prima. Ti è piaciuto il rinfresco? Ti dà fastidio che Harry sia più alta di te?»

Tento di allontanare delicatamente mia sorella, ma lei stringe la presa su Alec. Lui sembra che stia per mettersi a urlare.

«Aaah. Eccola... la mia bella mogliettina.»

Alan appare come un angelo custode. Emma molla Alec e si protende verso il marito.

«Tranquilla, bubba» borbotta lui.

Bubba? Che cos'è questa storia? Non sono sicura di volerlo sapere.

«Prendiamoci un caffè, ti va?» suggerisce.

«Lo sai, mi piaci molto, davvero» farfuglia Emma, e gli scompiglia i capelli. Poi lo bacia rumorosamente.

Adoro mia sorella quando è ubriaca. Domani non ricorderà più nulla, naturalmente. Penso che sia l'unica maniera per lei di accettarlo.

Sulla via del ritorno, Alec e io restiamo silenziosi, a parte due parole con il tassista. Soffoco uno sbadiglio.

«Vieni da me?» chiede Alec.

«No, credo che andrò a casa.»

Mi sento stanca e voglio starmene per conto mio.

«Potremmo stare a letto fino a tardi, domani.» Mi fa l'occhiolino.

«Ti dispiace se rimandiamo a un'altra volta? Ti faccio un colpo di telefono.»

Domani Josie perseguiterà Ben, e io sto già pianificando la mia giornata da sola, di cui ho tanto bisogno.

Alec sembra sorpreso e, francamente, lo sono anch'io.

La ragazza senza l'amore in agenda
Blog

Postato il: 4 settembre

Sto ancora pensando a 'quello giusto'. Mio padre dice che l'ha capito subito. Che cosa significa se non è così? Le persone possono iniziare a piacerti con il tempo? Rinnovare la promessa matrimoniale è un modo per ricordarsi che lui è quello giusto? Ogni volta che qualcuno lo fa su *Okay!* o *Hello!* di solito significa che il divorzio è imminente, o questo o che hanno una jacuzzi da pagare.

Quando guardo mio padre e mia madre, vedo il buon vecchio amore vero. Ciò non vuol dire che siano perfetti, ma sotto le questioni banali, del quotidiano, lo si può vedere. C'è qualcosa di vero, tra loro. Quando guardo gli altri, vedo qualcosa di diverso e mi chiedo se sono altrettanto felici, o se guardano i miei genitori e vorrebbero aver fatto altre scelte. I miei genitori sono il mio modello. È troppo chiedere qualcosa del genere?

Dunque, tornando ai matrimoni. Per il mio, mi piacerebbe un posticino nascosto nei Caraibi. Solo noi due. Non sono sicura di poter far fronte agli ospiti e alla necessità di intrattenerli. Ci faremmo sposare da un sacerdote in bermuda e poi passeremmo la luna di miele in giro per l'America con una decappottabile. Guideremmo un po' per uno e lui suonerebbe la chitarra con in testa un cappello da cowboy. Potrebbe anche farsi crescere i baffi, per un po'. Faremmo continuamente sesso nelle camere dei motel e colazione con frittelle e uova. La seconda settimana faremmo un tour per l'Europa in cui Brad e Angie ci inviterebbero nel loro castello in Francia per una pernice arrosto e del morbido brie.

Cose da fare quando si è trovato quello giusto

- Scrivere 'ti amo' sul vapore dello specchio del bagno.
- Ordinare una pizza farcita a metà con i vostri gusti preferiti.
- Visitare i negozi di bricolage e parlare di colori.
- Depilarsi le parti intime a forma di cuore.
- Preparare dei toast a cuore.
- Fare una lezione di spinning insieme. Le bici sono così vicine che ci si può tenere le mani. Aaah.

17

Guardo Josie che fatica a comprimere tutto nelle sue borse. È arrivata con una e riparte con tre. Due ragazze in cerca di amore sono una combinazione disastrosa, e nel periodo in cui è stata qui, abbiamo fatto troppo shopping per riempire il vuoto. Speriamo, ora che è in partenza, che i nostri rispettivi conti in banca abbiano il tempo di recuperare prima del matrimonio di Chloe.

«Mi mancherai» dico, porgendole una scatola di muesli con una scodella sopra. Lei si avvicina e mi abbraccia. Affogo in un mare di seni e di Clinique Happy.

«Anche tu mi mancherai, dolcezza» risponde lei, e allontanandosi libera di nuovo il mio viso nell'aria fresca.

Josie sta tornando da Ben. Era ora, dico, ma ci sono stati momenti in cui ho pensato che non sarebbe successo. Ben ha fatto soffrire Josie. Voleva assicurarsi che ne fosse certa, che se fosse tornata avrebbero fatto sul serio e costruito una vita insieme. Non avrebbe più dovuto tenere un piede a Londra e l'altro nella sua vecchia vita qui a Bath; niente più riluttanza per l'acquisto di mobili o cambi d'argomento quando veniva fuori la parola 'matrimonio'. Josie ha sospirato, pregato, gli ha mandato dei fiori e alla fine si è inginocchiata e gli ha chiesto di sposarla. Lui ha detto che ci avrebbe pensato, e Josie ha reagito con un pugno che lo ha fatto volare all'indietro. Si è rotto un dito per frenare la caduta e sua madre ha detto che avrebbe boicottato il loro matrimonio. Non potrebbero essere più felici e Josie è tornata a essere la vecchia casinista entusiasta di un tempo.

«Mi mancherai davvero molto» ripeto, perché guardando le sue valigie, mi sta venendo un groppo alla gola. Ci avevo fatto l'abitudine a sentirla cantare sotto la doccia, alla sveglia alle sei del mattino, e a trovare, tornando a casa, buste piene di cose buone e costose di Selfridges da gustare, mentre mi raccontava le sue giornate piene di vip. Il disordine e le pile di riviste, costate quanto un mese d'affitto, e che fanno sembrare il soggiorno l'ambulatorio di un medico, erano stranamente accoglienti.

«Ehi, andrà tutto bene. Con te c'è Alec, adesso.»

«Ma non è lo stesso.»

«Be', è giusto che non lo sia.»

«No, volevo dire: chi mi parlerà di stupidaggini fino alle ore piccole e mi prenderà in giro per il fatto di... be', di essere come sono? Chi mi farà i panini con banane e burro di arachidi quando mi sento giù, sapendo che funzionano solo con il pane bianco?»

«So cosa vuoi dire, e penso che dovresti continuare a pretendere tutto questo, e altro, dal tuo uomo, se è quello giusto» dice Josie, e scrolla le spalle come se lei non potesse farci niente. Non so come sentirmi. Arrabbiata o triste? Mi scosta da sé. Ha la faccia davvero dispiaciuta.

«Ehi, sono felice per te, lo sono davvero. Se lui ti rende felice, allora io sono felice. È stupendo, e non è Jason, e questo per me è già abbastanza. Non volevo insinuare nulla... Credo solo...»

«Che cosa?» le chiedo.

Suona un clacson, e la voce del tassista minaccia di far sapere a tutto l'edificio che è lì fuori. Ci abbracciamo di nuovo e la aiuto con le borse. Sale sul taxi e abbassa il finestrino.

«Verrò a trovarti tra un paio di settimane» dico. Le mando un bacio e la saluto con la mano mentre il taxi si allontana e scompare.

L'appartamento è tranquillo e vuoto senza di lei. Mi aggiro per le stanze come in trance, raccogliendo le cose da terra per rimetterle al loro posto, e poi pentendomene. Alec chiama e promette di arrivare qui in dieci minuti. Dovrei essere felice, ma mi sento vuota. Come le uova di Pasqua che scartavo quando ero piccola. Le rompevo e dentro non c'era niente.

Judith sembra radiosa.

«Come è andato il fine settimana?» chiedo, e mi sorbisco il racconto di mani che si stringono e di una celebrazione del bene contro il male.

«Si poteva avvertire l'amore nella sala» dice in estasi.

«Lo spero per te.»

«Sei terribile, Harry. Quel tipo di uomini non sono interessati al sesso.»

«Okay.»

Riprendo il lavoro di correzione della rubrica di Poppy.

> Ma poi il russo ci ha invitato sul suo yacht. Era un po' vecchio e puzzava di collutorio, ma gli uscivano letteralmente i soldi dalle orecchie. C'era Merry Carter, Daveed Canatoph e quella tipa di *Brothers and Sisters*, che ha dei capelli molto lucidi. Le tartine erano divine, ma io e Francesca le abbiamo rifiutate e invece abbiamo preso un Bellini. Dopo aver letto quell'articolo su come Lindsey è riuscita a diventare una taglia zero, abbiamo iniziato una dieta a base di ananas e nient'altro.

L'articolo di Poppy è un casino. I punti succosi o gli affascinanti scorci in un mondo così diverso dal mio sono rari. Mettendo da parte i miei sentimenti personali su tutta questa storia, mi annoio dopo il primo paragrafo ma, se è questo che Georgina vuole, è quello che avrà. E la dice lunga su ciò che *Life to Live* sta per diventare, se questa sarà la chiave di volta del suo futuro successo. No, meglio che mi tiri fuori da qui. Ho bisogno di andar via e trovare un altro lavoro. Mi sono registrata su alcuni siti, ma sono ancora riluttante a fare il passo successivo dei colloqui. Sento come se mi stessi arrendendo. Il pensiero mi butta giù ulteriormente, ho il morale sotto le scarpe, che tra l'altro hanno bisogno di una bella lucidata.

Faccio abbastanza cambiamenti all'articolo di Poppy per renderlo pubblicabile e lo mando via email. Ho davvero perso il mio spazio per questo... questo schifo? «Qualcuno mi salvi!» dico più forte di quanto pensassi.

«Solo tu puoi salvare te stessa» risponde Judith.

Per un attimo sogno che la mia penna sia un dardo avvelenato che la renderà temporaneamente incosciente quando s'infilerà nel suo didietro.

Oh, mio dio... è effettivamente così! Judith ha ragione, non glielo dirò mai, ma è così.

Georgina si sfila gli occhiali giganti con la montatura rossa e se li lascia pendere sul petto.

«Grazie per avermi inviato l'articolo di Poppy. Sono contenta di vedere che riesci meglio di me a contattarla. Che posso fare per te?»

«Georgina, so che sei ansiosa di partire con la rubrica di Poppy, e se questo è il modo in cui alla fine vuoi andare avanti, allora bene, accetterò la tua decisione, ma...»

Georgina si rimette gli occhiali e mi osserva come se guardasse attraverso un microscopio. Mi rifiuto di farmi intimidire.

«Quanti lettori credi si identificheranno con Poppy e il suo mondo vuoto? Un paio di ragazzine che sognano di diventare mogli di calciatori? Potrei sbagliarmi, ma per quanto ne so, non sono queste le persone che leggono la nostra rivista. Il nostro target è prevalentemente femminile... sono ragazze che leggono i libri consigliati da Richard e Judy, o da Oprah. Perché? Perché si fidano di loro. Si fideranno della ragazza senza l'amore, perché lei è come loro. È una persona che sta cercando di trovare la sua strada, senza riuscirci sempre; una che tira fuori alcune proposte alternative per trascorrere il loro prezioso tempo libero, cose a cui forse non avevano pensato.»

Mi fermo per un secondo. Georgina mi guarda.

«Vogliono sapere se troverà il suo uomo, perché a tutti piace la ricerca dell'amore. Che incentivo c'è nel leggere di una ragazza di nome Poppy, che si concederà all'uomo più ricco e non ha alcun interesse per quello che fanno le donne comuni, quando non lavorano duro per guadagnarsi quel denaro che a lei viene trasferito direttamente dal conto di suo padre?» Riprendo fiato. Probabilmente dovrei stare zitta. «È passato il tempo della ragazza copertina. I nostri lettori vogliono donne vere in cui possano identificarsi, e che vadano al di là delle mode. La rivista ha perso terreno perché ha dimenticato chi sono i suoi lettori.»

Prendo di nuovo fiato. Ho le guance in fiamme, il respiro corto e le tempie che pulsano. Potrei svenire.

«Hai finito?» chiede Georgina. Le sopracciglia sono sollevate dalla sorpresa. Divertimento o indignazione? Non saprei. Questo potrebbe essere il momento in cui corro più veloce che posso verso gli uffici di *Bath at Large*, promettendo che accetterò la metà dello stipendio, che farò qualsiasi cosa, a patto che mi diano un lavoro.

«Ho pensato che fosse importante dirti come mi sento.»

«Grazie, Harry. Naturalmente, darò il giusto peso a tutto quello che hai appena detto. Ora, se vuoi scusarmi, ho una videoconferenza.»

Chiudo con cura la porta dietro di me. Ed mi sta aspettando.

«Hai quello sguardo. Mi sa che non è andata troppo bene lì dentro» dice.

«No. Penso che potrebbe essere il momento per me di trovare un altro lavoro.»

«Non puoi andartene. Chi organizzerà la nostra prossima serata fuori, chi mi farà ridere, e chi terrà d'occhio Mister Corriscale?»

«Poppy?» suggerisco.

«Dubito che si alzi dal letto per meno di mille dollari e la promessa di accalappiare un magnate russo.»

Borbotto lungo tutta la strada verso il centro città. Quando arriviamo a destinazione, Ed comincia a scattare foto a un uomo dipinto d'argento che finge di essere una statua. Tento di intervistarlo, ma non mi riesce. Ha un affare in bocca e pensa che sia molto divertente squittire piuttosto che parlare.

«Sa una cosa?»

L'uomo mi guarda. È cattivo. Dietro quel trucco d'argento si nasconde un cuore malvagio.

«Non è divertente. Ora può fare due cose: parlare con me come un adulto o continuare a squittire. Se sceglie quest'ultima opzione, me ne andrò a prendere una tazza di tè. Cosa che volevo fare dal momento in cui ci siamo incontrati.»

Ed fa un fischio, presumo di apprezzamento.

«Ehi, non farti buttare giù» dice, mentre camminiamo verso l'ufficio.

«È che mi fa arrabbiare così tanto. Ho detto a Georgina quello che pensavo, perché mi preoccupo per la rivista, e lei mi ha guardato come se stessi dicendo delle sciocchezze. È stata la conferma che per me è finita a *Life to Live*.» Ho voglia di piangere.

«Dài. Tornerà sui suoi passi.» Mi abbraccia. E mi fa solo venire voglia di piangere di più.

«Ti va di bere qualcosa?» chiede.

«Scusa, non c'è Noush stasera?»
«Tra me e Noush è finita un po' di tempo fa.»
«Oh.»
«Comunque sto bene.»
«Che cosa è successo?»
«Volevamo solo cose diverse. Dài,» mi stringe di nuovo «beviamo qualcosa.»
Alec è in visita a sua madre in Florida. Sono sicura che la cosa non gli dispiacerebbe. Sa che esco con i colleghi e questo non è nulla di diverso. Mi farebbe bene lasciar sbollire la rabbia. Sento un paio di parolacce venirmi su.
«Va bene.»
Dopo un pasto al pub e troppo alcol, andiamo a casa mia per una tazza di caffè. Ci sediamo sul pavimento, la schiena appoggiata al divano, fissando quella moquette beige che vorrei non avere. Mi perdo nella fantasia di pavimenti lucidi e spessi tappeti alla moda.
«Allora, come va con il postino?» chiede.
«Bene.»
«Solo bene?»
Non rispondo.
«Sto rilevando forse dei dubbi?»
«È bello e stupendo e...»
«E...?»
Non sono sicura di cosa sia quel 'e...', e mi sento a disagio a pensarci. Mi aspetto troppo. Ho la fortuna di avere una persona come Alec. Pulisco la mente come fosse una lavagna magica.
«È bello e stupendo. Fine della storia.»
La musica scorre sui miei piedi nudi come un'onda e muovo le dita a tempo. Ed li guarda come se fossero topi che ballano, ma sembra chilometri lontano da me.
«Tutto bene?» chiedo, perché ho la netta impressione che non sia così, anche se le mie di solito nette impressioni sono

un po' sfocate, al momento. Forse sono ubriaca. Chiude gli occhi per un attimo e si passa una mano tra i capelli.

Poi si avvicina e mi bacia. Sono allibita.

«Che significa?» chiedo, scioccata.

«Oh, andiamo, Harry. Saprai bene quello che provo per te...»

«No... no, non lo sapevo... non lo so» balbetto.

Improvvisamente ci sentiamo troppo vicini e mi alzo per fare... che cosa? Per preparare una tazza di tè. Sì... preparerò una tazza di tè. Mi aggiro in cucina, cercando di capire cosa è successo. Ed mi segue.

«Hai ragione, siamo amici, ma non posso negarti quello che sento per te, Harry. Noush non era la ragazza per me e sono piuttosto sicuro che Alec non sia il ragazzo per te. Dài, andiamo davvero d'accordo... noi...»

Alzo la mano per fermarlo. Non sono sicura di voler sentire altro.

«Ed, non dire nulla... ti prego. Anzi, penso che faremmo meglio a lasciar perdere il tè.»

Ed annuisce e mi guarda come un cane ferito. Non so cosa dire. Non me l'aspettavo. Avrei dovuto?

«Sei adorabile, Ed, ma tutto questo è un po' scioccante per me.» Tento di sdrammatizzare ma voglio solo che se ne vada. Ho bisogno di spazio. «E poi sto con Alec.»

«Non fa per te. Lo sai, è solo che non vuoi ammetterlo.»

«Vai a casa, Ed.» Improvvisamente sono sobria e molto stanca.

Appena mi sdraio a letto, ripenso agli ultimi mesi e a che cosa ho fatto per dare a Ed l'impressione che ci fosse qualche possibilità. Mi sento come se qualcuno mi avesse rivelato un'identità segreta, insospettabile. Sarebbe stato lo stesso se mi avesse detto che era Batman. Credo di non aver mai pensato a lui da quel punto di vista. Lui stava con Noush, e in un primo momento io ero con Jason, il che significava che eravamo sempre in zona sicura. Oddio.

Passo una notte inquieta e mi sveglio di cattivo umore. Quando Alec mi manda un messaggino mi sento in colpa, come se l'avessi tradito.

La ragazza senza l'amore in agenda
Blog

Postato il: 14 settembre

Come si fa a sapere se la linea tra l'essere amici e l'essere qualcos'altro, qualcosa di più, è una linea spessa e nera o è un po' sfocata? Io sono favorevole a flirtare un po', ma con la condizione che entrambi sappiano che proprio di questo si tratta: di un po' di innocuo, amichevole flirt, del tipo che tutti conoscono. Nella mia limitata esperienza, quando persone amiche hanno attraversato quella linea e sono state a letto insieme, raramente ha funzionato e qualcosa si è perso. Detto questo, so anche di una tizia che per anni si è sentita attratta dal suo migliore amico e ha aspettato finché lui non ha capito quello che voleva. Ora sono insieme da cinque anni, e sono tra le persone più felici che io conosca. Si tratta di un esempio del fatto che a volte funziona, ma ho pure il sospetto che la maggior parte delle persone riconosca che ciò che ama dei propri amici non è ciò che vorrebbe in un rapporto di coppia. Potrei sbagliarmi. Forse un passato da amici potrebbe essere il fondamento di una vita felice insieme. Il problema è che, se non dovesse funzionare, allora avete molte probabilità di perdere un amico per sempre.
Tutto ciò mi ha fatto riflettere sul coraggio di rischiare. È difficile avere il coraggio di dire a qualcuno come ci si sente, sia personalmente che professionalmente, soprattutto quando c'è una buona parte di noi che sa che sarebbe più facile non rischiare. La paura del fallimento è ciò che ci impedisce di fare le cose; dal dire sì a qualcuno, al battersi per ciò in cui si crede, al lottare per ottenere qualcosa di più. Credo che sia tutta questione di cogliere l'attimo. Prima di tutto bisogna riconoscere il momento giusto e accettarlo per quel che rappresenta. Poi bisogna prendere una decisione. Possiamo fare un bel respiro e pronunciare quelle pa-

role che avremmo voluto dire da troppo tempo, oppure possiamo girarci e camminare nella direzione opposta. Sembra quasi che io sappia esattamente di cosa sto parlando, ma purtroppo quello che so e quello che faccio, nella foga del momento, sono spesso cose completamente diverse.

Se volete una persona o una cosa, buttatevi! Mio papà direbbe: 'Qual è la cosa peggiore che ti potrebbe succedere? Cadere dritto di faccia?'

E se anche accade? Ci rialziamo e ci ripuliamo la faccia, ma con la consapevolezza di non aver lasciato passare quell'attimo invano, per poi trascorrere i successivi dieci anni a rimpiangerlo.

Quindi, tornando al punto di partenza. Un amico recentemente ha confessato i suoi sentimenti a una persona e, per quanto ritenga che probabilmente ha scelto il momento sbagliato, ora lo ammiro per il suo coraggio.

Se anche voi avete a che fare con lo stesso dilemma del 'dovrei o non dovrei', io penso che dovreste! Non si sa mai...

18

Ed e io ci evitiamo reciprocamente per il resto della settimana. In realtà, questa è una mia supposizione. Io lo sto evitando, e credo che lui stia facendo lo stesso, perché, a parte una sua fugace apparizione mentre lasciava l'ufficio, non l'ho visto per niente. Una parte di me è arrabbiata con lui perché ha complicato le cose, l'altra è triste perché potrei aver perso un amico.

Mi rendo conto di aver nascosto la testa sotto la sabbia e mi rifiuto di pensare a tutte le cose con cui mi sento a disagio; e pur essendo una donna, e quindi in grado di occuparmi di più cose contemporaneamente, mi rendo conto che quello che devo fare ora è affrontare una cosa alla volta. Così, invece di preoccuparmi di questioni di cuore, mi concentro sulla ricerca di un nuovo lavoro. Mi ricordo di Karen del ristorante e do un'occhiata al sito della rivista *Circling*. È impressionante e si trova a Londra, che è il posto in cui sarei dovuta andare dall'inizio, invece di sprecare il mio tempo qui a *Life to Live*. Decido di fare il grande passo e lascio un messaggio alla redazione, poi mi iscrivo a un'agenzia di collocamento, dove mi assicurano che ho competenze spendibili. Di sicuro mi aiuta ricevere un'email a sorpresa, che mi dice che sono stata selezionata per il Premio della stampa regionale. 'La ragazza senza l'amore in agenda' è in corsa per il miglior esordio. Oh, mio dio. Chi l'avrebbe mai detto? Eccitata, leggo meglio l'email per i dettagli.

> La prestigiosa cerimonia di premiazione avrà luogo presso la Guildhall, dove agli ospiti verrà servito un menu di sette portate del celebre chef Michael Bayonne. La presentatrice della serata sarà Tania Collins.

È come agli Oscar, be', quasi. Telefono a Josie e a Chloe.

«Allerta rossa di shopping. Ho bisogno di un vestito strabiliante e scarpe abbinate.»

Le ragazze accettano la sfida e ci organizziamo per uscire sabato.

«Shopping da Brown, poi via al Marlow per un pranzo a base di cozze, patatine e champagne» suggerisce Chloe, e non riesco a pensare a niente di meglio.

Non telefonerò a Georgina perché lei lo saprà già e poi non sono una che si vanta. Ma forse lo farò se vinco.

Quando Alec mi chiama, la sera tardi, e mi chiede se ho delle novità, mi accorgo di non averglielo ancora detto.

«Perché non mi hai chiamato?»

«Mi dispiace, credo di essermi fatta trasportare dall'emozione.»

Mi rendo conto di averlo evitato. Lui mi manda messaggi sul cellulare e il mio tempo di risposta è raddoppiato. Dal matrimonio di Emma, le cose sembrano diverse. La mia missione era compiuta e mi ero congratulata con me stessa per il buon lavoro fatto, ma ora che è tutto finito, mi chiedo il perché di tutta questa fretta. Ero alla ricerca di un accompagnatore per il matrimonio, non di 'quello giusto'. Ma Alec è un bravo ragazzo e devo dargli una possibilità.

«E l'accompagnatore? Presumo che avrai un invito in più, no?»

«Oh, non lo so.»
Dovrei dirglielo che stavo pensando di andare con Josie?
«Non vedo l'ora di vederti, sabato. Mi sei mancata» dice.
«Anche tu» rispondo, ma mi sento come se stessi mentendo. «Oh, sabato non posso. Vado a fare shopping.»
Discutiamo per la prima volta. Non è un gran litigio, ma vengo accusata di mettere sempre altre cose davanti a lui. Mi sento male, ma non abbastanza da rimandare il mio giro di shopping.

Sta piovendo e io, invece di andare fuori per un'occhiata rapida ai negozi in pausa pranzo, mi metto un po' a sbirciare su DateMate. Da quando ho incontrato Alec non ci sono più andata. Mi dico che lo sto guardando a scopo puramente ricreativo, ma quando squilla il telefono sobbalzo, come sentendomi colpevole.
«Harry. Buongiorno. Sono Candice Lamb, direttrice della rivista *Circling*.» Fa una pausa, probabilmente per lasciare che l'informazione decanti.
«Oh, Candice. Grazie per avermi richiamato.»
«Harry, il piacere è mio. La tua rubrica è stata notata. Qui piace. Sono molto contenta che ti sia messa in contatto con me per darmi la tua disponibilità.»
Wow!
«Ti stimiamo così tanto che penso che potremmo accogliere da noi 'La ragazza senza l'amore in agenda'. In un posto dove potrà davvero dispiegare le ali, un luogo in cui c'è un'enorme diversità culturale che non include una vecchia donna vestita da Jane Austen. Potremmo essere costretti ad accorciare il titolo, però. 'La ragazza senza', cosa ne dici?»
Che cosa posso dire?
«Pensaci, Harry. Si potrebbe raggiungere un pubblico potenzialmente enorme.»
Dovrei dire qualcosa.

«Non dire niente adesso. Riflettici su. Nel frattempo, ti mando via email un po' di materiale sulla rivista. Credimi se ti dico che è strabiliante. Possiamo discutere di cose noiose come la tua indennità di trasferimento e altri benefit successivamente. In ogni modo, devo andare, ho un servizio fotografico con la rosa dei candidati al Turner Prize e con Malcolm McLaren. Lo chiamerò 'Arte e anarchia nel Regno Unito'.» Ride. «Geniale, no?»

«È...»

Candice se n'è già andata. Metto giù il telefono e mi guardo intorno. Qualcuno ha sentito quello che è appena successo?

Mi siedo e fisso a lungo il pc. La mia tastiera ha bisogno di una pulizia. Dovrei usare un batuffolo di cotone? È un ricettacolo di germi? Ho letto da qualche parte che la tastiera media ha più germi di un wc. Sarà vero? Sono stata appena contattata da un cacciatore di teste?

«Jose, Candice Lamb mi ha appena telefonato. Ha detto che mi vuole per la loro pagina degli eventi, e che adorano la mia rubrica.»

«È incredibile! Congratulazioni!»

«Grazie.» Mi sento un po' colpita dalla fortuna. È così che si devono sentire a *X Factor*.

«Ehi, sai qual è la cosa migliore?» dice.

«Cosa?» chiedo.

«Dovrai trasferirti a Londra, e questo significa che sarai più vicino a me e Ben! Evviva!»

Trasferirmi a Londra? Dio, sì... E il mio piccolo appartamento con la sua orrenda moquette?

«Devo pensarci.»

«Che cosa c'è da pensare? È un gioco da ragazzi» dice Josie, ma anche lei sa che non riesco a rompere facilmente le abitudini di una vita.

Sono stata invitata alla sede di *Circling* per incontrare la squadra e nonostante le mie riserve sul lavorare e trasferirmi a Londra, decido di andare. Sono tutti magri come grissini, anche Candice. Mando dentro la pancia e le guance. Sono entusiasti e sinceri nei loro saluti e ascoltano, annuendo con la testa, veramente interessati. Candice mi porta a pranzo. Ha la pelle tesa e un vestito costoso. Aspetto mentre rovista nella sua borsa Chanel gigante di vernice nera.

«Sto cercando disperatamente una sigaretta. Vieni fuori con me» mi ordina.

Pioviggina. Alcuni aprono gli ombrelli, mentre altri coraggiosi ignorano le gocce d'acqua. Dimenticano che l'umidità si depositerà sui loro vestiti e sui capelli, creando strati che finiranno per penetrare al di sotto. Rabbrividisco senza volere, mentre il mio corpo si adegua alla nuova temperatura, dopo il calore rassicurante del ristorante. Candice sembra incurante del freddo mentre soffia via il fumo.

«Quindi il punto è, Harry...» Prende una lunga boccata. Osservo il fumo dissolversi nell'aria umida. «Unisciti a noi e avrai l'opportunità di lavorare con un team fantastico. Vivremo, ci ameremo e lavoreremo insieme.» Esulta gettando le braccia in aria e ride. La sua risata arriva dal fondo della gola.

«Vivere insieme?»

«Quando dico vivere insieme, non intendo letteralmente, ma trascorreremo molto tempo insieme, saremo creativi, ci spingeremo oltre i limiti... l'aria sarà intrisa di ispirazione. Sta a te respirarla, Harry.» Fa un altro tiro e con un gesto rapido getta a terra la sigaretta.

Guardo la cicca, che si disintegra sotto la pioggia.

«Avrai anche uno stipendio scandaloso.» Candice ride di nuovo. È una risata sporca. Mi unisco a lei, ma la mia è pulita e c'è qualcosa che manca nell'esecuzione.

Osservo le persone che si incontrano, parlano al cellulare e scompaiono nei vicini ristoranti e caffè. Quando ero bambina, immaginavo che la città fosse piena di belle persone con minuscoli nasini, gambe sottili e grandi occhi blu. Stavano tutti in piedi con una gamba leggermente in avanti, una mano sul fianco e un po' inclinati all'indietro. Fumavano sigarette in lunghi bocchini laccati di nero. Gli uomini indossavano pantaloni a quadri e avevano ampie fronti. Mi immagino come una di loro, che prendo un treno per una nuova vita e saluto le mie sorelle attraverso il fumo. Per qualche ragione i treni sono a vapore. Se lavorerò per *Circling* diventerò una persona importante.

Immagino un appartamento con il pavimento coperto di larghe assi in legno levigato, grandi opere d'arte alle pareti e un guardaroba griffato avanzato da un servizio di moda, anche se magari prima avrei bisogno di perdere un po' di peso. Passerò le mie serate e i week-end tra scintillanti lanci letterari, la settimana della moda di Londra, locali frequentati da artisti, cantanti e modelle molto fashion. Il loro glamour mi contagerà e alla fine nessuno si ricorderà più della vecchia Harry. Sono in piedi sull'orlo di qualcosa.

In realtà, sono in piedi sull'orlo di un marciapiede, sotto la pioggia, e cavolo, mi sto congelando. Ho i brividi.

«Oh, cara, hai freddo. Dài, sgarriamo e prendiamo un dolcetto. La meringata al limone è divina qui.» Candice mi prende per mano e mi trascina di nuovo nel ristorante. Le tovaglie bianche hanno un aspetto fresco e candido e contrastano con la pelle marrone delle sedie. I camerieri sono vestiti di nero, il ronzio delle conversazioni è educatamente rassicurante.

Con in mente il mio girovita in vista del matrimonio, rifiuto il dessert e opto invece per un caffè.

«Apri grande» mi ordina Candice.

«No, sto bene, davvero.»

«Apri la bocca.» La sua voce è morbida e setosa. Sorride e mi tenta con il cucchiaio. «Harry, è bene provare nuove cose.»

Mi infila una cucchiaiata di torta in bocca. «Ora dimmi se non è favolosa.»

Non lo è. Mia mamma la fa meglio. Candice prende un altro cucchiaio di dessert.

«Immagino che tu abbia in testa un mare di domande da farmi.»

Cerco di pensarne una, ma ho la mente vuota. Candice non pare curarsene. Sembra aver dimenticato anche di avermi fatto quella domanda.

«Non è favoloso?»

Annuisco. Lo è. Fa anche un pochino paura.

Mi incontro con Alec alla fermata della metro di Chalk Farm. Sto facendo lo sforzo di essere la fidanzata perfetta e abbasso le mie aspettative. Una serata fuori con Josie e Ben potrebbe aiutarlo a sentirsi un po' più presente nella mia vita.

«Com'è andata?» chiede, mentre mi stringe a sé.

«Bene.»

«E allora?»

«Non lo so. Ho bisogno di pensarci» rispondo. La mia testa è piena di 'che succede se' e ho bisogno di tempo per elaborarli tutti e per consultare il mio oroscopo. È da un po' che non lo faccio.

Josie e Ben sono già nel pub quando arriviamo. Hanno delle novità.

«Abbiamo appena versato un anticipo per un appartamento!»

«Oh, mio dio, è fantastico!» Abbraccio Josie.

«Lo so. Finalmente sono un'adulta» dice. «Fra un po' guarderò anche i frigoriferi e controllerò il consumo di energia.»

Sembra felice di fronte alla prospettiva, ma Ben e io scuotiamo la testa. Josie è come un gatto, si può addomesticare solo fino a un certo punto.

«Dài, prendiamo un'altra cosa per festeggiare il nostro appartamento e la tua offerta di lavoro.»

Josie e io lasciamo Ben e Alec a parlare di calcio mentre ordiniamo qualcos'altro da bere e da mangiare al banco.

«Voi due sarete i prossimi» dice Josie.

«No» rispondo un po' troppo in fretta. Josie mi guarda.

«Ma sembrate carini insieme!»

«Sì, lo siamo.»

«Ma?»

«Non lo so. Forse mi aspetto troppo e questo è quel che si può avere. Ho solo la sensazione che manchi qualcosa.» Mi sento come se stessi tradendo Alec, ma la necessità di esprimere le mie preoccupazioni è più forte. È un sollievo dirlo ad alta voce. Forse ora che l'ho detto andrà meglio.

«Forse non è qualcosa che manca, ma qualcuno?»

«Non capisco cosa vuoi dire.»

«Ti senti come con Jason?»

«Il mio rapporto con Jason era diverso. Ero infatuata di lui ed ero assolutamente convinta che fosse il grande amore... Poi è andato via con un'altra. Chiaramente non ci si può fidare del mio metro di giudizio riguardo ai rapporti.»

«Penso che tu lo sappia. Hai solo bisogno di ascoltare il tuo cuore» dice Josie, battendosi la mano sul suo. «La storia con Jason ti ha fatto dimenticare che bisogna fidarsi del cuore.»

«Da quando sei diventata così romantica?»

«Da quando con Ben abbiamo comprato quel divano! Mi piace un sacco. Ci coccoliamo ed è la cosa più comoda e più bella del mondo. Mi piace e lo adoro per averlo portato nella mia vita.»

«Wow, tra un minuto mi metto a piangere dalla gioia.»

«I divani sono i nuovi diamanti, credimi.»

Josie mi abbraccia. Ci incamminiamo di nuovo al tavolo, dove Ben e Alec sono intenti in una conversazione animata, e mi sento incredibilmente positiva. Ho buoni amici, la prospettiva di un nuovo impiego, il riconoscimento per il mio lavoro e un rapporto sentimentale in cui controllo le mie emozioni. Cammino a testa alta. Va tutto bene. Forse sto pensando troppo alla mia storia con Alec. Lui è perfetto e stiamo bene insieme. Che altro voglio?

«Allora, come vanno le cose con Ed?» chiede Josie.

«Oh, è un po' un disastro. O guardiamo da un'altra parte o camminiamo nella direzione opposta.»

«È un peccato. Mi piace Ed.»

«Anche a me» dico. «Mi manca, ma una parte di me si chiede come supereremo tutto questo.»

«Com'è buffa la vita. Qualche mese fa stavamo immaginando una sedia vuota a un matrimonio. Ora hai due ragazzi che si azzuffano per sedersi accanto a te. Quello che manca ora è che Jason torni a farsi vivo, e Chloe potrà assegnare un tavolo tutto per te. Harry e i suoi uomini.»

Mi viene da ridere al solo pensiero.

«A una parte di me piace molto l'idea di andarci da sola, adesso» suggerisco.

«Stai scherzando?»

«Solo un po'.»

«Che cosa avete da ridere voi due?» chiede Alec.

«Parliamo della vita e di divani» rispondo.

«Forse abbiamo bisogno di comprare un divano?» dice Alec, e rido perché presumo stia scherzando.

Passiamo il resto della serata a parlare e a ridere, e mi dimentico dell'offerta di lavoro, di Ed e di tutta la storia della testa e del cuore. Mi concentro sul godermi il qui e ora. Domani sarà un giorno di decisioni, ma adesso possono aspettare.

Alec e io camminiamo in silenzio verso la stazione della metropolitana. Siamo persi nei nostri pensieri e sono molto felice di non condividere i miei con lui. Giriamo l'angolo e io sobbalzo alla vista di una giacca nel buio. È lui? È Nate? Il mio cuore salta un battito. Non l'ho più visto da quel giorno nel negozio di abiti da sposa. Per quanto ne sapevo poteva essere sposato, ormai. Mi guardo intorno, ma lui sembra essere solo. Istintivamente lascio la mano di Alec.

«Che succede?» mi chiede lui.

La giacca si gira e non è lui. Cosa avrei fatto altrimenti? Niente. Ecco cosa avrei fatto. Dio, che mi succede? La vita è già abbastanza complicata e sto con Alec ora. Prendersi una cotta per qualcuno è una cosa... da single?

«Scusa, pensavo di aver visto una persona» dico ad Alec, e sorrido. Lui mi prende per mano e mi attira a sé.

«Sai, parlare con Ben e Josie mi ha fatto riflettere. Forse dovremmo pensare di andare a vivere insieme. Che ne dici?»

«Dico che se non ci diamo una mossa perderemo l'ultimo treno per casa» rispondo con leggerezza, e comincio a correre.

«Aspetta! Aspettami!» grida forte Alec.

Mi ci vuole qualche secondo per rendermi conto che probabilmente sto correndo troppo veloce.

Alec sta russando leggermente e mi infastidisce la sua presenza. Rimango nel letto a contare le pecore, mentre ascolto il picchiettio della pioggia sui vetri. Qualcuno sta ascoltando della musica al piano di sopra. Io canticchio a bocca chiusa e riempio la testa con qualcosa di diverso dai pensieri assillanti. Candice si aspetta una risposta entro domani. Il panico mi annoda lo stomaco. Sono bloccata nel pozzo dell'indecisione ed è buio qui sotto. Sento l'acqua scorrere nelle tubature e una porta chiudersi di scatto. La musica finisce e il silenzio si posa su tutto come una coperta di neve. Sono completamente sveglia. Penso ad altre cose, cose belle, cose che non hanno nulla a che vedere né con il lavoro né con gli uomini. Controllo l'ora. È tardi e dovrei dormire. Chiudo gli occhi e poi li riapro. Non va bene, devo prendere una decisione.

Potrei restare a *Life to Live*. È quello che Georgina si aspetta che faccia. Harry la cauta, l'assennata, e, oh, così prevedibile. No. È ora di andare. È il momento di sorprendermi. Accetterò il lavoro per *Circling*. Sarò dinamica e... qual è l'altra parola?

Do un colpetto nelle costole ad Alec e lui smette di russare.

Si potrebbe credere che adesso che ho preso una decisione mi senta al settimo cielo. Si potrebbe pensare. Il problema è che ora mi sto chiedendo se sia quella giusta. Continuo a rimandare la chiamata a Candice e la mia giornata è improvvisamente piena di altre cose che hanno la priorità, come comprare la verdura. Ho preso un giorno di permesso. Non sono in vena di vedere Georgina e Poppy e ho bisogno di sgombrare un po' la testa.

Il supermercato non aiuta la mia capacità decisionale. È tutta colpa del reparto verdura. Le patate Desiree, le Charlotte, le Jersey Royals e le King Edwards mi dicono che sono perfette per purè, arrosto o in insalata. I peperoni rossi e gialli brillanti si contendono l'attenzione con il verde scuro e opaco delle zucchine. Mi guardo intorno per un po', paralizzata, prima di voltarmi verso i funghi. I pioppini, gli shiitake, gli orecchioni. I pomodori sono innocui. I pachino, i san marzano, quelli a grappolo. Mi arrendo e mi dirigo verso i pasti pronti.

«Ehi, tu.»

Nate sta lì davanti, bello più che mai, con una melanzana in mano. È come un bicchiere d'acqua nel deserto e voglio bermelo tutto. Abbronzato, con la barba lunga e gli occhiali da sole al supermercato, sembra una rockstar.

«Ehi.»

«È un po' che non ci si vede. Come stai?» Si toglie gli occhiali e rivela due borse viola scuro sotto gli occhi. Voglio strofinargliele via e promettergli di farlo dormire.

«Sto bene, e tu?»

«Sì, bene.» Restiamo lì, lui con la sua melanzana, io con il mio sformato di pasta light.

Che ci prende? Mi sento sempre come se dovessimo avere molto da dirci, ma non lo facciamo mai. È come se stessimo aspettando che i nostri genitori ci diano il permesso. Avanti, Nate, di' qualcosa a questa signorina.

«Allora, com'è andato il matrimonio?» chiede.

«Oh. Terribile.»

«Dio. Mi dispiace. Va tutto bene? Ed sta bene?»

Sembra veramente preoccupato. Improvvisamente mi rendo conto del perché.

«No, no, non era il mio matrimonio. Era quello di mia sorella. In realtà, non era neanche il suo. Si era già sposata. È stato un rinnovo della promessa.»

«Aaah.»

«L'ultima volta che ti ho visto, sembrava che anche tu dovessi scegliere un vestito da sposa» suggerisco, ricordando la ragazza accanto a lui che stava guardando la vetrina del negozio.

«Era mia sorella.»

«Aaah.» Il mio cuore si solleva. È questo il mio momento? Quello in cui devo prendere un respiro profondo ed essere coraggiosa?

«La tua cena non ha un aspetto molto appetitoso.» Indica il mio carrello.

«Perché non lo è.»

«Posso fare cose incredibili con una melanzana.»

«Dovresti fare la pubblicità in un supermercato pieno di donne! Molto probabilmente ti assalirebbero.»

«In realtà, speravo che tu...»

Il mio cellulare squilla.

«Emma? Ciao. Che bella sorpresa» dico, perché lo è.

Emma non mi chiama mai, e mi stupisco perfino che abbia il mio numero di cellulare.

'Mia sorella' dico con il labiale a Nate. Lui sorride.

Quello che mi sta dicendo Emma non è vero e io chiudo la chiamata prima che mi possa dire altro. Non è possibile, non può essere vero.

19

La casa in cui sono cresciuta sembra più piccola. La pietra appare grigia e poco invitante, la porta ha bisogno di una mano di vernice. Ho esitato prima di suonare il campanello. Una parte di me vuole girarsi e mettersi a correre, ma non ho nessun posto dove andare. Emma apre la porta e mi fa entrare senza dire nulla. Sembra cupa in volto. Vado in salotto, e a malapena riesco a guardarle. Sono tutte lì, immobili, in attesa che qualcuno rompa l'incantesimo di inerzia e di incredulità. Mia madre si alza e mi abbraccia stretta come se da quell'abbraccio dipendesse la sua vita. Si sente fragile e piccola, come una bambina. Quando alla fine si allontana, vedo un volto confuso e perso. Mi sento insensibile e le lacrime non vengono.

«Oh, Harry, abbiamo cercato di telefonarti.»

«Avevo il cellulare spento» rispondo.

«È stato così all'improvviso. Era in giardino, stava tagliando l'erba... Glielo chiedevo da secoli.» La voce di mia madre si rompe insieme al mio cuore. «Stava canticchiando, proprio come fa sempre... e poi...» Mia madre si accascia davanti a me e Katie scatta a raccoglierla, facendola sedere sul divano.

Mi guardo intorno. Sono tutti in attesa di una reazione,

aspettano me, che io dica qualcosa, ma non ce la faccio. Mio padre è morto e io sono persa.

Il momento in cui ho sentito la notizia è passato. Ricordo Nate nel mio appartamento che mi porge del tè zuccherato. Ha fatto alcune telefonate e mi ha portato qui. La sua voce era calma, ma non ricordo quello che ha detto.

Mio padre ha avuto un infarto ed è morto prima di arrivare in ospedale. Non ha mai ripreso conoscenza perché mia madre potesse dirgli che tutto sarebbe andato bene, che lo amava, che tutte noi lo amavamo infinitamente. Lo sapeva? Quando è stato solo e in preda a un dolore sconosciuto, sapeva che saremmo andate in pezzi senza di lui? Forse, se l'avesse saputo, non ci avrebbe mai lasciato. Il dolore è un pugno chiuso dentro lo stomaco. Fa male, ma la sensazione è rassicurante. Non sono sicura di volere che se ne vada, perché significherebbe dimenticare.

Le ore successive sono sfocate; Emma insiste per mangiare qualcosa anche se non abbiamo fame. Propone a mamma di andare da lei, ma la mamma è fermamente convinta di non voler uscire di casa. Katie e io siamo d'accordo a rimanere, in modo che Emma possa tornare dalle bambine. Mentre io, Katie e mamma rimaniamo sedute in stato quasi incosciente, incapaci di funzionare, Emma prepara abbondanti tazze di tè, risponde alla raffica di telefonate e sbriga tutto quello che nessun'altra di noi ha lo stomaco di affrontare: chiama le pompe funebri e predispone la visita del medico. Quando il medico arriva, è lei che gli parla, e concorda una terapia di sedativi per la mamma. Emma è sorprendente, proprio come mio padre aveva detto che sarebbe stata, ed è questo che alla fine mi fa piangere. Quando inizio, non riesco a smettere, ed è Emma che mi tiene vicina finché i singhiozzi non si placano. Promette di tornare domattina e lascia Katie e me a vegliare sulla mamma, una volta che i sedativi fanno effetto. Passiamo il resto della serata a parlare fino a quando, esauste, cerchiamo il sollievo del sonno nelle nostre vecchie camere da letto.

Quando il giorno dopo mi sveglio, ho dieci anni e sto aspettando che mia madre gridi che la colazione è pronta. Sono tra sonno e veglia. Ci si sente al sicuro e al caldo. Sono sdraiata e quasi immobile. Ci sono una specchiera e un tappeto che non riconosco. La specchiera ha un soprammobile di porcellana, una ragazza con una colomba. Ci sono delle riviste su uno sgabello imbottito, presumibilmente perché gli ospiti le leggano. *Lavori di casa* e *Pesca mensile*. Ricordo e non riesco a respirare. Un raggio di luce sgradita trapassa le tende e si posa su di me. Chiudo gli occhi. Non voglio il sole oggi.

Emma è in cucina, sta facendo quello che sembra uno stufato.

«Altrimenti non mangia» ha detto, rispondendo a una domanda che non faccio. Mi siedo al tavolo e mi strofino gli occhi. Li sento gonfi e pieni di sabbia. Emma mi passa una tazza di caffè e riprende a cucinare.

«Dov'è la mamma?» chiedo, e sorseggio il caffè caldo. Mi brucia la lingua.

«Sta ancora dormendo. Il medico ha detto che probabilmente sarebbe rimasta incosciente per un po'.»

Annuisco. «E Katie?»

«È andata a prendere Alfie. Poi ritorna.»

Cerco di non guardare fuori dalla finestra, nel giardino che mio padre amava, il luogo in cui ha trascorso le sue ultime ore. Avrà sentito il sole d'autunno sulla testa: avrebbe voluto mettersi il cappello? Che cosa stava ascoltando alla sua radiolina a manovella? Il cricket? *The Archers*? Un programma di giardinaggio? Quale voce gli stava riempiendo le orecchie? Stava pianificando cosa avrebbe piantato l'anno prossimo? Zucchine, forse, e altri pomodorini pachino, che mia madre adora? Avrà preso nota di sostituire la vanga con il manico rotto? Si stava forse chiedendo se era il momento di una tazza di tè e un biscottino al cioccolato? Sapeva in quel momento, quando gli è venuto quel dolore, che stava per morire? Le lacrime, calde e sgradite, mi scendono lentamente lungo le guance.

«Non ci posso credere che sia morto» dico.

Emma si ferma. «Neppure io» dice, guardando nella pentola. Poi aggiunge più pepe e riprende a mescolare.

Georgina risponde al telefono e resto momentaneamente senza parole.

«Ah, Harry, stavo per mandarti un'email. Puoi passare nel mio ufficio verso le dieci? C'è una cosa che voglio discutere con te.»

«Georgina, io... Mi dispiace, oggi non ce la faccio. Mio...» Le parole mi si fermano in gola. «Mio padre è morto ieri.»

C'è silenzio. Mi sento a mio agio nel silenzio. Non c'è bisogno di dire nulla. In effetti, mi piacerebbe che non ci fossero più parole, che la gente annuisse soltanto e andasse via.

«Mi dispiace molto» dice lei. «Fai le mie condoglianze a tua madre. Prenditi tutto il tempo che vuoi, e se c'è qualcosa che posso... che possiamo fare, ti prego, chiama.»

«Grazie» dico. Lei riattacca prima che possa aggiungere altro.

Telefono a Candice e le dico che non posso accettare il lavoro. Mi dice che il posto è mio e che lo terrà per me.

«Richiamami tra un mese» dice, e mi chiedo se sia possibile che tra quattro settimane mi senta diversamente da come sto ora.

Mi chiama Judith e mi lascia un messaggio sul cellulare. Mi dice che mio padre è andato in un posto migliore, che è felice. Dice che il suo gruppo pregherà per lui stasera e per qualche strana ragione sono contenta.

***

La chiesa è piena e mi fa sentire meglio. Mio padre era amato, non solo da noi, ma da molti. Ci sono gli apprendisti a cui ha insegnato nel corso degli anni, vecchi amici con cui andava al bar, amici che hanno affittato la stessa villa a Maiorca con mia madre e mio padre, di anno in anno, volti familiari dal luogo in cui hanno vissuto per oltre trent'anni, parenti che non mi aspettavo di rivedere così presto, dopo il rinnovo della promessa di Emma, e i membri del suo amato club di pesca. L'organo sovrasta un cortese mormorio. Ho le mani e i piedi freddi.

Non riesco a pensare a lui nella bara di mogano con quelle rose bianche perfette. Sono troppo perfette. Le avrebbe odiate. Le sue preferite erano le Tangerine Dream. È troppo tardi, ormai non è stagione. Le stava potando quando è morto. Il prossimo anno torneranno, più forti e più belle. Alzo gli occhi al soffitto. La musica è troppo forte. Non l'avrebbe sopportato. Guardo mia madre che si stringe tra Emma e Katie. Il nero risucchia il poco colore che le è rimasto sul viso e i capelli sembrano essersi trasformati da biondi a cinerei durante la notte. La vitalità l'ha abbandonata, liberando nella sua ombra una donna spaventata che non può essere lasciata sola.

Lui le avrebbe stretto la mano e poi si sarebbe messo a ridere quando lei lo avesse spinto via, infastidita perché non sarebbero riusciti ad andare da Laura e Geoff il week-end successivo. Avrebbe raccontato una storia divertente per mettere tutti a proprio agio e avrebbe fatto un commento ironico sul prete. A me avrebbe detto di non preoccuparmi. 'Qual è la cosa peggiore che potrebbe accadere, piccina?' diceva. Deglutisco.

L'organo smette di suonare e il prete si schiarisce la gola. Parla come se conoscesse mio padre da anni, ma sappiamo tutti che mio padre metteva piede in chiesa solo quando era strettamente necessario.

Emma si avvia al leggio e parla di orgoglio, di affidabilità e di valori. Mi ricorda una nave scuola. La sua voce si rompe e tutti aspettano in silenzio che continui. Qualcuno tossisce e Alfie comincia a frignare.

«...Ma la cosa più speciale di mio padre era che potevamo contare su di lui. Abbiamo potuto contare sul fatto che fosse lì per noi, a mettere tutto a posto, a farci sentire belle quando non ci sentivamo così, e a farci ridere, anche quando non avremmo voluto. Mio padre era un uomo molto speciale e vorrei averglielo detto.» Le lacrime corrono senza freno e mia sorella crolla. Un uomo con i capelli bianchi e un paio di baffi si precipita al suo fianco e la aiuta a tornare al suo posto. Katie sta singhiozzando forte accanto a me. Le prendo la mano e la stringo con forza. La figura di mio zio Bob al leggio è sfocata dalle lacrime che scorrono senza sosta, mentre legge *Le stagioni umane* di Keats. La sua voce vacilla e io, la ragazza-inverno di mio padre, mi chiedo come la vita possa andare avanti. Deve farlo, so che deve, ma non so come.

Mentre usciamo fuori in una giornata grigia e piatta, molto consona, mi accorgo di Ed, e gli sono grata per il suo sostegno. Lui mi si avvicina mentre aspettiamo che mia madre legga i messaggi sulle corone. Mi vengono i brividi per il freddo e Josie mi abbraccia. Sono felice che sia qui.

«Mi dispiace per tuo padre, Harry. Era un uomo speciale» dice Ed.

«Grazie» rispondo. È tutto quello che riesco a dire alla gente. Grazie, grazie, grazie. Annegherò nei ringraziamenti. È bello che la gente ci tenga, che voglia rendere omaggio a mio padre, ma sto lottando contro il sorriso grato e l'apparente serenità. Sto cercando di non urlare.

«Spero che non ti sia dispiaciuto che sia venuto. Volevo solo fargli un saluto rispettoso» dice, fissando la sua scarpa impegnata a spostare una foglia. Le sue scarpe sembrano nuove.

«No, certo che no. Sei stato gentile a venire. Sei più che benvenuto a casa di Emma, dopo.»

«No, sarà meglio che me ne vada. Stai bene?» Sembra triste e vorrei toccargli il viso con la mano, per rassicurarlo. Voglio dirgli che va tutto bene, ma non è così e sono stanca di dirlo oggi.

«Grazie per essere venuto» dico allora, e mi allontano per raggiungere la mamma.

Emma ha dato a me e Josie il compito di distribuire i panini e le mini quiche che abbiamo preparato prima. Oggi sono più che felice che mi si diano ordini, ed eseguo i miei compiti come con il pilota automatico. Katie sta tenendo occupata la mamma con il piccolo Alfie. La sua risata contagiosa e i tentativi di camminare forniscono un diversivo ben accetto e un argomento di conversazione sicuro per il flusso costante di persone. Ci sono i biglietti di condoglianze con i fiori disegnati. Sono muti e educati, come la gente che sgranocchia gli stuzzichini e parla a bassa voce. Alec ha chiesto se volevo che venisse, e ho visto il sollievo sul suo viso quando gli ho detto di no. So che si sente a disagio con il mio dolore, e la sua mancanza viene notata ma, se devo essere sincera, mi fa comodo così. Non voglio dovermi preoccupare dei sentimenti di nessun altro che non sia mia madre e le mie sorelle.

«La mamma rimane qui stasera, e ho preparato una stanza anche per te» dice Emma mentre prendo in mano un vassoio di tè e caffè da passare ai presenti.

«Oh, grazie, ma vado a casa» dico sorpresa.

«No.» Mi appoggia una mano calda sul braccio. «Non voglio che tu stia da sola stanotte, e mi piacerebbe che rimanessi.»

«Va bene, grazie.»

Più tardi, quando tutti se ne sono andati, mi siedo accanto a mia madre mentre guarda dentro un bicchiere di brandy e le riferisco quello che papà mi ha detto al ricevimento di Emma.

«Tuo padre è sempre stato uno sdolcinato» dice, sorridendo tra le lacrime.

Quando torno a lavorare, tutti mi girano intorno in punta di piedi, cercando di essere gentili. Mi sento soffocata dal loro sorriso simpatico e dalle parole ben soppesate. Cerco di farli sentire meglio, mentre le voci nella mia testa gridano qualcos'altro. L'alternativa è peggiore. Almeno qui le telefonate e le email forniscono una tregua temporanea all'oscurità del fondo del mio cervello, che batte un ritmo incessante, in attesa.

«Vuoi un po' di compagnia questo fine settimana?» chiede Vicky.

«Sei molto carina, ma sono abbastanza occupata... non posso esimermi, ho un sacco da fare» rispondo.

«Vuoi venire da noi questo fine settimana? Potremmo pranzare al pub, domenica» dice Josie.

«Sei molto carina, ma sono abbastanza occupata... non posso liberarmi.»

«Vieni a fare shopping con me?» propone Chloe.

«Sei molto carina, ma sono abbastanza occupata.»

«Potremmo andare al cinema?» dice Alec.

«Sei molto carino, ma...»

Tiro le tende. Qualcuno passa un biglietto da sotto la porta. 'Tutto bene?' si legge. 'So fare i fagioli con il pane tostato, raccontare aneddoti noiosi e preparare cocktail a base di whisky. So anche restare molto tranquillo in un angolo. Nate x.'

Che carino. Vado a letto.

Sono stanca, ma non riesco a dormire. Pulisco ogni angolo del mio appartamento e riorganizzo il guardaroba due volte. Tutti i miei vestiti sembrano improvvisamente sbagliati e ora sono finiti in alcuni sacchi della spazzatura destinati al negozio di beneficenza. Mi rendo conto di essere a corto di cose da fare e mi viene il panico per il vuoto nella mia testa. Alec è lontano a una partita di calcio da qualche parte al Nord, Emma e Alan hanno portato fuori la mamma per il fine settimana, e Katie e Lawrence sono in visita dai genitori di lui. Mi sento persa. Le pareti del mio appartamento mi stanno schiacciando. Mi appoggio al muro e scivolo giù sul pavimento, la testa tra le ginocchia. Suona il campanello e per un attimo non sono sicura di dove mi trovo.

«Harry?» chiama Nate da fuori.

Sono inchiodata al mio posto. Il mio respiro diventa silenzioso perché nessuno lo senta.

«Harry, sono Nate.»

Non voglio stare con nessuno e aspetto che se ne vada.

Torna la mattina dopo e di nuovo nel pomeriggio. Mi sono messa in malattia. Nessuno mi ha chiesto perché. Ignoro il suo bussare insistente e rimango ad ascoltare il silenzio che segue.

È tardi e il resto del mondo è addormentato, ma nel mio appartamento tutte le luci sono accese.

«Harry, so che ci sei. Stai bene?» dice Nate a voce alta.

Aspetto che se ne vada e conto fino a cento. Voglio solo essere lasciata sola con i miei calzini comodi e la coperta. Voglio ridurre la mia frequenza cardiaca e cadere in un sonno profondo come un animale in letargo. Quando ero bambina mio padre portò a casa un piccolo di riccio. Gli facemmo il suo lettino in una scatola di cartone e lo chiamammo Mister Puntaspilli. Cercammo di tentarlo con del cibo per gatti e il latte, ma non aveva fame. Mi svegliai nel mezzo della notte e vidi mio padre accovacciato sopra la scatola, il riccio nelle sue mani. Mi alzai dal letto e toccai con un dito Mister Puntaspilli. Era una palla rigida di aculei. Fu la mia prima esperienza di morte. La mattina dopo, guardammo dalla finestra della camera da letto mio padre che lo seppelliva in giardino. Ho avuto gli incubi per i mesi seguenti, sognavo che avevamo fatto un terribile errore e che Mister Puntaspilli stava cercando di scavarsi una via d'uscita. Oddio...

Il dolore, quando arriva, è come un colpo duro. Mi fa male lo stomaco per lo sforzo di tenerlo dentro e il respiro inciampa mentre ansimo in cerca d'aria. Le lacrime cadono come una valanga salata. Afferro il dolore con entrambe le mani. Ho paura di perdere mio padre, di dimenticare la gentilezza dei suoi occhi. Ho paura senza di lui, non so stare da sola. Esausta, prendo una delle pasticche che il medico mi ha prescritto e dormo.

«Signorina Peel?» Non è una voce che conosco.

«Signorina Peel, mi sente?»

Certo che lo sento. Gli dico che non si può scavare lì, perché lì c'è Mister Puntaspilli. La mia bocca si apre ad articolare le parole, ma queste non escono. Provo di nuovo.

«Okay, ragazzi» dice la voce.

C'è un forte rumore. Chi sta battendo? Mi sposto e mi trascino su e fuori dal buio denso. C'è un altro botto e il rumore di qualcosa che si spezza. Mi guardo intorno in preda al panico. Quattro pompieri irrompono dalla porta della stanza. Salto su, avvolgendomi nella coperta, come se potesse proteggermi.

«Che diav...?»

Mi sento un po' ubriaca, quasi che tutto fosse al rallentatore. È come svegliarsi da un'anestesia. I vigili del fuoco? Ci sono i vigili del fuoco a casa mia!

«La signorina Harriet Peel?» chiede uno dei pompieri, e io annuisco. Nate è giusto dietro di loro. Che ci fa qui? Mi sforzo di concentrarmi.

«C'è un incendio?» domando, guardandomi in giro per vedere se per caso non sia nella mia cucina.
«No, signorina, non c'è. Sta bene?»
«Sì... Le dispiacerebbe dirmi cosa sta succedendo?»
«Pensavo che avessi... pensavo...» Nate inciampa sulle sue parole.
«Questo signore dice che ha subìto un lutto, di recente. Nessuno l'ha vista né sentita negli ultimi giorni. Era preoccupato che avesse...»
Guardo Nate. È bianco come un lenzuolo.
«Be', vediamo che sta bene. Buona giornata.» Il pompiere scuote la testa mentre se ne va. La domanda sulla mia salute viene sostituita da una sul posto più vicino per prendere un caffè.
«E la mia porta?» urlo, ma se ne sono andati.
«Mi dispiace, Harry» dice Nate. Scuote la testa, come se non riuscisse a credere a quanto è accaduto. Siamo in due.
«Hai pensato che mi fossi suicidata?» chiedo. Scuoto la nebbia dal mio cervello.
«Stai soffrendo, Harry, e qualche volta può darsi che... le persone possono cadere in depressione...»
«Io non sono depressa, Nate.»
«Harry, non è sbagliato essere giù, piangere.»
Sospiro profondamente e con impazienza.
«Mio padre è morto, ma io sto reagendo. Ora, se mi vuoi scusare, mi piacerebbe continuare a farlo.»
Nate fa un passo verso di me e mi tende la mano. «Non farlo da sola, Harry. Lascia che ti aiuti!» Ha una voce dolce.
«E che cosa suggerisci di fare?» sbotto con rabbia. «Mi dirai che col tempo andrà meglio? Be', non lo voglio sentire. Non voglio dimenticare e andare avanti con la mia vita. Voglio solo che la gente mi lasci in pace.»
«So come ti senti.»
«Tu non sai come mi sento» ribatto secca. «Sono stufa di

quelli che credono di sapere tutto, quando non sanno niente. Non sanno come ci si sente a stare senza di lui...» Una fitta mi impedisce di respirare.

«Harry?»

Mi sento stanca e svuotata. La rabbia è scomparsa rapidamente così come è venuta.

«Nate, sei carino a preoccuparti, ma in realtà io ti conosco appena. Va' a salvare qualche altra damigella in pericolo.» Sono molto, molto stanca. Ho le braccia e le gambe pesanti. Voglio solo essere lasciata in pace. Guardo fuori dalla finestra. Qualcuno da un bus turistico mi osserva. Fa una fotografia. Rimango lì a guardare Nate che cammina lungo la strada. Ha le mani in tasca, la testa china. Mi dispiace, ma solo per un attimo. In questo momento, non ho posto per nessun altro.

20

Le parole sullo schermo non hanno molto senso. Non ci sto mettendo il cuore, perché si tratta solo di articoli tappabuchi per la rubrica di Poppy. Georgina ha chiesto un'altra rubrica, caso mai ci fosse bisogno, e invece di rifiutare, le mando i due pezzi su cui stavo lavorando, quando ero piena di speranza in qualcosa di diverso. Non mi interessa se li userà o no. Sto solo riempiendo spazio e tempo. So che dovrei chiamare Candice, ma in questo momento mi sembra davvero eccessivo riuscire a intraprendere un nuovo lavoro.

A un certo punto, la vita va avanti come sempre, ma questa per me è la cosa più difficile da affrontare. Non sto ancora andando avanti con la mia vita. Non posso andare avanti, né lo voglio. Penso a mio padre e mi copro gli occhi, premendo forte le mani. Non voglio vedere né immaginare. Non voglio andare a letto, dove gli incubi o l'insonnia riempiono le notti. Non voglio stare da sola, ma non voglio neanche stare con qualcuno. Alec ha mantenuto le distanze e io non gli ho forzato la mano. Sento che ci stiamo allontanando, ma mi sento impotente al riguardo. Una parte di me pensa che comunque stavamo già andando in quella direzione. Non lo so. Tutto sembra offuscato.

Colgo lo sguardo di Judith. Mi sorride e le sorrido anch'io. Ha preso l'abitudine di offrirmi il caffè e parlarmi con una voce sdolcinata. Mi sta facendo sentire a disagio.

«Ho pensato che ti avrebbe fatto piacere questo» dice, mettendo un foglietto sulla mia scrivania.

So di cosa si tratta prima ancora di leggerlo. Trovo un santino sulla mia scrivania ogni lunedì mattina.

«Grazie, Judith.»

«Mi dispiace che tu non abbia vinto il premio per il miglior esordio. Personalmente, penso che avresti dovuto vincere.»

Avevo completamente dimenticato la cerimonia di premiazione. Avevo un abitino nero pronto da indossare. Mi sembra di ricordare che invece l'ho messo al funerale.

«Grazie, Judith, è molto carino da parte tua.»

«Non ti sei persa niente, comunque. La cerimonia è durata un'eternità e Tania comesichiama non valeva nulla. Io stessa avrei potuto fare un lavoro migliore. Sai che aveva una relazione con Bob Richards, no?»

Scuoto la testa.

«Allora, che succede tra te e Ed?»

«Niente, perché?»

«Sembrate strani.»

«Stiamo bene.»

«Non ci sei andata a letto, vero?»

«No!» ribatto, scioccata.

«Bene, perché non si trova conforto tra le braccia di un altro.»

Che dichiarazione ridicola. Certo che si può trovare, ma per qualche ignoto motivo io non ci riesco.

Vado fuori per pranzo e trovo un tavolo nella mia caffetteria preferita. Vengo qui piuttosto spesso ultimamente. Prendo la mia dose di socialità, ma senza sentire l'esigenza di parlare con qualcuno. Oggi il bar è pieno e la gente sfreccia rapida intorno a me. Rimango chiusa nel mio guscio protettivo. A volte qualcosa ci rimbalza contro. Prendo con il cucchiaino la schiuma al cacao del mio caffè. Si scioglie in bocca e mi riporta da qualche altra parte. Non vedo arrivare Ed. Si siede di fronte a me.

«Tutto bene?» chiede.

Annuisco, evitando i suoi occhi. Invece lascio lo sguardo nel mio caffè.

«Guarda, magari ho rovinato tutto, Harry, ma ci tengo ancora a te, e odio vederti triste.» Copre la mia mano con la sua. È calda. Mi scendono le lacrime. Solleticano le guance mentre scorrono lentamente verso il mento. Tolgo la mano e le asciugo.

«Scusa» dico.

«Va tutto bene.»

Annuisco.

«Hai voglia di fare una passeggiata?» chiede, e gli sono grata per il gesto. Ha un buon cuore.

Camminiamo lungo il canale in silenzio.

La brezza fa frusciare gli alberi e le anatre nuotano più veloci.

«Mister Corriscale è caduto mentre saliva, la scorsa settimana» dice alla fine.

«Mentre saliva?»

Annuisce gravemente.

«È inciampato sugli ultimi due gradini. A quanto pare si è rotto due dita del piede.»

«Oddio. Poveretto.»

«Mandy, quella del piano di sopra, dice che ha insistito per trascinarsi da solo su quegli ultimi due, prima che l'ambulanza lo portasse via.»

Scoppiamo a ridere, poi ci sentiamo in colpa per averlo fatto.

Le notti iniziano ad accorciarsi e a diventare più facili. A volte posso dormire fino alle tre e mezza prima di svegliarmi. Alec difficilmente si ferma da me e non riesco a ricordare l'ultima volta che abbiamo fatto sesso. Ho continuato a rimandare l'inevitabile, ma mentre sono qui sdraiata, ascoltando il coro dell'alba e chiedendomi cosa mi porterà la giornata, mi viene in mente una cosa che mio padre aveva detto: di non essere in grado di immaginare la sua vita senza mia madre.

Mi rendo conto di non aver mai provato niente di simile per Alec, di averlo saputo dal giorno della cerimonia di Emma, e poi di averne avuto la certezza quando ho incontrato Nate al supermercato. Lui non potrà mai essere 'quello giusto', ma mi ero convinta che non aveva importanza. Quando l'ho conosciuto, mi è piaciuto il fatto che fosse splendido e innamorato di me, ma quello che veramente mi entusiasmava di lui era ciò che rappresentava. Per un momento sono stata Harriet Peel, una ragazza con tutte le strade aperte davanti a sé. Avevo un fidanzato e stavo per andare al matrimonio di Chloe forte di tutto questo. Ora mi rendo conto che non ho bisogno di stare con qualcuno per essere quella che sono, per essere felice. Voglio stare con qualcuno per le giuste ragioni. La vita è troppo breve per restare senza amore.

È ancora buio, ma mi alzo per preparare delle lasagne da portare a mia madre più tardi. Chiamerò Alec tra poco. Adesso è ancora troppo presto.

Prima farò colazione. E mi limiterò a stirare, sbrigare le faccende di casa, e magari sistemerò il guardaroba. Ho così tanto da fare. Il telefono squilla. È Alec. Mi assale il panico. Cosa devo dire? Non sono pronta, non sono pronta...

«Stavo per chiamarti» dico.

«Ti ho preceduto.»

Restiamo entrambi in un silenzio statico. Faccio un respiro profondo.

«Guarda, Alec» comincio.

«Va tutto bene» m'interrompe.

«Penso che tu sia bellissimo e incantevole, ma...»
«Capisco.»
«Davvero?» chiedo. Forse lui mi può illuminare.
«Certo. Sei innamorata di un altro.»
«Tu credi?»
«Ho sempre avuto la sensazione che pensassi a qualcun altro, quando eri con me.»
«A mio padre» rispondo senza espressione.
«No, prima della perdita di tuo padre. Mi sono sempre sentito come se mi fossi dovuto guardare le spalle. Senti, non preoccuparti. Devo andare, è finita. Stai bene, Harry.»
«Ma...»
«Charlotte vuole tornare con me» dice all'improvviso.
«Che vuoi dire?»
«Voglio dire che mi riprendo la mia vita.»
«Avresti potuto almeno aspettare» dico indignata.
«Aspettare che cosa, esattamente? Che tu capissi che non sono quello per te? Andiamo, Harry, come puoi arrabbiarti con me?»
«Non lo so... ma lo sono.»
Alec ride.
«Sei una ragazza in gamba e renderai qualcuno un uomo molto fortunato.»
Le lacrime iniziano a scorrere.
«E Charlotte è una ragazza fortunata» singhiozzo. «Davvero fortunata. Sei così adorabile.»
«Ciao, Harry.»
Dieci minuti dopo sto ancora piagnucolando.

Per essere un bambino, Alfie è bello. Con l'età migliora e fa meno paura. Se lo faccio cadere, ora è abbastanza robusto e ha un cranio completamente formato per sopravvivere. Mia madre gli fa le moine. A differenza del resto di noi, sembrano piacergli i versetti acuti che fa lei. È lui la luce della sua vita.

«Quindi, non esci più con Alec?» chiede Emma. Riempie una caffettiera di acqua calda e, in modo piuttosto sorprendente, tira fuori le porcellane migliori.

«No» rispondo tristemente.

«Sembrava un bravo ragazzo» dice mia madre. È come se la pelle del suo viso non le si adattasse più. Le mani le tremano un po', a volte.

«Lo era» confermo. «Non sono sicura che papà ne fosse stato troppo colpito, comunque.»

«A tuo padre piaceva. Perché non avrebbe dovuto? Voleva solo il meglio per te, tutto qui. Aveva questa teoria. Era tutta una questione di avere un luccichio negli occhi. Come la nostra Katie. Quando ha incontrato Lawrence aveva quel luccichio.»

Katie ride. «Che ne è di quel ragazzo che ha chiamato i vigili del fuoco?» chiede.

«Mi ha mandato qualcuno a riparare la porta e ho trovato un mazzo di rose rosa e una scatola di biscotti fatti in casa con gocce di cioccolato, ma non l'ho sentito più da allora.» Mi guardo le dita e penso alle sue. Si sarebbero adattate bene alle mie. Sono stata abbastanza terribile con lui.

«È un peccato. C'è qualcosa di molto romantico nel fatto che qualcuno faccia sfondare la porta di casa tua.»

Emma mette un piatto di biscotti sul tavolo della cucina. La scatola verde e argento promette un abbondante strato di finissimo cioccolato belga e un'esperienza di puro lusso e di piacere. Mi tengo pronta.

«E tu dici che i biscotti erano fatti in casa?» chiede Katie, scegliendo due bastoncini ricoperti da una lamina d'oro.

Sorrido, ripensando a quei grandi dischi che sembravano cacche di mucca. Non erano poi così male.

«Sembra che sia uno da tenersi stretto» dice Katie, consegnando ad Alfie un bastoncino di cioccolato.

«Purtroppo, è lui che si è allontanato» rispondo mestamente.

«Perché non gli telefoni? Digli quanto ti sono piaciuti i biscotti.»

«Non so il suo numero. In realtà, non so nulla di lui. È strano, non so nemmeno il suo cognome, ma in qualche modo mi sembra di conoscerlo da sempre. Ha senso?»

Katie annuisce e sospira. Anche Emma sospira, ma è un sospiro diverso.

«Che mi dici dell'adorabile Ed? Mi piace» dice mamma.

«Ha quella fidanzata che fa la modella» fa notare Emma.

«Non più» le dico.

«Ecco fatto, allora» dice mamma, compiaciuta di sé. «Mettiti in fila prima che arrivi un'altra a rubartelo.»

«Mamma!» rispondo, fingendo orrore.

«Gli piacevi. Si vedeva benissimo. Ed è un bravo ragazzo. Un po' smilzo, ma alto, e per te alto va bene, Harriet. Non ci sono molti uomini della sua statura in giro.»

«Ha un buon lavoro, ha un appartamento suo» osserva Emma.

Non ho intenzione di rispondere. Mia sorella versa il caffè e tutte torniamo ai nostri pensieri. Fatta eccezione per il ronzio del frigorifero, la cucina è silenziosa. Batto i piedi contro la sedia fino a quando l'espressione sul viso di Emma mi dice di fermarmi. È tutto così tranquillo. Dal mio appartamento si sente il costante ronzio del traffico e delle chiacchiere della gente che passa. Qui c'è solo silenzio. Un vasto spazio bianco di niente. Ecco perché le gemelle sono così rumorose. Emma si lamenta del mal di testa e dei segni sul pavimento.

Le gemelline si precipitano al piano di sotto e parlano tra loro. Poi abbracciano la loro nonna.

«Ragazze! Per favore. Ho mal di testa» si lamenta Emma.

Mia madre guarda verso le porte che danno sul cortile. Un uomo sta rastrellando le foglie. È il tuttofare di Emma. Si chiama Bert e fa qualunque cosa per una banconota da dieci sterline.

«Dovrei tornare a casa» dice mia madre.
«Non c'è bisogno» dice mia sorella.
«Be', ne sei sicura?»
Emma sorride e mi chiedo se anche lei si sveglia nel cuore della notte, madida di sudore. Chissà se Alan le sussurra in un orecchio. 'Va tutto bene, tesoro, va tutto bene.'
«Che fai stasera? Qualcosa di bello?» chiede mamma.
«In effetti esco con Ed.»
Lei sorride.
«Mamma. Ed e io siamo amici.»
«Sarebbe bello fare una festa di fidanzamento, quest'anno. Abbiamo bisogno di qualcosa per tirarci su il morale» dice. È qui che mi rendo conto che sopravvivrà.

Io e Josie stiamo cercando delle giustificazioni per aver speso una fortuna nei nostri vestiti per il matrimonio di Chloe. Non avevamo alternativa, li potremo indossare di nuovo, questi sono capi senza tempo che chiunque dovrebbe avere nel suo guardaroba, la qualità si paga, siamo stupende. Le ragioni sono infinite. Ho sforato il mio budget comprando un abito di raso di un rosa pallidissimo. Ha la vita stretta e un'ampia gonna. L'ho abbinato a un paio di décolleté a punta, tacco dieci, e a una pochette a forma di guscio di ostrica. Mi sono convinta che si tratta di un investimento, che è quello che diciamo sempre tra di noi quando sappiamo che in realtà non avremmo dovuto spendere tutti quei soldi. Tra un complimento e l'altro, parliamo di Alec.
«Non ci posso credere che tu non abbia aspettato fino a dopo il matrimonio per prendere una decisione.»
«Ci andrò da sola.»
«Pensiamo un po'. Che ne dici se ti pago una scorta? Può essere un regalo di Natale anticipato?»
«Ho deciso. Vado per conto mio» ripeto.
«Ma c'è ancora tempo. Dovremmo darci una mossa, ma...»

«Jose, non mi importa.»
«E con Jason?»
«Non mi importa di Jason.»
«Dunque non è a lui che si riferiva Alec?»
«Ho pensato a malapena a lui negli ultimi mesi.»
«Hai notizie di Nate?»
«No.»
«Dobbiamo trovare un modo per contattarlo. Potrei dare un'occhiata alle organizzazioni umanitarie della zona.»
«Se fosse interessato, mi contatterebbe lui.»
«Ti ha fatto i biscotti. Che altro vuoi?»
«Ma da allora non ne so più nulla.»
«Probabilmente pensa di non piacerti.»
«Be', ora non importa. Probabilmente non lo rivedrò mai più. Comunque, mi piace molto stare da sola in questo momento.»
«È quello che dicono tutti, quando non possono avere quello che vogliono.»
«Ma dico sul serio.» E mi rendo conto che è davvero così.

Arrivo all'addio al nubilato di Chloe con una bottiglia di champagne e una torta alle banane e caffè. È fatta in casa, non da me, ma da mia madre. Passa metodicamente in rassegna tutto l'inserto dei dolci di *Lavori di casa*, annotando, accanto alle ricette, dei voti dall'uno al dieci e i suoi commenti. Appare il suo numero sul mio cellulare.
«Ciao, mamma.»
«Cara, volevo solo assicurarmi che ti fossi ricordata la torta.»
«Sì, grazie. Ce l'ho qui in un sacchetto di plastica.»
«Non si rompe?»
«No.»
Ha iniziato a preoccuparsi per le piccole cose, e il numero delle sue telefonate si è moltiplicato per dieci.
«Porta i miei saluti a quella cara ragazza, tesoro.»

«E tu che fai?» le chiedo. Tra noi ci stiamo assicurando che mamma si tenga occupata. Conosco ormai ogni giardino pubblico e sala da tè nella zona, Katie la sta portando in piscina con Alfie, e Emma l'accompagna alle lezioni di ginnastica. Emma lo odia e si lamenta regolarmente del personale, dei germi della gente comune e delle strutture del centro ricreativo locale. La mamma lo adora. Sa già il nome di tutti.

«Sono da tua zia Barbara» dice in un sussurro. «Sai, mi preoccupo per lei. Detto tra noi, penso che non ci stia molto con la testa, da quando tuo padre è morto. Continua a dire che la vita è troppo breve. Se ne va a Lanzarote, la prossima settimana. Insiste col dirmi che dovrei andare con lei, ma non lo so.»

«Non è una cattiva idea. Mamma, devo andare. Sto entrando da Chloe.»

«Okay. Ti voglio bene.»

«Anch'io.»

Sono quasi certa che lo facevamo anche prima, ma ora, dire 'ti voglio bene' alla fine di una telefonata è diventato una regola non scritta.

La serata trascorre davanti alle repliche di *Sex and the City* e mangiando. La prima serata d'addio al nubilato l'hanno trascorsa nei locali più eleganti di Londra. Me la sono persa. Questa sera, gli amici di sempre si sono riuniti con alcuni colleghi di lavoro di Chloe e la famiglia di Tad. Non conosco tutti, ma la compagnia piacevole e il cibo è buono. Beviamo troppo champagne, ridiamo troppo forte e parliamo di troppe sciocchezze e, per la prima volta dopo tanto tempo, mi rendo conto di non essere in lutto. L'ombra nera del senso di colpa che passa su di me è improvvisa e inaspettata, ma è sufficiente. Mi scuso e vado in bagno. Chiudo gli occhi e cerco di recuperare un ricordo di mio padre. Non viene.

Quando torno al tavolo, Josie mi accarezza un braccio.

«Fa bene divertirsi un po'» mi rassicura. Sorrido con gratitudine, mi sento fortunata a essere circondata da amici che mi conoscono e mi vogliono bene. Basta.

Il cellulare squilla.

«Pronto?» Colgo il panico nella mia voce.

«Harry?»

Scosto il telefono. «Vado a parlare in giardino» dico, e mi precipito fuori, quasi inciampando in un vaso sul vialetto.

«Harry? Ci sei?»

«Jason.»

Il mio cuore batte così veloce, riesco a malapena a parlare.

«Come stai?» chiede, con quel tono pigro che avevo dimenticato.

«Sto bene» rispondo. Ho dimenticato tutte le cose intelligenti e interessanti che sognavo di dirgli, mentre tremo nel buio e mi chiedo perché adesso. «Allora, come te la passi?»

«Come al solito... lavorando; sono andato a New York un po' di tempo fa, era incredibile, mia sorella si è fidanzata.»

«Oh, falle i miei auguri.»

«Grazie... e tu, sei... fidanzata o hai qualcuno?» chiede, e io so che dovrei mentire. Ho promesso a Josie che se Jason mi avesse mai chiamato, lo avrei fatto.

«No, non sto con nessuno» rispondo. E poi, perché non posso farne a meno, dico: «E tu?»

Trattengo il respiro.

«No, con Sophie ci siamo lasciati un po' di tempo fa.»

«Oh.»

«Senti, devo andare. Ma mi chiedevo se volevamo incontrarci, magari per un caffè o per bere qualcosa, prima o poi.»

«Sì, perché no? Sarà bello aggiornarci su tutto» rispondo con naturalezza.

«Benissimo, ti chiamo la prossima settimana. Ciao.»

«Ciao» rispondo, tenendo il cellulare sul petto. Ha chiamato. Jason ha chiamato.

«Tutto bene?» chiede Josie quando torno dentro.

«Sì» rispondo lentamente. Mi sento drogata. «Era Jason.»
«Wow» dice Vicky. «È un bene o un male?»
«Non lo so.»

La ragazza senza l'amore in agenda
Blog

Postato il: 22 ottobre

Rompere è duro. In realtà, è bruttissimo, anche se siete voi a volerlo. Ho sperimentato entrambe le situazioni, anche se, a essere onesti, che sia stata io a far finire una relazione è successo solo due volte... Be', una volta e un'altra in cui non sono del tutto sicura su chi tecnicamente abbia lasciato chi. Una mia amica, invece, è esperta nel rompere con gli uomini. Recita il solito 'non c'è nessun altro, voglio solo che restiamo amici' in modo davvero convincente. E loro lo accettano, anche se in fondo sanno che sta mentendo. Essere lasciati è orrendo, soprattutto se non avete veramente capito che stava per succedere. Questo è accaduto a me. Non ho proprio visto l'altra ragazza che agitava le mutandine sullo sfondo, né mi sono resa conto che il motivo per cui il mio ragazzo si spazientiva così tanto per qualunque cosa facessi era perché cercava di giustificare le sue azioni. Era alla ricerca di quella litigata finale, quella in cui io avrei detto: 'Che diavolo c'è che non va?' E lui avrebbe risposto con un: 'Niente, sei tu... siamo noi due insieme. Le cose non funzionano più... Me ne vado.'
Non si torna indietro con un ex? È una di quelle domande che divide tutti noi. La mia amica J. dice di no, mentre la mia amica C. dice di sì. Se è lui quello giusto, dice, allora guarda al futuro e non al passato. Io sono dove mi trovo sempre: davanti al bivio, ciondolando e guardando le mucche intorno a me. Carrie di *Sex and the City* è favorevole a 'dare all'uomo un'altra possibilità', anche se lei ha lo splendido Aidan. Devo ammettere che è qui che, per un attimo, non ho avuto dubbi e volevo, come lei, che Mr Big finisse per dimostrare di essere quello giusto. Come tanti, ho aspettato anni perché accadesse e non posso fare a meno di trovare analogie con la mia vita. Dimostrerà il mio Mr Big – o meglio, il mio non così big, ma medio e perfettamente formato – di

essere quello giusto? O dovrei chiedergli di farsi da parte perché mi sta coprendo la visuale?
La mia unica regola è che le rotture possono essere sanate solo da un grande gesto romantico. In realtà, a pensarci bene, proviamo a non limitarci agli ex. I gesti romantici dovrebbero far parte di qualunque nuova relazione, soprattutto durante i primi mesi insieme. Pretendeteli, e non fate come me, non lamentatevi del casino che provocano. Con questo in mente, penso al romanticismo, ai primi appuntamenti e al fare pace.

- Fate un giro su un bus turistico e sedetevi al piano di sopra, quello scoperto. Baciatevi e scattatevi foto per tutta la durata del tour.
- Andate a fare un brunch al Riverboat Café. Ordinate le uova in camicia sui muffin e provate il trucco seducente della salsa olandese sulle labbra. So per certo che ogni volta funziona.
- Condividete una vasca idromassaggio al Royal Spa Hotel. Il lume di candela è fantastico lì dentro, e ottimo per nascondere gli inestetismi e la cellulite.
- Sdraiatevi in un parco e osservate le stelle. Questa non è una buona idea se ci sono ubriachi nei dintorni.
- Fatevi dei tatuaggi abbinati.
- Mangiate tiramisù.

21

Mi sono iscritta a un laboratorio di poesia. Timothy Langton Dowds è il nostro insegnante. Indossa un cappello floscio nero e si tinge la barba. Lo so perché nella foto sul programma del corso si vede con una barba grigia. È anche di un'allarmante tonalità di nero e mi chiedo se si sia risparmiato l'imbarazzante acquisto di tinture per capelli e abbia usato invece del lucido da scarpe. Parla soprattutto di sé, con una voce monotona e stridula, scandita da lunghe e fastidiose pause. Poi parla di pentametri giambici e del ritmo del discorso.

«D'accordo? Allora, avete un'ora per scrivere il vostro poema. Ricordate quello che ho detto.»

Timothy esce per un caffè e una sigaretta. I due poeti e i quattro non-poeti della classe cominciano a scarabocchiare freneticamente. Io fisso lo sguardo nello spazio e scarabocchio. Il mio cervello è privo d'ispirazione. Mando un messaggio a Josie, quindi riprovo. Pensa, Harry, pensa a qualcosa...

Jason non ha telefonato il giorno dopo né il seguente. A volte mi chiedo se non l'abbia sognato. Non mi importa tanto come mi importava prima. La mia vita ora è molto diversa da quella che stavo vivendo. Faccio parte di un gruppo di lettura, vado in bicicletta con il Grunt & Grub Club, e a ballare con mia mamma e le mie sorelle. A volte esco con Ed. Abbiamo superato le difficoltà di amicizia-sesso-amore. O almeno credevo che lo avessimo fatto. Poi è arrivato l'incidente dei gamberi al curry.

Ci stavamo godendo dei gamberi al curry, e in un istante, mi comincio a sentire accaldata e mi si appanna la vista.

«Tutto bene?» chiede Ed. Non stavo affatto bene, in effetti, e quando mi sono alzata per andare fuori a prendere un po' d'aria fresca, il pavimento è sembrato cedere. Sentivo la voce di Ed che mi rassicurava, ma non riuscivo a vederlo. Quando i portantini dell'ambulanza mi hanno caricato su una barella, ho cercato di non pensare a quanto fosse imbarazzante il tutto. Ed mi ha tenuto la mano fino a quando il portantino non gli ha detto che stava intralciando. È rimasto seduto con me per quattro ore al pronto soccorso. Mi hanno detto che ho una roba vascolare, che sembrava una cosa drammatica, ma in realtà voleva dire che ero solo svenuta. Stavo bevendo abbastanza acqua? Ero sotto stress? Qualcuno mi avrà visto le mutande attraverso il camice usa e getta?

Ho avuto paura di morire nel mezzo della notte, da sola. Così Ed ha dormito sul divano. È troppo alto e la mattina seguente quasi non poteva camminare. Ho fatto i panini con l'uovo fritto e abbiamo guardato *Animal Rescue*. È allora che mi sono detta che la maggior parte delle ragazze ucciderebbe per un uomo così. Voglio dire, eravamo praticamente una coppia, e magari la mamma aveva ragione: non avevo grandi pretese? Troppo grandi? I miei sogni romantici erano proprio questo: sogni. Alec non ne era un esempio lampante? Jason si è azzittito, e Nate? Lo cerco ogni giorno, e resto sempre delusa.

Va bene, devo scegliere una parola e iniziare da lì. Mi guardo intorno nella stanza e tutti stanno scrivendo e cancellando. I miei scarabocchi riempiono la pagina. In mezzo a loro c'è Nate. Non lui, ovviamente, ma il suo nome, circondato da cuori e fiori.

Timothy ci gira intorno, profumato come un posacenere. Guarda da dietro le spalle una delle ragazze e annuisce. Le sussurra qualcosa e lei ride a voce troppo alta. Scommetto che i suoi pentametri giambici sono perfetti. Scarabocchio sul mio taccuino. Le rose sono rosse, le viole sono blu, Timothy puzza e anche tu.

Oh, che gioia. Dobbiamo leggere i nostri testi a voce alta. La donna di mezza età con un maglione blu pallido ci sorprende tutti con una poesia sull'autolesionismo. Joseph, il poeta belloccio, il solo piacevole alla vista nella stanza, presenta un pezzo sul coming out. Carol legge un testo sulle violenze che ha subìto da bambina e poi scoppia in lacrime. Colin ha scritto di una vita senza amore e Jasmine, l'altra poetessa, ha scritto una poesia sulla tortura in Iraq.

«Harry, giusto? Allora, Harry, qual è il titolo della tua poesia?» chiede Timothy, pulendosi la bocca con un fazzoletto.

Mi schiarisco la gola.

«Biscotti al cioccolato.»

Timothy mi scruta da sotto la visiera larga. Si lecca le labbra. Sta pensando ai biscotti o si prepara a divorarmi con qualche parolina accuratamente scelta?

«Va bene, ascoltiamola, no?»

Faccio un respiro profondo e leggo il mio capolavoro. Quando ho finito non c'è un solo occhio asciutto nella stanza. È una bugia. Quando ho finito, c'è solo un silenzio attonito. Poi Colin comincia a battere le mani fino a quando Timothy non lo fulmina con lo sguardo.

Mentre ce ne andiamo, Colin si precipita verso di me. Ha il fiato un po' corto.

«Mi è piaciuta molto la tua poesia» dice. Ha una voce monotona.

«Grazie.»

«E hai davvero dei bei capelli.»

«Grazie.»

«Ti va di bere qualcosa?»

«Oh, sei molto carino. Grazie, ma non posso. Devo tornare a casa.»

«Va bene. E domani?»

«Mi dispiace, Colin.»

«Sabato sera?»

«Sono fidanzata» dico, con una punta di disperazione.

«E lui come si chiama?»

Mi manca un battito.

«Jason, voglio dire, Ed.»

Colin stringe gli occhi.

«Jason è il mio ex. Mi confondo.»

Lui sembra soddisfatto e cammina verso Jasmine.

«Vaffanculo, sfigato» ribatte lei.

La donna di mezza età con il maglione blu gli dice di sì. Credo che dovrei sentirmi lusingata di essere stata la prima scelta.

«Quello trasparente.»

Metto sempre quello trasparente.

«Senti, posso cambiare idea? Quello viola» mi scuso.

La ragazza che mi sta facendo la manicure sorride. È abituata a sorridere. Mi chiedo se ha un menu di sorrisi. Anche mia madre sta sorridendo, e anche Katie. Emma stava sorridendo, prima.

È il compleanno di mia madre e ci siamo tutte riunite al Bath Spa Hotel per coccolarci un po' e bere dello champagne. Le gemelle si dimenano sulle loro sedie. Emma le rimprovera a voce bassa. Ha un tono che dice 'sono tranquilla e mi controllo'. Ho i miei dubbi.

«È un peccato per il matrimonio di Chloe» dice mia madre.

«Perché?» chiede Katie.

«Che Harriet debba andarci da sola.»

«A me non importa, mamma, davvero.» Mi guardo le unghie.

«Posso cambiare idea? Il viola potrebbe essere un po' troppo. Facciamo quello rosa pallido.»
«Che ti prende?» chiede Emma.
«Ha sentito Jason» dice Katie.
«Che cosa? Jason, Jason?» esclama Emma, sorpresa. «Bambine, state tranquille.»
«Sì, Jason» rispondo mestamente.
«Sta ancora con quella ragazza, Sophie?»
«No, a quanto pare si sono lasciati.»
Emma annuisce.
«Tuo padre era sempre molto sospettoso riguardo agli uomini che non mangiano le croste» dice la mamma.
«Questo non fa di lui una cattiva persona» dico io, un po' seccata. Come ha fatto a ricordarselo, per l'amor del cielo?
È stato durante la presentazione ufficiale. Papà, questo è Jason, 'lui'; Jason, questo è mio papà, che sarà sempre 'l'altro'. Avevo organizzato un picnic e Jason aveva avanzato dei piccoli angoli di crosta di pane nel piatto di plastica. Li avevo raccolti in fretta e li avevo gettati alle anatre. I pescatori odiano le anatre eccitate. Ce n'eravamo andati.
«E così, non andrà al matrimonio di Chloe con Sophie?» chiede Katie.
«No» rispondo.
«Il che significa che potrebbe potenzialmente andarci con te?» suggerisce.
«Harriet non sarebbe così stupida! Riprenderselo nella sua vita dopo tutto quello che le ha fatto?»
Se sono d'accordo, sto potenzialmente mentendo. Davvero non mi importa andarci per conto mio, ma c'è una piccola parte di me che desidera ardentemente il lieto fine. Quello in cui io entro e indosso il mio bel vestito, le mie scarpe che dicono 'amami, prendimi, e tutto il resto', e lui è lì di spalle. Si sente *Dancing Queen* in sottofondo e la persona che gli sta parlando mi nota e dice qualcosa... Lui si volta. Non riesce

a credere ai suoi occhi. Resto lì a osservare la stanza. Sono bella da mozzare il fiato. Mi fissa a bocca aperta. A malapena lo guardo, mentre si avvicina e mi prende la mano. Cue Ray comesichiama canta qualcosa di bello. È così perfetto che mi sento sopraffatta dall'emozione.

«Stai piangendo?» chiede Victoria, agitando le gambe nell'aria.

«No» grugnisco.

«Victoria, chiudi le gambe.» Emma si rivolge a me. È seria in volto. «Basta che stai attenta.»

«Certo» dico io, irritata. «Cambiando argomento, propongo un brindisi. Al viaggio delle ragazze a Lanzarote.» Tengo il mio bicchiere con attenzione, cercando di non sporcarmi le unghie, e tutti seguono il mio gesto. Le gemelle alzano il loro succo d'arancia.

«Zia Barbara e io non siamo certo delle ragazze» ridacchia mia madre.

È bello vederla ridere. Nonostante il suo mantra 'ora sto bene, davvero non c'è bisogno di preoccuparsi per me', è chiaro e doloroso vedere che senza mio padre è persa.

Mentre ce ne andiamo, Emma mi si avvicina.

«Mi dispiace se prima ti sono sembrata un po' pessimista. A volte non ci penso. Se ami Jason, buttati. Non preoccuparti di quello che pensano gli altri, cogli l'opportunità» dice.

La guardo e mi chiedo quante altre volte mia sorella mi sorprenderà ancora.

«Tu l'hai fatto?»

«No, e questo dovrebbe essere un motivo sufficiente» dice tristemente. Allungo una mano per abbracciarla, ma lei si allontana.

«Bambine! Volete smetterla? Mi sta venendo il mal di testa.»

Dopo una visita alla tomba di mio padre, ci salutiamo con un sacco di baci e abbracci. Da quando mio padre è morto ci salutiamo molto più a lungo di quanto non facessimo prima e, a volte, mi prendo un doppio abbraccio nella confusione. I loro profumi sono così familiari per me, come il mio; i loro sorrisi e le risate sono preziosi. Se mi fossi trasferita a Londra, le possibilità sarebbero state rare. Candice mi ha mandato un'email dicendomi ancora una volta che il lavoro è mio, se lo voglio. Mi ha dato un'altra settimana per decidere.

La sala riunioni è piena del suono di chiacchiere cortesi.

«Va bene, cominciamo quello che spero sarà un breve incontro» dice Georgina. «Vorrei dare il benvenuto a Kiki, di ritorno dai suoi viaggi. Riprenderà il suo ruolo di fashion director, lasciando che Judith si concentri sulle rubriche.»

Kiki sorride serenamente. Ha degli zigomi belli da morire e bracciali che potrebbero ucciderti con un colpo alla nuca.

«E vorrei anche dare il benvenuto a Ed» dice Georgina. «Ho pensato che sarebbe stato bello invitare alcuni dei nostri colleghi e collaboratori esterni più fidati. Mi sembra uno scambio a doppio senso, in cui loro potranno vedere come lavoriamo, fornirci un feedback e, magari, proporre alcune idee.»

«Io rilancerei il lato sexy» dice Ed con la faccia seria.

«Non stiamo più cercando di essere seducenti» risponde Georgina, come se lui fosse stato serio. «Stiamo cercando di essere innovativi, puliti, chiari e stimolanti.»

Noi tutti annuiamo seri.

«Allora, che cosa abbiamo?» tuona Georgina. «Kiki, ora che sei di nuovo qui, cosa suggerisci?»

«Stavo pensando: oro, gioielli, colori autunnali, opulenza, tessuti riccamente ricamati, terra d'ombra bruciata, zaffiro su uno sfondo di tenui verdi umidi e cieli lividi» dice. Le sue mani si muovono convulsamente. Si lecca le labbra piene, rosso rosato, e sembra che il silenzio appaia sporco. Immagino che il sesso orale sia la sua specialità. Mentre parla, guarda Ed con occhi felini. Mi chiedo se lui si stia immaginando come sarebbe andare a letto con lei. Comincio a scarabocchiare.

«È fantastico. Bene, la buona notizia è che le vendite della rivista sono in crescita, e che dipende non poco dalla nostra nuova rubrica...»

Ed tossisce. Alzo gli occhi e tutti mi stanno fissando. Li osservo con sguardo assente.

«'La ragazza senza l'amore in agenda' è stato un enorme successo. La gente sta comprando di nuovo *Life to Live*. Sembra che avessi ragione, Harry. Le nostre lettrici vogliono scoprire che cosa succede alla nostra intrepida ragazza degli appuntamenti in serie; anche il pubblico maschile è incuriosito. Vogliono sapere tutti chi è.»

«Ma io pensavo che tu fossi partita con la rubrica di Poppy...» dico confusa. Georgina ha perso la bussola? Sicuramente si ricorda di aver respinto il mio ultimo pezzo.

«No, abbiamo messo di nuovo la tua.»

«Non capisco.»

«Suppongo che, con tutto quello che stava succedendo nella tua vita, allora non te ne sia accorta. Ho cambiato idea, e i lettori mi dicono che ho preso la decisione giusta.»

Non so cosa dire. Bugiarda, mi salta in mente. So perfettamente cos'è successo: Poppy ha impiegato troppo tempo a scrivere i suoi pezzi. Be', ora non importa. Ciò che conta è che la mia rubrica sia un successo.

«Mi ero sbagliata. Pare che la gente adori la rubrica.» Georgina sta sorridendo.

Anch'io sto sorridendo.

«Ho delle lettere e i dati di vendita che lo dimostrano.»

Sto ancora sorridendo.

«Non so perché non ci ho pensato prima. Non era la ragazza, era la storia il problema. Quindi, per il prossimo numero, Poppy lavorerà sullo stesso modello, ma in senso inverso. È giovane, alla moda e ha il glamour necessario. I nostri lettori si identificheranno allo stesso modo con la rubrica, ma aspireranno a essere quello che è Poppy. Sarà l'antitesi della ragazza senza l'amore in agenda. Sarà la ragazza con così tanti appuntamenti da non sapere che cosa farci.» Georgina sembra piuttosto orgogliosa di sé. Do uno sguardo intorno al tavolo. Ed sta giocando con la penna, Judith è seduta devota, con le mani giunte sul tavolo. Kiki sta giocando con i suoi capelli. Jeremy sorride lievemente.

«Per quanto riguarda la rubrica degli eventi, ho pensato che avremmo potuto ampliarla, con più interviste eccetera.»

Non so cosa dire. Sono momentaneamente stordita. «Che ne pensi?» mi chiede Georgina.

Tutti mi guardano. C'è un senso di attesa e terrore in sala.

«Penso che sia una grande cavolata!»

Tutti tranne Ed continuano a guardarmi. Stanno in silenzio, in attesa che Georgina reagisca. Guardo intorno al tavolo. Credono che sia diventata pazza. Guardo Ed. Giocherella con le scarpe. Ha un sorriso sulle labbra e vedo che sta lottando per non ridere ad alta voce. Mi fa venire voglia di ridere anch'io, e lo faccio. Lo shock si trasforma in sollievo quando tutti si uniscono. Sono certi che io stia scherzando. E mi viene da ridere ancora più forte.

Georgina mi dice che è dispiaciuta che io li abbandoni. «È una questione di soldi?»

Potrei dire di sì ed esigere una somma esorbitante. Vorrei mettere il parquet. Potrei pagarmelo.

«No, non si tratta di soldi. È una questione di integrità.»

«Posso capirlo.»

Non è la risposta che mi aspettavo. Mi mordo il labbro inferiore.

«La ragione per cui mi dispiace perdere te, Harry, è proprio per la tua integrità. Ho sempre potuto contare su di te.»

«Ma è stata la mia rovina. Mi hai considerato noiosa, una prevedibile.»

«Prevedibile in senso buono; non noiosa. La tua affidabilità è il tuo punto di forza, non la tua rovina. È un peccato che tu non lo possa vedere. Avevi ragione, abbiamo perso il contatto con i nostri lettori e, a differenza di loro, ci ho messo un po' a capire 'La ragazza senza l'amore in agenda'. È stata una grande idea e hai lavorato duro per realizzarla. Quando ti ho chiesto di riempire lo spazio di Poppy, sapevo di poter contare su di te. Sei un grande membro della squadra. Mi dispiace solo che tu non voglia rimanere con noi per fare un ulteriore passo avanti.»

Sono scioccata e un po' seccata. In più non ho niente da dire. No, in realtà, qualcosa ce l'ho.

«Mi dispiace, Georgina, ma queste sono solo stupidaggini.»

Georgina mi guarda e aspetta che vada avanti. «Essere una che lavora sodo, a testa bassa, una affidabile, non porta da nessuna parte. Non ho scritto quella rubrica perché poi subentrasse Poppy. L'ho scritta per me. Questa squadra fa schifo.»

Sbatto la porta. Jeremy applaude, ma non abbastanza forte perché lo sentano tutti. Judith mi guarda con compassione e arroganza. Do un calcio al suo cestino. Sono un giustiziere, lotto per il bene e non guardo in faccia a nessuno, in questo mondo corrotto e buio. *Grrr*... Il telefono squilla.

«Ehi, sono io.»

Il giustiziere diventa una micetta. *Purrr*...

«Ciao.» Respiro.

«Come stai?» mi domanda Jason.

«Bene.»

«La nostra uscita? Sei libera giovedì sera?»

«No.»

Cala il silenzio e io mi godo il mio breve momento di gloria.

«Ma forse si può fare domenica» continuo.

«Ottimo. Domenica sera» dice con entusiasmo.

Lancio la mia pallina antistress in mezzo all'ufficio e faccio volare la mia lavagna a fogli mobili. L'intero ufficio distoglie lo sguardo dal computer. Alzo le mani in aria.

«Mi dispiace, mi dispiace.»

Torno a casa con una sensazione di disorientamento. Pensavo che avrei provato un senso di euforia, ma non è così. Ci si sente proprio strani. La mia mente è un vortice di possibilità. Non mi accorgo di Martha Gennings che esce dalla porta. Entrambe strilliamo e siamo pronte a un'improbabile mossa da cintura nera di karate.

«Oh, sei tu» dice lei, abbassando la mano.

Ha un rossetto rosso sangue e una giacca di velluto blu notte.

«Speravo proprio di vederti. Come stai? Ultimamente ho notato un paio di bottiglie in più rispetto al normale, nella tua busta del vetro.»

«Sto bene, grazie.»

«Bene, bene.»

«E tua madre?»

«Sta molto bene, grazie. Va da qualche parte di bello?» le chiedo.

«In effetti sì. Vado a teatro. Tu vai spesso a teatro? Immagino di no, starai andando per discoteche e cose del genere...» continua da sola. «Ah, dimenticavo di dirti, ho letto *Life to Live,* l'altro giorno. Non sono convinta di questa ragazza che dà i consigli sulla storia degli appuntamenti. Dove diavolo l'hai trovata?» Si aggira vicino alla porta. È la conversazione più lunga che abbiamo mai fatto. «Ma è molto popolare tra i giovani. Oh, ricordami di darti il resto della cassetta di verdure che mi hanno portato. Ci sono un sacco di cose strane lì dentro, questa settimana. Ho pensato che magari tu potresti sapere cosa farne. Voi creativi ne sapete di bietole rosse. Ci vediamo.»

L'aria della notte riempie l'androne e lei se n'è andata. Il suo profumo indugia per un altro po'. Non so ancora se mi sta simpatica o no.

Mia madre chiama da Lanzarote e sembra un po' brilla; Josie chiama da IKEA, minacciando di iniziare una guerra di polpette, se non troverà l'uscita in trenta secondi; Chloe chiama e dice che se cambio idea sul fatto di portare qualcuno al matrimonio, ha bisogno di saperlo quarantotto ore prima; Ed chiama e ci mettiamo d'accordo per bere qualcosa insieme velocemente, prima che io vada a un evento del festival della letteratura. Alla fine, viene con me, anche se sarei potuta andare da sola. Dopo una performance poco brillante di uno scrittore che è di sicuro migliore al riparo della sua scrittura, torniamo indietro in silenzio. Mentre camminiamo, penso a un sacco di cose, per esempio a come doveva essere vivere qui nel XVIII secolo, se ho abbastanza latte per domani, e a cosa provo per Ed. Poi penso a Jason e mi chiedo perché ho accettato di uscire con lui. Avrei dovuto dire di no. Non lo racconto a Ed.

La ragazza senza l'amore in agenda
Blog

Postato il: 29 ottobre

Mentre le buie notti invernali si avvicinano, penso a tre cose. All'accontentarsi, alla tv spazzatura e all'essere lesbica.
Cominciamo con l'accontentarsi. Perché alcune persone si accontentano e altre no? È qualcosa con cui si nasce o un comportamento appreso dai genitori o al parco giochi? Sto cercando di capire se sia meglio accontentarsi. Significa forse che le vostre aspettative sono più basse? Se è così, questo genera un effetto a catena per cui si diventa facili da accontentare e che, a lungo andare, fa dire: 'Va *abbastanza* bene ed è *sufficiente* per me?'
Le persone che si accontentano sembrano abbastanza felici...

Ma, vedete, per me il punto è proprio questo. Abbastanza felice? Abbastanza per cosa? Per una vita intera? Se mi accontentassi e abbassassi le mie aspettative, sarebbe più facile per me essere felice della mia sorte? E se lo facessi, mi sentirei compiaciuta o starei sempre lì a chiedermi cosa sarebbe successo se...? È una domanda difficile. In momenti come questo penso alla nostra vecchia amica, Angelina. So per certo che Angie non si è mai accontentata. Tuttavia, si potrebbe sostenere che non ne ha avuto bisogno. Con un corpo e delle labbra così, chi ha bisogno di compromessi nella vita?
Questo mi porta diretta alla possibilità di essere lesbica. (È stato riportato dalla stampa che Angelina si è dilettata.) Personalmente, preferisco gli uomini, ma un paio di volte questa settimana ho pensato che forse sarebbe stato più facile se avessi desiderato un partner di sesso femminile. O no? La donna ideale è così difficile da trovare come l'uomo perfetto? Mi sono guardata intorno, tra gli amici e i colleghi di lavoro. Non c'era nessuna donna che mi piacesse particolarmente. Sul treno, l'altro giorno, però, c'era una bella rossa con le lentiggini e la pelle del colore del latte. Se dovessi immaginare una ragazza, allora sarebbe probabilmente così. Poi ha riso ed era orrenda. Aveva anche l'abitudine di tirare continuamente su col naso.
Così, dopo lunghe riflessioni, sono giunta alla conclusione che accontentarsi o diventare lesbica non sono opzioni possibili. Se, come me, anche voi siete sole, allora vi consiglio di spegnere il televisore e di sfruttare il tempo in modo costruttivo per attirare quello giusto. L'uomo dei sogni romantici, non quello di cui ci si accontenta.
• Fate una torta di mele e aprite la finestra. Ogni uomo nel raggio di duecento metri annuserà quel dolce profumo e si chiederà chi possa essere quella ragazza che vive nelle vicinanze. Questo non va bene se gli uomini che vivono nei pressi sono dei pervertiti. Inoltre, si potrebbe aver bisogno di indossare un cardigan perché l'aria fuori è fredda.
• Andate di corsa da Stained Ltd e imparate a costruire una vetrata. È sempre buono saper fare qualcosa di interessante.
• Parlando di abilità interessanti. Iscrivetevi a un corso di pole dance. Io ci ho provato, ma le persone alte con le gambe secche non sembrano così sexy appese a un palo. Sembrano degli oranghi.
• Andate al Royal Spa Hotel e lasciatevi il freddo alle spalle nella sauna o nella piscina esterna riscaldata. Ho sentito dire in giro che la squadra di rugby inglese trascorre il suo tempo libero

là. Basta fare attenzione che il vostro make-up sia resistente all'acqua.

• Alla ricerca di affetto? Coccolate un gatto. I gattili sono sempre alla ricerca di persone che diano un po' di affetto ai mici. In generale, è anche una cosa buona per impressionare positivamente.

22

Mi sono fatta uno scrub, esfoliata, lucidata, idratata e profumata. La mia biancheria intima è nuova e le lenzuola sono pulite. Sono pronta a tutto. Non vi è alcuna utilità nel fare affermazioni avventate come 'non andrò a letto con lui', perché so per esperienza che, per quanto riguarda Jason, non ci sono garanzie.

Attraverso il locale, guardando tra i tavoli in cerca di lui. Non è qui. Provo un familiare senso di delusione. Sciocca, sciocca a pensare che le cose fossero cambiate. Mi giro per andarmene. Come raggiungo la porta, sento un colpetto sulla spalla.

«Dove credi di andare?»

Mi giro verso quei noti capelli scuri e la carnagione olivastra. Sorride, e anch'io lo faccio.

«Ciao, ragazzina» dice, e mi bacia sulla guancia. Non riconosco il dopobarba, ma mi ricordo la sensazione delle sue labbra sulla mia pelle. Fa un passo indietro per guardarmi meglio. «Stai benissimo.»

«Ciao, Jason. È parecchio che non ci si vede.» Questa sono io che cerco di sembrare naturale.

«Sì, credo che abbiamo un sacco di cose su cui aggiornarci» dice. «Mi sono preso la libertà di ordinare una bottiglia di New Zealand e dei pistacchi.»

«Te lo ricordi.»

«Certo che sì.»

Parliamo facilmente. Abbiamo un passato comune a cui guardare. Jason è quello che sa che ho la tendenza a parlare nel sonno, quando sono sotto stress, che ho una fobia per i topi e qualsiasi altra cosa si muova in fretta, e che amo gli involtini ricoperti di formaggio. Conosce anche la quantità di latte che metto nel tè e resta impassibile di fronte alla mia abitudine di lasciare i gusci di pistacchio nella ciotola, invece che metterli da parte. Odio le cose sui tavoli. Fa disordine, e lui capisce anche questo. Abbiamo storie da ricordare e amici comuni su cui metterci al corrente.

Un'altra bottiglia di vino aiuta e mi ricordo a malapena il dolore. Quando va in bagno lo guardo allontanarsi e, per un momento, mi torna in mente, ma come una piccola scheggia è presto dimenticato quando lui ritorna. Il suo sorriso è tutto per me e posso solo ricordare quanto brillavo nel suo splendore.

Gli racconto del nuovo lavoro per *Circling*.

«Congratulazioni, piccola. Bella, e ora anche brillante e di successo. L'ho sempre saputo.»

«Davvero?»

«Sì, lo sai.»

«Pensavo solo che volevi che lo fossi.»

Jason ride. «Sei sempre la stessa Harry.»

Rido con lui, ma si sbaglia. Io non sono la stessa Harry.

L'aria è ferma e il cielo pieno di stelle. Il nostro respiro forma nuvole di fumo.

«Grazie per la bella serata. È stato bello rivederti» dico. Sto facendo quella tranquilla; così tranquilla da sembrare gelida.

«Dovremmo rifarlo» risponde lui. Non rispondo. Dovremmo?

«Che mi dici di Sophie?» chiedo.

«Non è mai stata come te.»

Provo a guardargli dentro, ma gli occhiali a raggi X non funzionano. Non hanno mai funzionato se si trattava di Jason. In lontananza si sente la sirena di un'ambulanza. Ci troviamo in quell'attimo, e mi ricordo di un altro momento in cui ho pensato che qualcuno mi avrebbe baciato e non l'ha fatto. Perché ho lasciato che Nate mi sfuggisse così? Quando ho avuto bisogno di qualcuno, lui ha avuto il coraggio di esserci. Quando diceva qualcosa, gli credevo.

Jason mi bacia dolcemente, fugacemente, e mi chiedo se sento le stesse cose di prima.

Non riesco a dormire. Che cosa succede ora? Direi che sta a me. Mi alzo e guardo fuori dalla finestra. Nate è da qualche parte là fuori, forse non riesce a dormire, proprio come me. Vado in cucina e prendo una vaschetta di lasagne. Ora ne ho sei nel freezer. Alla fine, quando mi sento abbastanza stanca per dormire, sogno un uomo che vaga per le strade. Sta cercando me.

Il sorriso di mia madre è un po' forzato. Sta bene, davvero bene. Voglio avvolgerla in una coperta e metterla sul mio divano davanti ai film con Audrey Hepburn, che la fanno sentire bene.

«Pronta?» le chiedo.

Lei annuisce.

«Andrà tutto per il meglio.»

«Lo so» risponde, e dà un ultimo sguardo in giro.

Gli operai della ditta di traslochi stanno lavorando intorno a noi. La casa sembra più grande senza i mobili. Ci sono ombre sulle pareti, dove un tempo erano appese le foto incorniciate di noi a scuola, all'università, nei matrimoni. Normalmente mi imbarazzavano, ma ora mi rendo conto che erano solo una dimostrazione di quanto i miei genitori erano orgogliosi di tutte noi. Mio padre mi manca ogni giorno, ma oggi sembra particolarmente dura. Ho messo il braccio intorno a mia madre e la spingo dolcemente verso la porta. Restiamo sul marciapiede, a guardare gli operai che lottano con un divano. «Sto facendo la cosa giusta» dice lei.

«Sì» rispondo con convinzione. «Il tuo nuovo appartamento sarà bellissimo.»

Lei annuisce e le voglio così tanto bene che ho voglia di piangere.

Quando arriviamo, nessuna delle due ha fretta di scendere dalla macchina. Gli appartamenti sono belli, situati in una nuova zona che si affaccia sul canale. Sono vicini ai servizi e ai suoi amici. Starà solo a quindici chilometri di distanza da me.

«Quando cominci con il nuovo lavoro?» chiede lei, voltandosi verso di me.

«La prossima settimana» rispondo.

«Siamo così orgogliosi di te, lo sai.»

Deglutisco e lei ride.

«Sentimi. Siamo? Sono? Be', sai cosa voglio dire.» Mi batte la mano sul ginocchio.

Sorrido. Guardiamo fuori su una strada vuota. Hanno fatto un bel lavoro con le piante.

«Ti mescolerai con un sacco di tipi da rivista patinata, del tipo che tuo padre diceva che non ti danno mai molta attenzione.»

Mi sento mortificata.

«Guarda che faccia! Dài, ci sarà da divertirsi. Non ti importerà dove guardano. Se hanno almeno un occhio su di te, va bene lo stesso. Potresti trovarti un bel giovanotto.»

«Non voglio un bel giovanotto.»

«Certo che sì.»

Guardiamo un uomo con i capelli bianchi e dei pantaloni beige che lava la sua auto.

«La mia vecchia mamma diceva sempre che è troppo facile dire ciò che non si vuole.»

Non ho idea di che cosa stia parlando.

«Diceva anche che i broccoli mi avrebbero fatto diventare i capelli ricci.»

L'uomo con i capelli bianchi controlla il suo lavoro. Ha un piccolo aspiratore da viaggio e un pacchetto di caramelle nella tasca della portiera.

Io e mia madre ci fermiamo fuori dall'edificio e guardiamo la pietra color crema della facciata, scelta per integrarsi con l'ambiente circostante. Una coppia di anziani saluta e scompare nell'ingresso comune.

«Spero che non sia pieno di persone anziane.» Mamma sbuffa un po' troppo forte, e li segue dentro.

L'appartamento è nuovo e in attesa di mobili che gli diano vita. Lei vaga verso le porte del patio e preme il naso alla finestra.

«Penso che comprerò una vasca idromassaggio per il giardino.»

«Davvero?» chiedo sorpresa.

«Le feste con la vasca idromassaggio sono di gran moda, a quanto pare.»

Sono contenta che Emma non sia qui.

Vorrei che ci fosse mio padre.

Mi sento come la nuova alunna della scuola. Il mio nuovo lavoro è frizzante e la gente è spaventosa. Hanno fatto presentazioni infinite prima di lasciarmi libera di lavorare alle mie pagine. Mi sento giustificata e piuttosto incline a telefonare a Georgina e farle una pernacchia. Il nuovo posto ha significato alzatacce e lavoro fino a tarda notte, e un sacco di camomilla per dare sollievo ai nervi a pezzi, dopo giornate di spostamenti dentro e fuori la grande città. Ogni giorno è un percorso a ostacoli che mette alla prova la mia capacità di sopportare gli orrori della natura umana a distanza ravvicinata. Le persone puzzano. A volte starnutiscono e immagino virus dispersi nell'aria che mi nuotano su per il naso. Qualcuno mi spinge e respiro una boccata di polvere mentre corriamo attraverso il tunnel sotterraneo. Mi dico che mi abituerò. Mi unisco all'ammasso di corpi che si fanno strada per arrivare al lavoro, e poi li incontro di nuovo quando torno a casa.

Siamo come uccelli migratori che fanno lo stesso viaggio, giorno dopo giorno.

Dopo due settimane sono entrata nella routine, con il suo tempismo che spacca il minuto. Arrivo a Paddington e mi restano venti minuti per proseguire il mio viaggio. Quindi ho cinque minuti per prendere un caffè e poi altri quindici per arrivare in ufficio. Non ho minuti da perdere. Se voglio fare la pipì, dunque, devo aspettare. Immagino sia un bene per il mio pavimento pelvico; qualcosa da cui Katie, Emma, Vicky e Lucy sembrano essere ossessionate. A quanto pare, il tempo investito ora è tempo ben speso per il futuro, quando l'istinto materno scalcerà dentro. A volte, mi faccio delle domande sulla maternità. Nella mia mente, trentaquattro anni mi sembra una buona età per avere figli. In questo modo mi sarò affermata a *Circling* e sarò abbastanza sicura di poter prendere un anno di pausa. Chi sarebbe il padre dei miei figli? Aaah, è qui che crollo. Non ne sono del tutto sicura. Dovrei saperlo. So che dovrei saperlo. Quando immagino la mia vita tra qualche anno, è tutto un po' confuso.

Sono giunta alla conclusione che la forza lavoro, prevalentemente femminile, a *Circling* appartiene a un altro pianeta. Mi sforzo di adattarmi, ma mi manca la semplicità di *Life to Live*. Qui si sente l'odore dell'ambizione, insieme a quello di fragola marcia delle bibite energizzanti. Le ragazze parlano utilizzando acronimi, lavorano fino a tardi, vanno alle feste ancora più tardi, non mangiano, e i loro vestiti non sono abbinati. Mi sento out, perché non indosso calzettoni, smalto color neon, stivaletti di vernice e un cappello di lana. Mi ero convinta che il total black fosse fico. Ecco, qui è solo prudente. Ho paura dei colori che non si abbinano. A un certo punto, però, dovrò provarci. Il tempismo è la chiave di tutto. Se ci metti troppo, tutti ti guarderanno con aria di sufficienza, se lo fai troppo in fretta sbaglierai. Il segreto è la gradualità. Oggi ho comprato un cappello turchese. Sembra stupido, ma stasera lo metterò in casa per abituarmici, e domani lo indosserò al lavoro... se mi sentirò abbastanza coraggiosa.

«Mi dispiace, ma non sono sicura di questo cappello.»

Stavamo parlando di conigli ma sembra che Josie non possa più trattenersi.

«Vuoi dire che non sembro una di *Elle*? Un'icona della moda che alla fine lancia il suo stile?»

«No. Sembri...» Comincia a ridere, poi a sbuffare. «Scusa, Harry, ma davvero non dovresti indossare cappelli.»

Me lo strappo via dalla testa e lo infilo nella borsetta.

«Possiamo tornare ai conigli? Sei sicura che sia una buona idea?» le chiedo.

Josie smette di ridere e si soffia il naso rumorosamente.

«Già. Chloe ha sempre voluto un coniglio bianco, e questi sono nani, quindi non così grandi.»

«Ma due?»

«Possiamo chiamare il maschio Tad e la femmina Chloe. Non è carino?»

«Continuo a pensare che sia una cosa strana come regalo di nozze.»

«No, se li vestiamo da sposo e sposa.»

«Sei pazza?»

«Basta, cambiamo argomento. Hai notizie di Jason?»

«Ha telefonato ieri.»

«E...?»

«Sta lavorando fuori, quindi probabilmente lo rivedrò al matrimonio.»

«Sei molto tranquilla su questa storia.»
«Mi sento tranquilla.»
«Che vuoi dire?»
«Non lo so, ma spero in un fulmine o nel mio angelo custode, perché inizio a sentirmi a disagio. Io non so fare la tranquilla.»
«E Ed?»
«Ed sta bene.»
«Nate?»
«Niente.»
«Ti ho detto che abbiamo fissato la data? Non prima del prossimo anno, dunque hai un sacco di tempo, ma magari vuoi tornare su DateMate. I tre uomini che ora sono nella tua vita sono chiaramente quantificabili in nulla.»
«Non ho l'ansia di affrettare niente. Sto abbastanza bene per conto mio, in questi giorni.»
«Abbastanza bene? Che stupidaggine è questa? Non sentirai né Angelina né Nicole... e potrei andare avanti... non le sentirai mai dire: 'Sto abbastanza bene.'»
«È perché sono innamorate.»
«È esattamente quello che volevo dire!»
«Anch'io lo sono.»
«Di chi?» urla Josie, e tutti dentro Starbucks si guardano intorno. Tutti! Un bambino inizia a piangere.
«Devo andare.»
«Non osare lasciarmi in sospeso» minaccia Josie.
«Ciaaao.»

Mentre torno a casa dalla stazione di Bath Spa, guardo i volti delle persone che non mi conoscono, ma che mi sono in qualche modo familiari. È un po' come essere un bufalo tra altre migliaia... stavo pensando all'Argentina. Saprei d'istinto a che branco appartengo. Qui è dove vivo. Questa è la mia via e ci si sente bene a essere a casa. Ogni mattina faccio questa strada e sento un brivido. C'è tanto spazio che ci si potrebbe ballare. A Londra sono una dei tanti in uno sciame in viaggio. Qui mi sento al sicuro. Qualche mese fa avrei odiato questa parola. Era la sintesi di tutto ciò che disprezzavo. Ora? Ora non ne sono così sicura.

RSAA

Una rubrica di *Circling*

Siamo in quel periodo dell'anno in cui ci avvolgiamo nei nostri maglioni di lana, mangiamo frittelle calde al burro e indossiamo cappelli che ci appiattiscono le acconciature in modo che poi non possiamo toglierceli senza prima fare una visita alla toilette delle signore. Andate a pagina 6 per la mia fantastica gamma di cappelli di lana che vi faranno apparire chic anni Settanta (sempre un buon look per questo periodo dell'anno, con tutti quei colli alti, gli stivali di pelliccia, le lunghe sciarpe e i pantaloni di velluto a zampa d'elefante).
Ecco i miei consigli per altre cose da fare nel mese di novembre...

- Iniziate a sferruzzare una sciarpa di lana da regalare per Natale a tutti quelli che conoscete.
- Fatevi consegnare una cassetta di verdure a casa e preparate una zuppa con le vostre mani. Lasciate stare il cavolo, però.
- Passate da Marlborough Arms con un amico e divertitevi con i loro giochi da tavolo.
- Andate al cinema. Andarci da soli è piuttosto liberatorio e non dovrete spartire i popcorn. (A pagina 2 i film da non perdere questa settimana.)
- Organizzate una cena rétro a base di fonduta. Se non avete un set per la fonduta, basta usare una pentola e alcuni spiedini. Se non avete degli amici, usate una ciotolina e un forno a microonde.
- Andate da Minerva per una tazza di cioccolata calda. Basta ricordarsi di controllare i denti dopo. I denti di cioccolato non sono attraenti.
- Oppure fate quello che sto facendo io: preparate una torta in una tazza, cuocetela nel microonde e mangiatela a letto.

23

Le mie serate e, sempre di più, i miei fine settimana, li passo a recensire eventi. Sto ancora cercando di muovermi per la città senza perdermi, e se raggiungo un indirizzo in meno di un'ora mi sembra un successo. Quando sono lì, passo un'altra ora o due con persone che mi camminano accanto e inquinano la stanza con i loro baci all'aria. Altre due ore le trascorro sul treno diretto a casa, con gli ubriachi della sera, e sono fortunata se rientro prima delle due del mattino. Se ho la domenica libera, la passo dormendo. Ho rifiutato la maggior parte degli inviti a uscire dopo il lavoro per colpa dello sfinimento che comporta l'essere 'quella nuova'. Quando ho accettato, con tre mojito ero ubriaca persa, e poi restavo stremata dalla notte passata sul divano di Lizzie. Non è fatto per le persone alte.

Lizzie è carina. Come me, ha ancora un piede saldamente radicato da qualche altra parte e va a casa durante il fine settimana per vedere il suo ragazzo. A volte andiamo a pranzo insieme e ci congratuliamo con noi stesse perché questo sarà un trampolino di lancio per cose più grandi. Lizzie vuole lavorare per *Vogue*. Una volta anch'io lo volevo, ma ora non lo so più. Non sono sicura della gente dell'ufficio. Sono persone superficiali come Candice, e sembra che lascino poco spazio a qualcuno o qualcosa che sia estraneo al loro mondo. Sembra tutto molto fragile e fugace.

Ed mi dice che *Life to Live* è sempre uguale, che la rubrica di Poppy non sta rivoluzionando il mondo. Ci sono state lettere di reclamo, i lettori vogliono sapere della ragazza senza l'amore, Poppy non ha rispettato le scadenze del prossimo mese, e Georgina si sta strappando i capelli. Lo voglio sapere? Certo che sì! Ho fatto bene a lasciare *Life to Live*. Qui la mia rubrica è apprezzata e sta andando molto bene. Candice sembra soddisfatta di quello che sto facendo e il duro lavoro mi sta ripagando. Posso essere a pezzi e ancora incerta su dove sto andando, ma sono al posto di guida, con gli occhiali da sole fichi e la cartina alla mano, e sono abbastanza sicura che sia la direzione giusta.

«Dove sei?» chiede Katie.

«Sto tornando a Bath. Sono stata a una nuova mostra al V&A.»

«Che bello.»

«Lo è stato.»

«Mi sembri stanca.»

«Lo sono.»

Riesco a malapena a parlare. La mia mente si è spenta. Mi distendo contro il poggiatesta. Il treno si arresta di colpo e le persone in piedi si spintonano in avanti. Mi unisco a loro e combatto per il mio spazio vitale.

«A me e a Lawrence piacerebbe che veniste tutti a cena mercoledì.»

«Mercoledì prossimo?» Sfoglio mentalmente l'agenda.

«È il mio compleanno!»

«Oddio, Katie, mi dispiace tanto. Ho il cervello fritto.»

«Non fa niente. Davvero.»

Katie mi avrebbe risposto così anche se avessi detto che non mi fregava niente del suo compleanno.

«Lo metterò in agenda.»
«Ottimo. Porta Ed, se vuoi.»
«No, non penso.»
«Perché no?»

Il mio telefono si spegne, il che è un bene perché non ho una risposta alla sua domanda. Ed è in attesa. Lo so. È in attesa di un segnale che gli dica che abbiamo superato la linea tra l'amicizia e qualcosa di più. Ma io non gli mando quel segnale perché qualcosa mi sta fermando. Cos'è? Jason? Voglio darmi un'altra possibilità con lui? È ridicolo. Ed è bello e dolce e ci piace stare insieme. Che cosa sto aspettando?

Questo fine settimana è il primo in cui non ho lavorato, né a Londra né a casa. Lavorare senza sosta è l'unico modo per mantenere il controllo della situazione e partecipare a tutti gli eventi di cui voglio scrivere. Ma questa volta, mamma mi ha convinto, contro la mia volontà, a trascorrere il mio tempo libero facendo shopping natalizio. Ha già comprato a Katie un profumo per meno di dieci sterline. Si chiama Tropical Dream e Katie avrà l'odore di una barretta di Bounty. Alla mamma sono sempre piaciuti gli articoli in occasione.

Quando eravamo più piccole, i nostri vestiti raramente si abbinavano. Se c'era una gonna scozzese arancione scontata per un bottone mancante, allora era nostra. Che importa se cozzava con qualunque altra cosa, e se il bottone sostituito non c'entrava niente? Non è una questione di soldi, ma del brivido della caccia, dell'essere più intelligenti del consumatore medio. Dirà a Katie, con orgoglio, quanto le è costato esattamente il profumo e che la torta Pavlova che ha promesso di fare avrebbe previsto i lamponi, ma il mango era in offerta speciale.

Mamma indossa un nuovo cappello di pelliccia ecologica.

Si tratta di un modello ampio che copre i capelli e le orecchie, lasciando poco spazio per il suo viso. Sembra un cappello di pelliccia di coniglio in stile afro anni Settanta. Voglio continuare ad accarezzarla. Sto trasportando una renna di plastica alta un metro. Ha il naso rosso, e una volta inserita la spina si accenderà. La mamma l'ha comprata per il giardino di Emma. Non entrerà nella macchina, lo so, e gliel'ho detto quando l'ha acquistata, ma lei non mi ha ascoltato. Stava parlando con la commessa di quanto siano misteriose le lampadine a basso consumo.

«Sei uscita con Jason?» chiede.

«Sì.»

«E...?»

«È stato bello.»

«E come sta Ed?» insiste.

«Sta bene. In realtà, lo vedo stasera.»

«Lo vedi un sacco, ultimamente, non è vero?»

«Un bel po'.»

«Gli piaci.»

Annuisco.

«Parecchio, a quanto sembra.»

Mia madre cerca di sapere.

«Non sono sicura se parecchio. Penso che sia affezionato a me.»

Affezionato? Che parola pittoresca.

«Bel ragazzo. Un po' troppo magro, e quei piedi...» Spalanca gli occhi con finto orrore. «Che porta? Un quarantotto? Tua zia Barbara dice sempre che si può capire molto dalle dimensioni dei piedi di un uomo.» Ride tra sé e sé. Osserviamo un cappotto crema in una vetrina. Il manichino ci guarda con arroganza.

«Non molto pratico» dice la mamma.

«Ma molto bello.»

Continuiamo la passeggiata.

«Sì, è un bravo ragazzo, quell'Ed...» riflette tra sé e sé la mamma.

Sta cercando di prendermi per sfinimento. Se lo ripete abbastanza volte, finirò per essere d'accordo. Conosco la tattica, ma resisterò il più possibile.

«L'uomo perfetto» dico.

«Ah, l'uomo perfetto» sospira, e annuisce con un sorrisetto d'intesa.

Ci fermiamo per un caffè e appendiamo le nostre buste sulle corna di Rudolph. Facciamo a turno. Vado in bagno prima io, poi va lei, a incipriarsi il naso. Dopo si torna alla missione del giorno: lo shopping.

Nonostante i gioielli non rientrino nella nostra lista, ci fermiamo davanti alla vetrina di una gioielleria un po' troppo a lungo. Mamma esclama per le dimensioni di rubini e diamanti. Le piace guardare le vetrine e ci si aggira davanti per una quantità straordinaria di tempo, se può. Io sono più stile soldato. Entriamo... e poi usciamo... forza, forza, forza. Chloe lo odia, e anche Katie. A tutte e due piace vagare per ore, ma credo che sia più facile se sei una perfetta quarantadue e tutto il negozio ti sta benissimo. Josie è come me, ma è un passo avanti e si rifiuta di provare i vestiti. Ha la teoria che gli specchi dei camerini siano progettati per farti sembrare uno schifo, in modo che così compri di più, nella speranza di trasformarti in uno splendore. Il nostro shopping si basa soprattutto sul riportare indietro le cose per cambiarle.

Mia madre sospira davanti a un orologio tempestato di diamanti. «Conoscevo un uomo perfetto, una volta.» Sospira di nuovo.

«Chi? Papà?»

«No, Jonathan Reed era il mio uomo perfetto. Mi ha corteggiato per due anni. Andava a caccia con mio padre, regalava fiori a mia madre e aveva un buon lavoro in banca. I miei genitori e tutti gli altri pensavano che sarei stata pazza a non accettare una sua proposta di matrimonio. Ma l'ho fatto. Invece ho accettato quella di tuo padre... tre mesi dopo averlo conosciuto.»

Lasciamo la vetrina della gioielleria e ci fermiamo davanti a un grande magazzino.

«Mio padre era così deluso da me, mi ha spezzato il cuore. Disse che tuo padre mi aveva rovinato la vita. Oooh. Che ne pensi?»

«Orribile. Quindi Ed non sarebbe quello giusto per me? Stai dicendo questo?»

Ha tessuto la sua tela e mi ha intrappolato.

«Ed è un bel giovanotto. Mi piace, a tuo padre piaceva, e lui stravedeva per te, ma tutto questo non significa nulla. Ti fa contorcere lo stomaco? Ti fa brillare gli occhi? Ti fa venire una voglia indescrivibile di avere dei bambini da lui?»

«Il fatto è, mamma, che io non voglio nessuno. Non ho bisogno di un fidanzato.»

«No, cara, non ne hai bisogno. Ma è bello averne uno.»

Cinque ore e venti negozi dopo, la mamma dice che per oggi va bene così e mi lascia a fare da baby-sitter ad Alfie. Controllo l'orologio e decido che non vale la pena tornare a casa. Mi vedo con Ed, qui, tra un'ora. Andiamo al cinema a vedere *Sex and the City*. Lui non voleva, ma io in cambio gli ho promesso di andare con lui a vedere il prossimo film di Batman. Siamo la coppia perfetta.

Mi aggiro in una libreria piena di gente che fa acquisti per Natale. Mi offende questa presenza invadente. Le librerie dovrebbero essere vuote perché si possa trascorrere un'ora indisturbati dando un'occhiata, senza cercare nulla in particolare. Lo faccio per dieci minuti prima di rendermi conto che voglio qualcosa in particolare. Ho bisogno di qualcosa da leggere sul treno per andare al lavoro. Qualcosa di impegnato ma divertente, o qualcosa di trash e pieno del sesso che non sto facendo. Eccone uno. Prendo un libro con scritto 'letture piccanti' e lo apro a pagina 5. Mi viene da ridere.

«Che schifo.»

Mi giro, sorpresa, e chiudo il libro di scatto.

«Lo dice anche mia sorella, comunque. Dice che è pieno di gente che lo fa nelle stalle e nei campi.»

Metto giù il libro, come se mi stesse bruciando le mani.

«Ciao.»

Il volto di Nate scoppia in un sorriso. Lo ricordo, il suo sorriso. È enorme e bellissimo.

«Come stai?» chiedo. Il cuore mi batte così veloce che temo di svenire.

«Bene, bene. E tu? Lavori ancora per quella rivista?»

«No, ora lavoro a Londra, per *Circling*.»

«Benissimo. Non ne ho mai sentito parlare, ma è ottimo per te.»

Faccio un po' di pubblicità a *Circling* facendo sembrare il mio lavoro più affascinante di quanto non sia. Ha le sopracciglia sollevate e annuisce.

«E ti piace?» chiede, quando ho finito.

«Sì» rispondo cautamente.

«È un sì 'sì', o è un sì 'sì, non sono sicura'?»

«È ancora presto.»

«Com'è la gente? Immagino che sia pieno di creativi con la puzza sotto il naso.»

«Qualcosa del genere.» Rido.

«Non riesco a immaginarti a lavorare in un posto così» dice Nate, e io non sono sicura se è un complimento o un insulto. Mi guarda negli occhi, come se fosse alla ricerca di uno spiraglio nel mio DNA.

«Sei abbronzato» cambio argomento.

«Sono stato in Brasile per diverse settimane. Sono appena tornato.»

«Wow, che ci facevi lì?»

«La povertà è un problema reale, laggiù, e coinvolge molti bambini. Molto triste, davvero. Abbiamo portato un gruppo di pediatri. È una goccia nel mare, ma speriamo di poter cambiare qualcosa.»

«È ammirevole. Sono colpita.» Lui alza le sopracciglia. Sembra offeso.

«No, dico davvero.»

«Oh» dice, sorpreso.

L'abbronzatura gli dona, e anche la camicia. Pure i jeans gli stanno bene.

Ha dei bei denti... è proprio... Divago con la mente. Sto oscillando leggermente con il corpo e la testa mi pende da un lato. Sogno a occhi aperti e probabilmente non risulto così attraente. Poi di nuovo ho uno scatto, come quello che mi provoca l'odore del caffè quando mi risveglia. Mi rendo conto che sto vivendo l'attimo, quello che bisogna cogliere. Questo è uno di quei momenti in cui il mio oroscopo parlerebbe di Venere in Mercurio.

«Molto colpita, davvero.» Sembro più fiduciosa di quanto mi senta.

«Posso impressionarti un po' di più davanti a un caffè?»

Era ora, cavolo! Dov'è il suono delle trombe?

Ci separano i nostri cappuccini e un piccolo tavolo rotondo, ma io mi sento a disagio per la vicinanza, siamo troppo vicini. Se mi sporgessi ancora un po' potrei baciarlo. Come bacerà? Ha il labbro inferiore più pieno di quello superiore. Ha una bocca ampia ed espressiva che facilmente si allarga in un sorriso. È circondata da un'ombra scura di peli, che formano un paio di baffi e un pizzetto. Tamburello le dita sul tavolo. Sono ansiose di avvicinarsi e di toccargli le labbra. Immagino di spingergli le dita in bocca; immagino che lui le succhi leggermente, le morda.

«Harry?»

«Scusa. Dicevi?»

«Ho detto che sono contento di averti incontrato. Ero preoccupato per te.»

«Grazie. Guarda, mi dispiace per quello che è successo. Ero solo... Mi mancava mio padre, ed ero arrabbiata, non con te, ma con il mondo in generale. Mi dispiace davvero.»

«Non c'è bisogno di scusarti. Sono stato un idiota. Sono il maggiore di cinque figli. Mio padre è morto quando avevo sedici anni e per mia madre è stato davvero difficile. Ha cercato di togliersi la vita ed è stata in cura per un lungo periodo. Ho sempre dovuto essere lì, pronto a fare l'eroe.»

Mi sento un po' in colpa. Mi sembra di ricordare vagamente di avergli gridato che non aveva idea di come mi sentissi quando papà è morto. Oddio. Deve aver pensato che ero davvero una stronza.

«Fare l'eroe è bello» dico, sorridendo.

«Ma non tutti ne hanno bisogno, e se davvero ho intenzione di farne una professione, allora avrò bisogno di una tuta di lycra aderente, e devo anche smettere di piangere durante i film.»

«Alle donne piacciono gli uomini che sono abbastanza uomini da piangere.»

«Lo terrò a mente quando mi tratti male.»

«A proposito, i tuoi biscotti erano buonissimi.» Tralascio di dire di aver scritto una poesia su di loro.

«Sono contento che ti siano piaciuti. So fare anche altre cose. Sono anche abbastanza bravo nelle faccende di casa. So riparare gli oggetti, caricare la lavatrice, e ho una buona memoria per i compleanni.»

Ridiamo entrambi in quel modo civettuolo che dice più di mille cose. Poi mi ricordo di Ed e mi prende il panico.

«Tutto bene?» chiede Nate.

«Sì, avrei dovuto incontrarmi con una persona, tutto qui. Me ne sono completamente dimenticata.»

«Oh, mi dispiace, non volevo trattenerti... Io stavo chiacchierando, mentre magari tu cercavi di scappare.»

«No, sto bene qui con te» mi affretto a dire.

Entrambi diamo un'occhiata al tavolo. Le nostre mani sono vicine. Due centimetri e si toccano. Sono di nuovo davanti a quell'attimo. Non rovinare tutto stavolta, Harry.

«In realtà, al mio amico non importerà se rimando l'appuntamento... Se vuoi... potremmo, potrei rimanere ancora un po'.» D'improvviso mi sento in imbarazzo.

«Sarebbe fantastico. Se ne sei sicura.» Sembra contento.

«Sono sicura» mento, mentre invio un messaggino rapido a Ed. Mi sento in colpa, ma non così in colpa come probabilmente dovrei. Il volto sorridente di Nate è sufficiente a farmi credere di aver fatto la cosa giusta. Sto cogliendo il mio attimo e me lo sto godendo.

Parliamo, ordiniamo altro caffè, parliamo ancora un po', andiamo in un bar, parliamo, mangiamo in un ristorante italiano, parliamo ancora e beviamo del whisky e qualcos'altro. Mi accompagna a casa e lo invito a bere un caffè, perché è una cosa gentile da fare. Mentre apro la porta mi ripeto che è solo questo. Un caffè... nient'altro.

Sa di whisky e caffè, e non riesco a smettere. Sto annegando nella sua saliva. È eccitato. Lo sento attraverso la gonna. Non diciamo niente. Si chiude la porta alle spalle e mi afferra, mi spinge contro il muro. Le mie mani gli stringono i capelli, mentre lui mi bacia il collo e strofina i miei capezzoli duri con il palmo della mano. Armeggio con i bottoni della sua camicia e mi afferra la mano.

«Harry?»

«Non parlare.»

Gli copro la bocca con la mia. Tenta di togliermi la camicetta ma mi si blocca sulle braccia. Devo aiutarlo prima che me le stacchi.

«Scusa» borbotta, togliendosi i jeans. Ha la pelle calda. Mi spinge contro il muro e scosta di lato la coppa del reggiseno. Oh, mio dio! Con le dita tira il tessuto delle mie mutandine e le spinge fino alle ginocchia. Mi solleva leggermente e ansimo. Non riesco a vedere o sentire nulla. Tutti i miei sensi sono concentrati in un unico punto. Affondo le unghie nella sua pelle. Mi scosta le mani e me le tiene.

Rido sollevata. È da tanto tempo che non rido così. Nate mi stringe le mani e geme.

Mi bacia dolcemente sulle labbra. Sorrido e apro gli occhi. Vedo lui e nessun altro.

La ragazza senza l'amore in agenda
Blog

Postato il: 18 novembre

Come fai a sapere se piaci a qualcuno? Ho letto da qualche parte che è tutta una questione di linguaggio del corpo speculare. Dunque se qualcuno rispecchia i vostri gesti, o il modo di sedervi, è una cosa positiva. Personalmente, penso che troverei un po' scoraggiante se qualcuno si grattasse il sopracciglio o incrociasse le gambe insieme a me. Forse è questione di farlo con un po' di ritardo. Mi dimentico sempre di monitorare questo genere di cose quando sono a un appuntamento.
Se lui ti bacia, immagino che sia il segnale positivo definitivo. Mi piace baciare. Quando mi sposerò, insisterò per baciarmi tutta la vita con la lingua. Troppe coppie sposate dimenticano di farlo. Le loro vite vengono occupate da altre cose, ma penso che dovrebbe essere una regola in ogni rapporto quella di fermarsi per almeno un minuto ogni giorno a baciarsi. È una cosa così intima. Quando non baci nessuno per molto tempo, ti chiedi se magari avrai perso la pratica, ma penso che sia come andare in bicicletta. In pochi minuti, parti e sei già lontano. Una mia fantasia è di farlo sotto la pioggia senza ombrello.

RSAA

Una rubrica di *Circling*

Parliamo di sesso! Come si fa a sapere se si debba fare o no? È una questione spinosa. Ci sono regole da seguire, ma se si guarda qualunque buon film, l'eroina conquista quasi sempre l'uomo, nonostante vada a letto con lui al primo appuntamento. Tuttavia devo ricordarmi che questo è il mondo reale e siamo governati dal numero 4. Attendere fino al quarto appuntamento e poi aspettare quattro giorni per richiamarlo. Ho fatto un sondaggio in giro tra amici e colleghi di lavoro. A quanto pare è una stupidaggine. Sono due appuntamenti e un giorno. No, sono dieci appuntamenti e sette giorni. Perché non ci sono delle cavolo di regole quando ne hai bisogno?

Cose da fare mentre si è in attesa della chiamata

• Imparate a decorare con le applicazioni di stoffa. Perché? Perché no?
• Gonfiate venti palloncini. Quando lui chiama, fateli volare in cielo. Magari controllate prima le regole del vostro comune di residenza. A quanto pare inquina. Che è poco romantico. Forse meglio se comprate delle colombe bianche.
• Rimettete a nuovo il vostro corpo, senza dimenticare pedicure, manicure e pulizia del viso. Se siete già andate a letto con lui, allora è un po' tardi per tutto questo, ma è pur sempre un bel modo di passare il tempo.
• Invitate le vostre amiche a mangiare humus, pane all'aglio e pollo all'aglio. Godetevi la libertà dell'alito cattivo.
• Iscrivetevi in palestra. Utilizzate il tempo in modo costruttivo. Una coscia tonica potrebbe essere un fattore decisivo per lui.
• Seguite un corso di composizione floreale. Un buon modo per risparmiare sulle spese del vostro matrimonio.
• Buttate via eventuali mutande grandi e comode che potrebbero essere in agguato. Non vi è alcuna necessità che lui sappia la verità.
• Se si tratta di una lunga attesa, imparate una lingua straniera.

24

Katie è delusa perché non ce la farò a esserci al suo compleanno. Candice mi assicura che ce ne saranno altri e non si accorge del mio disappunto. Avrei dovuto rifiutare, ma il mercoledì arriva e se ne va, e invece di passare il compleanno di mia sorella con lei, sto chiacchierando e sorridendo con gente che è sulla mia lista di persone da conoscere, a una festa per un artista con problemi di socializzazione e occhi sfuggenti. Tento di fare un giro, ma gli sguardi fissi nel vuoto e la conversazione educata non aiutano, e dopo venti minuti sono di nuovo al punto di partenza. Sto girando in cerchio. I miei colleghi, Pip, Darcy, Patrick e Lindell, sembrano padroneggiare l'arte del socializzare, e quando non sono aggrappati gli uni agli altri, a ridere come isterici, stanno facendo moine ai personaggi importanti che si sono riuniti per congratularsi con noi per il nostro ultimo numero. Lizzie è in malattia e le mie risate sono rare. Mi sento come una bambina che osserva una pallina di Natale di vetro, proprio quella appesa al ramo troppo alto da raggiungere. I colori si trasformano e riflettono le luci, ma raramente ricadono su di me. Guardo l'orologio.

«Ti stai divertendo?» dice Candice, strascicando le parole.

«Molto. Stavo solo controllando l'ora per assicurarmi di prendere l'ultimo treno.»

«Ti ho parlato dello spettacolo francese di domani sera?»

Cerco nella mia testa, ma la stanchezza mi rende difficile pensare con chiarezza. Sono in piedi dalle cinque e mezza di questa mattina e pare che non rientrerò a casa fino alle ore piccole.

«No, non credo.»

«Ho bisogno che tu ci vada e che faccia le mie veci. Ho un impegno che non posso disdire.» Ha le mani sui fianchi e un occhio alla porta.

«Mi dispiace, Candice, ma non posso. Ho un impegno in programma per domani sera. Sono mesi che l'ho fissato e non voglio annullarlo.»

«Ho davvero bisogno di qualcuno che ci vada, Harry.»

«Ma è l'addio al nubilato della mia migliore amica.» Non le dico che questo sarà il sesto addio al nubilato di Chloe.

«È un peccato, e capisco che tu non voglia deludere i tuoi amici, ma può succedere. Facciamo le nostre scelte per vivere in questo pazzo, pazzo mondo che gira con la coca.» Ride ad alta voce, mostrando grandi denti bianchi. «E a volte, tesoro, dobbiamo accettarne le conseguenze. I vecchi rapporti inevitabilmente si perdono per strada.»

Coca? Questo spiega molte cose.

«Ma...» Cerco di argomentare il mio punto. Questi non sono vecchi rapporti: sono le persone che contano per me. Io non voglio essere come la maggior parte della gente qui, che si fa strada con le unghie e con i denti pur di fare carriera e, mentre lo fa, calpesta gli altri. Non riesco a ricordare l'ultima volta che ho passato veramente del tempo con Chloe e Josie... o con mamma, a pensarci bene. Lei mi dice che non fa niente, ma io non voglio che sia così. Mi piace stare con lei. Una delle cose più positive che sono venute fuori dalla morte di mio padre è che il nostro rapporto ora è molto diverso. Ridiamo molto insieme e lei capisce più di quanto abbia mai potuto pensare. Non è solo mia mamma, è anche una delle mie migliori amiche.

«Devi scegliere, Harry. Tutti lo facciamo» dice Candice, e allarga le braccia verso una donna con una teiera all'uncinetto in testa.

I piedi mi stanno uccidendo. Trovo un posto tranquillo e telefono a Katie. È stata una serata meravigliosa. Io non c'ero.

Aspetto il treno e mi ricordo che sto vivendo il mio sogno: lavorare per una rivista patinata londinese, bere nei locali alla moda della città e godermi la reazione della gente quando dico loro quello che faccio. Sono Harriet Peel, e sto andando da qualche parte. Perfino gli amici di Emma sono impressionati. Le persone importanti sembrano vuote e sbiadite. Hanno le teste basse. Tutti vogliono tornare a casa.

Controllo di nuovo il telefono. Niente. Nate non ha chiamato. Mi sento male per la mia stupidità. Guardo il tabellone delle partenze. Il mio treno è in ritardo di mezz'ora. Chiamo Josie.

«Tutto bene?»

«Sono passati secoli, e lui non ha chiamato.»

«Devo ammettere che sono sorpresa. Ho pensato che l'avrebbe fatto.»

«Anch'io.»

«Forse era solo il momento sbagliato per lui. Hai pensato che potrebbe avere una fidanzata?»

«Oddio!» Penso che potrei vomitare.

«Non lo so, sto solo pensando ai motivi per cui apparentemente è sparito.»

Frugo nella mente i ricordi della nostra notte insieme.

Ci sono state occasioni in cui avrebbe potuto accennare che non era libero. Me lo avrebbe detto. Ne sono convinta.

«No, non ha una fidanzata» dico.

«E allora perché?»

«Ovviamente, ci ha ripensato.»

Josie non dice nulla.

L'aria calda esce fuori dalle bocchette ai miei piedi, ma io sento ancora freddo. Nel vagone ci siamo solo io e una coppia in abito da sera. La donna è addormentata sulla spalla del marito. Lui le avvolge la giacca intorno alle spalle e la stringe a lui. È un gesto tenero e lei se lo perde. Penso a Nate e al giorno in cui mio padre è morto. Il mio cellulare emette un *bip* e io lo cerco nella borsetta. Il cuore sobbalza. È lui, è lui... È Ed... L'affidabile e perfetto Ed. Decido di chiamarlo domani. In questo momento ho bisogno di dormire un po'. Nel giro di cinque ore sarò un'altra volta sul treno, diretta di nuovo nella direzione opposta.

La mattina dopo prenoto un incontro alla dieci e trenta con Candice. Ho uno spazio di mezz'ora, ma mi ci vogliono solo otto minuti per dirle che non sono adatta per questo lavoro e comunicarle il preavviso per le dimissioni.

«Cos'hai, un esaurimento?» chiede lei con gli occhi socchiusi.

«Non credo» rispondo.

«Allora, ti prego, dimmi perché stai lasciando uno dei posti di lavoro più ricercati del settore.»

«Perché perdere mio padre mi ha insegnato che la vita è troppo breve e mi ha fatto credere che accettare questo lavoro avrebbe significato non gettare via la mia, e fare qualcosa di dinamico e stimolante e...» Giocherello con il mio anello e faccio un respiro profondo. «È stata davvero una gran cosa lavorare per *Circling*. Ho capito che amo quello che faccio e sono davvero brava a farlo, ma non qui. Voi avete bisogno di qualcuno che possa impegnarsi nella rivista al centocinquanta percento e, in questo momento, la mia famiglia è troppo importante perché possa metterla da parte. Mio padre mi ha insegnato che il tempo è prezioso e che devo essere sempre fedele a me stessa. Ho bisogno di trovare un'altra strada e devo smettere di fare quello che penso che dovrei fare, invece di quello che vorrei fare.»

«Sai, gli antidepressivi fanno meraviglie. Il Prozac è un farmaco miracoloso.»

«Grazie per avermi offerto questa possibilità, Candice.»

Mi saluta con la mano. «Be', se cambi idea...»

Appena esco dall'ufficio sono abbastanza sicura che non succederà. Mi sento come se avessi perso cinque chili, e poi accade un miracolo nei camerini di Selfridges quando mi rendo conto che li ho persi davvero. Evviva!

Bellissimi camerieri, tutti eleganti in nero, svicolano sapientemente intorno ai tavoli, e trasportano pietanze fumanti in grandi vassoi rotondi. La stanza profuma di aglio e basilico. Quando entriamo, la gente alza gli occhi dal piatto. Non possono fare a meno di guardare Chloe che, a differenza della maggior parte delle future spose, è davvero radiosa in preparazione al matrimonio. È stato un mese di esfolianti, massaggi e qualche lampada abbronzante; e poi saune, bagni di vapore e yoga. Il suo corpo è pronto a consegnarsi a Tad, per una vita di premure, di condivisione e di tutte quelle altre sciocchezze.

«Sai che stai andando incontro a un disastro, no?» dice Josie da dietro il menu. Gira alla pagina dei dolci e annuisce, apparentemente soddisfatta.

«Perché?» chiediamo io e Chloe all'unisono.

«Perché Tad vedrà quest'immagine di perfezione e si aspetterà questo per i prossimi vent'anni o quasi.»

«No. Lui dice che è abbastanza impaziente di vedermi crollare a pezzi. A quanto pare, ha sempre avuto un debole per le donne in sovrappeso e con le ascelle pelose.»

«Wow...» mormoriamo io e Josie.

«E per l'accento russo... E per i mutandoni blu... e un po' di puzza di sudore...»

«Dài, basta adesso» suggerisco.

Ordiniamo una bottiglia di champagne. Il grande giorno è vicino. L'ultima notte di addio al nubilato avrà luogo la sera prima, a casa della mamma di Chloe. Sarà una cosa tranquilla, con il suo agnello arrosto e *A piedi nudi nel parco* in dvd. Non vedo l'ora di andare al matrimonio... da sola.

«Alle russe pelose con i mutandoni.»

«Alle avventure di una notte.»

«Josie!»

«Oh, andiamo. Devi essere positiva. Hai detto tu stessa che è stato favoloso, e il giorno in cui ti sposerai ti guarderai indietro e te ne ricorderai. E allora penserai: bravissimo a letto, ma non era quello giusto.»

Mi fa sentire triste.

«Hai avuto un'avventura di una notte?» chiede Chloe, un po' troppo forte. L'intero ristorante si volta. Mi va di traverso la focaccia.

«Non sapevo che sarebbe stata una notte sola.»

«Te lo sei tenuto per te.»

«Mi sentivo abbastanza in colpa per esserci andata a letto, dopo quello che, tecnicamente, non era nemmeno il primo appuntamento. È iniziato tutto con un caffè.»

«Non capisco perché tu ti senta in colpa» dice Josie.

«Non lo so. Perché dovrei essere una brava ragazza.»

«A volte anche le brave ragazze devono gettare i loro mutandoni a terra, se capiscono che è il momento giusto.»

«Lo era.»

«E allora è stata la cosa giusta da fare. Non sentirti male solo perché non ti ha più chiamato dopo» viene in aiuto Chloe.

Abbraccio la mia amica molto carina. Ha ragione. È stato un momento unico, un bel momento. Al diavolo, forse questo è l'inizio di una nuova me. Usali e gettali, nessun impegno, Harry. Il sesso occasionale potrebbe essere la strada da seguire. In questo modo si ottengono vantaggi, senza abbandonare il telecomando della tv. So solo una cosa, però: mia madre aveva ragione. La mattina seguente avevo uno strano luccichio negli occhi.

«Propongo un brindisi. A Harry, per avere avuto il coraggio di lasciare due posti di lavoro!» dichiara Josie.

Tutti i calici tintinnano.

«Hai idea di cosa vuoi fare dopo?»

Scuoto la testa. «Nessuna. Ma qualunque cosa sia, dovrà essere fantastica.»

Mentre uscivo dagli uffici di *Circling* sapevo di aver preso la decisione giusta. Non era il posto adatto a me. Che cosa farò ora, però, è ancora da vedere.

«Stai benissimo, comunque. Mi piace che ora metti i tacchi» aggiunge Chloe.

«Sto ufficialmente accettando la mia altezza. È uno dei vantaggi dell'essere single.»

«Un altro brindisi. Ai dieci centimetri di piacere.»

«Ai cardigan lunghi, che siano il nuovo stile da bambolina.»

«Al nero, che torni di moda.»

«Alle brune, che siano le nuove bionde.»

«All'inverno, che sia la nuova estate.»

«Alla disoccupazione, che sia il nuovo passatempo.»

«Ai pasticcini, che siano i nuovi *pain au raisin*.»

«Sei sicura?» chiedo.

«Certo» dice Josie.

Balliamo finché i piedi non ci fanno male, ridiamo finché le mascelle non s'indolenziscono, e torniamo da Chloe dove mangiamo marshmallow immersi nel cioccolato fuso.

La mattina dopo mi sveglio con i postumi della sbornia, Josie russa e Tad ci riprende per un suo nuovo documentario dal titolo *Ragazze sfatte*. Gli dico che non è divertente. Mi dice che vincerà un premio al Festival di Cannes.

Il primo giorno della mia disoccupazione fingo di essere in vacanza e mi alzo tardi.

Il secondo giorno mi faccio una maschera al viso e leggo un libro da cima a fondo.

Il terzo giorno faccio un po' di shopping per Natale e vado al Bingo con la mamma.

Il quarto giorno invito Katie e la mamma a pranzo e faccio una torta.

Il quinto giorno vado a nuotare e mangio falafel.

Il sesto giorno pulisco i pensili della cucina e mi metto lo smalto alle unghie dei piedi.

Il settimo giorno mi prende il panico.

Cazzo, sono senza lavoro.

«Sono senza lavoro!»

Ed mi guarda per un secondo e riprende a picchiettare il suo uovo. Siamo nel nostro solito bar per fare colazione. O'Mally non è un posto né particolarmente speciale né molto sano, ma è caldo e accogliente. La colazione Crepapancia è la migliore cura contro i postumi di una sbornia/depressione/freddo/disoccupazione e qualsiasi altra malattia migliori con un po' di colesterolo.

«Ci sono delle parti viscide in quest'uovo. Pensi che sia ben cotto?» chiede.

«Sì, è buono... Che devo fare?»

«Sei sicura? La chiara dovrebbe essere dura.»

«Sì, cavolo, sono sicurissima!»

«Stavo solo chiedendo! Hai provato da *Bath at Large*?»

«Sì, ma da loro non c'è nulla. Magari dovrei fare un lavoro temporaneo, per un po'?»

«Vale la pena provarci. Non prenderò la salmonella, no?»

«No, non prenderai la salmonella» dico stancamente, e sposto il mio piatto da un lato. Ed ruba il mio avanzo di salsiccia. Arriva Minty, si asciuga le mani su un grembiule macchiato. Lavora qui da sempre e ha i capelli dello stesso colore dell'olio di cottura.

«Tutto bene?» chiede.

Guardo Ed che tiene gli occhi bassi sulla sua colazione.
Vigliacco!

«Tutto bene, grazie» rispondo.

«È un po' che non ti vedo da queste parti» dice lei.

«È vero. Avevo un lavoro a Londra. Avevo. Non è che per caso avete bisogno di qualcuno qui, vero?»

Minty ride.

«Dico sul serio.»

«Chiederò al boss, ma devi tornare a quella rivista. Io e le ragazze abbiamo bisogno di sapere cosa succede. Ha trovato un accompagnatore? Sai, l'hanno rimpiazzata con una stupida tremenda, ossessionata dalla quantità di soldi e di Botox della gente. Io non conosco nessuno nel mio quartiere che si fa il Botox.»

«No, ma di sicuro hai visto un sacco di gente che ne ha bisogno» osserva Ed, pulendo il piatto con una fetta di pane bianco imburrato.

«Devi smetterla di parlare e devi far tornare questa ragazza a *Life to Live*. La pagina degli eventi non è più quella di una volta. Mi faceva proprio ridere con quei piccoli suggerimenti divertenti. Era intelligente.»

Minty porta via i nostri piatti. «Sai cuocere un uovo?» chiede.

«Meglio di chiunque stia cucinando le uova in questo momento» borbotta Ed.

«Ti sei alzato con il piede sbagliato?» Minty risponde a tono e Ed sorride. Lei gli dà sempre una fetta in più di pancetta fritta. Sparisce in cucina. Svuoto la mia tazza di tè al latte e faccio un profondo sospiro.

«Non è una cattiva idea. Potresti tornare da Georgina strisciando a chiedere un po' di lavoro» suggerisce Ed.

«No. Assolutamente no.»

«Ho un amico che lavora per il *Regional Historian*. Potrei chiedergli se c'è qualcosa da loro.»

«Grazie.»

«Che entusiasmo.»

«Scusa. Grazie. Sei un buon amico.»

«Un buon amico?» chiede Ed, mentre cerca nel mio viso qualcosa che non c'è. Guardo nei suoi occhi gentili. Nate non ha chiamato. Sarebbe stato così facile.

«Sì, un amico. Il migliore.»

Ed annuisce e pare che stia decidendo qualcosa. Una coppia si precipita dentro, portando con sé l'aria fredda. Lui la bacia e si abbracciano, mentre decidono cosa ordinare. Una fitta di qualcosa che somiglia alla gelosia mi fa sospirare di nuovo.

«Meglio che vada» dice Ed.

«Ti va un cinema più tardi?» gli chiedo.

«No. Ho un sacco di roba da fare oggi» replica poco convinto.

Annuisco, come se capissi.

«Ci vediamo in giro, dài. Ti faccio sapere per *Regional Historian*.»

«Grazie, Ed.»

Ce ne andiamo ognuno per la sua strada e mentirei se dicessi che non mi sono chiesta, anche solo per un secondo, se non ho fatto un terribile errore. Controllo il cellulare. Niente.

«Sei *belisima*. Mio dio, non ho mai visto una tale grazia. *Eeema*, sei un cavallo, un come se dice? Un purosangue.» Pablo si precipita su Emma. Lei ridacchia come una scolaretta.

Josie fa un *bah* a voce alta, ma Pablo e Emma non ci fanno caso.

«È un disastro!» si lamenta.

Le lezioni di ballo di sala sembravano una buona idea, allora. Ora però sto mettendo in discussione la nostra presenza qui. Le persone ci lanciano sguardi di disapprovazione. Ho già chiesto scusa a qualcuno per essergli andata addosso. Le mie abilità nel ballo sono scarse quanto quelle con il carrello della spesa. Mamma lo adora, però, e per questo motivo continuo, nonostante i commenti di Pablo che dice che 'è un *pecato* che il senso del ritmo non sia nei geni della famiglia'.

Pablo batte forte le mani. Ha i pantaloni troppo stretti sulle natiche impertinenti, la camicia è troppo aperta.

«*Señoras*, questa è la ultima. Andiamo con una rumba, bumba. Ehi!» Batte di nuovo le mani e picchia il piede sul pavimento.

Prendiamo posizione e cerchiamo di ricordare i passi. A Emma e a mia madre viene naturale. Katie è una buona allieva. Josie e io siamo due imbranate.

«Non ci posso credere che mi hai convinto a fare questo, tesoro» si lamenta Josie. «Le ragazze grasse non dovrebbero mai ballare la rumba. Non è naturale.»

«Le ragazze grasse devono sempre ballare la rumba, *Hosie*.» Pablo le prende le mani e le gira intorno. «A nessun uomo piacciono le magroline. Sei *sexuale, Hosie*.»

«Ma come ti permetti?» dice Josie indignata.

«No, voglio dire, sei sensa... Come se dice? Sensuale. Sì, sensuale, *Hosie*.»

«Oh, grazie.»

Si volta verso di me e si copre la bocca con la mano. «Sono sicura che lui è Piedi Scintillanti di DateMate.»

«Ha appena toccato il sedere a Emma?» dico, scioccata.

Se l'ha fatto davvero, Emma ha deciso di ignorarlo. È sicuramente più truccata della settimana scorsa. Alla fine del corso andiamo in città per mangiare qualcosa. C'è la fila per i tavoli, ma Josie sventola il suo biglietto da visita e una tipa, con delle gambe più sottili dei miei polsi, ci accompagna dentro.

«Normalmente non mi piace questo genere di locali, ma Diana ha detto che la carta dei vini è piuttosto interessante» dice Emma, guardandosi intorno per vedere se trova qualcuno che conosca.

«Ti ho riconosciuto da lontano!» Judith appare al nostro tavolo come una dea bionda. È con un tipo con barba e capelli lunghi e un gusto un po' strano in fatto di maglioni.

«Com'è la vita nella grande città?» chiede con voce squillante.

«Non sono più lì.»

«Oh.»

Vedo che Judith fa uno sforzo mentale per lasciar cadere l'argomento. Ma non lo farà.

«Si sono sbarazzati di te?»

«No, ho lasciato io.»

«Accidenti, che coraggio.»

«Penso che sia stato stupido, più che coraggioso. Niente lavoro e un affitto da pagare. A che stavo pensando?» Mi metto a ridere.

«Be', quando ho detto che coraggio, volevo dire che stupido.» Judith ride.

Mia madre mi stringe la mano. È calda e rassicurante.

«Be', è meglio che vada. Con John andiamo a incontrare il gruppo della nostra chiesa. John sta cercando di lasciare l'alcol, non è vero, John?» John annuisce, prima di essere trascinato via verso la salvezza.

«Hai fatto la cosa giusta, cara» mi sussurra mia madre. «Se devo essere onesta, ero preoccupata per te, e sai che puoi sempre venire a vivere con me fino a quando non sistemi la situazione.»

Sono commossa. «Grazie, mamma. Sei molto dolce.»

«Non dico per sempre, attenzione. Dorothy, la vicina del piano di sopra, ha detto che ha permesso a suo figlio di trasferirsi da lei, e lui ci è rimasto per quindici anni.»

«Stai ancora pensando di andare al matrimonio di Chloe da sola?» chiede Katie.

Annuisco.

«Dovresti portarti quella Poppy» dice mia madre. «Sembra una brava ragazza, e stava giusto dicendo l'altro giorno quanto le piacciano i matrimoni.»

Essere disoccupati non è così fantastico come dicono. Sono in preda al panico. Cosa diavolo farò? Un'altra settimana e non ho fatto neanche un passo in avanti per trovare un altro lavoro. Proprio non riesco a scorgere qualcosa che mi sembri eccitante. A proposito, Nate non si è ancora fatto vivo. Sto cercando di dimenticarmi di lui e so che è una cosa che passerà, ma mi sento stupida e triste per aver fatto le valutazioni sbagliate. Pensavo che ci fosse qualcosa tra di noi. In cambio, ho ricevuto alcuni messaggi da Jason, che sembra desideroso di vedermi di nuovo. La mia riluttanza ad accettare è stata premiata con dei fiori... tre mazzi. Non ho così tanti vasi. Ne ho dati un po' a mamma. Ha detto che erano belli, ma perché, a differenza mia, lei ama i garofani. Io avrei preso delle peonie o dei gigli, qualcosa di carattere. Sono un po' delusa. Prendetevi del tempo e sforzatevi di associare i fiori alla persona, allora ecco che la farete sentire speciale. Non è così difficile. Jason mi vede come una tipa da garofani? Be', ha sicuramente perso dei punti con questa cosa. Ora, se fosse andato da Tiny Gilespie su Walcot Street, la faccenda sarebbe stata diversa.

Il mondo si ferma per un attimo e io mi rendo conto che sto avendo una rivelazione. Non riguarda l'amore, ma piuttosto la vita. Perché mai non ci ho pensato prima? So così tanto della città in cui vivo, so dove trovare dei simpatici vasi di latta per mettere la lavanda sulla mensola della cucina, so dove trovare la merceria che trasformerà un paio di jeans in qualcosa che Sarah Jessica Parker potrebbe desiderare. So dove trovare maglioni di cachemire in colori deliziosi e le ragioni per cui una ragazza dovrebbe provare il Blue Note Bar o prendere la seconda traversa a sinistra passata George Street. Durante lo scorso anno ho incontrato tante persone interessanti che ora sono i miei contatti per quello che succede in città. Se c'è un vip che presenta un libro, Sadie, del club del libro, mi darà subito una soffiata... Se c'è un ristorante che fa cose incredibili e un'offerta speciale per il pranzo, allora Ricardo, della scuola di cucina, mi farà una chiamata... E dio, perché non ci ho pensato prima... Chloe sa tutto quello che c'è da sapere sulle novità nel mondo della moda, mentre Josie è la mia fonte di gossip sui personaggi famosi. Ho tutte queste informazioni a portata di mano e nessun posto dove metterle. I lettori del mio blog sono in aumento, ma... Smetto di scrivere e guardo fuori, dalla finestra della cucina. Sono pazza?

«Lo sono?» grido al soffitto. Immagino mio padre che mi dice di sì, ma non sarà un ostacolo. Afferro il mio taccuino e freneticamente comincio a prendere appunti. Le mie mani tremano.

Donald sorseggia il suo tè. Ha la pelle delle mani scura e rugosa. Le unghie sono curate e limate. In silenzio esamina il fascicolo mentre io mi torco le mani. Sono sudate. Mi sembra scorretto sudare in un posto come questo, con i suoi divani soffici, la costosa porcellana e le persone che parlano a voce bassa. Non sono mai stata in questo hotel prima. Non sono ricca e, se non lo sei, sembra che ci sia un campo di forza invisibile che ti impedisce anche solo di considerare di varcarne la soglia. Gli ospiti leggono i giornali o parlano tranquillamente mentre prendono il tè con dei piccoli panini. Se fai un movimento brusco, la gente ti guarda.

Sorseggio il mio tè cercando di non fare rumore. Anche il portiere sembra di rango superiore. Guardo fuori dalla finestra. La vita normale continua al di fuori, ma all'interno non filtra nessun suono. Mi sento deglutire. Un bagliore di capelli scuri mi passa davanti e per un attimo penso che sia Nate. Voglio saltare su e andare a guardare fuori dalla finestra.

Dentro di me sono nel panico. Rilevando un cambiamento nella mia postura, Donald alza gli occhi e sorride. Ricambio il sorriso. Continua a leggere. Mentre l'orologio ticchetta sul caminetto barocco, penso a Nate e mi chiedo, ancora, dove si trovi e cosa stia facendo. Immagino che per lui la vita sia andata avanti. Donald tossisce.

«*Le ragazze e la città*, eh?»

«È come mi piacerebbe chiamarlo.»

«E pensi che ci sia un mercato per questo?» chiede, porgendomi di nuovo il fascicolo.

«Sì, lo penso. Le riviste locali si rivolgono prevalentemente a un pubblico femminile. Questo titolo darà loro qualcosa di più di consigli di giardinaggio e foto di case costose. Voglio incoraggiare le persone sotto i cinquant'anni a conoscere il meglio di Bath. Voglio includere interviste con gli artisti che organizzano aste di beneficenza, designer e uomini d'affari... persone che ispirano gli altri. Vorrei abbinargli qualche bella fotografia e un'ottima grafica. Ci sarebbe una rubrica settimanale con un agricoltore che conosco. Fa del chutney e delle zuppe squisite. I nostri servizi di moda saranno in primo piano piuttosto che appena accennati, e voglio che nelle pagine della moda ci siano i lettori fotografati per strada.» Faccio un respiro profondo.

«Bene, bene. Sottopongo le cifre al mio commercialista e ti faccio sapere, ma non ci dovrebbe essere problema.»

«È tutto?»

«È tutto. Prendiamo ancora un po' di tè e biscotti?»

Quando esco chiamo mia madre.

«Pare che abbia detto di sì!»

«Oooh. È meraviglioso» strilla lei, e poi inizia a parlare con qualcun altro. «Mia figlia... lei sta per mettere in piedi una rivista... Oh, sì, molto meglio dell'altra... Ho sempre saputo che era quella dotata... molto dotata, anche da bambina... Ha imparato a farla nel vasino molto prima rispetto alle altre due.»

«Mamma?»

«Scusa, amore. Sono dal parrucchiere. Cosa ne pensi delle extension?»

La ragazza senza l'amore in agenda
Blog

Postato il: 1° dicembre

Nello spirito del risparmio in cui mi trovo, questo Natale sto preparando chutney per tutti. Nello spirito dell'ecologia sto anche impacchettando i regali con carta di giornale. Tuttavia, non farò da me anche i bigliettini d'auguri. Ci vuole troppo tempo e al giorno d'oggi lo fanno tutti. Ho pensato che potrei fare un po' di vodka al Mars e portarla a tutti i miei amici. Uno dei miei propositi per l'anno nuovo è uscire di più. Ora che sto cucinando di più (per il Grunt & Grub Club, per il mio gruppo di lettura, per la mia nuova amica del corso di ballo Jo e, con grande orrore di Emma, per la mia famiglia), ho anche deciso di tenere delle piantine aromatiche. L'alloro è ancora un po' un mistero per me, ma il basilico... è una cosa davvero meravigliosa. Potrei dedicargli un intero numero di *Le ragazze e la città*.

Postato il: 5 dicembre

Ai conigli piace il chutney?

25

L'erba coperta di brina scricchiola sotto i nostri piedi. Dai rami degli alberi pendono, come gocce di vetro, dei ghiaccioli e i fari bianchi brillano nella luce morente del pomeriggio.

Ho i brividi. Josie mi stringe a sé e mi sfrega le braccia. Il mio bolerino di pelliccia ecologica fa solo scena. Non sarebbe così male se portassi delle scarpe adeguate, i tacchi a spillo che indosso non sono stati pensati per essere pratici. Li adoro. Sono chilometri più alta di tutti gli altri, ma non mi interessa. Possono alzare la testa.

Entriamo in chiesa. Fa ancora più freddo, qui dentro. Fiori rossi e viola e foglie verde scuro riempiono ogni angolo. Ci sono candele ovunque, che sfavillano dolcemente nell'aria fredda. I miei passi risuonano sul pavimento di pietra e tutti si voltano. Se inciampo ora mi metto a piangere. Prendo posto vicino a Josie e Ben e osservo i banchi pieni di gente. Forse ha deciso di non venire. Forse è tornato con Sophie.

Chloe appare nel vestito più incredibile che abbia mai visto e piango, insieme a qualunque altra presenza femminile.

Al ricevimento ceniamo con del roast beef cucinato da un

celebre chef, seguito da piccole gelatine di champagne che hanno la forma dello scottish terrier bianco di Chloe, Tallulah. Una torre di cupcake al cioccolato bianco ha sostituito la tradizionale torta nuziale e a ogni ospite ne viene dato uno, in una bella scatola color pastello, da portar via. La sedia di Jason è vuota e mi chiedo se ci si debba preoccupare. I discorsi sono divertenti e anche il filmato di Tad, nonostante le mie apparizioni sporadiche e spesso orribili.

Guardo Chloe e Tad andare verso la pista da ballo. Sono belli insieme, anche se Tad sembra un giovane colonnello Sanders della pubblicità del Kentucky Fried Chicken. Josie e Ben seguono. Faccio un cenno a Josie e lei mi mostra il pollice in su. La zia di Chloe si precipita e mi offre il suo braccio.

«Se non puoi batterli, unisciti a loro.»

«Mi piacerebbe, Janice, ma ho bisogno del bagno.»

Insieme a una manciata di altri ospiti femminili, mi stringo davanti allo specchio del bagno e mi rimetto il rossetto. Chloe ha promesso una serata con i nostri dischi preferiti e un'apparizione a sorpresa. Scommettiamo tutti sui Take That. Josie è convinta che sia Tom Jones. Protendo le labbra e raddrizzo la schiena. Stasera devo stare dritta. Cammina alta e andrà tutto bene.

Rientro nella sala. Una donna mi passa accanto con una cartucciera piena di bicchieri di Tequila Slammer. La pista da ballo è piena. Quando lui mi vede, sorride. Ricambio il sorriso. Dice qualcosa a Tad e gli dà una pacca sul braccio. Tad si volta a guardare. Sto ancora sorridendo. La musica mi riempie le orecchie e mi sento come se stessi galleggiando a qualche centimetro da terra. Aspetto che mi raggiunga.

«Sei meravigliosa. Balla con me.»

Jason mi prende la mano e mi lascio condurre verso la pista da ballo.

«Tutto bene?» chiedo. Sento la sua mano premermi sulla schiena.

«Sì, qualche problema con la macchina. Ma ce l'ho fatta, anche se... appena in tempo.»

«Appena in tempo per cosa?»

«Per farti perdere la testa.»

Rido e lui ride con me.

Mi sussurra qualcosa all'orecchio, ma non riesco a sentire.

«Andiamo a prendere una boccata d'aria fresca» suggerisce, e lo seguo fuori sulla terrazza. Gli alberi sono coperti di lucine di Natale. Presto il cielo si riempirà di fuochi d'artificio.

«Allora, hai intenzione di perdonarmi?»

«Per cosa?» gli chiedo.

«Per Sophie.»

«Non c'è niente da perdonare.»

«Bene.» È bello e sicuro di sé. Ricordo, quando l'ho visto per la prima volta, di aver pensato la stessa cosa.

Mi strofino le braccia per il freddo. Un gruppetto di gente si riunisce a fumare vicino a noi. La musica scivola fuori insieme alle persone che aprono la porta per unirsi a loro.

«Guardando indietro, mi ha fatto un favore» rifletto.

«Che vuoi dire?» chiede. Lo sguardo sicuro gli sparisce dal viso.

«Voglio dire che non eri tu quello giusto. Pensavo lo fossi, ma ora so che non lo sei.»

Lo bacio leggermente sulla guancia.

«Riguardati, Jason.»

I miei tacchi ticchettano sul pavimento di legno. Prendo un bicchiere di champagne da un vassoio di passaggio e lo svuoto. La pista da ballo è vuota. Faccio segno a Josie e Chloe. Ci avviciniamo alla pista e ci scateniamo. Dio, adoro i matrimoni.

Il tassista parla e lascio che le sue parole mi scivolino addosso. Non vedo l'ora di arrivare al mio letto. La camera d'hotel non è mai stata utilizzata; be', almeno non da me. Le mie fantasie sono cambiate e sono stata molto felice di tornare a casa. Una volta lì, mi preparo una tazza di tè e lo bevo a letto. Mi fanno male i piedi per quanto ho ballato ma dormo come un bambino.

Resisto alla tentazione di accettare l'offerta di DateMate di trovare un centinaio di compagni ideali secondo i miei criteri. Clicco sul mio profilo e ripenso a quando l'ho aperto. Cosa avevo scritto, allora, quando ho iniziato la mia ricerca di un ragazzo? Dopo ogni disastroso appuntamento, i miei requisiti sono stati leggermente modificati e sono diventati più specifici nella vana speranza di estirpare i meno compatibili e attrarre quello che mi si sarebbe adattato alla perfezione.

Il mio compagno ideale: sarebbe bello che fosse più di un metro e ottanta, capelli scuri, belle mani. Dolce, ma con un forte senso dell'umorismo, intelligente, gentile, generoso... uno che si preoccupi per me, uno di cui mi possa fidare, uno che possa ammirare, letteralmente, e che riderà quando cercherò di essere spiritosa, ma che sarà comunque lì quando non lo sarò; che mi terrà la mano quando avrò paura e che me la lascerà quando vorrò fare le cose a modo mio. In breve, voglio un eroe.

Sto descrivendo Nate! Divertente. Va be', *c'est la vie*. Non era destino. Clicco sul tasto *Elimina* e mi cancello da DateMate.

Suonano alla porta. Aaah, il mio eroe?

«Harry, questa spazzatura qui fuori è la tua?» chiede Martha Gennings.

«No» mento.

Lei sa che sto mentendo. Probabilmente ha frugato nel sacco alla ricerca di indizi, e avrà trovato qualche utensile da cucina e i guanti di gomma.

«Posso ricordarti che la spazzatura non deve essere messa fuori prima delle otto di sera? Ora sono le sette.»

«Lo dirò all'inquilino del piano di sopra.»

«Non credo che indossi i collant» risponde Martha.
«Ne sarebbe sorpresa.»
Martha sbuffa.
Il campanello suona di nuovo.
«Sì?» rispondo.
«Harry?»
Immagino che questo sia il momento giusto per svenire. Invece, perdo la voce.
«Harry?»
«Sì» dico con voce stridula.
«Sono Nate.»
Lo so chi sei. Ho quella voce impressa nella mente. L'immagine che l'accompagna è quella di lui nudo.
«Posso entrare?»
«Non ti sei fatto accompagnare dai tuoi amici pompieri, stasera?» gli chiedo. Lui ride e lo faccio entrare.
Sembra tanto splendido quanto a disagio.
«Come stai?» chiede.
«Bene.»
«Passavo di qui.»
«Ah... uhm?» rispondo. Metto le mani sui fianchi. Voglio essere arrabbiata con lui, non sollevata.
«Ho incontrato tua sorella, prima. Emma, vero?»
Annuisco, sorpresa.
«Mi ha detto che forse valeva la pena fare un salto da te.»
«Oh, davvero?» Non mi muovo di un centimetro. Non ha chiamato. Abbiamo dormito insieme e mi sono svegliata con lui che mi baciava dolcemente sulle labbra. Ha detto che avrebbe chiamato, e non l'ha fatto.
«Mi hanno rubato il telefono il giorno dopo che... dodici ore dopo ero in Etiopia.»
«Mmm» dico io, poco convinta.
«Sono appena tornato. Non riuscivo a ricordare il tuo numero. Sono un disastro con queste cose. Era sul mio cellulare.»

«Avresti potuto telefonare a *Life to Live*. Hanno i miei contatti.»

«L'ho fatto.»

«Davvero?» chiedo, sorpresa. «E...?»

«I primi giorni sono stati una follia. Facevamo due ore di sonno a notte e... Be', non importa ora, ma quando ho avuto un attimo di respiro, sono riuscito a contattare gli uffici di *Life to Live*. Dopo molte connessioni interrotte, ho finalmente parlato con Ed. Mi ha detto senza mezzi termini che aveva un appuntamento con te quella sera. Ho pensato che forse stessi uscendo con lui quando noi...»

Sospiro. «Ed è un mio amico. Nient'altro.»

«È quello che ha detto tua sorella. Tua madre era con lei. Mi ha detto che sarei dovuto venire il più presto possibile. Ha suggerito che potevi avere bisogno di essere salvata.»

Sorrido.

Fruga in un sacchetto di plastica. Fiori o cioccolatini? Si mette sul viso una maschera di Spiderman.

«Può aiutare?» dice attraverso il buco della bocca.

Quando siamo nudi sul divano mi chiede se può togliersi la maschera perché non riesce a respirare.

«Significa che perderai i superpoteri?»

«No. I miei poteri sono facilmente trasferibili. Come Spiderman, sono particolarmente bravo con le mani.»

Quella notte dorme sonni tranquilli.

«Pensavo che avessi problemi a dormire» gli dico il mattino seguente.

«Ne avevo. Il tuo letto dev'essere magico.»

«Faresti meglio a rimanere lì, allora.»

«Potresti pentirti di averlo detto.»

«Qualcosa mi dice che non lo farò. Finché continui a fare quella cosa con le mani, in ogni caso.»

Sei mesi più tardi...

La ragazza con un appuntamento in agenda
Blog

Ho due appuntamenti in agenda. Uno con gli operai della ditta di traslochi che porteranno i miei mobili all'appartamento che io e Nate abbiamo appena affittato insieme. Ha il pavimento con le assi di legno. Abbiamo anche comprato un grande tappeto, poco pratico, fatto di anelli di lana. Non possiamo pulirlo con l'aspirapolvere, ma la mamma dice che basta pulirlo con un aggeggio a mano. Me ne ha comprato uno per Natale. A Nate piace. Lo usa per pulire la pelliccia dei conigli. Chloe e Tad, i conigli bianchi, ora vivono con noi, dopo che hanno mangiato una delle bobine di un film di Tad.

L'altro appuntamento è il matrimonio di Josie e Ben. Non vedo l'ora di andarci. Restando in tema, il numero di settembre di *Le ragazze e la città* avrà un supplemento sui matrimoni.

Ringraziamenti

Ho avuto la fortuna di collaborare con la formidabile squadra di Little Black Dress, che mi ha preso per mano attraverso gli oscuri vicoli della grammatica e della concordanza dei tempi. Senza Clair Baldwin, Sara Porter, i copy editor, i correttori di bozze... e la lista continua... questo libro non avrebbe avuto nessun senso. Hanno una pazienza incredibile e io per prima mi sarei data un grosso calcio nel fondoschiena e avrei detto a me stessa di provare a fare di meglio. Quindi un grazie a loro e alla squadra di Gregory &Co. per il continuo sostegno.

Cinque cose interessanti su Jules Stanbridge

1. Mi piace sognare che quando troverò il paio di jeans perfetto, la mia vita sarà perfetta.

2. Le tre e mezza del pomeriggio è l'ora di una crespella calda imburrata, una focaccina dolce tostata o di una fetta di torta. Non si discute.

3. Non mi piacciono il Kit-Kat, gli ovetti di cioccolato e il gelato alla vaniglia. Questo, secondo molti, significa che sono una stramba, e questo non si dovrebbe mai svelare al primo appuntamento.

4. Quando sono felice, o penso a qualcosa a cui non dovrei pensare, canto un paio di *la la la* ad alta voce. È un chiaro segno dei miei meccanismi interni e può anche, secondo con chi mi trovo, servire da avviso.

5. Sono piuttosto sicura di soffrire di un misto di deficit di attenzione e bassa soglia di noia. Ciò significa che sono propensa a sognare a occhi aperti, a non ascoltare (chiedendomi poi perché non capisco) e a essere sempre la prima ad andarsene.

Jules Stanbridge

Il catalogo Leggereditore

Narrativa

Il bacio di mezzanotte di Lara Adrian
Dark Love di Kresley Cole
Le avventure di una Kitty Addicted di Eliselle
Lasciami volare di Alyson Noël
L'amore ritrovato di Nora Roberts
Il bacio cremisi di Lara Adrian
La principessa di Beverly Hills di Jackie Collins
Oltre le apparenze di Kathryn Fox
Dark Pleasure di Kresley Cole
Orgoglio e perdono di Susan Donovan
La dodicesima vittima di Iris Johansen
Il bacio perduto di Lara Adrian
Il peso del silenzio di Heather Gudenkauf
La sposa in bianco di Nora Roberts
Muori per me di Karen Rose
Magia nel vento e *Oceani di fuoco* di Christine Feehan
Blood Dreams di Kay Hooper
La finestra sul bosco di Karen Robards
Ménage proibito di Lora Leigh
Il bacio del risveglio di Lara Adrian
Dark Passion di Kresley Cole
I love you, goodbye di Cynthia Rogerson
Legami pericolosi di Kate Brady
Letto di rose di Nora Roberts
La ragazza del libro dei fuochi di Jane Borodale
Intime promesse di Sherry Thomas
Il buongiorno del mattino di Diana Peterfreund
Passione contro il tempo di Suzanne Brockmann
Brivido eterno di Larissa Ione
Oogy di Larry Levin
Il profumo dell'oscurità di Emma Holly
Un'ombra dal passato di Nora Roberts
Lezioni di seduzione di Emma Wildes
Highlander: amori nel tempo di Karen Marie Moning
Passione Vintage di Isabel Wolff
Il bacio svelato di Lara Adrian
La confessione di Julie Garwood
Una scommessa per amore di Jennifer Crusie
Dark Night di Kresley Cole
L'anello di ferro di Ornella Albanese
Un cuore nelle tenebre di Roberta Ciuffi
Le streghe di East End di Melissa de la Cruz
Tentazioni deliziose di Sherry Thomas
La regina dei diamanti di Linda Howard

La concubina russa di Kate Furnivall
Desiderio eterno di Larissa Ione
Il bacio del demone di Eve Silver
Grida per me di Karen Rose
La cacciatrice di anime di Darinda Jones
Il bacio eterno di Lara Adrian
Il sapore della felicità di Nora Roberts
Corinna. La regina dei mari di Kathleen McGregor
La meraviglia delle piccole cose di Dawn French
L'ultima volta che ho visto Parigi di Lynn Sheene
Torna da me di Karen Marie Moning
Melodia al crepuscolo di Christine Feehan
Il richiamo dell'oscurità di Emma Holly
Dark Forever di Kresley Cole
Innamorarsi a Manhattan di Kate Parker
Proposta indecente di Emma Wildes
Venti d'amore e di guerra di Paola Picasso
Dark Desire di Kresley Cole
Il fuoco della tentazione di Lora Leigh
Il segreto del libro proibito di Karen Marie Moning
Il bacio oscuro di Lara Adrian
Passione eterna di Larissa Ione
Dark Dream di Kresley Cole
Il gioco della seduzione di Suzan Elizabeth Phillips
Un amore per sempre di Nora Roberts
Le ombre del demone di Eve Silver
Il mistero del talismano perduto di Karen Marie Moning
Istinto animale di Lora Leigh
Amanti pericolosi di Lisa Marie Rice
Una donna indimenticabile di J.R. Ward
Temptation di Jennifer Crusie
La cacciatrice di anime. Il fascino del male di Darynda Jones
Uccidi per me di Karen Rose
La notte degli Angeli caduti di Heather Killough-Walden
Il bacio di fuoco di Lara Adrian
La pittrice di anime di Isabel Wolff
L'inganno dell'oscurità di Emma Holly
Roma 40 d.C. Destino d'amore di Adele Vieri Castellano
Highlander. L'ultimo dei Templari di Karen Marie Moning
Estasi eterna di Larissa Ione
I ricordi della casa sul lago di Rosie Thomas
Segreto inconfessabile di Shayla Black
Dark Whisper di Kresley Cole e Gena Showalter
La musica delle parole di Emily St. John Mandel
Un segno nelle tenebre di Roberta Ciuffi
La sposa spagnola di Kathleen McGregor
La maledizione della luna nera di Karen Marie Moning
Heaven, Texas, un posto nel tuo cuore di Susan Elizabeth Phillips
Il giardino dei nuovi inizi di Nora Roberts

La notte del vento e delle rose di Anna Bulgaris
Ladra di cioccolato di Laura Florand
Il bacio immortale di Lara Adrian
Peccato eterno di Larissa Ione
Danzando sui vetri rotti di Ka Hancock
Il patto di Julie Garwood
Il signore della vendetta di Lara Adrian
L'oscuro mosaico di Ornella Albanese
Il messaggero dell'angelo di Heather Killough-Walden
Il bacio dell'Highlander di Karen Marie Moning
Il bacio rubato di Lara Adrian
Segreti pericolosi di Lisa Marie Rice
Dark Prince di Kresley Cole
Piacere malizioso di Lora Leigh
Il bacio ribelle di Lara Adrian
Colpevole di amare di J.R. Ward
Il profumo dell'amore ritrovato di Eliselle
Roma 42 d.C. Cuore nemico di Adele Vieri Castellano
Dark Demon di Kresley Cole
Alla ricerca dell'ultima verità di Karen Marie Moning
E se fosse lui quello giusto? di Susan Elizabeth Phillips
Desiderio inconfessabile di Shayla Black
Un oscuro risveglio di Gena Showalter
Pazza di te di Jennifer Crusie
Easy di Tammara Webber
La signora della tentazione di Lara Adrian
Dimmi che ti dispiace di Dawn French
Poison Princess di Kresley Cole
La casa dei grandi incontri di Nora Roberts
A fior di pelle di Lauren Dane
L'angelo della morte di Heather Killough-Walden
Cuore pirata di Kathleen McGregor
La magia del cioccolato di Laura Florand
Un cuore d'oro di J.R. Ward
La fiamma della passione di Jessica Andersen
Sottomessa di Lora Leigh
Tuo per sempre di Lisa Kleypas
Amore eterno di Larissa Ione
Il bacio rivale di Lara Adrian
Roma 39 d.C. Marco Quinto Rufo di Adele Vieri Castellano
Dark Warrior di Kresley Cole
Una dolce scoperta di Nora Roberts
La rivelazione dell'antica carta di Karen Marie Moning
Il bacio della strega di Melissa de la Cruz
Un solo piacere di Lora Leigh
Un piccolo sogno di Susan Elizabeth Phillips
Segreti di una notte d'estate di Lisa Kleypas
Accadde in autunno di Lisa Kleypas
Un amore su misura di Sugar Jamison

Una passione pericolosa di Lisa Marie Rice
Un dono prezioso di Nora Roberts
Estasi infinita di Maya Banks
Appuntamento con l'amore di Jules Stanbridge

Varia

Il Vasco che vorrei. Vita e canzoni di un ribelle di Michele Monina
Oroscopo 2010. Le donne e le stelle di Susanna Schimperna
Vale va ancora veloce di Michele Monina
Il manuale della sposa perfetta di Francesca Tripodi – Cristiana Giordano
Laura Pausini. Una storia che vale di Michele Monina
Tiziano Ferro. La biografia di Angelo Gregoris e Alfredo Verdicchio
Silvio Berlusconi. La biografia di Charles Higgins
La chiave di Salomone di AA.VV.
Come salvare il mondo in 200 piccole mosse di Robert Hamilton
Abbandonati e contenti di Susanna Schimperna
Oroscopo 2011. Le donne e le stelle di Susanna Schimperna
Eros Ramazzotti di Michele Monina
Dizionario bambino-italiano di AA.VV.
Wabi Sabi Love: Come trovare equilibrio e bellezza nell'amore (im)perfetto di Arielle Ford
Cinquanta sfumature di estasi. Il manuale di Marisa Bennett
Guarda che è normale. Siamo tutte supermamme! di Silvia Gianatti

In libreria

Sugar Jamison

Un amore su misura

384 pagine
10,00 euro

Ellis Garrett è una ragazza che non teme sfide. Insoddisfatta della sua vita è fuggita da New York, lasciando un lavoro prestigioso e un fidanzato ipercritico, per rifugiarsi nella cittadina natale dove ha aperto un negozio dedicato a tutte quelle donne che come lei non rientrano nelle taglie ufficiali. Al Size Me Up le clienti non si sentono strane, ma solo *piacevolmente diverse*: Ellis infatti è convinta che non sia necessario essere una Barbie taglia 40 per sentirsi felici e che ci si debba godere un pasticcino (o due) ogni tanto, senza troppi sensi di colpa. Ma tutto il suo coraggio si dilegua quando per caso incontra il sexy poliziotto Mike Edwards, vecchio flirt della sorella per il quale lei si era presa una strepitosa cotta. Mike non la riconosce, ma è immediatamente attratto dalle sue curve... decisamente pericolose. Più Ellis lo respinge, più lui è deciso a conquistarla, con qualunque mezzo. Che entrambi abbiano trovato la loro taglia perfetta?

In libreria

Nora Roberts

Un dono prezioso

528 pagine
5,00 euro

La Shenandoah Valley, in Virginia, al riparo delle Blue Ridge Mountains, è molto distante da Hollywood, ma è esattamente lì che vuole vivere Cilla McGowan – un tempo enfant prodige del grande schermo – lontano da tutto e da tutti. Cilla è ora una restauratrice, e si sta dedicando alla riparazione di quella che era la fattoria di sua nonna, la leggendaria Janet Hardy, attrice dalla voce strabiliante, morta suicida anni prima in circostanze misteriose. In questo rifugio Cilla è talmente immersa nel progetto di restauro da notare a fatica il suo vicino di casa, uno scrittore di nome Ford Sawyer; ma poco a poco sarà sempre più difficile ignorarne gli occhi verdi e l'imperturbabile senso dell'umorismo. Nonostante la tentazione, Cilla vorrebbe sfuggire al triste destino delle donne della sua famiglia, incapaci di trovare il vero amore, e cerca di resistere in tutti i modi al fascino dell'uomo. Quando però trova delle lettere di sua nonna, e scopre che al momento della sua morte era incinta di un uomo che abitava nei dintorni, avrà bisogno dell'aiuto di Ford per scoprire come sono andate davvero le cose. Ma soprattutto, quando le sue ricerche desteranno l'attenzione di qualcuno che vorrebbe tenere nascosta la verità, dovrà capire quanto può fidarsi dei propri sentimenti.

Finito di stampare nell'ottobre 2013 presso
Puntoweb - via Variante di Cancelliera snc - Ariccia (RM)
Printed in Italy